KNAUR

*Von Vincent Kliesch sind bei Droemer Knaur bereits erschienen:*

*Auris-Reihe*
Auris
Die Frequenz des Todes
Todesrauschen

*Bösherz-Reihe*
Bis in den Tod hinein
Im Augenblick des Todes (ET April 2022)
Im Auge des Zebras

*Über den Autor:*
Vincent Kliesch wurde in Berlin-Zehlendorf geboren, wo er bis heute lebt. Ab 2010 startete er seine Schreibkarriere mit zwei erfolgreichen Thrillerserien um die Ermittlerfiguren Julius Kern und Severin Boesherz. Boesherz ist der Protagonist der Thriller *Bis in den Tod hinein* und *Im Augenblick des Todes* (ET April 2022). Im neuesten Werk des Autors, *Im Auge des Zebras,* übergibt Boesherz den Staffelstab an die Ermittlerin Olivia Holzmann.
Die *Auris*-Bestseller um den forensischen Phonetiker Matthias Hegel schreibt Vincent Kliesch nach einer Idee seines Freundes Sebastian Fitzek.

www.vincent-kliesch.de

VINCENT KLIESCH

# BIS IN DEN TOD HINEIN

EIN BÖSHERZ-
THRILLER

KNAUR

Die Erstausgabe dieses Werkes erschien 2013 im Blanvalet Verlag.



Neuausgabe Februar 2022
Knaur Taschenbuch

Ein Imprint der Verlagsgruppe
Droemer Knaur GmbH & Co. KG, München

Dieses Werk wurde vermittelt durch die
AVA international GmbH Autoren- und Verlagsagentur München
www.ava-international.de
Covergestaltung: ZERO Werbeagentur, München
Coverabbildung: Collage unter Verwendung
von Peter Dazeley / Getty Images und Natasha Grigel / shutterstock.com
Satz: Adobe InDesign im Verlag
Druck und Bindung: GGP Media GmbH, Pößneck
ISBN 978-3-426-52852-5

2 4 5 3 1

# PROLOG

»Wie gefällt es dir, tot zu sein?«, hauchte er leise.

Noch standen erst die Reifen des Autos in Flammen, doch in weniger als zehn Minuten würde das Feuer auch auf Motor- und Kofferraum übergegriffen haben. Dann würde Kohlenmonoxid in die Fahrerkabine eindringen, bevor schließlich das gesamte Fahrzeug in Flammen aufgehen sollte. Von Nils Rau, dem jungen Mann, der auf dem Fahrersitz kauerte, würde nicht mehr übrig bleiben als ein verkohltes Skelett.

»Hat es Ihnen denn niemals jemand beigebracht?«, fragte die düstere Gestalt im schwarzen Mantel, die so nah, wie es die immer drängender werdende Hitze erlaubte, an die geöffnete Fahrertür herangetreten war. »Hat Ihnen niemand erzählt, was passiert, wenn man sich nicht an die Regeln hält?«

Nils Rau hatte sich erst zwanzig Minuten zuvor aus dem Schutz seines scheinbar sicheren Verstecks hervorgewagt. Der abgelegene Parkplatz hinter dem Supermarkt war ihm für seine Zwecke optimal erschienen; irgendein Anwohner hatte dort über Nacht seinen Mercedes abgestellt. In seiner Deckung hatte Rau etwa eine Viertelstunde abgewartet, bis er schließlich davon überzeugt gewesen war, dass ihn niemand bemerken würde. Nicht, bevor sich das Feuer zu voller Größe ausgeweitet hätte. Er war an den Wagen herangeschlichen, hatte die Grillanzünder aus seinem Rucksack genommen, jeweils einen davon auf jeden der Reifen gelegt und sie dann vorsichtig entzündet. Es dauerte eine Weile, bis das Gummi zu brennen begann, bevor es schließlich das ganze Fahrzeug in Flammen würde aufgehen lassen. Der junge Mann hatte sich vorgenommen, dieses Spektakel aus sicherer Entfernung zu beobachten. So, wie er es jedes Mal tat.

»Ich werde Ihnen jetzt etwas vorlesen, und ich möchte, dass Sie aufmerksam zuhören«, erklärte der Unbekannte mit unheimlicher Ruhe und zog mit zittriger Hand einen ordentlich zusammengelegten Zettel aus seiner linken Innentasche. Er entfaltete ihn und begann in einem bizarren Singsang vorzulesen, was darauf geschrieben stand.

Rau war nicht imstande, den Worten zu folgen. Er konnte nicht einmal mehr schreien. Der Stromschlag, den der Fremde ihm kurz zuvor durch den Körper gejagt hatte, lähmte ihn noch immer. Zudem hatte das giftige Rauchgas, das von den brennenden Gummireifen her in seine Richtung zog, seinen Verstand bereits vernebelt. Rau wusste nicht, wer die dunkle Gestalt war, die nun, da sie den Zettel wieder zusammengelegt und in die dafür vorgesehene Tasche zurückgesteckt hatte, regungslos und Furcht einflößend zu ihm hinübersah. Er wusste auch nicht, weswegen seine Hände an das Lenkrad des Mercedes gekettet waren. Doch eines – so konfus ihm die Gedanken auch durch den Kopf schossen – begriff Nils Rau durchaus: Das Feuer, das er selbst gelegt hatte, würde ihn in wenigen Augenblicken verschlingen.

»Das noch«, hauchte der Unbekannte, bevor der Blitz einer Polaroidkamera zweimal kurz nacheinander für einen Sekundenbruchteil aufflackerte.

Der Apparat warf die Fotos aus, die der Mann in die rechte Brusttasche seines Hemdes steckte. Dann wandte er sich wieder an sein Opfer: »Und, war es das wert?«

Unter der Motorhaube schlugen nun die ersten Flammen hervor. Rau begann erbärmlich zu husten, nachdem er etwas von dem Qualm eingeatmet hatte, der durch die Lüftungsschlitze im Armaturenbrett hervorgetreten war. Er riss panisch seine Augen auf, rang um Orientierung und erkannte dabei, dass die unheimliche Gestalt allmählich von der Hitze des brennenden Fahrzeugs zurückgedrängt wurde.

»Helfen Sie mir«, brachte er mit letzten Kräften hervor.

»Ich bedaure«, erhielt er zur Antwort. »Nicht *Ihnen*.« Dann trat der Mann noch einmal etwas näher an den Mercedes heran, wippte, ohne es kontrollieren zu können, dreimal nacheinander mit dem Oberkörper nach vorn, griff dann in seine rechte äußere Manteltasche und zog etwas hervor, das wie ein Stein aussah. »Falls es Ihnen ein Trost ist«, sagte er und warf den Gegenstand mit einer eleganten Bewegung durch die offene Fahrertür auf den Schoß seines Opfers, »Sie werden vielen Menschen das Leben retten. Sehr vielen.«

Dann stieß der Unbekannte mit dem Fuß die Fahrertür zu, griff erneut nach der Kamera, die um seinen Hals hing, und machte zwei weitere Fotos, die er zu den anderen in seine rechte Hemdtasche steckte. Dann schließlich drehte er sich um, ließ Rau in den Flammen zurück und verließ mit geradlinigen Schritten den Parkplatz, während er dabei leise sang.

»Schlafe, mein Baby, hoch oben im Baum,
der Wind schüttelt die Äste wie im süßesten Traum.
Wenn die Äste dann brechen, fällt die Wiege hinab
und landet samt Baby im finsteren Grab.«

Aus der Ferne vernahm der Fremde noch ein paar verzweifelte Schreie, die aber kurz darauf abrupt abbrachen.

»Endlich«, stellte der Mann im dunklen Mantel erschöpft und um Luft ringend fest, als er seinen Kombi erreicht hatte, der in sicherer Entfernung geparkt war. Das Fahrzeug war zwischenzeitlich leicht mit Schnee bedeckt, der unaufhörlich auf die Hauptstadt niederfiel.

Dann zog der Mann seinen Fahrzeugschlüssel hervor, führte ihn ins Schloss des Kofferraums und öffnete dessen Klappe. Nachdem er sich vergewissert hatte, dass darin noch alles so war, wie er es hinterlassen hatte, wippte er noch einmal unwillkürlich mit dem Oberkörper nach vorn und sagte dann schwermütig:

»Bald …«

Und während Rauch und Flammen am Horizont in den Berliner Nachthimmel emporstiegen, schlug er die Kofferraumklappe wieder zu, setzte sich ans Steuer, startete den Motor und verschwand, voll ungebremstem Tatendrang, in der eisigen Kälte der Nacht.

# KAPITEL 1

»Ich werde mich kurzfassen.«

Carl vom Stein versuchte vergeblich, seine Fassungslosigkeit zu verbergen. Der Staatsanwalt hatte die Aufforderung seiner Gastgeberin, sich zu setzen, abgelehnt. Mit unterdrücktem Zorn stand er vorgebeugt, die Stirn leicht gegen das Glas gelehnt, am Fenster und starrte mit seinen dunklen Augen auf den schleppenden Verkehr des Tempelhofer Damms. Die Stimmung im Büro von Daniela Castella, Dezernatsleiterin der Abteilung 1 für *Delikte am Menschen* beim LKA Berlin, konnte kaum bedrückender sein.

»Dieser Kerl mordet schneller, als Sie die Tatortfotos an Ihre Flipcharts heften können. Drei Tote in vier Tagen, die Presse belagert uns rund um die Uhr, und alles, was wir haben, sind ein paar unscharfe Aufnahmen von Überwachungskameras.«

Castella kratzte sich verlegen am Hinterkopf. Sie saß angespannt in ihrem Chefsessel, als sei sie eine kleine Angestellte, die von ihrem Vorgesetzten beim Klauen erwischt worden war. Die entschlossene Frau war im LKA eigentlich dafür bekannt, in jeder noch so kritischen Lage die Kontrolle zu bewahren. Jetzt aber, im Hagel der unterschwelligen Vorwürfe des Staatsanwalts, wollten auch ihr die Ausflüchte nicht recht über die Lippen kommen.

»Wir werden …«, setzte sie vorsichtig an, wurde jedoch unverzüglich von Carl vom Stein unterbrochen.

»Wenn Sie mich bitte meine Anmerkungen machen lassen würden. Die Details können Sie ja dann mit Ihren Mitarbeitern besprechen.«

Er wandte sich von der Fensterfront ab und richtete seinen Blick nun auf die Fotos des jungen Mannes, dessen verbrannte Leiche noch in der Nacht in dem Autowrack gefunden worden war.

»Er hat diesen Halbwüchsigen gegrillt wie ein Steak!« Vom Stein ging mit zügigen Schritten zu der Tafel hinüber, an der auch die Fotos der beiden weiteren Opfer angebracht waren, welche die rätselhafte Mordserie bislang gefordert hatte. »Er hat sie alle drei brutal hingerichtet!«, stieß er aus, als er die erschreckenden Bilder der Leichen betrachtete.

Nils Rau war bis auf die Knochen verkohlt. Das Fleisch um seine Lippen herum war vollkommen verbrannt und hatte dadurch sein Gebiss freigelegt, mit dem er den Staatsanwalt von den Bildern her auf eine fürchterliche Weise anzugrinsen schien. Die Hitze hatte Raus Sehnen zusammengezogen, sodass der Tote zusammengekauert in einer Art Reiterstellung vorgefunden worden war. Das synthetische Material seiner Jacke war im Feuer regelrecht mit seiner Haut verschmolzen.

»Sie werden Ihre Bemühungen noch weiter verstärken, völlig egal, wie. Dieser Killer scheint es eilig zu haben, also haben Sie es noch eiliger. Gibt es nicht noch irgendeinen Experten, den Sie hinzuziehen können?« Vom Stein verbarg die Hände in seinen Hosentaschen. Castella bemerkte trotzdem, dass sie zu Fäusten geballt waren, als er hinzufügte: »Was immer dieser Irre da tut, es hat ein System. Knacken Sie es, verdammt!«

Die Dezernatsleiterin schien zu einem Einwand ausholen zu wollen. Vom Stein bemerkte es und kam ihr zuvor:

»*Wie* Sie das machen, ist mir völlig egal. Dieser Kerl mordet brutal, zielstrebig und schnell. Halten Sie ihn auf.« Der Staatsanwalt sah Castella durchdringend an, bevor er schloss: »Und jetzt entschuldigen Sie mich, ich habe zu tun.«

Noch ehe die Dezernatsleiterin etwas erwidern konnte, hatte

der groß gewachsene Mann mit der Narbe auf der Wange ihr Büro auch schon verlassen.

Daniela Castella atmete erleichtert darüber aus, die Ansprache überstanden zu haben, denn üblicherweise war sie selbst es, die ihren Mitarbeitern den Kopf zurechtrückte. Dann sah auch sie zu den Bildern der Opfer hinüber und schüttelte ungläubig den Kopf, während sie hauchte: »Julius, das wäre genau Ihr Fall gewesen.«

Julius Kern, der kurz zuvor zum Ersten Kriminalhauptkommissar befördert worden war, galt in Castellas Team als einer der fähigsten Kriminalisten. Einige rätselhafte Mordserien hatte er bereits mit seiner besonderen Intuition und seinem beispiellosen Ehrgeiz aufklären können. Jetzt stand er Castella jedoch nicht zur Verfügung. Weit entfernt von Berlin verbrachte er mit Frau und Tochter seinen Urlaub in den USA.

»Ausgerechnet in dieser Lage …«

Castella hatte die Leitung der Untersuchungen einem anderen Mitarbeiter anvertraut, der erst seit wenigen Wochen im LKA Berlin tätig war.

»Neue Besen kehren ja angeblich gut«, sprach sie sich selbst Mut zu, während sie dabei ihr Adressbuch auf der Suche nach einem Spezialisten durchforstete, der in dem aufsehenerregenden Fall vielleicht doch noch zu neuen Erkenntnissen gelangen konnte. Und während sie dabei an den neuen Mitarbeiter in ihrem Team dachte, fügte sie unwillkürlich hinzu: »Hoffen wir, dass sich der Besen nicht als Handfeger entpuppt.«

# KAPITEL 2

»Diese Geschichte mit dem Franzosen war im Grunde nur der Auftakt. Wenn auch zugegebenermaßen ein ziemlich spektakulärer«, berichtete Severin Boesherz der geschmackvoll gekleideten Dame, mit der er zu Mittag aß. Während er noch einmal den Sitz seiner Krawatte kontrollierte, sprach er weiter: »Ein Mann vom Sicherheitsdienst hat ihn bei seinem Routinerundgang entdeckt, in einem stillgelegten Lagerhaus in Reinickendorf. Der gute Mann hieß Pierre La Maire. Der Geschäfte wegen hat er schon seit ein paar Jahren in Berlin gewohnt, stammte aber aus dem Périgord.« Boesherz bemerkte den fragenden Blick seiner Begleitung. »Das liegt im Südwesten von Frankreich«, erklärte er daher. »La Maire hatte, wie in jedem Jahr, einen Stand auf der *Grünen Woche*. Mit seinem kleinen Familienbetrieb.«

Die *Internationale Grüne Woche* wurde seit vielen Jahrzehnten alljährlich in der Hauptstadt ausgerichtet. Als eine der größten Ausstellungen für landwirtschaftliche Erzeugnisse, Lebensmittel und Gartenbau erfreute sie sich großer Beliebtheit, nicht nur bei den Berlinern. La Maire, das erste Opfer der Mordserie, mit deren Aufklärung Severin Boesherz beauftragt war, hatte dort mit zwei Mitarbeitern Delikatessen aus seiner eigenen Erzeugung präsentiert.

»Ich kann Ihnen natürlich keine Interna erzählen, aber die öffentlichen Informationen reichen schon vollkommen aus«, fuhr er fort, während seine Begleiterin mit wachsender Anspannung an ihrem Weißwein nippte. »Im Anschluss an den dritten Messetag ist der arme Kerl zu einem angeblichen Kaufinteressenten gefahren. Die beiden hatten sich in der Lobby eines Hotels verabredet. Wir haben uns die Videos der Überwachungskameras angesehen, und die zeigen, dass La Maire in der Hotelhalle gewartet hat. Bis ein Anruf kam, auf den hin er in die Tiefgarage gegangen ist.«

»Den Anruf können Sie doch zurückverfolgen?«, warf die junge Frau ein.

»Das wäre schön, aber so einfach hat es uns der Täter nicht gemacht. Ein Prepaidhandy, ich hasse diese Dinger. Im Parkhaus hingen nicht viele Kameras, deswegen müssen wir da ein bisschen spekulieren, was passiert ist. Unser Pierre ist da unten jedenfalls überwältigt worden, so viel ist klar.« Dass der Täter ein Elektroschockgerät benutzt hatte, erzählte Boesherz seiner Begleiterin nicht. Diese Information gehörte zu den Details, die das LKA der Öffentlichkeit vorenthielt. Der Rechtsmediziner, Dr. Adrian Homann, hatte an der Leiche eindeutige Spuren des Gerätes gefunden, das in der vergangenen Nacht auch bei Nils Rau zum Einsatz gekommen war. »Das Auto des Franzosen haben wir auf einem Video aus dem Parkhaus fahren sehen. Zu dem Zeitpunkt lag der Gute aber schon im Kofferraum.«

»Dann haben Sie den Täter am Steuer gefilmt?«

»Nein, der Fahrer ist auf dem Video nicht zu erkennen. Wir sehen nur seine Arme und den Hinterkopf.«

Boesherz griff nach seinem Weinglas, das er im Gegensatz zu seiner Begleitung am Stiel, nicht am Kelch hielt. So, wie er es gewohnt war, schwenkte er dessen Inhalt, als ihm wieder bewusst wurde, dass sich lediglich Wasser darin befand.

»Und woher wissen Sie dann, dass dieser … äh …«

»Pierre La Maire.«

»Genau. Also, dass der nicht am Steuer saß?«

Severin Boesherz lächelte verschmitzt. Er hatte auf diese Frage gehofft.

»Zum einen war der Fahrersitz sehr weit nach vorn gestellt, als wir das Auto gefunden haben. La Maire war einen Meter neunzig groß, so würde er seinen Sitz nicht eingestellt haben. Wichtiger ist aber der Moment, in dem das Auto an der Schranke hält. Der Wagen stoppt, dann geht die Hand des Fahrers kurz an die Tür, erst danach in Richtung Mittelkonsole. Zwei Sekunden später geht die Scheibe runter, und der Fahrer führt das Ausfahrticket in den Schlitz.« Boesherz' Begleitung sah ihn fragend an. »Der Fahrer hat nach dem Fensterheber gesucht«, erklärte er daher. »Die sind bei französischen Autos manchmal ziemlich originell versteckt. La Maire besaß seinen Wagen seit vier Jahren. Zwischenzeitlich sollte er sich also daran gewöhnt haben, wo er hingreifen musste. Außerdem haben wir Hautschuppen, Blut und Haare von La Maire im Kofferraum gefunden.«

In diesem Augenblick trat der Kellner an den Tisch und servierte einen Caesar's Salad für die Dame und einen Tafelspitz für den Kommissar. Boesherz hatte sich mit seiner Internetbekanntschaft an diesem Tag zu einem zwanglosen Kennenlernen verabredet. Während der Mittagspause seiner Begleiterin wollten sie in einem kleinen Lokal am Berliner Gendarmenmarkt gemeinsam essen. Während die beiden sich ihren Speisen zuwandten, fuhr Boesherz ungerührt fort.

»So richtig interessant wird die Geschichte aber eigentlich erst ab jetzt«, versprach er und schnitt sein Fleisch an. Es war zu seiner Erleichterung zart wie Butter. Schon oft war der Rheingauer, der erst vor Kurzem in die Hauptstadt umgezogen war, von der Qualität der Berliner Restaurants enttäuscht worden. »Der Entführer hat sein Opfer an Händen und Füßen fixiert, und zwar mit Handschellen, um die er reißfeste Seile gewunden hat. Die hat er dann ziemlich straff um zwei Betonpfeiler gewickelt. Als unser Franzose sich dann kaum noch bewegen konnte, hat ihm sein Entführer ein engmaschiges Metallgehäuse auf den nackten Bauch geschnallt und zwei Ratten hineingesetzt.«

Während Boesherz sich sein Essen schmecken ließ, bemerkte er, dass seine Begleitung auf die bloße Erwähnung des Wortes *Ratten* hin ihre Gabel auf dem Teller abgelegt hatte. Unbeirrt berichtete er dennoch weiter.

»Der Täter hat auf einem kleinen Gartengrill ein Kohlebrikett zum Glühen gebracht. Sie kennen diese Dinger, die werden noch in manchen Altbauwohnungen zum Heizen von Kachelöfen benutzt. Als das Brikett vollständig geglüht hat, hat er es mit einer Grillzange auf den Metallkäfig gelegt. Der ist natürlich wahnsinnig heiß geworden.«

»Mein Gott, der arme Mann!«, stieß die Frau aus. »Der muss ja total in Panik geraten sein.« Ihr eigentlich attraktives Gesicht war jetzt in tiefe Sorgenfalten gelegt.

»Der Mann?«, entgegnete Boesherz erstaunt. »Die *Ratten* sind in Panik geraten. Die wollten sofort aus dem Käfig raus! Zu den Seiten ging das aber nicht. Die armen Tiere hatten also nur einen einzigen möglichen Fluchtweg: durch den Bauch von Pierre La Maire.«

Spätestens ab jetzt war von Boesherz' Begleitung kein weiteres Wort mehr zu erwarten. Wie paralysiert folgte sie mit offenem Mund den Worten des Ermittlers, während ihr eigentlich köstlicher Salat vollkommen in Vergessenheit geraten war.

»Unser Rechtsmediziner hat das Ganze rekonstruiert: Die Ratten haben angefangen, sich zuerst durch die Haut, kurz danach dann durch die Bauchmuskulatur des Opfers zu nagen. Dadurch hatten die Tiere den Dünndarm freigelegt und konnten sich erst mal mühelos durch das Geflecht der Schlingen bis zum Dickdarm vorwühlen. In den haben die Ratten dann ein Loch genagt, durch das sie schließlich über den Anus des Franzosen in die Freiheit entkommen sind. Liberté! Man nennt das Ganze übrigens *Rattenfolter,* darüber gibt es ganze Abhandlungen.« Boesherz griff eine Scheibe Brot, riss ein Stück davon ab und zog es durch die Meerrettichsoße. »Die Ratten haben das Ganze erstaunlich unbeschadet überstanden, wir haben sie noch in der Lagerhalle gefunden. Sogar der Mann war noch am Leben, ganz bemerkenswert. Er konnte uns seinen Mörder aber leider nicht mehr beschreiben. Er war völlig verwirrt, hatte unfassbare Schmerzen und eine Infektion von den Tieren. Er hat immer nur *Les rats, les rats!* gerufen. Am nächsten Tag ist er dann gestorben, multiples Organversagen. Möchten Sie noch einen Schluck?«

Während Boesherz nach der Flasche mit dem stillen Bergquellwasser griff, klingelte auf einmal ein Handy. Obwohl die Begleiterin des Kommissars den Klingelton nicht kannte, griff sie spontan nach ihrer Handtasche in der stillen Hoffnung, ein rettender Anruf würde sie von ihrem Blind Date erlösen. Erleichtert stellte sie fest, dass es, wenn schon nicht ihres, so doch immerhin das Handy von Severin Boesherz war, das geklingelt hatte. Auch auf diese Weise konnte sich eine Chance ergeben, das missglückte Kennenlernen abzubrechen.

»Das ist ja nicht zu glauben«, stellte der Kommissar fest, nachdem er einige Sekunden lang zugehört hatte. »Ich bin in dreiundvierzig Minuten da.«

Während der jungen Frau ein Stein vom Herzen zu fallen schien, beendete Boesherz das Telefonat, wischte sich den Mund ab und sah enttäuscht zu seiner Begleitung hinüber.

»Das ist mir ganz furchtbar peinlich«, entschuldigte er sich. »Es gibt schon wieder eine neue Leiche, unser Mörder ist zurzeit ziemlich aktiv. Ich muss Sie leider sofort verlassen. Schlimm?«

Die Frau sah Boesherz an, als wisse sie nicht, was sie darauf erwidern solle. Schließlich brachte sie doch noch eine Antwort hervor.

»Es ist zwar sehr schade, aber wenn es sich absolut nicht vermeiden lässt – gehen Sie ruhig.«

# KAPITEL 3

Es war Ende Januar, und der Winter hielt Berlin fest in seiner Umklammerung. Severin Boesherz, der sich noch immer nicht ganz an die Verkehrsverhältnisse in der Hauptstadt gewöhnt hatte, erkannte zu seiner Zufriedenheit, dass er die Strecke vom Gendarmenmarkt bis nach Berlin-Köpenick in den von ihm berechneten dreiundvierzig Minuten würde zurücklegen können. Während er die Hauptstraßen dabei noch einigermaßen zügig befahren konnte, lag der Schnee in den Nebenstraßen mittlerweile so hoch, dass sich in der Fahrbahnmitte regelrechte Loipen gebildet hatten. Die Streufahrzeuge der Berliner Stadtreinigung kamen mit der Arbeit kaum hinterher, zudem behinderte das durch die Glätte erhöhte Unfallaufkommen immer wieder den ohnehin schon schleppenden Verkehrsfluss. Boesherz lehnte sich dennoch entspannt in den bequemen Ledersitz seines grauen VW-Phaeton zurück, stellte die Sitzheizung etwas höher ein, betätigte die Massagefunktion und aktivierte schließlich den CD-Wechsler. Genüsslich lauschte er nun den Klängen von Bizets Oper *Carmen,* die über seine Musikanlage so brillant klang, dass er meinte, direkt im Opernhaus zu sitzen.

Boesherz hatte seiner Mittagsverabredung nicht alles über den Mord an Pierre La Maire erzählt. Das wichtigste Detail der Mordserie unterlag strenger Geheimhaltung. Am Tatort hatte sich neben dem Grill, der Zange und dem Fahrzeug des Opfers nämlich noch etwas anderes gefunden: Der Täter hatte eine Kerze, wie man sie zur Dekoration von Geburtstagstorten verwendet, neben sein Opfer auf den Boden gelegt. Sie stellte die Zahl Sieben dar. Und auch aus dem Wrack des Autos, in dem Nils Rau ums Leben gekommen war, hatte der Erkennungsdienst etwas geborgen. Einen Stein, in den die Zahl Sechs eingeritzt worden war.

Schon einen Tag nachdem der französische Feinkostproduzent verstorben war, hatte man die Leiche des zweiten Opfers gefunden. Ein älteres Ehepaar war in der Nähe des im Sommer sehr beliebten *Strandbad Wannsee* mit einem Tretboot auf dem kalten Wasser umhergefahren, als ihnen aufgefallen war, dass ein Stück Stoff, vielleicht auch ein Müllsack, auf dem Wasser zu treiben schien. Bei näherem Hinsehen hatten sie zu ihrem Entsetzen feststellen müssen, dass es sich dabei um die Leiche eines Mannes handelte, der später als Ole Steinmetz identifiziert werden konnte. Der arbeitslose Klempner war im gerade einmal vier Grad kalten Wasser zu Tode gekommen. Die niedrigen Temperaturen hatten den Kreislauf des Opfers überfordert, was dazu geführt hatte, dass Steinmetz, dem sein Mörder eine Rettungsweste angezogen hatte, bewusstlos geworden und nach etwa einer Viertelstunde erfroren war. Die Leiche zeigte Verletzungen, die auf den Einsatz eines Elektroschockgerätes zurückzuführen waren. Weiterhin fanden sich Spuren von Handschellen, die der Mörder seinem Opfer aber vor dem Sturz ins Wasser wieder abgenommen hatte. Und nicht nur diese Indizien wiesen darauf hin, dass Steinmetz von demselben Mann ermordet worden sein musste wie zwei Tage zuvor Pierre La Maire. Auf der Rettungsweste hatte der Täter zudem nämlich mit einem schwarzen Lackstift eine Zahl hinterlassen: die Vier.

Während Boesherz in die kraftvollen Melodien Bizets vertieft war, erreichte er schließlich den Tatort, an dem kurz zuvor das mittlerweile vierte Opfer der Mordserie aufgefunden worden war. Die Schutzpolizei hatte das Gebäude, vor dem der Tote lag, bereits weiträumig abgesperrt, und auch die ersten Journalisten waren längst eingetroffen. Boesherz wartete noch einen Augenblick, bis die Arie *Habanera* verklungen war, bevor er schließlich die Lenkradheizung abschaltete, den Motor seines Phaeton durch Betätigung des Stopp-Knopfes ausschaltete und schließlich in die Kälte ausstieg, um sich voll Neugier dem Tatort zu nähern.

# KAPITEL 4

»Du bist ja heute noch schicker als sonst«, begrüßte Olivia ihren Kollegen. »Gibt es einen besonderen Grund?«

Olivia Holzmann war Oberkommissarin beim LKA Berlin. Sie war eine sportliche Frau, etwas burschikos, dabei aber niemals unweiblich. Ihr dunkles, schulterlanges Haar trug sie meist offen, und ihre wachen, hellbraunen Augen schminkte sie ebenso unaufdringlich wie den Rest ihres markanten Gesichts. Bis vor Kurzem hatte sie stets einen leichten schwarzen Seidenschal um den Hals getragen, seit einigen Tagen tat sie dies aber nicht mehr. Nachdem Severin seine Stelle in der Hauptstadt angetreten hatte, war die ehrgeizige Olivia gleich bei dessen erstem Einsatz an der Seite des Neuen gewesen. Die nüchtern analytische, oft befremdlich wirkende Art des Rheingauers war ihr dabei immer wieder aufgestoßen. Sie hatte sich jedoch vorgenommen, die Eigenheiten ihres kultivierten, stets Krawatte tragenden Kollegen zunächst nur still im Auge zu behalten, bevor sie sich ein Urteil darüber bilden wollte. Schnell hatte sie erkannt, dass Boesherz ihre Geduld dabei auf eine harte Probe stellen würde.

»Was würdest du denn annehmen?«, antwortete Boesherz ihr trocken, während er dabei über das Absperrband kletterte und zügig auf die Plane zuging, mit der die Leiche des Opfers abgedeckt war.

»Du hattest ein Date«, schlussfolgerte Holzmann mit einem Ausdruck von Freude, der aber schnell Gewissensbissen wich. »Sag bloß nicht, ich habe es dir kaputt gemacht.«

»Im Gegenteil. Du hast mich gerettet!«

Olivia war enttäuscht.

»Wieder nichts? Die Wievielte war das jetzt, seit du in Berlin bist?«

»Die Fünfte. Sah gut aus, war aber geizig. Mit knauserigen Frauen hat man keinen Spaß.«

»Dieses Mal also Geiz«, resümierte Olivia. »Ich nehme an, sie hat sich wieder mit irgendwas verraten?«

»Sie hatte eine gefälschte Prada-Tasche.«

»Sie hat dir erzählt, dass ihre Tasche gefälscht ist?«

»Die Nähte haben es mir erzählt. Schlecht verarbeitet, würde bei einem Original niemals vorkommen. Außerdem hat sie die Speisekarte von rechts nach links gelesen. Erst die Preise, dann das Gericht dazu.« Boesherz schmunzelte mit unterdrücktem Stolz, als er hinzufügte: »Ich habe ihr die Geschichte von dem Franzosen und den Ratten erzählt. Ich glaube nicht, dass sie sich noch mal mit mir verabreden möchte.«

»Das hast du nicht getan«, setzte Olivia nach, während Boesherz sich jetzt der Leiche unter der Plane zuwandte. Anstatt weiter auf seine missglückte Verabredung einzugehen, fragte er: »Wen haben wir denn hier?«

Das Haus, von dem das Opfer in den Tod gestürzt war, hatte acht Stockwerke, lag abseits vom Großstadttrubel in einem ruhigen Randgebiet und war zu jeder Tageszeit problemlos zugänglich. Es schien dem Mörder für seine Pläne hervorragend geeignet gewesen zu sein.

»Das ist Gereon Voss, ein alter Bekannter«, begann Olivia, die den Personalausweis des Toten bereits hatte überprüfen lassen. »Eigentlich ist er Immobilienmakler, hat eine ziemlich große Firma.«

»Ein Immobilienmakler?«, wiederholte Boesherz. »Dann ist es ja nicht so schade um ihn. Die braucht sowieso kein Mensch. Was meinst du mit *eigentlich?*«

»Die Kollegen nennen ihn den *Kletteraffen*«, berichtete Olivia.

»Er steigt jedes Jahr mindestens einmal auf irgendein hohes Gebäude. Ungesichert, und natürlich ohne Genehmigung. Zuletzt haben wir ihn festgenommen, als er am Turm neben der Gedächtniskirche hochgestiegen ist. Das war im vergangenen Sommer.«

»Die Gedächtniskirche«, wiederholte Boesherz kopfschüttelnd, als ihn Olivias Worte an einen seiner ersten Eindrücke von der Hauptstadt erinnerten. »Ein Sinnbild für Berlin: Sie ist eines der Wahrzeichen der Stadt, aber seit Jahren für niemanden zu sehen, weil sie mit einer Plane verdeckt ist, hinter der sie saniert werden soll. Was aber nicht passiert, weil da niemals irgendjemand am Arbeiten ist. Und um dieses einzigartige historische Denkmal herum stehen unzählige nach Fett riechende Stände, an denen Chinapfanne und Crêpes verkauft werden. Ich war schon am Eiffelturm, am Kolosseum und vor den Pyramiden von Gizeh. Die waren nicht verdeckt, und es gab auch keine Stände mit Chinapfanne und Crêpes drum herum. Berlin eben! Wie dem auch sei …«

Jetzt nahm Boesherz noch einen kräftigen Atemzug von der kalten Luft und hob schließlich die Plane an.

»Wie tief ist er gefallen?«, fragte er, ohne eine Reaktion auf den Anblick der Leiche zu zeigen.

Voss hatte bei seinem Aufprall vielfache Brüche der Rippen und Wirbelkörper erlitten. Sein Unterschenkel stand auf unnatürliche Weise im rechten Winkel auf Höhe des Kniegelenks ab, und aufgrund seines Aufpralls auf dem Hinterkopf waren große Mengen Blut und Hirnmasse ausgetreten, die unterdessen jedoch auf dem Boden festgefroren waren. Boesherz ließ die Plane leidenschaftslos auf den Toten zurücksinken.

»Er trägt Straßenschuhe, hat keine Handschuhe an, und dieses Gebäude ist vollkommen unspektakulär und fernab von jeder Öffentlichkeit. Als Fassadenkletterer war er nicht im Einsatz. Zumindest nicht freiwillig.«

»Wir hätten schon früher hier sein können, aber die Kollegen von der Streife haben es zuerst für einen Selbstmord gehalten.«

»Er liegt auf dem Rücken«, entgegnete Boesherz. »Wie viele Selbstmörder springen denn rückwärts in den Tod?«

Olivia nickte nur und reichte Boesherz dann eine Plastiktüte, in der sich eine Glückwunschkarte befand.

»Hier haben wir die Verbindung zu unserem Serienmörder.«

Auf der Karte war ein kleiner Junge dargestellt, der bunte Luftballons in der Hand hielt. Unter dem Bild war eine große *Fünf* zu sehen.

»Vielleicht wollte er zu einem Kindergeburtstag?«, überprüfte Boesherz die Theorie seiner Kollegin.

»Er hat keine Kinder, keine Neffen, Nichten oder sonst irgendwen, der in den kommenden Tagen fünf wird. Und nein, auch kein fünfjähriges Jubiläum von irgendwas«, berichtete Olivia von den Ergebnissen ihrer ersten telefonischen Recherchen. »Guck dir mal seine Hände an.«

Boesherz ging jetzt vorsichtig vor der Leiche in die Hocke, bedacht darauf, nicht mit seiner Anzughose die Lache aus Blut und Eis zu berühren, und hob die Plane noch einmal leicht an. Als er die unnatürlich verkrampften Hände des Toten näher betrachtete, stellte er fest, dass sie glänzten.

»Öl?«, fragte er.

»Beide Hände waren damit eingeschmiert. Unser Mörder wollte absolut sichergehen, dass er nicht oben ankommt.«

»Unten«, korrigierte Boesherz seine Kollegin. »Er ist nicht raufgeklettert, sondern runter.«

Der Kommissar erhob sich wieder und sah an dem Gebäude hoch. Es war für einen Fassadenkletterer gut geeignet, die Architektur bot zahlreiche Möglichkeiten, an der steilen Vorderseite Halt zu finden. Boesherz sah sich das Haus noch etwas näher an und deutete dann auf die Vorsprünge, die ein Fassadenkletterer zweifellos genutzt hätte.

»Hier sind nirgendwo Ölspuren an der Wand. Ich gehe mal davon aus, dass auf dem Dach und der oberen Außenwand welche sind. Mit denen können wir dann auch feststellen, an welcher Stelle er abgestürzt ist.« Noch einmal sah Boesherz zu der Leiche und stellte dabei fest: »Besonders weit runter kann er nicht gekommen sein.«

Mit einem Wink gab er den Kollegen der Rechtsmedizin zu verstehen, dass sie den Toten nun fortbringen konnten. Während diese sich daranmachten, das Bein der Leiche für den Transport wieder einzurenken, fragte Boesherz Olivia: »Hast du dir wegen der Zahlen schon Gedanken gemacht?«

»Klar«, gab sie zur Antwort. »Wir haben jetzt vier Tote, die bisher höchste Zahl war die Sieben.« Olivia sah zu dem Transportsarg hinüber, der nun in den Leichenwagen der Rechtsmedizin geschoben wurde. Mit besorgtem Blick sagte sie: »Wir haben bisher die Vier, Fünf, Sechs und Sieben. Wenn der Killer, wovon wir ausgehen müssen, eine Liste abarbeitet …«

Während sich der Leichenwagen auf den Weg in die Rechtsmedizin machte, beendete Boesherz den Gedanken seiner Kollegin: »… dann erwarten uns mindestens noch die Eins, die Zwei und die Drei.«

# KAPITEL 5

Erstens: Der Schlüssel zu allem sind die Zahlen«, eröffnete Boesherz die Teamsitzung. »Sie dokumentieren das Muster, nach dem er vorgeht. Wenn wir dieses Muster erkennen, können wir ihm vielleicht zuvorkommen.«

Severin duftete wie immer nach edlem Herrenparfum und trug sein an den Geheimratsecken immer schütterer werdendes aschblondes Haar stets zu einem wallenden Scheitel frisiert. Wie immer war er akkurat mit einem Dreiteiler gekleidet und trug dazu Krawatte, Manschettenknöpfe und eine silberne Taschenuhr, die an einer Kette in seiner Westentasche steckte.

Der Hauptkommissar blickte nun mit einer Ernsthaftigkeit in die Runde, der ein Hauch von Ironie beigemischt war, als er zum nächsten Punkt kam. »Zweitens: Unser Mörder hat noch keinen Spitznamen, was ich äußerst unpraktisch finde. Vorschläge?«

Dezernatsleiterin Daniela Castella hatte auf einem Stuhl weiter hinten im Konferenzraum Platz genommen. Sie beteiligte sich jedoch nicht an der Besprechung, sondern hielt lediglich einen kleinen Block in der Hand, in dem sie sich vereinzelt Notizen machte. Nur selten hob sie dabei ihren Blick.

Bereits seit Tagen ermittelte die Sonderkommission fieberhaft im Umfeld der Opfer, suchte nach verwertbaren Spuren, Kalendereinträgen, verdächtigen Telefonaten oder sonst irgendetwas, das einen brauchbaren Hinweis auf die Identität des Mörders geben konnte. Sehr bald hatte sich dabei jedoch herausgestellt, dass der Gesuchte nicht nur mit auffallend großer Aufmerksamkeit gehandelt hatte, sondern dass zwischen ihm und seinen Opfern allem Anschein nach auch keine persönliche Verbindung bestanden hatte. Der Täter handelte minutiös geplant, mit großer Fachkenntnis und höchst umsichtig, was die Arbeit der Ermittler erheblich erschwerte.

»*Graf Zahl?*«, schlug ein Kollege vor.

»Zu despektierlich«, wiegelte Boesherz ab und fuhr ohne Überleitung fort: »Wir alle fragen uns, was der Mörder mit seinen Zahlen zum Ausdruck bringen möchte. Es könnten Punkte sein, die er an seine Opfer vergibt. Vielleicht auch eine Rangordnung, die er ihnen verleiht. Vielleicht ergeben die Zahlen in der richtigen Reihenfolge auch eine Kombination oder eine Telefonnummer. Es könnte genauso gut auch etwas vollkommen Privates sein, eine Insidergeschichte zwischen dem Täter und den Opfern.« Boesherz ließ seine Blicke prüfend durch den Raum schweifen. Die Kollegen folgten seinen Ausführungen aufmerksam, was insgeheim seiner Eitelkeit schmeichelte. »Davon kommt aber nichts infrage. Warum?«

»Weil das alles zu verworren und unwahrscheinlich ist«, antwortete Judith Beer, die eine erfahrene Ermittlerin war.

»Danke«, erwiderte Boesherz zufrieden. »Unser Täter will sich klar ausdrücken. Wir sollen ihn verstehen. Wenn es für einen Sachverhalt mehrere mögliche Erklärungen gibt, dann ist in aller Regel die Erklärung zutreffend, die am wahrscheinlichsten ist. Es handelt sich also um eine Reihenfolge. Er hat eine Liste gemacht, die er jetzt fleißig abarbeitet – was uns direkt zur nächsten Frage führt. Zu welcher?«

Die Art, mit der Severin Boesherz seine Sitzungen leitete, konnte auf einen Außenstehenden absonderlich wirken. Die Ermittler im LKA hatten sich jedoch schnell an den eigenwilligen Stil ihres neuen Kollegen gewöhnt. Mittlerweile mochten die meisten ihn sogar.

»Wenn es eine Liste ist, ergibt sich die Frage, warum er sie nicht chronologisch abarbeitet«, gab Olivia zur Antwort. »Bisher haben wir die Reihenfolge: Sieben, Vier, Sechs, Fünf.«

Sie saß in der ersten Reihe und hatte vor sich auf dem Tisch Aktenkopien und Tatortfotos ausgebreitet. Boesherz blickte kurz über ihre Schulter, konnte in dem Chaos von Vernehmungsprotokollen, Detailfotos und Notizen aber keine innere Logik erkennen.

»Richtig, Olivia«, bestätigte er seine Kollegin. »Wie gefällt dir der Spitzname *Quentin?*«

»Warum das denn?«, erwiderte diese verwundert.

»Nach Quentin Tarantino. *Pulp Fiction.* Der Film ist auch nicht chronologisch erzählt.«

Olivia schüttelte schmunzelnd den Kopf.

»Geht's noch komplizierter?«

»Also gut«, fuhr Boesherz fort. »Warum mordet er nicht in der richtigen Reihenfolge? Die wahrscheinlichste Antwort lautet: weil es ihm nicht möglich ist. Er kann nicht nach der Chronologie vorgehen, er muss sich nach günstigen Gelegenheiten richten. Er hat es ja offenbar sehr eilig. Es würde ihn also aufhalten, wenn er seine Liste strikt von oben nach unten abarbeiten müsste. Interessant daran ist, dass uns diese Erkenntnis wieder etwas Entscheidendes verrät. Was?«

»Es erzählt uns, dass er ein skrupelloser Soziopath ist, der einen total irren Plan erarbeitet hat und es bei allem Wahnsinn tatsächlich schafft, sich so zu beherrschen, dass er keine Fehler dabei macht«, antwortete ein Kollege. »Nennen wir ihn doch den *Nummernkiller.*«

»Warum nicht gleich den *Mönch mit den Zahlen?* Gäbe einen tollen Edgar-Wallace-Roman.« Dann ging Boesherz zu seinem Kollegen hinüber und hockte sich vor ihm nieder, wie es ein Grundschullehrer tun würde, wenn er einem seiner Zöglinge etwas erklären wollte.

»Abstraktion, mein lieber Herr Oberkommissar«, mahnte er mit väterlichem Ton. »Natürlich ist er ein Soziopath, das würden wir auch ohne seine unchronologische Zahlenfolge wissen.« Dann richtete er sich wieder auf und ging an seinen Teamkollegen vorbei in den hinteren Teil des Raumes. Er stellte sich direkt neben den Stuhl von Castella und sagte, ohne seine Vorgesetzte dabei anzusehen: »Indem er auf die korrekte Reihenfolge seiner Liste verzichtet, verrät er uns, dass er nicht *irgendwelche* Opfer wählt, sondern *ganz bestimmte*. Aber für wen hinterlässt er die Nummern an den Tatorten? Für die Toten?«

»Für die Lebenden«, gab Beer zur Antwort.

Boesherz schien zufrieden.

»Indem er durch die Zahlen eine codierte Botschaft an die Lebenden hinterlässt, erzählt er uns, dass seine Opfer nur das Mittel sind, nicht der Zweck. Führen wir jetzt also diese beiden Erkenntnisse zusammen: Er wählt ganz bestimmte Opfer und sendet mit deren Ermordung eine Botschaft an die Lebenden. Was erkennen wir daraus?«

Olivia drehte sich zu Boesherz um, bevor sie antwortete.

»Was immer er durch seine Morde mitteilen möchte, muss so offensichtlich sein, dass wir es verstehen. Er kennt seine Opfer nicht oder kaum. Er hat sie ausgewählt, weil sie in seinen Augen ein Symbol für etwas sind. Sie stehen für eine Eigenschaft, die jeder Außenstehende unmissverständlich erkennen kann.«

Anstatt zu antworten, applaudierte Boesherz, verließ die Position neben Castella und ging nach vorn zu seinem Laptop, den er an einen Beamer angeschlossen hatte. Er hatte Fotos der vier Menschen vorbereitet, die dem Serienmörder bislang zum Opfer gefallen waren. Zunächst warf er ein Bild des Franzosen Pierre La Maire an die Wand.

»Man kann jedem der vier Opfer eine offensichtliche Verfehlung zuordnen. Beginnen wir mit dem ersten: La Maire hat Gänsestopfleber produziert. Barbarischer kann man mit Lebewesen kaum umgehen, und dafür ist er auf der Messe in den vergangenen Jahren auch immer wieder heftig kritisiert worden. Für unseren Mörder ist er offenkundig ein Symbol für Tierquälerei. Das wird auch durch die Tatsache gestützt, dass er ihn durch Tiere hat zu Tode kommen lassen.« Ohne auf Fragen oder Reaktionen zu warten, projizierte Boesherz jetzt ein Foto des zweiten Opfers an die Wand. »Ole Steinmetz. Auf den ersten Blick ein einfacher Hartz-IV-Empfänger. Bis man seinen Namen in eine Suchmaschine eingibt. Unser lieber Ole war in den vergangenen zwei Jahren mindestens achtmal in der Zeitung, zudem mehrmals in Talkshows zu Gast. Weswegen?«

Natürlich war den Kollegen die Antwort bekannt. Ole Steinmetz war kein unbeschriebenes Blatt. Die Staatsanwaltschaft hatte mehrmals gegen ihn ermittelt.

»Ein Sozialschmarotzer«, erklärte einer der Kollegen. »Hat jeden Monat Höchstsätze vom Amt kassiert, nebenher schwarzgearbeitet, Vermögenswerte auf seine Freundin überschrieben und im Fernsehen noch über die *blöden Steuerzahler* gelacht.«

Boesherz stimmte dem zu, bevor er die nächste Frage in die Runde warf.

»Damit steht Steinmetz in unserer Reihe für …?«

»Gier«, gab Olivia zur Antwort.

»Ganz meine Meinung. Worauf ich aber noch keine Antwort habe, ist, warum der Mörder ihn ausgerechnet hat ertrinken lassen.«

»Hat er nicht«, widersprach ein anderes Teammitglied. »Steinmetz ist im Wasser erfroren.«

Der Blick, den er erntete, ließ Widerspruch erwarten.

»Die Schwimmweste war für den Täter nur ein notwendiges Übel«, begann Boesherz auch sogleich. »Ohne sie wäre die Leiche untergegangen und bei den niedrigen Wassertemperaturen eine ganze Weile verschwunden. Wir sollen die Toten aber finden, und das schnell!«

»Er hätte also eigentlich von vornherein eine andere Todesart wählen müssen«, überlegte Olivia. »Hat er aber nicht.«

»Hervorragend, Frau Holzmann«, stimmte Boesherz zu. »Wir wissen jetzt also: Nicht nur die Opfer sind für seine Botschaft wichtig, sondern auch die Art, wie sie zu Tode kommen. Und schon wieder musste der Täter einen Kompromiss eingehen: Das Opfer sollte eigentlich ertrinken. Weil wir es dann aber zu spät gefunden hätten, musste er sich mit Erfrieren zufriedengeben. Sein Todessymbol ist in diesem Fall das Wasser, nicht die Kälte.«

Boesherz projizierte jetzt ein Bild des dritten Opfers an die Wand.

»Nils Rau, der Brandstifter.« Der Kommissar musste sich ein Gähnen verkneifen, denn er hatte in dieser Nacht kaum geschlafen. Noch in den frühen Morgenstunden war er an den Tatort gerufen worden, an dem die Leiche des jungen Mannes aufgefunden worden war. »Unser Feuerteufel war vollkommen verbrannt«, fuhr er dennoch fort. »Wir würden noch gar nicht wissen, wer der Tote war, wenn sein Mörder uns nicht dessen Rucksack in der Nähe des Autos hinterlassen hätte.«

»Rau war ein Autozünder. Einer der wenigen, die wir bisher erwischt haben«, fügte Olivia hinzu.

Es war in den vergangenen Monaten immer öfter dazu gekommen, dass Unbekannte in Berlin wahllos Autos in Brand gesetzt hatten. Waren diese Straftaten zunächst noch politisch motiviert und vorwiegend gegen Fahrzeuge der Oberklasse gerichtet gewesen, waren viele der Kriminellen bald dazu übergegangen, aus reinem Vergnügen an der Zerstörung zu handeln. Nicht nur Fahrzeugbesitzer und Versicherungen hatte dies bereits um Millionen geschädigt. Die Brände, von denen bislang glücklicherweise noch keiner auf umliegende Gebäude übergegriffen hatte, brachten immer wieder auch Menschenleben in Gefahr. Nur selten war es der Berliner Polizei gelungen, einen der Brandstifter festzunehmen. Nils Rau war einer davon gewesen.

»Das Gericht hat ihm Bewährung gegeben«, stellte ein Kollege fest.

Boesherz warf ein Foto der verkohlten Leiche an die Wand und stellte mit nüchternem Ton fest: »So kulant war sein Mörder nicht. Im Rucksack von Nils Rau haben wir alles gefunden, was der Junge gebraucht hätte, um den Mercedes selbst anzuzünden. Wenn ihr mich fragt: Sein Mörder musste das gar nicht für ihn übernehmen. *Der Brandstifter, der in seinem eigenen Feuer verbrennt*. Eine klare Botschaft!«

»Bleibt Gereon Voss«, stellte Olivia fest.

Selbstverständlich hatte Boesherz auch ein Foto des vierten Opfers vorbereitet.

»Ein Fassadenkletterer, der gezwungen wird, mit eingeölten Händen von einem Hochhaus hinabzusteigen.«

»Genauso eindeutig«, befand ein Kollege. »Er steigt hoch – und fällt tief.«

Anstatt den Einwurf mit Worten zu kommentieren, imitierte Boesherz das Geräusch, das in einer Quizshow ertönen würde, wenn ein Kandidat eine falsche Antwort gegeben hatte.

»Was hast du übersehen?«, fragte er dann.

Das ganze Team war sichtlich angeschlagen. Zwei Morde waren in nur einer Nacht geschehen, zudem hatte der Staatsanwalt den Druck auf Castella erhöht, die keinen Zweifel daran gelassen hatte, dass sie zeitnah greifbare Ergebnisse würde sehen wollen. Anstatt sich also an Theorien zu versuchen, warteten die Kollegen lieber ab, bis Boesherz seine Idee selbst vortrug.

»Mit Opfer Nummer vier haben wir die erste deutliche Abweichung von seinem bisherigen Muster«, erklärte dieser schließlich. »La Maire hat Tiere gequält, Steinmetz hat die Gesellschaft betrogen, Rau hat fremdes Eigentum zerstört. Und Voss?«

Sekundenlang herrschte Stille, bis Olivia das Schweigen brach.

»Er hat niemanden geschädigt«, stellte sie fest. »Seine Kletterei war dumm, leichtsinnig, riskant – aber er hat nur sich selbst damit in Gefahr gebracht.«

»Was bedeutet, dass wir es nicht mit einem Täter zu tun haben, der im Sinne des Gesetzes bestrafen will, sondern …?«

Wieder war es Olivia, die antwortete.

»Im Dienste einer gesellschaftlichen Moral.«

Boesherz räusperte sich, schaltete den Beamer aus, setzte sich auf einen Stuhl, zog seine Taschenuhr aus der Weste, klappte sie auf und schloss die Sitzung mit den Worten: »Die Zeit läuft uns davon. Also, aus welchem Grund hat er so plötzlich mit seiner Mordserie angefangen? Was war der Auslöser? Warum hat er es so verdammt eilig? Was hetzt ihn? Wonach sucht er seine Opfer aus, was für Vergehen stehen noch auf seiner Liste?«

Erst jetzt erhob sich Castella, schlug ihr Notizbuch zu und rief von hinten durch den Konferenzraum: »Wenn es Ihnen möglich ist, würde ich mich sehr darüber freuen, wenn Sie diese Fragen schon beantworten und den Täter fassen könnten, bevor die nächste Leiche auftaucht.« Daraufhin ging sie mit festen Schritten nach vorn und sprach Boesherz persönlich an: »Kommen Sie bitte gleich in mein Büro.« Dann richtete sie sich wieder an alle Mitglieder der Sonderkommission: »Wir nennen ihn ab jetzt *Jack*. Nach *Jack the Ripper*. Aber unser Ripper, meine Herrschaften, wird nicht entkommen. Haben wir uns verstanden?«

# KAPITEL 6

*Im letzten Jahr!*«, rief Anselm seinem Vater zu und wippte dabei zweimal mit dem Oberkörper nach vorn. »Sie hat es schon wieder übersehen!«

Er konnte auf dem Esstisch endlich keine Putzschlieren mehr erkennen. Jetzt, zur Mittagszeit, wenn das Sonnenlicht durch die Fenster direkt ins Zimmer fiel, waren die Streifen am besten zu sehen. Für die Reinigung glatter Oberflächen verwendete Anselm zwei verschiedene Mikrofasertücher. Eines, das er vor dem Wischen mit warmem Wasser befeuchtete, und ein zweites, mit dem er trocken nachwischte. Die Tücher, die er im Internet entdeckt hatte, empfand er als die zuverlässigsten. Während er sich jetzt daranmachte, die Platzteller auszurichten, sprach er weiter zu seinem Vater.

»*Das Letzte* bezeichnet das Ende einer vorgegebenen Reihe. *Von den Beatles gibt es dreizehn Studioalben. Das letzte, das davon veröffentlicht wurde, war* Let It Be.«

Die Platzteller standen nun im richtigen Abstand zueinander, doch Anselm hatte noch nicht überprüft, ob die Beschriftung auf deren Unterseiten auch so ausgerichtet war, dass sie in Richtung des Gastes zeigte.

»Wenn es um etwas geht, das in dem Jahr vor dem aktuellen Jahr geschehen ist, dann reden wir vom *vergangenen* Jahr. So wie es auch nicht um das *nächste* Jahr geht, sondern um das *kommende*. Warum verstehen die Leute das denn nicht?«

Anselm glaubte kurz, sein Vater habe eine Form von Zustimmung verlauten lassen. Sofort fiel ihm aber wieder ein, dass dies gar nicht möglich war. Und obwohl die Dochte der Teelichter noch nicht gleichmäßig nach oben gebogen waren, ließ er vorübergehend von der Arbeit am Esstisch ab und ging stattdessen in das Schlafzimmer das alten Herrn.

Anselm Drexler war einundvierzig Jahre alt und lebte allein mit seinem Vater im Haus der Familie. Er trug meist Pullover, bevorzugt in den Farben Gelb oder Blau, sein halblanges Haar war jederzeit frisch gewaschen und fiel zu den Seiten. Er war nicht besonders groß, etwas übergewichtig und trug eine auffällige schwarze Brille, die stets blitzsauber poliert war.

»Ich habe es bald geschafft«, versprach Anselm, während er die Liegeposition seines Vaters korrigierte. »Heute Abend geht es weiter, gegen acht kommt Jurek nach Hause.«

Dann gähnte Anselm. Seine Nacht war kurz und anstrengend gewesen. Später, vor seinem Besuch bei Kai Jurek, würde er trotzdem noch einmal in der Redaktion vorbeischauen, um seinen Vorgesetzten auf die Fehler hinzuweisen, die seine Kollegin Sonja schon wieder übersehen hatte. Er selbst arbeitete seit einiger Zeit von zu Hause aus, so konnte er den größten Teil des Tages in der Nähe seines Vaters verbringen. Für Anselms Vorgesetzten war es ohnehin nicht von Wichtigkeit, von welchem Ort aus dieser seine Arbeit erledigte. Nach Meinung der meisten Kollegen war dessen Stelle ohnehin überflüssig, auch wenn sie ihm dies niemals offen ins Gesicht gesagt hätten. Die Mitarbeiter in der Redaktion wussten sehr genau, welchen Stellenwert Anselm seiner Arbeit beimaß, und keiner von ihnen hätte sich jemals auf eine Debatte mit dem eigenartigen Mann eingelassen.

»Ich habe es ihr sogar schon gesagt, aber sie ignoriert es einfach«, sprach Anselm nun weiter, während er den Beutel neben dem Bett noch einmal kontrollierte. »Und nicht genug mit diesem *letzten Jahr!* Vier Sätze weiter steht dann auch noch *scheinbar*. Im Ernst: *scheinbar*!«

Anselm musste die Zeitung nicht zur Hand nehmen, um den Satz zu zitieren: *»Die Kinder hatten scheinbar Spaß.«*

Paul Drexler rührte sich nicht, während sein Sohn damit fortfuhr, seinem Ärger Luft zu machen. »Wenn sie *scheinbar* Spaß hatten, dann hatten sie eben *keinen* Spaß. Es *schien* nur so! Was der Autor aber sagen wollte, war, dass die Kinder *anscheinend* Spaß hatten. Es hatte also den *Anschein*, auch wenn wir es nicht genau wissen. Das erklärt sich doch von selbst!«

Während er ein weiteres Mal unwillkürlich mit dem Oberkörper wippte, kam Anselm plötzlich wieder in Erinnerung, dass der Esstisch noch nicht fertig war. Nicht nur die Kerzendochte, auch die Stühle mussten noch ausgerichtet werden.

»Ach, Vater«, besann er sich deshalb und strich dem alten Herrn liebevoll durch das weiße Haar. »Du wirst dich über dein Geschenk freuen, das verspreche ich dir.«

Und während er wieder ins Esszimmer zurückging, flüsterte Anselm:

»Scheinbar. *Die Regeln der Väter sind Recht ganz und gar.«*

# KAPITEL 7

Das war eine sehr beeindruckende Ansprache«, begann Castella, nachdem Boesherz sich ihr gegenüber auf einen der unbequemen Besucherstühle mit den knarrenden Lehnen gesetzt hatte. »Ich frage mich nur, ob Ihre Erkenntnisse wirklich die Ermittlungsarbeit vorantreiben oder eher dazu dienen, Ihren neuen Kollegen zu imponieren.«

Boesherz kontrollierte demonstrativ seine Manschettenknöpfe, um zu signalisieren, dass er auf diese Frage nicht eingehen würde.

»Sicher, Sie sehen sehr viele Dinge«, fuhr Castella ungerührt fort. »Einen Täter wie unseren finden Sie aber nicht, indem Sie über Moral und Todeslisten philosophieren. Der Innensenator ruft jeden Tag bei mir an, und die Pressestelle rotiert von früh bis spät. Wir müssen das Tempo noch weiter erhöhen. Ich habe mir deshalb erlaubt, Ihrem Team ab morgen eine weitere Verstärkung zur Seite zu stellen.«

»Eine Frau«, stellte Boesherz nüchtern fest. »Eine Sachverständige, aber sie kommt nicht aus Berlin.«

Castellas Blick drückte Neugier aus.

»Eine weitere Polizistin brauchen wir nicht, die Sonderkommission ist gut besetzt«, erklärte Boesherz daher. »Also muss es eine Sachverständige sein, weil man die immer gern hinzuzieht, wenn man der Staatsanwaltschaft demonstrieren möchte, dass man seine Bemühungen verstärkt. In Deutschland gibt es nur wenige weibliche Expertinnen für solche Fälle, aus Berlin stammt keine davon.«

Castella widersprach nicht. Selbst den Seitenhieb ihres Mitarbeiters übersah sie geschickt.

»Und woher wissen Sie, dass es eine Frau ist?«, fragte sie stattdessen.

Boesherz schmunzelte, bevor er antwortete.

»Ich dachte, wenn es ein Mann wäre, hätten sie Ihren Satz anders formuliert. So was wie: *Ich habe einen Sachverständigen hinzugezogen*. Das Wort *Verstärkung* klang so, als seien Sie um Geschlechtsneutralität bemüht.«

»Gut, Severin«, fuhr Castella fort. »Frau Dr. Bartholy kommt aus Neuruppin, und sie ist tatsächlich Serienmörderexpertin. Die renommierteste, die es in Deutschland gibt. Sie hat deren Geschichten studiert, viele von ihnen in ihren Haftzellen besucht und Gespräche mit ihnen geführt. Sie ist außerdem Psychologin und wird uns mit ihrem geballten Wissen hoffentlich zu neuen Erkenntnissen verhelfen.«

»Warum ich da nicht selbst drauf gekommen bin«, hielt Boesherz dem entgegen. »Ich höre mir von einer Expertin an, warum Ted Bundy damals all diese Frauen ermordet hat, und schon haben wir unseren Jack in null Komma nichts in der Zelle sitzen.«

»Im Rheingau mögen ja eigene Verhältnisse herrschen«, begann Castella nun ruhig und ohne eine Spur von Sarkasmus. »Hier in der Hauptstadt ticken die Menschen aber anders. Die Berliner nennen auf ihren Anrufbeantwortern nicht ihre Namen, weil sie denken, man würde sonst ihre Wohnungen ausrauben, wenn sie nicht zu Hause sind. Wenn man sie auf der Straße nach dem Weg fragt, umklammern sie sofort ihre Geldbörsen, und wenn ein einzelner Mann auf dem Spielplatz ein paar Kindern beim Schaukeln zuguckt, ruft sofort irgendeine Mutter die Polizei. Wir sind hier alle sehr aufgeregt, paranoid und fest davon überzeugt, dass jeder, außer uns selbst, ein Krimineller ist.« Castella schien sich nicht mit Boesherz anlegen zu wollen. Er hatte eher das Gefühl, dass sie ihn auf ihre Seite ziehen wollte. »Brutale Morde, ausgeschlachtet von der Presse –

was glauben Sie, was das mit den Menschen in dieser Stadt macht?«

»Sie haben recht«, antwortete Boesherz. »Im Rheingau ist das anders. Wir halten mit dem Auto an, um Fußgänger über die Straße zu lassen. Wenn uns jemand, den wir nicht kennen, freundlich grüßt, vermuten wir nicht, dass er uns umbringen will, und unsere Kinder schicken wir morgens einfach in die Schule – ohne dass wir sie vorher Selbstverteidigungskurse besuchen lassen. Jack bestätigt die Menschen in dieser Stadt einfach nur in ihrer ohnehin schon unerschütterlichen Überzeugung, dass wir alle sowieso längst verloren sind. Und wie wird diese Episode ausgehen? Wir werden ihn schnappen, man wird ihn wegsperren, und alle werden ihn vergessen.«

»Was ist mit den Toten?«

Boesherz zuckte mit den Schultern.

»Die sind schon vergessen, *bevor* wir ihn gefasst haben. Oder wissen Sie noch, wie die Opfer von Ted Bundy hießen?«

Castella stutzte. Dass Boesherz im LKA nicht gerade für seine Sentimentalität bekannt war, wusste sie durchaus. Dennoch erschien ihr diese Bemerkung selbst für einen sachlichen Analytiker wie ihn etwas zu gleichgültig.

»Was haben Sie vor?«, wollte sie daher wissen.

»Ich werde mich mit Jacks Erfolgserlebnissen befassen. Mit dem, wofür er das hier alles macht. Und wenn ich Glück habe, erfahre ich dabei etwas über ihn, das ich noch nicht weiß.« Castella sah ihren neuen Hauptkommissar erwartungsvoll an. »Er statuiert Exempel, und alle sollen es wissen«, fuhr Boesherz daher fort, und ohne dass er dazu aufgefordert worden wäre, erhob er sich dabei und ging zu dem Fenster, an dem noch am Morgen Staatsanwalt Carl vom Stein gestanden hatte. »Es geht ihm um die Presse, um das Feedback. Darum, dass so viele Menschen wie möglich ihm dabei zusehen, wie er Tierquäler bestraft oder etwas Grausames mit Menschen anstellt, die in seinen Augen asozial sind. Sie können sicher sein, dass Jack jeden einzelnen Bericht über seine Mordserie liest. Und wer sind die Menschen, die diese Berichte schreiben?«

»Sie werden es mir verraten.«

»Dieselben Journalisten, die auch schon über die Opfer geschrieben haben. Lange, bevor sie zu Opfern geworden sind.«

Castellas sorgenvolle Miene entspannte sich etwas, als sie zu verstehen begann, worauf Boesherz hinauswollte.

»Jeder, den Jack bisher ermordet hat, war mit seinen Vergehen irgendwann mal in den Medien präsent. Oft nur in kleinen Artikeln, aber jedes der Opfer stand irgendwann mal in der Zeitung oder war im Fernsehen.«

»Ganz genau«, bestätigte Boesherz seine Vorgesetzte. »Wenn diejenigen, die Jack überhaupt erst auf seine Opfer gebracht haben, jetzt über ihn selbst schreiben, dann könnte es doch sein, dass der eine oder andere unseren Serienkiller dabei auf Ideen bringt.«

»Wie sollte das denn aussehen?«

»Der Staatsanwalt ist ziemlich groß«, wechselte Boesherz plötzlich das Thema. Während seiner erst kurzen Zeit beim LKA Berlin war ihm Carl vom Stein noch nicht persönlich begegnet.

»Wie bitte?«, stutzte Castella.

»Seit die Putzfrauen gestern Nacht da waren, hatten Sie nur von ihm Besuch. Und jetzt ist da ein Fettfleck von einer Stirn auf der Scheibe. Der liegt ziemlich weit oben, von Ihnen kann er nicht sein«, gab Boesherz zur Antwort und fügte unvermittelt an: »Vielleicht erwähnt einer der Reporter ja Menschen, die noch in Jacks Plan von der *Rache an der Gesellschaft* passen könnten.«

»Sie meinen, er könnte sich indirekt Vorschläge machen lassen, wer es noch verdient hätte, auf seine Liste zu kommen?«, hakte Castella nach.

»Seine Liste steht schon längst fest. Aber vielleicht sucht er noch nach Repräsentanten für die einzelnen Verfehlungen.«

Boesherz bemerkte, dass kurz hinter dem Foto von Castellas Ehemann, das seit Jahren auf ihrem Schreibtisch stand, eine schmale Linie verlief, auf der sich kein Staub gebildet hatte. Sie hatte es offenbar von seinem Platz entfernt, es bald darauf aber wieder zurückgestellt, wenn auch nicht ganz exakt an dieselbe Stelle. Er schloss daraus, dass die beiden kurz zuvor miteinander gestritten, sich bald darauf aber wieder versöhnt haben mussten.

»Vielleicht kann Frau Dr. Bartholy uns ja mehr dazu verraten«, spekulierte Boesherz dann spöttisch. »Ab wann steht uns ihre fachliche Kompetenz denn zur Verfügung?«

Castella, die sich tatsächlich erst vor wenigen Stunden mit ihrem Mann gestritten hatte, zeigte sich unbeeindruckt. Sie erhob sich jetzt ebenfalls, stellte sich zu Boesherz ans Fenster, prüfte unwillkürlich den Fleck an der Scheibe und sah dann auf den stillgelegten Flughafen Tempelhof hinaus.

»Sie arbeitet sich heute noch in die Akten ein. Morgen früh schicke ich sie Ihnen dann zur ersten Besprechung vorbei. Was gedenken Sie bis dahin zu tun?«

»Ich werde mich in die Kantine zurückziehen«, antwortete Boesherz, »und ein wenig in der Zeitung lesen.«

»Gut«, erwiderte Castella. »Wenigstens muss ich ja nicht befürchten, dass Ihnen dabei irgendwas entgeht.«

# KAPITEL 8

Der Duden bewahrt die deutsche Sprache nicht, er dokumentiert nur ihren Verfall!«, hielt Anselm seinem Vorgesetzten mit brüchiger Stimme entgegen, während dieser kräftig am Kaffeeautomaten rüttelte.

Drexler hatte seinen Mut zusammengenommen und den Redaktionsleiter der Tageszeitung *Das Fadenkreuz* im Pausenraum auf die fehlerhafte Arbeit seiner Kollegin angesprochen. Dieser hatte seinen langjährigen Mitarbeiter darauf hingewiesen, dass vieles von dem, was dieser an der Arbeit seiner Kollegin beanstandete, laut dem Standardwerk der deutschen Rechtschreibung mittlerweile zulässig sei.

»Da können die schreiben, was sie wollen: Es heißt nicht *stolz wie Oskar*. Es heißt *frech wie Oskar*. Das kommt aus dem Jiddischen, von *ossoker*. Und das heißt: frech!«

»Sie sehen das zu verbissen«, versuchte der Redaktionsleiter Anselm zu beschwichtigen, als endlich der gewünschte Cappuccino aus dem Automaten kam. »Sprache ist eben einem ständigen Wandel unterzogen. In dem Moment, in dem eine Redewendung benutzt und verstanden wird, existiert sie nun mal. Und wir sprechen ja heute auch nicht mehr so wie vor fünfhundert Jahren.«

Drexlers Vorgesetzter machte daraufhin Anstalten, sich in sein Büro zurückzuziehen, und Anselm war schmerzlich bewusst, dass vermutlich jeder in der Redaktion die Sicht seines Chefs teilen würde. Und wenn er ehrlich zu sich war, dann erboste ihn auch weniger die Haltung, die man beim *Fadenkreuz* zur deutschen Sprache vertrat. Viel mehr war es die Art, wie man im Verlag über seinen Posten dachte. Das Korrektorat war in den Augen der meisten Kollegen eine Abteilung, die in Zeiten automatischer Korrekturprogramme eher ins Museum als auf die Gehaltsliste gehörte. Und auch seine Kollegin Sonja Wendorff, zugleich die Großnichte des Chefredakteurs, hatte man ihm zweifellos nur deswegen zur Seite gestellt, weil die offensichtlich wenig sprachbegabte Frau mit der Anstellung beim *Fadenkreuz* eine Gefälligkeit bei ihrem Verwandten eingelöst hatte.

»Aber wer, wenn nicht wir, soll sich denn noch für unsere Sprachkultur einsetzen? Wer, wenn nicht die Medien?«, verteidigte Anselm seine Beschwerde, während er dabei versuchte, dem Redaktionsleiter wie zufällig den Weg zu versperren. »Man muss nur den Fernseher einschalten oder mal ins Internet gehen. Sich Schilder angucken. Niemand, wirklich niemand legt mehr Wert auf korrektes Deutsch!«

Sein Vorgesetzter erkannte, dass es das Beste sein würde, Anselm das Gefühl zu vermitteln, er nehme ihn ernst. Er trank noch einen vorsichtigen Schluck seines viel zu heißen Kaffees und lächelte Drexler dann an.

»Deswegen haben wir Sie ja auch im Team. So eine Zeitung ist ja im Grunde wie ein Uhrwerk: Dreht sich nur ein einziges Rädchen nicht, dann ist gleich die ganze Uhr kaputt.« Als er das sagte, kam dem Redaktionsleiter etwas in den Sinn, nach dem er Anselm schon immer befragen wollte. »Ich habe mal mitbekommen, dass Sie in einem Artikel ein *Warum* in ein *Weshalb* geändert haben. Ich habe mich gefragt, was da wohl der Unterschied ist.«

Anselm konnte sich genau vorstellen, bei welcher Gelegenheit sein Chef dies *zufällig mitbekommen* hatte. Hinter seinem Rücken musste sich der Reporter, dem der Patzer unterlaufen war, über ihn lustig gemacht haben. Vermutlich hatten sie alle gelacht und gesagt: *Der Spinner hat sie doch nicht alle.* Selbst jetzt bebte es innerlich noch in Anselm, als er sich an den Artikel erinnerte.

»Mit *warum* richtet man eine Frage in die Vergangenheit. Wenn ich Sie frage, *warum* Sie Ihr Auto vollgetankt haben, dann würden Sie antworten: *Weil der Tank leer war.* Frage ich aber, *weshalb* Sie Ihr Auto vollgetankt haben, dann richte ich mich mit dieser Frage in die Zukunft. Ihre Antwort müsste lauten: *Damit ich nicht stehen bleibe, wenn ich morgen damit zur Arbeit fahre.*«

Der Redaktionsleiter schmunzelte. Denn auch wenn er Anselms Eifer nicht teilte, erkannte er doch, dass er mit ihm genau den richtigen Mann auf dem richtigen Posten hatte. Es schien ihm nur fair, auf die Bedürfnisse seines Mitarbeiters einzugehen. Wenn auch eher, um dem Gespräch ein Ende setzen zu können.

»Also gut, ich werde noch mal mit Ihrer Kollegin reden«, versprach er. »Aber seien Sie nicht so streng mit ihr. Der größte Teil unserer Leser stammt aus einer Bildungsschicht, in der man Sprache nicht annähernd mit der chirurgischen Präzision einsetzt, mit der Sie das tun. Ein zu anspruchsvoller Sprachgebrauch könnte im schlimmsten Fall sogar Leser abschrecken. Denken Sie daran: Wir sind ein Käseblatt! Wenn auch das erfolgreichste Käseblatt der Stadt. Trotzdem, ich bin stolz, jemanden mit Ihren Fähigkeiten im Team zu haben.«

Der unscheinbare Anselm erfuhr nicht oft Anerkennung, und so wich seine innere Anspannung nach diesem unerwarteten Kompliment schlagartig einem ungewohnten Gefühl von Zufriedenheit. In diesem seltenen Augenblick, in dem sich tatsächlich so etwas wie ein Glücksgefühl in ihm ausbreitete, störte sich Anselm entgegen seiner sonstigen Gewohnheit an absolut gar nichts. Nicht an der kleinen Beschädigung der Untertasse seines Chefs, nicht an der Tatsache, dass dieser auch den untersten Knopf seiner Weste geschlossen hatte. Es störte ihn nicht, dass im Papierkorb ein angebissener Apfel lag, obwohl dort nur Papierabfälle hineingehörten, und auch nicht, dass die Augenbrauen der drallen Blondine auf dem Wandkalender lediglich aufgemalt waren.

Es kam wahrhaftig nicht oft vor, dass Anselm sich an nichts störte.

»Wie geht es eigentlich Ihrem Vater?«, lenkte der Redaktionsleiter jetzt vom Thema ab, während er sich abwandte, um seinem Mitarbeiter zu verstehen zu geben, dass er nun seine Arbeit fortsetzen wollte.

»Ich tue, was ich kann, damit er sich wohlfühlt«, gab Anselm zur Antwort, während die ständige quälende Unzufriedenheit langsam wieder Macht über ihn ergriff.

»Schlimme Sache, ich habe davon gehört. Wie alt ist er denn?«

Anselm hasste diese Frage. Sie suggerierte, dass menschliche Schicksale immer weniger furchtbar wurden, je höher das Lebensalter war, in dem sie einen ereilten.

»Fünfundachtzig«, antwortete er dennoch. »Er hat sehr viel durchgemacht in seinem Leben. Aber er war ein guter Vater. Und jetzt bin ich für ihn da.«

Anselms Chef streckte ihm seine Hand zur Verabschiedung entgegen.

»Ich bin mir sicher, er weiß das sehr zu schätzen«, sagte er. »Kommen Sie denn allein mit ihm zurecht?«

»Ich habe noch eine Privatkrankenschwester engagiert. Das lässt mir Zeit für meine Arbeit. Und dafür, mich um sein Geschenk zu kümmern. Ich habe ihm nämlich eine ganz besondere Überraschung versprochen. Dafür, dass er seine Lage so tapfer aushält.«

»Das klingt ja interessant. Was schenken Sie ihm denn?«

Als Anselm einen Augenblick lang seine Blicke durch den Flur schweifen ließ, sah er ein Exemplar der aktuellen Ausgabe des *Fadenkreuz* auf dem Schreibtisch einer Redakteurin liegen. Die Schlagzeile lautete: *Das Blutbad geht weiter – wer ist der gnadenlose Killer?*

»Das kann ich noch nicht verraten«, antwortete er dann. »Aber wenn es fertig ist, dann werden Sie es zu sehen bekommen. Das verspreche ich Ihnen.«

# KAPITEL 9

Die Kartoffeln schmecken ein bisschen nach Mais, dafür schmeckt der Mais wie Wasser. Wenn das Wasser jetzt nach Kartoffeln schmeckt, ist das Universum wieder im Gleichgewicht«, spottete Boesherz.

»Wenn du was essen willst, das nach Kartoffeln schmeckt, dann probier mal den Reis«, konterte Dennis, der mit seinem Tablett in der Hand an Boesherz' Tisch getreten war. »Kann ich mich zu dir setzen?«

Boesherz lächelte freudig. Die Ablenkung kam ihm wie gerufen.

Severin hatte sich mit einem beachtlichen Stapel an Exemplaren verschiedener Tageszeitungen in die Kantine des LKA zurückgezogen.

Während eines der seriöseren Blätter titelte: *Berlin im Griff eines Mörders – woher kommt die Gewalt?*, eröffnete das reißerische *Fadenkreuz* lieber mit *Blut, Tod, Schmerz! Wen schnappt sich der irre Killer als Nächsten?* Es gab eine Vielzahl teils besser, teils schlechter geschriebener Berichte über Jacks Morde, wobei Boesherz auffiel, dass die Gewichtung in der Berichterstattung maßgeblich auf das Bildungsniveau der angesteuerten Käuferschicht abgestimmt war. Während die eine Zeitung wild über die Qualen spekulierte, denen Jacks Opfer mutmaßlich ausgesetzt worden waren, nahm eine andere den Tod Pierre La Maires zum Anlass, eine Reflexion zu Fragen des Tierschutzes vorzunehmen. Wie Boesherz es bereits erwartet hatte, wiesen einige Blätter darauf hin, dass sie über die späteren Mordopfer bereits früher berichtet hatten, andere kritisierten ihre Mitbewerber gerade deswegen und warfen ihnen eine mediale Hexenjagd vor. Boesherz erkannte zu seinem Bedauern, dass es schier unmöglich war, aus der Unmenge an Berichten tatsächlich unmittelbar verwertbare Erkenntnisse zu gewinnen. Auch wenn er seine Idee zu einem späteren Zeitpunkt eventuell noch einmal aufgreifen würde.

Das Auftauchen von Dennis Baum war für ihn eine willkommene Ablenkung, schon zumal der junge Kollege an einem ganz anderen Fall arbeitete.

»Hast du dein Model schon gefunden?«, wollte Boesherz wissen.

Dennis war bereits seit einigen Jahren beim LKA Berlin. Er war Anfang dreißig, auch im Winter stets gut gebräunt und wirkte eher wie ein Fitnesscoach als wie ein Polizist. Im vergangenen Jahr hatte er seine langjährige Partnerin Suzi geheiratet und seitdem ein wenig an Gewicht zugelegt. Dennoch war der junge Kommissar, der einer von wenigen gebürtigen Berlinern im LKA war, das sportlichste Mitglied in der Abteilung *Delikte am Menschen*.

»Hör bloß auf«, wiegelte er ab, während er sein Tablett auf dem Tisch abstellte. »Ich würde am liebsten mit dir tauschen! Dieser Zickenfall geht mir ganz schön auf die Nerven. Das habe ich mir echt anders vorgestellt. Ich habe gedacht, ich ermittle auf Modenschauen und befrage ein Model nach dem anderen.«

»Die dich natürlich alle total sexy finden und dich fragen, ob du ihnen mal deine Kanone zeigst.«

»Und was mache ich tatsächlich? Ich gleiche Datenbanken ab und muss mich vor Journalisten rechtfertigen. Na, danke auch.«

Tanja van Beuten war ein international erfolgreiches Topmodel aus Berlin und Jurymitglied einer äußerst populären Castingshow für angehende Laufstegschönheiten. Vor etwas über einer Woche war sie spurlos verschwunden. Da es keinerlei Hinweise auf ein Verbrechen gab, war zunächst keine polizeiliche

Suche eingeleitet worden. Weder hatten sich Kampfspuren gefunden, noch war eine Lösegeldforderung bei van Beutens Familie eingegangen. Erst der öffentliche Druck der Medien hatte die Staatsanwaltschaft schließlich dazu veranlasst, im Falle ihres Verschwindens Ermittlungen anzustellen.

»Hast du denn wenigstens an den Kandidatinnen ihrer Castingshow ein paar Leibesvisitationen durchgeführt?«, fragte Boesherz mit ersichtlich gespielter Sorge. »Nicht, dass dir da irgendwelche Fakten entgehen.«

Dennis lachte und nahm einen Schluck von seinem Malzbier.

»Also, für *diese* Fakten wären wohl eher die Kollegen vom Betrugsdezernat zuständig«, konterte er.

Boesherz sah nun mit Geringschätzung auf den Teller seines Kollegen. Der Kasselerbraten war so von Fett durchzogen, dass kaum Fleisch daran zu finden war, und die Kartoffeln schienen so hart zu sein, dass sein Kollege sie mit dem Messer würde zerkleinern müssen, damit sie wenigstens einen Teil der braunroten Fertigsoße aufnehmen konnten.

»Da gucke ich mir lieber eine Wasserleiche an als dieses Kantinenessen«, behauptete er verächtlich und erntete einen zustimmenden Blick. »Aber noch mal zu deinem Model: Denkst du, da ist überhaupt was passiert?«

Dennis schien in dieser Frage hin- und hergerissen zu sein.

»Lass es mich so sagen: Ich habe keinen Hinweis darauf, dass es ein Verbrechen gibt. Wäre sie nicht so prominent, würden wir überhaupt nicht ermitteln.«

Boesherz sah beiläufig in seinen Kaffeebecher, obwohl er genau wusste, dass dieser leer war. Dann griff er nach seinem Schokoladenpudding, der das Einzige war, das er an der Essensausgabe gewählt hatte. Er warf sich zunächst seine Krawatte über die Schulter und probierte dann vorsichtig einen Löffel von dem Dessert. Mit vollem Mund antwortete er schließlich: »Du solltest das mal positiv sehen. Sobald Tanja van Beuten wieder aufgetaucht ist, darfst du sie nach Herzenslust zu Befragungen in dein Büro einladen.«

»Wenn ich das mal will.«

»Du hast recht. Ist die nicht so eine Knallharte, die mit den Mädchen redet, als seien sie auf einem Kasernenhof?«

Während Boesherz das sagte, bemerkte Dennis dessen überraschten Blick. Er schmunzelte, während er ein Stück von seinem Kasselerbraten abschnitt.

»Der Pudding ist tatsächlich das Einzige, was hier wirklich schmeckt«, stellte er fest. »Sag mal, könnte van Beuten denn nicht auch ein Opfer deines Serienmörders sein?«

Boesherz hatte sich längst mit dieser Frage auseinandergesetzt.

»Nein«, antwortete er daher. »Erstens hat Jack bisher noch keine Frau getötet. Schwaches Argument, zugegeben. Zweitens, im Zusammenhang mit Tanjas Verschwinden ist bisher keine Zahl aufgetaucht. Schon ein besseres Argument. Drittens – und jetzt kommt das Hauptargument: Es gibt keine Leiche! Jack hat es eilig. Er fackelt nicht lange, hinterlässt entstellte Opfer, und das, was er ihnen antut, tut er ihnen öffentlich an.« Boesherz stellte sein Puddingschälchen wieder auf dem Tisch ab. »Nein, mit deinem Model hat es etwas anderes auf sich. Ob sie einen Stalker hatte, hast du als Erstes überprüft, oder?«

»Ja, das hätte nämlich auch erklärt, warum es keine Lösegeldforderung gibt«, antwortete Dennis. »Sie hat eine Menge Fans, aber von einem klassischen Stalker weiß keiner was.«

Boesherz überlegte, wie er seinem Kollegen weiterhelfen konnte.

»Trotzdem solltest du die Idee nicht aufgeben, dass jemand diese schöne Frau nur entführt hat, damit sie ständig bei ihm ist. Ich habe eine Idee, interessiert sie dich?«

Dennis' Gesichtsausdruck war Antwort genug.

»Wenn es wirklich eine Entführung war, dann muss der Täter sie vorher genau studiert haben. In ihr Haus kommt er nicht rein, also müsste er sie in der Öffentlichkeit entführen. Aber ein so bekanntes Model hat ständig irgendwen um sich herum. Sie wird dauernd fotografiert, und überall folgen ihr Kameras. Wer so eine Frau entführen will, muss einen wirklich guten Zeitpunkt abpassen. Und das erfordert Planung. Wo könnte er ihr nahe gekommen sein?«

»Du meinst, es muss eine Schnittstelle zwischen ihr und ihren Fans gegeben haben?«

»Sehr gut«, lobte Boesherz seinen Kollegen. »Die Finalrunden ihrer Castingshow sind allesamt vor Publikum in Adlershof produziert worden, die Karten dafür konnte jeder kaufen. So könnte ein späterer Entführer van Beuten ganz nahe gekommen sein. Und jetzt wird es interessant: Wer sich als Zuschauer in so eine Sendung setzt, muss vorher schriftlich erklären, dass er damit einverstanden ist, später im Fernsehen zu sehen zu sein. Lass dir diese Erklärungen doch mal von der Produktionsfirma zeigen.«

Dennis fand den Vorschlag durchaus interessant.

»Ich soll nach Menschen suchen, die mehrmals im Publikum gesessen haben?«

»Was, wenn ein alleinstehender, vorbestrafter Sexualstraftäter zehnmal bei den Aufzeichnungen dabei war? Den solltest du doch dann unbedingt mal in seiner Laube besuchen gehen, oder etwa nicht?«

Dennis gefiel der Vorschlag.

»Einen Versuch ist es allemal wert. Ich bin nämlich, ehrlich gesagt, froh über alles, was ich überhaupt noch ermitteln kann«, gestand er. »Ich habe jeden Stein im Leben dieser Frau umgedreht. Sie ist weg, keiner hat was gesehen, keiner ist verdächtig. Warum bekomme gerade ich so einen undankbaren Fall?«

»Na ja, ohne deinen Julius traut dir Castella wohl nicht allzu viel zu«, zog Boesherz Dennis auf. »Keine Angst, wenn Kern wieder zurück ist, darfst du auch wieder Serienmörder jagen. Aber nicht meinen! Der beginnt mir nämlich langsam ans Herz zu wachsen.«

Tatsächlich hatte Dennis seine bislang größten Ermittlungserfolge an der Seite seines Freundes Julius Kern erzielt. Dennoch, dass Castella ihm den Fall des verschwundenen Models anvertraut hatte, war alles andere als eine Zurückstufung.

»Sag mal, Severin, kannst du nicht meinen Fall einfach noch für mich mit lösen? Dann könnte ich mich in der Zeit zum Koch umschulen lassen und hier mal für gutes Essen sorgen.«

Boesherz griff wieder nach seinem Puddingschälchen und schüttelte entschieden den Kopf.

»Lass mal, gutes Essen passt einfach nicht zu Berlin, da solltet ihr hier gar nicht mit anfangen. Außerdem, diese Castingshows gehen mir schon lange auf die Nerven. Von mir aus kannst du dir noch ein bisschen Zeit damit lassen, die Gute zu finden.«

# KAPITEL 10

Auf dem Dachboden war es so kalt, dass Tanja van Beuten ihren Atem sehen konnte. Die schmale Dachluke, durch die man im Sommer auf ein Waldstück hinausblicken konnte, war über und über mit Eisblumen bedeckt, das Grün der Bäume war einer dichten Schneedecke gewichen. Tanja machte sich allerdings über ganz andere Dinge Gedanken. Obwohl ein kleiner, eifrig brummender Heizlüfter neben ihrem Stuhl aufgestellt war, ließen die Temperaturen das Model unaufhörlich zittern und lautstark mit den Zähnen klappern. Von der Schönheit und der Anmut, die van Beuten in ihrem Beruf ausstrahlte, war dort oben, in der Einsamkeit ihres frostigen Verstecks, nichts zu sehen.

*Mein Schädel tut so weh, verdammt, er platzt gleich.*

Dass der kleine Heizlüfter die Luft noch trockener machte, als sie ohnehin schon war, vergegenwärtigte sich das Model nicht. Sie wäre sich der fatalen Konsequenzen dessen ohnehin nicht bewusst gewesen.

Ein weiteres Mal betrachtete sie die Fesseln, die sie an einen hölzernen Küchenstuhl schnürten. Ihre Handgelenke waren durch die Reibung der Naturfasern bereits blutig gescheuert, und ihre Beine waren mit einem komplexen Knotengebilde fixiert, das um alle vier Stuhlbeine gewunden war und ihre Knöchel dadurch so fest wir möglich an das Möbelstück band. Die Schmerzen, die jeder Kontakt ihrer Wunden mit den Stricken seit Tagen verursachte, waren so allgegenwärtig, dass Tanja sie fast schon nicht mehr wahrnahm.

Van Beuten konnte sich nicht daran erinnern, wann und wo

es passiert war. Sooft sie auch versuchte, den Zeitpunkt und die Umstände ihrer Verschleppung zu rekonstruieren, so oft stieß sie dabei an die Grenzen ihres mit jeder Stunde weiter nachlassenden Verstandes. Etwas Stumpfes hatte sie gespürt. Vielleicht einen Schlag, so, als habe sie jemand mit großer Wucht gerammt. Doch außer dem dröhnenden Schmerz war ihr nicht mehr viel in Erinnerung geblieben. Sie wusste nicht mehr genau, mit wem sie zuletzt gesprochen hatte oder an welchem Ort es genau passiert war. Mittlerweile war sie nicht einmal mehr sicher, ob sie überhaupt entführt worden war oder ob alles um sie herum lediglich das Produkt ihrer Einbildung sein mochte.

*Ist das alles nur ein Traum?*

»Vielleicht schon«, antwortete Muffin, das Nilpferd. Das knuddelige Stofftier saß am Stirnende des reich gedeckten Esstisches, direkt gegenüber seiner Besitzerin. »Aber was, wenn nicht? Gefällt es dir nicht bei uns?«

»Ich bin mir nicht sicher«, erwiderte van Beuten.

Muffin sprang von seinem Stuhl auf, hüpfte lachend auf den Tisch, schnappte sich einen Apfel und biss herzhaft hinein.

»Das Erwachen ist oft schlimmer als der Traum, den man vorher hatte«, behauptete er.

Tanja sah sich um. Nein, das alles konnte nicht real sein. Andererseits, welche Rolle spielte das mittlerweile überhaupt noch?

»Muffin, sei bitte ehrlich zu mir«, bat sie ihr Lieblingskuscheltier, das sie seit vielen Jahren nicht mehr gesehen hatte. »Werde ich aus diesem Traum wieder aufwachen?«

Muffin ließ von seinem Apfel ab, putzte sich die Schnauze mit einer Serviette ab und setzte sich dann Tanja direkt gegenüber neben den Kerzenständer. Er legte den Kopf seitlich in den Nacken, rollte lustig mit seinen kleinen Ohren und antwortete lausbübisch:

»Das kann ich mir nicht vorstellen.«

# KAPITEL 11

Severin Boesherz führte seine Nase an das Weinglas und inhalierte leicht, während von der Musikanlage Verdis *La Traviata* erklang.

»Quercus«, schwärmte er mit einem Gesichtsausdruck, der Olivia Holzmann an einen frisch verliebten Teenager erinnerte. »Mein Lieblingswein, ein Spätburgunder aus dem Rheingau, in neuen Eichenholzfässern gereift. Vom Weingut Allendorf, das waren praktisch meine Nachbarn.« Boesherz roch ein weiteres Mal an dem guten Tropfen und erzählte Olivia dann: »Dieser Wein hilft mir beim Denken. Na ja, zumindest ein paar Gläser davon. Ab der zweiten Flasche behindert er den Denkprozess dann eher.«

Severin hatte seine Kollegin zum ersten Mal zu sich nach Hause eingeladen. Er plante schon seit Wochen, sich einmal privat mit Olivia zu treffen, doch erst jetzt war seine neue Wohnung vollständig eingerichtet, und die Umzugskartons hatte er entsorgt.

»Die Trauben wachsen auf dem Oestricher Klosterberg. Oestrich-Winkel, das ist die Stadt, aus der ich komme. Liegt direkt am Rhein. Traumhaft!«

Dann reichte er Olivia ebenfalls ein Glas des Rotweins, den er zuvor zwei Stunden lang in einem Dekanter hatte atmen lassen. So hatte er seine Aromen von Kirschen, Brombeeren, Vanille und Holunder voll entfalten können.

»Quercus? Ein seltsamer Name für einen Wein«, stellte Olivia fest und roch ebenfalls daran.

»Das ist Latein, steht für *Eiche*. Wegen der Eichenfässer, in denen er reift.«

Olivia lehnte sich entspannt auf der grauen Stoffcouch zurück und ließ ihre Blicke dabei durch das Wohnzimmer streifen.

»Also, das muss man dir lassen«, gab sie anerkennend zu. »Du hast Geschmack.«

»Ich verstehe nicht, warum so viele keinen haben«, hielt Boesherz entgegen. »Wenn wir Leichen in Wohnungen finden, sind das Schlimmste – vielleicht mal abgesehen von den Toten – doch wohl meist ihre hässlichen Couchtische, oder nicht?«

Die Maisonette im ruhigen Berliner Stadtteil Schlachtensee war durchgehend mit hellem Parkett ausgelegt, sämtliche Möbel stammten einheitlich aus derselben Designlinie, und alles, was in den Regalen, auf dem Lowboard oder auf der Fensterbank zu sehen war, diente ausschließlich der Dekoration. Es gab nichts Buntes in der Wohnung, lediglich kleine Accessoires in Gold setzten vereinzelte Farbakzente. Olivia fiel auf, dass in Severins Wohnung absolut nichts den Eindruck vermittelte, als wohne dort tatsächlich jemand. Alles erinnerte in seiner zielstrebig durchgeplanten Ordnung an Seiten aus einem Möbelkatalog.

»Du hast Angst, dass jemand was über dich erfährt, nicht wahr?«, fragte sie, während sie einen Schluck des exklusiven Rotweins trank. »Wenn du nur irgendwo eine Schachtel Zigaretten liegen siehst, schlussfolgerst du daraus gleich eine komplette Geschichte über denjenigen, der sie zuletzt in der Hand hatte. Diese Ordnung hier ist deine Art, Spuren zu verwischen, oder?«

Boesherz zündete die Kerze auf dem Esstisch an und setzte sich dann zu Olivia auf die Couch.

»Meinst du denn, ich muss meine Spuren verwischen?«, fragte er und lockerte dabei den Sitz seiner Krawatte. »Alles, was wir tun, hinterlässt eine Signatur, daran können wir gar nichts ändern. Manchmal ist diese Signatur allein schon in sich schlüssig, manchmal ist sie nur der Teil eines Ganzen, das sich erst durch weitere Hinweise entschlüsselt. In so einem Fall muss man sammeln.«

»Sammeln?«, fragte Olivia nach.

»Wie im Fall von Jack. Er hinterlässt Hinweise, in allem, was er tut oder lässt. Ich sammle diese Hinweise wie Puzzleteile, die ich erst dann zusammensetzen kann, wenn ich genug davon habe.«

Olivia setzte sich ein Stück weiter auf und wandte sich ihrem Kollegen zu, als sie fragte:

»Glaubst du, dass du deswegen keine Frau findest? Weil du immer sofort *alles* an ihnen siehst?«

Boesherz schwenkte seinen Quercus im Glas und verdrehte genießerisch die Augen, als das Aroma des Eichenholzes zu ihm hinüberströmte.

»Die Liebe lebt vom Geheimnis«, entgegnete er dann. »Es sind die Rätsel, die die Neugier schüren. Herausfinden zu wollen, was es an einer Frau zu entdecken gibt, welche Überraschungen sie bereithält. Ich wünschte, ich könnte das auch mal erleben. Aber meistens sehe ich sie nur einmal an und erkenne genug, um den Rest gar nicht mehr wissen zu wollen.«

»Ja, die Geheimnisse der anderen sind immer nur so lange reizvoll, bis man sie kennt«, versuchte Olivia Boesherz zu beruhigen. »Spätestens nach einem Jahr ist die Luft raus, dann beginnt der Alltag. Und nach noch mal einem Jahr heißt es: *Schön war die Zeit, aber jetzt ziehe ich weiter zu jemand anderem, mit neuen, reizvollen Geheimnissen.* Ich beteilige mich jedenfalls nicht mehr an diesem Spiel. Weißt du, wie viele Singles in Berlin leben? Fast dreißig Prozent!«

»Nur dass die einen gern dazugehören und die anderen nicht.«

»Also, was mich betrifft – ich habe meine Altersversorgung, Kinder will ich nicht, und mit den Männern bin ich durch.«

Als Olivia Severins Interesse an ihren Ausführungen bemerkte, nutzte sie die Gelegenheit, um auf etwas zu sprechen zu kommen, das ihr schon lange am Herzen lag.

»Was siehst du eigentlich an mir?«

Unerwartet stellte Boesherz sein Weinglas auf dem Couchtisch ab und erhob sich.

»Ich gucke mal nach dem Winzergulasch«, wiegelte er ab und ging in seine offene Küche hinüber.

»Na, komm schon«, setzte Olivia nach. »Ich fange schon nicht an zu weinen.«

Als Severin erneut nicht reagierte, stand sie schließlich auch auf und folgte ihrem Kollegen.

»In zehn Minuten können wir essen«, stellte Boesherz fest, nachdem er einen Blick in den Topf geworfen hatte, in dem die Rheingauer Spezialität vor sich hin köchelte. Dann wandte er sich Olivia zu und lehnte sich dabei lässig gegen seine Arbeitsplatte. »Ihr denkt immer alle, ich löse meine Fälle dadurch, dass ich alles sehe und daraus Schlussfolgerungen ziehe. Aber das ist nur ein kleiner Teil des Ganzen. Ich sehe zwar wirklich viel, aber manchmal kann das auch verwirrend sein. Mit Logik allein findet man keine Mörder. Und keine Frau.«

Olivia nickte.

»Die handeln nämlich nicht logisch«, gab sie ihrem Kollegen recht. »Weder die Mörder noch die Frauen.«

Severin lachte. Dann gestand er: »Das ist doch eigentlich furchtbar. Ich kann dir ohne Weiteres sagen, wie alt die Geliebte unseres Kletteraffen ist, aber welcher Drang seinen Mörder dazu inspiriert hat, ihn von diesem Haus stürzen zu lassen – das weiß ich nicht.« Boesherz schmunzelte, als er Olivias Blick bemerkte. »Sie ist um die fünfundzwanzig«, sagte er dann. »Ich habe den Bund seiner Unterhose gesehen, eine *Ginch Gonch*. Sein Anzug war von Boss, sein Mantel von Bugatti, seine Schuhe von Dolce&Gabbana. Da passt eine Teenagerunterhose nun wirklich nicht ins Stilkonzept. Deswegen nehme ich an, dass eine Frau sie ihm gekauft hat. Wäre sie älter als fünfundzwanzig, hätte er aber entweder eine *Calvin Klein* oder eine *Olaf Benz* angehabt.«

»Und woher weißt du, dass es seine Geliebte war und nicht seine Frau?«

Zwei Kollegen hatten die Befragungen im persönlichen Umfeld des Opfers übernommen. Boesherz würden die Protokolle frühestens am folgenden Tag vorliegen.

»Sein Ehering war vollkommen abgenutzt und saß so fest, dass die ihn in der Rechtsmedizin wahrscheinlich abschneiden müssen. Den trägt der mindestens schon seit fünfzehn Jahren.«

Olivia nutzte die Gelegenheit, um noch einmal auf Severins Privatleben zu sprechen zu kommen.

»Wenn ich dich richtig verstanden habe, würdest du auch gern einen Ehering tragen, oder?«

Boesherz lächelte verlegen.

»Das wäre doch eine schöne Mission. Ich kläre nicht nur die Verbrechen der Hauptstadt, ich senke auch gleich noch die Singlequote.«

»Wie es aussieht, wird das mit den Verbrechen wohl die leichtere Aufgabe werden«, antwortete Olivia und nahm noch einen Schluck Rotwein. »Das ist der Preis für das Leben in einer Metropole. Millionen Menschen, aber keiner will sich auf einen Partner festlegen. Warum hast du deine Heimat eigentlich verlassen? Du hängst doch sehr an ihr.«

Severin Boesherz hatte schon lange darauf gewartet, dass jemand ihn das fragen würde. Es war offensichtlich, dass er sich in der Hauptstadt nicht zu Hause fühlte, und nicht nur in seinen Erzählungen, auch in seinem Handeln war seine Rheingauer Herkunft allgegenwärtig.

»Vielleicht gerade deswegen«, antwortete er. »Wenn man im

Rheingau allein ist, dann spürt man das irgendwie mehr als in einer Millionenstadt. Vielleicht ist Berlin ja einfach der richtige Ort für mich.«

Olivia glaubte zu wissen, was Boesherz ihr zu verstehen geben wollte. In nachdenklichem Ton sagte sie: »Vielleicht geht es Jack genauso. Vielleicht ist er einfach nur eine traurige Seele, die nach Aufmerksamkeit schreit. Er tötet Menschen, die er für böse hält: Tierquäler, Brandstifter, Schmarotzer. Vielleicht glaubt er, dass die Gesellschaft ihn dafür lieben wird.«

Boesherz schloss die Augen und atmete tief ein.

»Hörst du die Musik?«, fragte er dann, während aus dem Wohnzimmer das Duett *Oh, lass uns fliehen aus diesen Mauern* erklang. »In *La Traviata* geht es um eine Mätresse, die an Tuberkulose stirbt. Eine von der Gesellschaft ausgegrenzte Frau, die eigentlich nur das sucht, was wir alle suchen.«

Einige Sekunden lang lauschten beide dem Gesang. Dann fuhr Boesherz fort: »Wir beide sind doch im Grunde auch nicht anders als Jack. Wir jagen Menschen, die Böses tun. Und warum? Um geliebt zu werden.«

Noch ehe Olivia etwas dazu sagen konnte, klatschte Boesherz in die Hände, öffnete eine Tür seines Küchenschranks, entnahm zwei Teller und begann, das Winzergulasch anzurichten.

»Morgen kommt eine Expertin ins Team«, kündigte er währenddessen an. »Hoffen wir, dass sie unsere Arbeit nicht allzu sehr behindert.«

»Hoffen wir lieber, dass sie keine gefälschte Tasche trägt«, konterte Olivia und fügte hinzu: »Du bist klug, siehst gut aus, kannst kochen und hast einen guten Geschmack. Eigentlich sollte doch …«

»Liebe Olivia, lass uns jetzt bitte mal auf etwas trinken«, unterbrach Boesherz und setzte die Teller ab, die er gerade zum Esstisch hatte bringen wollen. »Lass uns darauf anstoßen, dass die Herrschaften *Eigentlich, Hätte, Könnte* und *Müsste* heute Abend Hausverbot haben.«

Severin und Olivia hoben die Gläser und stießen mit dem Quercus an.

»Na gut, aber wenn wir schon einen Themen-Türsteher haben, dann soll er Jack heute Abend bitte auch nicht mehr reinlassen«, fügte Olivia hinzu.

Und während Boesherz schließlich die Teller ins Wohnzimmer brachte, gestand er: »Ich wäre schon zufrieden, wenn sein nächstes Opfer nicht vor dem Espresso gefunden wird. Das wäre sonst nämlich das zweite Dinner an einem Tag, das er mir versauen würde. Nur mit dem Unterschied, dass ich mich dieses Mal nicht darüber freuen würde.«

# KAPITEL 12

Anselm war angespannt, aber hoch konzentriert. Immer wieder versetzten ihn die Geräusche von Schritten im Schnee oder heranfahrenden Autos in Alarmbereitschaft. Zudem ließen ihn die Dunkelheit und die unwirtliche Kälte keine Sekunde lang zur Ruhe kommen. Um sein Auto während der Wartezeit heizen zu können, hätte er den Motor laufen lassen müssen. Das Risiko, aufmerksame Anwohner dadurch misstrauisch zu machen, konnte er aber unmöglich in Kauf nehmen. Es war ihm schon unangenehm genug, dass er direkt unter einer Straßenlaterne parken musste, doch wenigstens auf den schwachen Schein des Lichts wollte er nicht verzichten.

*Wie gefällt es dir, tot zu sein?*

Das Einzige, was Drexler der Kälte entgegensetzen konnte, war seine winterfeste Kleidung, die aber wiederum seine Bewegungsfreiheit einschränkte. Er wippte zweimal kurz mit dem Oberkörper nach vorn, bevor er seinen Feldstecher vom Beifahrersitz griff, mit dessen Hilfe er die Kennzeichen der herannahenden Autos kontrollieren konnte. Wenn gerade kein Auto in die Straße einbog, beobachtete er darüber hinaus mit wachsendem Unbehagen die Anwohner, die nach und nach von ihrer Arbeit nach Hause kamen.

*Braune Schuhe am Abend. Wie läuft der denn rum? … Was hat der denn da im Gesicht? Das ist weder ein Bart noch glatt rasiert. … Lauf doch bitte in der Mitte des Bürgersteigs, nicht am Rand!*

Drexler überprüfte gerade ein weiteres Mal, ob sein Elektroschockgerät noch in der linken äußeren Manteltasche steckte, als sein Blick auf einen großen, beleibten Mann fiel, der sich mit ruhigen Schritten durch das immer stärker werdende Schneegestöber kämpfte.

»Darüber würden Sie doch höchstens lachen, oder?«, sagte er und stellte sich dabei vor, wie der Stromschlag seine Wirkung bei dem Koloss verfehlen würde.

Als Anselm gerade in seinem Rückspiegel eine junge Frau ausmachte, die in geduckter Haltung ging und dabei ihre Hände in den Taschen verbarg, blendeten ihn von vorn plötzlich die Scheinwerfer eines Autos. Sein Puls beschleunigte sich rasant, als er erkannte, dass der Wagen dem Mann gehören konnte, auf den er seit fast einer halben Stunde wartete. Bestimmt zum fünfzigsten Mal tastete er seine Taschen darauf ab, ob Handschellen, Messer, Elektroschocker und seine Notfallabsicherung noch immer einsatzbereit an ihren Plätzen waren. Dann überprüfte er ein weiteres Mal, ob seine Polaroidkamera noch betriebsbereit auf dem Beifahrersitz lag. Nachdem alles genau so war, wie er es präpariert hatte, atmete Anselm tief aus und sah erneut durch den Feldstecher. Dabei ging er in Gedanken sein Beobachtungsprotokoll noch einmal durch.

*Nummer zwei: Kai Jurek. Busfahrer, Dienstbeginn acht Uhr morgens, Feierabend siebzehn Uhr. Geht dienstags, mittwochs und freitags nach der Arbeit zum Sport, bleibt dort circa eine Stunde. Empfängt keine Besucher in seiner Wohnung, verlässt die Wohnung abends nicht mehr. Körperliche Gefahr: kräftig, muss kampflos niedergestreckt werden. Besondere Vorkommnisse während der Beobachtungsphase: keine. Zugriff: wie geplant möglich.*

Jetzt konnte Anselm mit Sicherheit erkennen, dass es tatsächlich Kai Jurek war, der soeben nach Hause gekommen war. Adrenalin schoss durch seinen Körper, Schweiß trat auf seine Stirn, und sein Puls beschleunigte sich, während er sich selbst Mut zuredete.

*»Bring es hinter dich. Auf das Blut folgt das Gold.«*

Drexler passte exakt die richtige Sekunde ab und öffnete dann die Tür seines Wagens in dem Moment, in dem Kai Jurek aus seinem Auto ausstieg. Denn in dem Augenblick, in dem ein Mensch aus seinem Auto ausstieg, war er nach Anselms Überzeugung beinahe unfähig dazu, das Geschehen um sich herum wahrzunehmen. Tatsächlich nahm Jurek keine Notiz von seinem Beobachter, der sich jetzt langsam und mit rhythmischen Schritten auf ihn zubewegte. Die minus acht Grad brannten unangenehm auf seinem Gesicht, doch Anselms immer weiter steigender Adrenalinspiegel ließ ihn vorübergehend jeglichen Gedanken an die Kälte verdrängen. Unter anderen Umständen wäre Drexler selbst in dieser Situation noch darauf bedacht gewesen, nicht auf die Linien zwischen den Pflastersteinen zu treten, doch der Bürgersteig war vollständig mit Schnee bedeckt.

*Noch zehn, vielleicht zwölf Schritte,* schätzte Anselm die verbleibende Entfernung zu seinem Opfer ein.

Jurek hielt unterdessen noch immer seinen Autoschlüssel in der Hand, sein Fahrzeug hatte er noch nicht verriegelt. Die junge Frau und der kräftige Mann hatten sich zwischenzeitlich weit genug vom Geschehen entfernt, und auch sonst befürchtete Anselm nicht, dass sein Zugriff von einem Außenstehenden gestört werden würde.

*Ein Mann stürzt bei Glätte zu Boden, ein anderer hilft ihm auf. Wen wird das schon misstrauisch machen? Noch acht Schritte.*

Seine Handschuhe hatte Anselm bereits im Wagen ausgezogen. Mit starren Fingern hielt er jetzt das Elektroschockgerät in seiner linken äußeren Manteltasche umklammert. Kai Jureks dicke Kleidung würde den Überfall erschweren. Um seinen Stromschlag effektiv am Hals ansetzen zu können, würde Anselm wenigstens den Kragen vom Daunenmantel seines Opfers umgehen müssen, und selbst dann würde dessen Schal die Impulswirkung noch abschwächen. Sie sollte aber in jedem Fall ausreichen, um den Angegriffenen einige Sekunden lang außer Gefecht zu setzen. Diese Zeit würde ausreichen, um einen zweiten, wirkungsvolleren Schlag auszuführen.

*Noch vier Schritte.*

Jurek stand mittlerweile nicht mehr auf der Fahrbahn, sondern auf dem Bürgersteig an seiner Beifahrertür. So konnte sich Anselm seinem Opfer leichter nähern, als wenn er dafür auf die Fahrbahn hätte gehen müssen. Jurek in den Kofferraum zu wuchten würde etwa zehn bis zwanzig Sekunden in Anspruch nehmen, da Anselm dafür zunächst den Wagenschlüssel an sich bringen musste, um die Heckklappe zu öffnen. Drexler wollte gerade den Elektroschocker hervorziehen, als ihn ein unerwartetes Geräusch zusammenzucken ließ.

*Nicht jetzt!*

Das unerwartete Klingeln eines Handys hatte Anselm unmittelbar vor seinem Ziel aus der Bahn geworfen.

Er hasste klingelnde Handys, ganz gleich, an welchem Ort und in welcher Situation. Ein Telefonat war in seinen Augen etwas Privates, das es Unbeteiligten nicht aufzuzwingen galt. Anselms Handy war stets auf Vibrationsalarm gestellt, und zum Telefonieren zog er sich entweder diskret in einen abgetrennten Raum zurück oder nahm, wenn ihm dies nicht möglich war, einen Anruf erst gar nicht entgegen. Menschen, die an allen möglichen Orten und zu allen möglichen Zeiten ihre mit lautem Klingeln eingehenden Anrufe entgegennahmen und sie in aller Gemütsruhe führten, als seien sie allein im Raum, hasste er beinahe noch mehr als falsch gesetzte Apostrophe oder den Umstand, dass es fast keinen Menschen mehr zu geben schien, der noch des Genitivs mächtig war.

Jurek setzte indessen seinen Aktenkoffer auf dem Bürgersteig ab, zog seinen rechten Handschuh aus und griff in die Innentasche seines Mantels.

*Ich muss einfach nur weitergehen.*

Ohne sich seine Verunsicherung darüber anmerken zu lassen, dass er von seinem ursprünglich gefassten Plan abweichen musste, ging Anselm ruhigen Schrittes an seinem Opfer vorbei, das ahnungslos sein Gespräch entgegennahm. Anselm bewegte sich noch weitere zwanzig Schritte von Jurek weg, um dann wie zufällig stehen zu bleiben und einen bedeutungslosen Blick auf seine Armbanduhr zu werfen. Daraufhin tat er so, als habe er etwas vergessen, und kehrte wieder in Richtung seines Opfers um.

*Achtzehn Schritte.*

Kai Jurek hatte sein Handy derweil wieder eingesteckt und würde sich, so hoffte Anselm, jetzt auf den Weg zum Hauseingang machen. Die Planänderung war dem Anschein nach in einem Rahmen verlaufen, den Anselm gerade noch tolerieren konnte. Oder etwa doch nicht?

*Was ist denn jetzt schon wieder?*

Drexler musste zu seinem Entsetzen feststellen, dass Jurek jetzt nicht wie erwartet auf ihn zukam, sondern sich stattdessen in die entgegengesetzte Richtung umwandte. Er ging jetzt in die Richtung des Parks, der dem Wohnhaus schräg gegenüberlag. Anselm, dem dieses Verhalten Jureks während seiner Beobachtungsphase nicht ein einziges Mal untergekommen war, folgte diesem wie paralysiert in sicherem Abstand. Ohne dass ein Grund dafür ersichtlich war, bewegte sich sein Opfer zielstrebig auf den Park zu, der den Anwohnern in den wärmeren Monaten eine Vielzahl von Freizeit- und Erholungsmöglichkeiten bot. Jetzt, mitten im Winter, waren dort aber nicht einmal Liebespärchen anzutreffen. Sicher, der Park konnte Anselm eine gewisse Abgeschiedenheit bieten, andererseits waren seine Pläne aber ganz und gar nicht darauf ausgelegt, durch Improvisationen auf den Kopf gestellt zu werden. Zudem missfiel ihm auch die Dunkelheit, die seine Gedanken mit jedem Schritt, den er tiefer in den Park hineinging, stärker lähmte. Bedacht darauf, nur nicht die Nerven zu verlieren, sah Anselm sich noch einmal um. Während er seinen Elektroschocker weiter mit der linken Hand umklammert hielt, überprüfte er mit der rechten zum einundfünfzigsten Mal den Inhalt der anderen Taschen.

*Es geht nicht, du kannst nicht einfach vom Plan abweichen. Aber andererseits, was sonst?*

Noch einmal dachte Anselm an das Geschenk, das er seinem Vater machen wollte.

*Also gut,* entschied er dann schweren Herzens. *Dann eben hier.*

# KAPITEL 13

Die Titten sind ganz okay, aber der Arsch geht gar nicht«, resümierte Veit Venske und warf das Foto der jungen Frau verächtlich auf den Schreibtisch seiner Mitarbeiterin zurück. Dann wandte er sich Dennis Baum zu. »Nehmen Sie es mir nicht übel, aber was wir hier so alles an Bewerbungen reinbekommen – da will man irgendwann gar nicht mehr diplomatisch sein.«

Dennis hatte sofort nach seiner Mittagspause einen Termin in der Berliner Dependance von *Toi-Entertainment* gemacht. Die eigentlich in Köln ansässige Firma produzierte im Auftrag großer TV-Sender Unterhaltungsformate der verschiedensten Art, unter anderem auch die Castingshow, deren Juryvorsitzende Tanja van Beuten war. Obwohl es inzwischen Abend geworden war, herrschte auf der Etage der Produktionsfirma im Stadtteil Mitte noch reges Treiben.

»Im Augenblick arbeiten wir fast rund um die Uhr«, erklärte Venske. »In drei Wochen beginnt zum Beispiel die Produktion einer ganz neuen Show: *Assi DeLuxe*. Die größten Proleten, die wir finden konnten, werden vierzehn Tage nach St. Moritz zum Skifahren geschickt. In das teuerste Hotel. Die Deppen benehmen sich komplett daneben, liefern uns peinliche O-Töne und wollen nicht mal Geld dafür haben. Denen reicht es schon, einfach im Fernsehen zu sein. Das Format soll den Sozialneid der Zielgruppe des Senders ansprechen, wir brauchen also das ganze Programm: *Austern sind eklig, Champagner schmeckt nicht* – Sie kennen das ja.«

Dennis hatte fast das Gefühl, sich auf einem Rangierbahnhof zu befinden. Veit Venske musste sogar lauter sprechen, als er fortfuhr: »Großartig ist auch *Im Visier der Fahnder*. Laien spielen Kriminalfälle und sollen den Zuschauern das Gefühl vermitteln, dass das alles echt sei. Läuft bei uns inoffiziell als Comedyformat. Am besten sind die Typen, die spielen sollen, dass sie erschossen werden. Ich brenne ihnen mal unsere interne DVD mit den zehn lächerlichsten Sterbeszenen. Ganz ehrlich, das könnte sogar ich besser! Ja, und dann steht noch die neue Staffel von *Sing, if you can!* an. Fragen Sie mich bitte nicht, die wievielte. Wir mussten sogar die Altersgrenzen für die Kandidaten öffnen, damit sich überhaupt noch einer bewirbt, der wenigstens ein bisschen singen kann. Deutschland ist komplett leer gecastet!«

Ohne dass Dennis Gelegenheit erhielt, den Redefluss des Produzenten zu unterbrechen, führte dieser seinen Gast durch das hektische Treiben seiner Autoren und Redakteure hindurch in einen etwas ruhigeren Bereich, in dem eine neutrale Leinwand von Scheinwerfern angestrahlt wurde.

»Hier casten wir die Bewerber vor. Die Jury in der Show bekommt dann später nur unsere Auswahl zu sehen«, erklärte Venske und deutete Dennis an, dass er auf einem der Sitzsäcke Platz nehmen solle, die um die Castingecke herum auf dem Boden verteilt waren. »Für die Auswahl gilt: Die Guten ins Töpfchen – und die Schlechten auch! Die Sender haben immer die besten Quoten, wenn sich möglichst viele Teenager vor der Kamera lächerlich machen. Das geht aber nicht lange gut, weil die Presse dann sehr bald heuchelt, dass das menschenverachtend sei. Die Zuschauer fühlen sich ertappt, reden sich ein schlechtes Gewissen ein und fordern mehr Qualität. Aber sehr bald merken sie, dass Castingshows ohne Deppen stinklangweilig sind, und die Quotenspirale dreht sich wieder nach unten. Dann haben wir zwei Möglichkeiten: das Format einstellen oder, was noch beknackter ist, es *reloaden*.«

»Wann immer man der Schlange einen Kopf abschlägt, wachsen zwei neue nach«, fügte Dennis hinzu, während er dabei fast in seinem Sitzsack zu versinken drohte. »Ist in meinem Beruf auch nicht anders.«

»Und diese neuen Köpfe sind dann noch viel fieser und hässlicher als der, den man abgeschlagen hat! Sie haben es verstanden«, bestätigte Venske mit einem Lachen und klopfte dem Kommissar selbstbewusst auf die Schulter. »Denken Sie bitte nicht, dass wir hier alle bösartig oder gewissenlos sind. Wir wissen alle, dass wir Schrott produzieren. Aber wir sind eben auch nicht das Nobelpreiskomitee. Wir bedienen einen Markt, der sich nach Angebot und Nachfrage richtet. Wenn Sie Qualität und Kultur wollen, dann schalten Sie die Öffentlich-Rechtlichen ein. Das Privatfernsehen ist schon längst nur noch reiner Zynismus – die Zielgruppe merkt es bloß nicht.«

Niemand im Büro trug einen Anzug oder ein Businessoutfit. Das Team gab sich betont unkonventionell, fast auf jedem Tisch standen leere Becher der Kaffeehauskette, deren Filiale dem Loft direkt gegenüberlag. Zudem türmten sich Fotos überwiegend junger Menschen auf den Schreibtischen, und selbst um diese Zeit klingelten ununterbrochen die Telefone.

»Ihr Team ist auffallend jung«, stellte Dennis fest, während ein junges Mädchen, das seine Volljährigkeit erst vor Kurzem erreicht hatte, ihm einen Becher mit Eistee und seltsam wirkenden Geleekugeln darin reichte.

»Zu fünfzig Prozent Praktikanten«, erklärte Venske. »Und jetzt denken Sie wieder: *Diese bösen Ausbeuter vom Fernsehen. Lassen junge Menschen umsonst für sich arbeiten und machen dabei den großen Reibach.*«

Dennis nahm einen Schluck des Getränks, biss auf die Geleekugeln, die durch den Strohhalm in seinen Mund gekommen waren, und verzog sein Gesicht zu einer missmutigen Grimasse.

»Bubble Tea?«, fragte er skeptisch. »Habe ich noch nie getrunken. Und jetzt weiß ich auch, warum.«

»Ja, ekelhaft. Aber hip! Wir sind hier in einer TV-Produktionsfirma, vergessen Sie das nicht!«

»Ich verstehe, das verpflichtet natürlich«, erwiderte Dennis mit einem Zwinkern. »Wie ist es denn jetzt mit den Praktikanten und dem Reibach?«

»Die Wahrheit liegt irgendwo in der Mitte. Die Sender verdienen mit dem ganzen billigen Pfusch, den sie bei uns in Auftrag geben, immer weniger Geld. Das bekommen dann als Erstes wir zu spüren: Immer mehr Programm wird für immer weniger Budget in Auftrag gegeben. Alles wird nur noch auf der Straße gedreht, damit die Studiokosten wegfallen, die *neuen Stars* sind keine teuren Profis mehr, sondern publicitygeile Trottel, die zwar nichts können, aber dafür auch nichts kosten, und am billigsten ist es, die Kamera einfach auf etwas draufzuhalten, das sowieso stattfindet. Oder haben Sie sich nie gefragt, warum wir pausenlos irgendwelchen Kontrolleuren bei der Arbeit zugucken? So, und um dieses ganze Aufkommen überhaupt noch bedienen zu können, müssen wir an dem sparen, was am meisten kostet: Mitarbeiter. Die Praktikanten denken, sie verschaffen sich bei uns eine tolle Referenz für spätere Jobs. Nach ein paar Wochen ist so ein Praktikant dann so gut wie ein bezahlter Mitarbeiter, und wenn Sie einen haben, der schon sein viertes oder fünftes Praktikum macht, ist seine Leistung von der eines hoch bezahlten Profis kaum noch zu unterscheiden. Die Praktikanten zerstören den Markt, in dem sie selbst ihre Zukunft suchen.«

»Reiner Zynismus«, wiederholte Dennis, doch Venske winkte ab.

»Nein, *das* ist Ironie des Schicksals.« Dann legte der Produzent seine Hände in den Nacken, schloss die Augen und kam in ruhigem Tonfall zum eigentlichen Thema von Dennis' Besuch: »Haben Sie schon eine Spur von Tanja?«

»Leider nein. Es gibt absolut keinen Hinweis darauf, dass irgendetwas passiert ist. Sie ist einfach nur weg.«

»Wissen Sie«, begann Venske zu erzählen, »wir waren mit *Dein Catwalk* fast am Ende. Zickige Tussis, die alle gleich aussehen, keine Ahnung vom Modelbusiness haben und beim ersten Anflug von Arbeit heulen und die Puppenlappen hinwerfen. Pausenloses Heimwehgewimmer, und in der Kandidaten-WG hassen sich natürlich alle Models gegenseitig. Dem ganzen Hühnerhaufen haben wir dann ein Topmodel als Jurychefin vor die Nase gesetzt, das einfach ganz anders war, als es die Zuschauer erwartet hatten. Das war ganz lustig, hat zuletzt aber kein Schwein mehr vor den Fernseher gelockt. Der Sender wollte den Schrott schon absetzen, aber dann kam Tanja.«

Tanja van Beuten leitete die Jury der Castingshow erst seit zwei Staffeln. In den vier Staffeln davor war das ebenfalls international erfolgreiche Model Ilona Vojti Vorsitzende der Jury gewesen. Die deutsch-ungarische Schönheit hatte sich der überwiegend blutjungen Kandidatinnen ehrlich angenommen, ihnen zugehört, ihre Bedürfnisse erfahren und ihnen Freiheiten eingeräumt. Wer es nicht wollte, musste sich die Haare nicht abschneiden oder sich mit Vogelspinnen fotografieren lassen. Am meisten hatte Ilona Vojti aber beim Thema *Gewicht* überrascht. Entgegen jeder Erwartungshaltung hatte sie den Mädchen unter anderem erlaubt zu essen, was sie wollten. Diese überraschende Liberalität hatte der Sendung in den ersten Jahren hohe Einschaltquoten beschert. Von Staffel zu Staffel waren diese dann jedoch immer weiter gesunken.

»Nett ging nicht mehr, weil nett langweilig ist«, berichtete Venske weiter. »Deswegen haben wir Tanja geholt. Und die hat dann von Anfang an ein hartes Regiment geführt. Sie hat keine

Bitten geäußert, sie hat Anweisungen erteilt. Tränen hat sie als Schwäche diffamiert, und Mädchen, die sich einer Aufgabe widersetzt haben, sind unverzüglich aus der Show geflogen. Das hat die Quoten wieder in die Höhe getrieben. Der einfachste Trick der Welt: Tanja hat einfach das Gegenteil von Ilona gemacht.«

Dennis hätte lügen müssen, wollte er behaupten, dass nicht auch er die Show gelegentlich gesehen hatte. In erster Linie war es zwar seine Frau Suzi gewesen, die sich für die Fertigkeiten der Kandidatinnen interessiert hatte. Der Anblick zahlloser schöner Frauen hatte aber auch dem Kommissar durchaus nicht missfallen.

»Sie hat den Mädchen ein Frauenbild vermittelt, nach dem sie gut aussehen, den Mund halten und tun müssen, was man ihnen sagt«, bestätigte er seinen Gastgeber. »Haben sich die Zuschauer nicht massenhaft beschwert?«

Venske winkte erneut ab.

»Je mehr Zuschauer sich beschweren, umso höher ist die Quote. Tanja macht das aus Überzeugung so. Sie weiß, dass keines der Mädchen eine Chance im echten Modelgeschäft hat, und versucht, sie auf ein Leben in einem richtigen Beruf vorzubereiten. Da können sie schließlich auch nicht einfach tun und lassen, was sie wollen. Die Mädchen merken das natürlich nicht, aber ganz nebenbei bügelt Tanja wenigstens noch ein paar der Erziehungsfehler der Eltern aus. Ziemlich raffiniert.« Venske griff nach einem Ordner, den er bereits vor Dennis' Eintreffen in der Castingecke deponiert hatte, und reichte ihn dem Kommissar. »Hier haben Sie die Einverständniserklärungen der Zuschauer für die beiden Staffeln mit Tanja. Glauben Sie, ein Fan hat sie entführt?«

»Ich glaube, niemand hat sie entführt«, antwortete Dennis. Dann sah er Venske auf eigentümliche Weise an. »Vielleicht ist ein Unfall passiert, und sie liegt unbemerkt in irgendeiner Gletscherspalte.«

»Das glaube ich nicht«, winkte Venske ab. »Sie würde nicht einfach die Stadt verlassen, ohne etwas zu sagen. Nicht so kurz vor Produktionsbeginn. Sicher, was wir hier machen, ist Fernsehen für Menschen, die von einer Sendung möglichst nicht abgelenkt werden wollen. Für Zuschauer, die nebenher im Internet surfen, telefonieren oder sich mit Freunden unterhalten. So machen das die meisten Fernsehzuschauer. Und diese Masse an Menschen soll nach Möglichkeit eines nicht tun: umschalten! Also dürfen wir sie mit dem, was wir produzieren, nicht stören. Egal, wann man mal zufällig auf den Bildschirm blickt, es muss immer gerade etwas passieren, das irgendwie interessant ist und in das man sofort einsteigen kann. Aber trotzdem bieten wir auch mit der blödesten Sendung immer noch vielen Menschen eine Form von Unterhaltung, die sie mögen. Tanja sieht das auch so. Sie würde nicht einfach verschwinden, ohne sich bei irgendwem abzumelden.«

Dennis sah Venske einen Augenblick lang kommentarlos an.

»Gut«, fuhr er dann fort. »Ich gehe jetzt mal diesen Listen hier nach, danach sehen wir weiter.«

Der Produzent erhob sich überraschend sportlich aus seinem tiefen Sitzsack und sah Dennis mit einem Blick an, den man fast als flehend bezeichnen konnte.

»In vierzehn Tagen starten die Dreharbeiten zur neuen Staffel. Wenn Tanja nicht sehr bald auftaucht, haben wir ein Problem.«

»Weil Menschen in Ihrer Branche nicht ersetzbar sind? Das können Sie dem Sandmännchen erzählen.«

»Natürlich würden wir im Ernstfall jemand anderen in die Jury setzen, aber das wollen wir gar nicht. Tanja ist einfach eine Quotengarantin. Also, wenn ich Ihre Arbeit irgendwie unterstützen kann, dann sagen Sie es mir bitte.«

Auch Dennis erhob sich jetzt, wenngleich weniger gekonnt als sein Gastgeber. Er blätterte einmal oberflächlich durch die Stapel der Namen und Adressen und reichte Venske dann die Hand mit den Worten: »Ich werde tun, was ich kann. Aber versprechen kann ich nichts.«

Dennis hatte nicht bemerkt, dass Venskes Blick für den Bruchteil einer Sekunde auf den Boden ausgewichen war.

»Ja, man weiß nie«, sagte der Produzent und begleitete dann seinen Gast zur Tür.

# KAPITEL 14

Anselms ursprünglicher Plan hatte vorgesehen, Kai Jurek direkt neben seinem Auto niederzustrecken, ihn in den Kofferraum zu werfen und dann auf das stillgelegte Gelände einer ehemaligen Kunstblumenfabrik im nahe gelegenen Berlin-Lichterfelde zu fahren. Dort hätte er Jurek mit Handschellen an eine Metallstange gekettet und ihn dazu gezwungen, seine Zunge gegen das eiskalte Eisen zu pressen. Nachdem sie daraufhin an der Stange festgeklebt wäre, hätte Anselm Jureks Kopf gewaltsam nach hinten gezogen und dessen Zunge mit seinem Jagdmesser abgetrennt. Er hätte die Zahl Zwei in das herausgeschnittene Fleisch geritzt, Fotos gemacht und Jurek dann zurückgelassen. Blutung, Kälte und Schockwirkung hätten vermutlich ihr Übriges getan.

Kai Jurek hatte zwischenzeitlich die Anlage mit den Bänken erreicht, von denen aus man auf einen kleinen Teich sehen konnte. Im Sommer war dieser Ort bei den Anwohnern sehr beliebt, im Winter dagegen menschenleer.

*Was kann er denn hier wollen?*

Anselm hatte Kai Jurek mit derselben peniblen Gründlichkeit ausgekundschaftet, wie er es auch bei dessen Vorgängern getan hatte. Die beiden letzten Wochen, die sein Vater im Krankenhaus zugebracht hatte, waren dafür vollkommen ausreichend gewesen. Für jeden Punkt auf seiner Liste hatte Anselm einen würdigen Vertreter ausfindig gemacht und eine jeweils individuelle Lektion entwickelt. Allein die Grausamkeit, mit der er vorgehen musste, widerstrebte Anselm. Andererseits sah er aber auch ein, dass es nun mal nicht möglich war, sein großes Ziel zu erreichen, ohne sich dabei die Finger schmutzig zu machen.

*Ihr werdet es mir noch danken.*

Die Mülleimer neben den zugeschneiten Parkbänken waren schmutzig und mit Schriftzügen beschmiert. Auch eine der Laternen war ausgefallen, was Anselms Unbehagen in dem ohnehin schon viel zu dunklen Park noch verstärkte. Wo immer er hinsah – Unordnung, Respektlosigkeit und Auflehnung waren in seinen unerbittlichen Augen überall zu finden. Fast sein ganzes Leben lang kämpfte Drexler nun bereits gegen Anarchie und Verfall an, wo immer er darauf zu stoßen glaubte. Doch je mehr er sich im Laufe der Jahrzehnte in seine Vorstellungen von Reinheit und Perfektion hineingesteigert hatte, umso unerreichbarer schienen sie ihm geworden zu sein.

Plötzlich, ohne dass ein Grund dafür ersichtlich war, blieb Kai Jurek stehen.

*Hat er mich bemerkt?*

Anselm war seinem Vordermann im Gleichschritt und mit ausreichend großem Abstand gefolgt. Jurek hatte sich einen dicken Schal um den Hals gewickelt und trug zudem eine tief ins Gesicht gezogene Wollmütze. Es war eher unwahrscheinlich, dass ihm sein Verfolger unter diesen Umständen aufgefallen war. Tatsächlich drehte Jurek sich nicht um. Er stand einfach nur da, bevor er schließlich begann, irgendetwas in seiner Tasche zu suchen. Anselm erkannte, dass es nun an der Zeit war, eine Entscheidung zu treffen. Ein letztes Mal zog er es in Betracht, den Zugriff abzubrechen, doch er erkannte, dass sein strenger Zeitplan ihm eine derart gravierende Änderung einfach nicht erlaubte.

*Also dann,* entschied Drexler schweren Herzens und griff in seine Tasche, um den Elektroschocker hervorzuziehen.

Dann wippte er noch dreimal mit seinem Oberkörper nach vorn und ging ebenso nervös wie entschlossen auf Jurek zu, der nun die Schritte hinter sich bemerkte und sich intuitiv umdrehte.

»Wow, haben Sie mich erschreckt«, entfuhr es Jurek, der kurz zusammengezuckt war.

Erst in diesem Augenblick schoss Anselm ein Gedanke durch den Kopf, der ihm bis jetzt noch gar nicht gekommen war: *Was ist eigentlich, wenn er sich hier mit jemandem verabredet hat? Dann käme jeden Augenblick ein Zeuge um die Ecke …*

Anselm konnte vor Aufregung sein Herz förmlich schlagen hören. Er sollte, so überlegte er, wohl doch besser wieder zu seinem Wagen gehen und abwarten, ob Jurek nicht vielleicht kurze Zeit später wieder allein zu seiner Wohnung zurücklaufen würde.

Doch alles kam anders. In ebender Sekunde, in der Anselm sich unter einem Vorwand abwenden wollte, glitt er auf dem vereisten Boden aus, verlor das Gleichgewicht, und noch ehe er sich fangen konnte, schlug er unsanft auf.

»Warten Sie, ich helfe Ihnen!«, rief Kai Jurek und beugte sich zu Anselm hinunter. »Sind Sie verletzt?«

»Alles in Ordnung«, erhielt er zur Antwort, obwohl sich Anselm dessen noch gar nicht sicher war.

Der Aufprall auf dem Hinterkopf war hart gewesen, für den Bruchteil einer Sekunde war Drexler sogar schwarz vor Augen geworden.

»Ich ziehe Sie hoch«, bot Jurek an und streckte dem vor ihm liegenden Fremden seine Hand entgegen.

Anselm, dem die Tatsache, dass er auf einem schmutzigen Boden lag, deutlich mehr zusetzte als der Sturz selbst, griff nach Jureks Hand und ließ sich dann so weit nach oben ziehen, dass er zunächst aufrecht saß. Nun konnte er auf die Knie gehen und sich vorsichtig wieder erheben. Der Schmutz und der Schnee auf seiner Kleidung waren für Anselm fast unerträglich, allein das Adrenalin in seinem Blut ließ ihn seinen äußeren Zustand einigermaßen ertragen. Gleich, wenn er sich wieder erhoben hatte, würde er sich mit einem freundlichen Dank verabschieden und den Park unverrichteter Dinge wieder verlassen, um sich, so schnell es nur ging, am ganzen Körper zu reinigen. Doch gerade als Anselm wieder aufrecht auf seinen Beinen stand, deutete Jurek auf den Boden.

»Sie haben da was verloren«, sagte er.

Anselm musste seinen Blick nicht senken, um zu wissen, was es war, das neben ihm im Schnee lag. Er hatte nämlich soeben bemerkt, dass seine linke Außentasche plötzlich viel leichter war als noch Sekunden zuvor.

»Warten Sie, ich hebe es auf.«

Drexler, der noch immer von seinem Sturz benebelt war, konnte nicht schnell genug reagieren. Machtlos sah er dabei zu, wie Kai Jurek den Elektroschocker aufhob, mit dem er eigentlich noch Sekunden zuvor hätte niedergestreckt werden sollen.

»Ist das …?«, fragte Jurek verwundert, doch noch ehe er eine Chance hatte, sich einen Reim auf die Situation zu machen, spürte er auch schon die Wucht eines Fausthiebes auf seinen Rippen.

Jureks Winterjacke hatte den Schlag etwas abgemildert, dennoch war er schmerzhaft gewesen. Anselm nutzte die Verwunderung seines Gegners, um mit einem Hieb in dessen Gesicht nachzusetzen. Die Wucht dieses zweiten Schlages war ungleich heftiger, denn dieses Mal hatten sich darin nicht nur Angst und Entschlossenheit, sondern auch Ekel und Enttäuschung entladen. Anselm hatte allerdings nicht bedacht, dass der Schlag gegen Jureks Unterkiefer auch für ihn selbst schmerzhaft sein würde. Mit einem hellen Schrei wich er erschrocken zurück und schüttelte mit schmerzverzerrtem Gesicht seine Hand aus. Diese Gelegenheit nutzte Kai Jurek zum Gegenangriff. Mit dem ganzen Gewicht seines Körpers rammte er Anselm, der daraufhin erneut zu Boden ging und jetzt vor Jurek auf dem Rücken lag.

Die Polaroidkamera, die er um den Hals getragen hatte, löste sich dabei und schlitterte über den eisigen Boden in ein kahles Gebüsch.

»Wer bist du?«, schrie der Angegriffene wütend und hielt den Elektroschocker dabei noch immer in seiner Hand.

»Die Frage ist doch viel eher, wer *Sie* sind«, erhielt er zur Antwort.

Kai Jurek betätigte den Auslöser des Geräts in seiner Hand und stellte dabei fest, dass es voll funktionsfähig war. Mit einem bedrohlichen Surren zuckten blaue Elektroimpulse zwischen den Metallkontakten auf. Anselm ging unterdessen im Geiste die Möglichkeiten durch, die sich ihm jetzt boten.

*Wenn er die Polizei ruft, kann ich alles vergessen, wofür ich kämpfe. Mein ganzes Vermächtnis.*

»Sie haben gedacht, es sei ganz einfach, oder?«, setzte Anselm daraufhin an, während er noch immer wehrlos auf dem Boden lag. »Einfach ein bisschen was erfinden, hier und da was weglassen – das kann ja sowieso keiner beweisen.«

»Wer bist du?«, wiederholte Jurek mit deutlichem Nachdruck.

»Ich bin nicht wichtig. Ich bin bloß jemand, der für etwas einsteht, das Ihnen allen nichts mehr bedeutet. Jemand, der tut, was andere längst vor ihm hätten tun sollen.«

Kai Jurek packte Anselm unsanft am Kragen und zog ihn mit einem auffallend kräftigen Ruck daran hoch. Drexler bekam dabei Halt unter den Füßen und schaffte es, sich ein weiteres Mal aufzurichten. Jetzt presste Jurek seinem Angreifer das Elektroschockgerät gegen den Hals und schnaubte voll blinder Entschlossenheit.

»Rede, oder ich …«

»Wie gefällt es dir, tot zu sein?«

»Was?!«

Ein Knall hallte durch den nächtlichen Park. Er war nicht besonders laut, doch in der Stille trotzdem deutlich zu vernehmen. Und obwohl Kai Jurek beschlossen hatte, seinen Angreifer nun endgültig niederzustrecken, wollten seine Finger ihm dabei nicht mehr gehorchen. Der fremde Mann, den er noch immer fest am Kragen hielt, sah ihn dabei unverwandt und emotionslos an. *So ganz anders, als man es von einem Menschen erwarten würde, der einen soeben getötet hat,* dachte Jurek und konnte sich seinen eigenen Gedanken nicht erklären. Er spürte keinen Schmerz, verstand die Details nicht. Er konnte auch die Pistole nicht sehen, die an seinen Körper gepresst war, und die Kugel in seinem Körper bemerkte er schon gar nicht. Vielleicht roch es nach verbranntem Schwarzpulver, wie an Silvester. Doch nichts davon fügte sich für Jurek jetzt noch zu einem klaren Bild. Geschweige denn zu der Erkenntnis, dass dieser Augenblick, so kalt, absurd und unerklärlich er auch sein mochte, unwiderruflich der letzte in seinem Leben war. Bevor er noch weitere Gedanken anstellen konnte, sank er auch schon tot zu Boden.

»Oh, nein«, entfuhr es Anselm.

Sicher, die Pistole hatte ihm bei seinen Aktionen ein Gefühl von Sicherheit gegeben, aber dass er sie tatsächlich jemals würde einsetzen müssen, hatte er nicht erwartet.

*Behalte die Nerven,* überlegte er und sah sich um. *Keiner hat uns beobachtet. Es kann alles noch gut werden.*

Anselm steckte die noch warme Pistole an ihren Platz in der rechten Innentasche seines Mantels zurück. Dann hob er den Elektroschocker auf, um sich danach auf die Suche nach der Kamera zu machen. Es dauerte nur wenige Sekunden, bis er sie gefunden hatte. Es war ihm sichtlich unangenehm, den schmutzigen Fotoapparat in die Hände nehmen zu müssen, doch er überwand seine Abscheu und machte zunächst zwei Bilder von dem Toten, die er in seiner rechten Hemdtasche verstaute.

*Jede Sekunde kann jemand um die Ecke kommen!*

Dann beugte sich Anselm zu Jurek hinunter, presste ihm die Zähne auseinander und packte mit aller Kraft dessen Zunge. Als es ihm gelungen war, sie weit genug hervorzuziehen, setzte er schließlich das Messer an und trennte sie entschlossen ab. Dann ritzte er konzentriert und gewissenhaft die Zahl Zwei in das tote Fleisch und legte es auf dem Brustkorb des Toten ab. Danach legte er das mit Blut beschmierte Messer in die eigens dafür mitgebrachte Plastiktüte und steckte es in die dafür vorgesehene Tasche zurück. Dann machte er zwei weitere Fotos von seinem Opfer und zog zu guter Letzt noch einen Zettel aus seiner linken Innentasche hervor, auf dem er einen kurzen Text notiert hatte, den er dem Toten eilig, aber konzentriert vorlas. Erst dann wandte er sich schließlich ab und verließ den Park so zügig, wie er nur konnte.

An seinem Wagen angekommen, griff Anselm zu seinem Handy und wählte eine Nummer, die nicht im Speicher des Geräts abgelegt war.

»Wie ist es gelaufen?«, erkundigte sich die Person am anderen Ende der Leitung.

»Es ist erledigt«, antwortete Anselm. Erst nach einem Augenblick des Zögerns gestand er schließlich: »Aber ich musste variieren. Es ist nicht in der Kunstblumenfabrik abgelaufen, sondern im Park vor seinem Haus.«

Für einen Moment herrschte Stille. Erst dann erklang wieder die Stimme am anderen Ende.

»Was soll denn das? Sie kennen doch die Regeln! Es steht Ihnen nicht frei, Änderungen vorzunehmen, solange ich die Verantwortung übernehme. Ich will nicht noch einmal hören, dass Sie etwas anders als vereinbart gemacht haben. Sie wissen genau, was sonst passiert! Also: Bringen Sie es zu Ende, Drexler. Und keine weiteren Eigenmächtigkeiten!«

## KAPITEL 15

Der Park war nicht der geplante Tatort. Jack hat improvisiert.« Endlich hatte Severin Boesherz seinen iPod ausgeschaltet. Die Kollegen hatten ihm minutenlang geduldig dabei zugesehen, wie er, begleitet von Verdis Oper *Nabucco,* jeden Winkel des verschneiten Parks in einem Umkreis von zehn Metern um Kai Jureks Leiche herum schweigend in Augenschein genommen hatte. Zuvor hatte sich der Kommissar ausgebeten, nicht von Informationen zum Tathergang beeinflusst zu werden, bevor er sich selbst ein Bild von den Umständen des Verbrechens gemacht hatte.

Unmittelbar nachdem die Leiche fotografiert worden war, hatte der Rechtsmediziner die Zunge vom Körper des Toten entfernt, da dieses Detail der Tat unter keinen Umständen an die Öffentlichkeit gelangen durfte. Die Tüte mit dem abgetrennten Körperteil darin hielt Boesherz nun mit einer Selbstverständlichkeit in der Hand, als handele es sich dabei um sein Frühstück. Jureks zwischenzeitlich von Schnee bedeckte Leiche war noch in der Nacht von einer Nachbarin des Opfers gefunden worden. Unverzüglich hatte die Schutzpolizei daraufhin das Gelände abgesperrt, und Experten der Kripo hatten Scheinwerfer aufgebaut. Erst als der herbeigerufene Rettungsmediziner die abgetrennte Zunge mit der eingeritzten Zwei darin entdeckt hatte, war auch das LKA verständigt worden.

»Die anderen Tatorte waren brillant. Abgeschieden, ruhig, exakt auf die Spielchen abgestimmt, die sich Jack ausgedacht hatte.« Noch einmal sah sich Boesherz demonstrativ um. »*Dieser* hier ist komplett dilettantisch. Nur ein Anfänger würde jemanden an so einem Ort ermorden.«

Olivia konnte ihrem Kollegen nur zustimmen. Sie war etwa eine Viertelstunde vor Boesherz eingetroffen und hatte bereits erste Nachforschungen zur Person des Opfers angestellt.

»Mitten in einem bewohnten Gebiet, von allen Seiten einsehbar, verwinkelt, schlechte Fluchtmöglichkeiten. Um von hier zu entkommen, muss er mindestens drei Minuten zu Fuß gehen, egal, in welche Richtung. Und wo auch immer sein Fluchtwagen steht – um ihn zu erreichen, muss er über mindestens eine erleuchtete Hauptstraße gehen, mit jeder Menge Wohngebäuden und Fenstern, hinter denen Augenzeugen sitzen könnten.«

»Laufen die Befragungen schon?«

Es war wichtig, mit den Anwohnern eines Tatorts so schnell wie möglich zu sprechen, wenn eventuelle Beobachtungen noch bestmöglich wiedergegeben werden sollten.

»Wir haben zwanzig Kollegen dafür bekommen, der Staatsanwalt hat mal wieder Druck gemacht«, antwortete Olivia. »Und noch was: Der seltsame Tatort ist nicht alles. Es gibt noch andere Abweichungen von Jacks Muster. Der Arzt hat nämlich weder Spuren von Handschellen noch von einem Stromschlag gefunden.«

»Dafür haben wir endlich Kampfspuren und mit ein bisschen Glück auch DNA«, nahm Boesherz seiner Kollegin das Wort aus dem Mund.

Anstatt die naheliegende Frage zu formulieren, sah Olivia lediglich zu der Plane hinüber, unter der die Leiche lag. Boesherz hatte noch keinen Blick auf den Toten geworfen und auch noch nicht erfahren, auf welche Weise Jurek genau getötet worden war. Boesherz erläuterte seine Schlussfolgerung kurzerhand unaufgefordert.

»Serienmörder ändern ihre Vorgehensweise nicht. Schon gar nicht, wenn sie erfolgreich ist. Alles, was hier passiert ist, muss also darauf zurückgehen, dass für Jack etwas schiefgelaufen ist. Wohnt das Opfer in der Nähe?« Olivia bejahte die Frage. »Was auch sonst? Jack hat ihm also aufgelauert und wollte ihn verschleppen, wie er es jedes Mal macht. Es ist aber etwas dazwischengekommen, sodass Jack improvisieren musste.«

»Warum hat er nicht einfach abgebrochen?«, hakte Olivia nach.

»Wir hatten uns doch schon darauf geeinigt, dass er es eilig hat«, antwortete Boesherz mit einem Lächeln. »Wenn Jack weder Handschellen noch Strom eingesetzt hat, es ihm aber trotzdem gelungen ist, sein Opfer zu töten und ihm die Zunge abzuschneiden, dann ist es äußerst wahrscheinlich, dass es zwischen Täter und Opfer zu einem Kampf gekommen ist.«

»Aber wenn das hier gar nicht der geplante Tatort war, dann war es vielleicht auch nicht die geplante Todesart?«, spekulierte Olivia, während sie kräftig in ihre Handflächen hauchte, um sie auf diese Weise ein wenig aufzuwärmen.

»Nicht im Detail, nein«, gab ihr Boesherz recht. »Das mit der Zunge hat allerdings zum Plan gehört. Schließlich musste Jack uns ja darauf hinweisen, dass der Tote auf sein Konto geht. Woher hätten wir das sonst wissen sollen? Und weil er ja seine Liste abarbeiten möchte, konnte er auch die symbolische Bestrafung nicht abwandeln.« Boesherz sah erneut auf die Zunge, die er noch immer in der Hand hielt. Die Zwei war gut erkennbar eingeritzt. »Wer ist der Tote?«

Olivia überprüfte noch einmal ihr iPhone darauf, ob zwischenzeitlich weitere Informationen zum Opfer eingegangen waren. Auf einem Klemmbrett hatte sie zudem die Unterlagen gesammelt, die seit dem Auffinden der Leiche zusammengetragen worden waren.

»Kai Jurek, Busfahrer«, berichtete sie dann. »Unbescholten, geschieden, zwei Töchter.«

»Olivia!«, drängte Boesherz und sah sie dabei genauso an, wie er es getan hatte, als er am Abend zuvor die zweite Flasche Quercus geöffnet hatte.

»Ich weiß noch nicht, was es mit ihm auf sich hat«, musste Holzmann gestehen. »Polizeibekannt ist er jedenfalls nicht.«

»Interessant«, stellte Boesherz fest und wandte sich nun endlich dem Toten zu. »Also, wie hat er ihn umgebracht? Ich glaube kaum, dass es unter diesen Umständen noch zur geplanten Inszenierung gekommen ist.«

»Er hat ihn erschossen«, antwortete Olivia.

Boesherz sah sie unverwandt an.

»Wie denn das? Aus zweihundert Metern?«, fragte er ungläubig. »Wenn Jack sein Opfer auch nur aus einer halbwegs realistischen Entfernung erschossen hat, gäbe es eine Austrittswunde, und alles hier wäre voll Blut. Ich sehe aber keins.«

Jetzt zog Boesherz die Plane von der Leiche. Bereits beim ersten Blick auf Kai Jurek legte sich die Stirn des Kommissars in Falten.

»Das geht doch gar nicht«, wunderte er sich, beugte sich so weit wie möglich hinunter und betrachtete die Schusswunde genauer. »Es gibt Schmauchspuren, also ist der Schuss aus nächster Nähe abgegeben worden. Das Loch ist normal groß, also keine Kleinkaliberwaffe. Es gibt aber keine Blutlache, das heißt, es gibt keine Austrittswunde.«

Severin sah sich jetzt in alle Richtungen nach dem Leiter des Erkennungsdienstes um. Er winkte ihn schließlich heran und deutete auf den Toten.

»Das ergibt überhaupt keinen Sinn. Warum ist die Kugel nicht ausgetreten?«

»Ehrlich gesagt, kann ich dir das auch nicht erklären«, gab der Kollege zu. »Da musst du wohl abwarten, was der Arzt sagt.«

Sowohl Boesherz als auch Olivia konnten dem Leiter der Spurensicherung ansehen, dass ihm noch etwas unter den Nägeln zu brennen schien.

»Es gibt da noch was Seltsames«, kündigte er auch tatsächlich an. »Kommt mal mit.«

Die beiden Kommissare wandten sich daraufhin von Jureks Leiche ab und gingen gemeinsam zum Wagen der Spurensicherung. Dort angekommen, reichte ihnen der Kollege eine Plastiktüte, in der sich die Patronenhülse befand, die sich in der Nähe der Leiche gefunden hatte.

»Grün?«, wunderte sich Olivia, als sie die ungewöhnliche Farbe der Hülse bemerkte. »Ist das ein Spezialgeschoss?«

»Kaliber neun Millimeter«, erhielt sie zur Antwort. »Erst mal nichts Besonderes. Aber in dieser Farbe habe ich die auch noch nicht gesehen. Ich schicke das sofort rüber in die Ballistikabteilung, die können euch dann später mehr dazu sagen.«

Boesherz und Olivia bedankten sich und sahen dann zu der Absperrung hinüber, an der mittlerweile die ersten Reporter und Schaulustigen eingetroffen waren. Boesherz drehte sich noch einmal um und ging erneut zu Jureks Leichnam hinüber.

»Nummer zwei, das hast du sehr gut gemacht!«, sprach er zu dem Toten. »Du bist Jack so richtig schön auf den Keks gegangen, hast ihn ordentlich aus der Reserve gelockt. Er musste uns heute Nacht eine Menge über sich erzählen.«

»Was er wohl um die Zeit in dem Park gesucht hat?«, fragte sich Olivia, die den Toten jetzt wieder abdeckte.

»Hast du eine Liste mit den Sachen, die er bei sich hatte?«, wollte Boesherz wissen und deutete auf die Unterlagen, die seine Kollegin auf ihrem Klemmbrett in der Hand hielt.

Holzmann suchte die Zusammenstellung von Jureks Habseligkeiten heraus und gab sie Boesherz. Dieser überflog die Liste und sagte dann selbstsicher: »Er hatte eine EC-Karte dabei, außerdem passendes Kleingeld und ein Feuerzeug. Keine Zigaretten. Er wollte noch welche holen. Ich wette, irgendwo hier ganz in der Nähe gibt es einen Automaten.«

»Du machst mir Angst«, gestand Olivia und schlug vor: »Lass uns mal in seine Wohnung gehen. Vielleicht finden wir da raus, warum Jack sich Jurek als Nummer zwei ausgesucht hat.«

Severin willigte ein und begab sich mit Olivia zu der Absperrung.

»Jan Bittrich, vom *Fadenkreuz*«, stellte sich ihnen einer der Journalisten vor, der schon die ganze Zeit auf eine Gelegenheit gewartet hatte, den Kommissaren näher zu kommen. »Was macht diesen Serienmörder so einzigartig, dass Sie ihn nicht fassen können?«

»Er ist nie da, wo wir gerade sind«, gab Boesherz zur Antwort. »Im Gegensatz zu Ihnen, Herr Bittrich. Umgekehrt wäre es mir lieber.«

Als Boesherz und Olivia daraufhin unter der Absperrung hindurchkletterten, um den Reporter bei seinen zahlreichen Kollegen zurückzulassen, fasste den Kommissar plötzlich jemand an die Schulter.

»Severin Boesherz?«, erklang eine Frauenstimme.

Obwohl sie einen anregenden Klang hatte, empfand der Angesprochene sie angesichts der Umstände als unangenehm.

»Nicht anfassen«, bat er sich aus, schob die Hand der Frau von sich und warf ihr sachlich entgegen: »Alle Informationen bekommen Sie heute Mittag in der Pressekonferenz.«

»Haben Sie schon die Personalien der Schaulustigen aufgenommen?«, setzte die Dame unbeeindruckt nach. Boesherz deutete Olivia an, dass er die Störung ignorieren würde, als die Fremde hinzufügte: »Manche Serienmörder gucken der Polizei bei der Arbeit zu. Das kann für die ein ganz besonderer Kick sein.«

*Oh, nein, bitte nicht ...*

»Bartholy«, stellte sich die Frau schließlich vor und streckte Boesherz ihre Hand entgegen. »Serienmörderexpertin. Ihre Dezernatsleiterin hat mich zu dem Fall hinzugezogen. Ihr Täter scheint ja ziemlich fleißig zu sein.«

»Und wir«, gab Boesherz zur Antwort, ohne die Hand von Dr. Bartholy zu ergreifen, »sind das auch. Gucken Sie sich ruhig um. Und sollten Sie Fragen haben, kommen Sie später einfach in mein Büro.«

»Wann würde es Ihnen denn passen?«, hakte Dr. Bartholy nach.

»Wenn Sie so fragen«, erhielt sie mit einem charmanten Zwinkern zur Antwort, »nie!«

# KAPITEL 16

Sie hätten dich auch geliebt, wenn du hässlich gewesen wärest«, behauptete Muffin, und in seiner Stimme schwang Aufrichtigkeit mit. »Vielleicht sogar noch mehr. Auf die schönen Menschen sind doch immer alle nur neidisch.«

Tanja van Beutens Organismus war so sehr damit beschäftigt, Wärme zu produzieren, dass sie ununterbrochen zitterte. Dies erhöhte allerdings ihren Energieverbrauch, weswegen sie im Zusammenwirken mit dem Entzug von Wasser und Nahrung mittlerweile in einen Zustand der völligen Verwirrung und wiederkehrender Wahnvorstellungen abgedriftet war.

»Sie haben mich nie geliebt«, hielt sie ihrem Stoffnilpferd entgegen. »Ich habe Wahrheiten ausgesprochen, die keiner hören wollte. Deswegen lassen sie mich hier auch sterben.«

»Was ist denn so schlimm am Sterben?«, warf plötzlich jemand ein, dessen Stimme Tanja vertraut war.

Als sie sich umsah, erkannte sie, dass ihre Großmutter an der reich gedeckten Tafel Platz genommen hatte. Oma Erna, wie Tanja sie immer genannt hatte, war gestorben, als die Kleine sieben Jahre alt gewesen war. Und obwohl Tanja van Beuten noch vier Geschwister hatte, war sie immer Oma Ernas Lieblingsenkelin gewesen.

»In meiner Welt sind wir wieder zusammen. Dann kann ich dir wieder Kuchen backen und Geschichten vorlesen.«

»Aber nicht die gruseligen«, bat sich Tanja aus.

Sie hatte als Kind immer Angst vor den Spukgeschichten gehabt, die Erna ihr erzählt hatte, wenn ihre Enkelin sie in ihrem Bauernhaus in der Nähe von Rathenow besucht hatte.

»Ein bisschen gruselig schon«, wehrte Erna die Bitte ab. »Schließlich ist das hier ja auch alles ziemlich gruselig, oder nicht?«

Tanjas Atmung flachte immer weiter ab, ihre Kräfte schwanden mit jeder Minute. Und kaum dass sie glaubte, einen klaren Gedanken gefasst zu haben, durchkreuzte auch schon wieder etwas vollkommen Irreales diese Hoffnung. Muffin ging jetzt zu Oma Erna hinüber und setzte sich auf deren Schoß. So, wie Tanja es früher oft getan hatte. Dann sagte das Nilpferd: »Warum wehrst du dich denn so gegen dein Schicksal? Alle haben dich geliebt, weil du schön und klug warst. Sie haben dich reich gemacht, dein Leben war eine einzige Erfolgsgeschichte. Du warst auf den Laufstegen der Welt zu Hause, hast die Titelseiten unzähliger Zeitschriften geziert. Sei doch mal ehrlich: Da kannst du dich doch nicht beschweren, nur weil eine einzige Person dich töten will, oder?«

»Oma, mach doch bitte meine Fesseln los! Ich will nach Hause!«, überging Tanja den Einwand ihres Stofftiers.

»Aber Süße, merkst du es denn nicht?«, erwiderte Erna verwundert. »Du bist doch schon fast zu Hause.«

»Warum denn?«

Die alte Dame kraulte Muffin hinter den Ohren, als sie ihrer Enkelin mit liebevoller Stimme erklärte:

»Weil du gerade stirbst.«

# KAPITEL 17

»Genau *das* habe ich gestern gemeint! Guck dir doch mal diesen gekachelten Couchtisch an«, lästerte Boesherz, nachdem er gemeinsam mit Olivia die Wohnung von Kai Jurek betreten hatte.

Sie mussten sich mit großer Vorsicht bewegen, denn der Erkennungsdienst hatte die Spurensicherung in dem kleinen Apartment gerade erst aufgenommen.

»Der arme Kerl«, überging Olivia die Bemerkung und sah sich in der kargen Wohnung um. »Der hat wohl nicht viel vom Leben gehabt.«

»Also, die Zentrale des organisierten Verbrechens ist das hier jedenfalls nicht«, stimmte Boesherz zu und suchte nach irgendeinem Hinweis auf eine mögliche Motivation für den Mord an Jurek.

Er betrachtete die Bilder, die der Verstorbene ordentlich nebeneinander über seiner Couch an die Wand gehängt hatte.

»Nur Fotos von seinen Töchtern, keins von seiner Ex-Frau. Und die Bilder sind der Kleidung nach zu urteilen auch schon nicht mehr die neuesten. Die Mädchen hat er wohl lange nicht mehr gesehen. Was ist er denn gefahren, Reisebusse oder öffentliche Verkehrsmittel?«

»Früher Reisebusse, aber seit Kurzem ist er bei der BVG.«

Severin Boesherz hatte die Dienstleistungen der Berliner Verkehrsbetriebe bislang erst einmal in Anspruch genommen. Dennoch hatte er bei dieser Gelegenheit einen nachhaltigen Eindruck gewonnen.

»Das sind doch diese Busfahrer, die einen schon böse angucken, wenn man nur mit einem Fünfeuroschein bezahlt.«

Olivia stützte demonstrativ ihre Hände in die Hüfte.

»Hey, nichts gegen Berliner Busfahrer!«, verteidigte sie ihre Stadt. »Die sind total freundlich – halt nur auf Berlinerisch. Frag bei uns mal einen Busfahrer, ob er zum Zoo fährt. Der antwortet dann: *Warum hat man Sie da eigentlich jemals rausgelassen?*« Boesherz schmunzelte. »Das ist nett gemeint, man muss es nur verstehen. Berliner sind eben so – Herz und Schnauze!«

»Zeig mir doch einfach mal ein bisschen was von deiner Stadt«, hakte Boesherz ein. »Viel von Berlin habe ich nämlich bisher noch nicht gesehen. Nur Tote.«

Noch bevor Olivia darauf antworten konnte, erschien ein Kollege der Schutzpolizei an der Wohnungstür und richtete das Wort an den Hauptkommissar.

»Hier ist die Frau, die das Opfer gefunden hat. Soll ich sie reinlassen?«

Boesherz sah sich in der kleinen Wohnung um, in der die Mitarbeiter des Erkennungsdienstes noch immer mit ihrer Arbeit beschäftigt waren.

»Natürlich«, antwortete er dann. »Und sagen Sie ihr, sie soll noch ein paar Freundinnen mitbringen.« Nachdem der verunsicherte Beamte darauf nicht reagierte, fügte Boesherz hinzu: »Wir kommen raus!«

Gemeinsam mit Olivia trat er in den Flur des Hauses, das erst vor wenigen Jahren renoviert worden war. Sofort fielen ihre Blicke auf eine kleine Frau in abgelaufenen Hausschuhen, die über ihrem Trainingsanzug einen blauen Bademantel trug und deren Hautbild nicht nur Boesherz auf jahrelangen Tabakkonsum schließen ließ.

»Ich bin schuld an seinem Tod«, begann sie ansatzlos, noch bevor die Kommissare sich ihr vorgestellt hatten.

Boesherz ertappte sich dabei, dass er die Frau mit seinen Blicken unwillkürlich auf Kampfverletzungen und Schmauchspuren an den Händen überprüfte. Zweifellos, so erkannte er, konnte sie nicht die Mörderin von Kai Jurek sein.

»Ich bin Hauptkommissar Boesherz, und das ist meine Kollegin, Oberkommissarin Holzmann«, stellte er sich nun vor.

»Mantwied. Ich bin … also … ich war eine Nachbarin von Kai. Ich wohne da hinten, die letzte Wohnung im Flur. Wir haben abends manchmal zusammengesessen. Die Gegend hier ist sehr anonym, da war es angenehm für mich, jemanden im Haus zu kennen. Hier wohnen fast nur Alleinstehende.«

»Und aus welchem Grund fühlen Sie sich für seinen Tod verantwortlich?«

Die Frau wirkte abwesend. Nicht nur, dass sie in der Nacht die Leiche gefunden hatte – Jureks Tod schien ihr auch aus persönlichen Gründen sehr nahegegangen zu sein. Ihr glanzloser Blick ging ins Leere, als sie antwortete.

»Ich habe ihn nach Hause kommen sehen. Mein Fenster liegt zur Straße raus. Da habe ich ihn auf dem Handy angerufen und gefragt, ob er noch Zigaretten hat. Er hatte auch keine mehr, also habe ich ihn gebeten, welche mitzubringen. Es gibt einen Automaten hinter dem Park. Ohne meinen Anruf wäre er einfach ins Haus gegangen und würde noch leben.«

Olivia atmete erleichtert aus.

»Frau Mantwied, wir haben allen Grund zu der Annahme, dass Herr Jurek vorsätzlich und geplant ermordet wurde. Der Täter hatte ihm vermutlich aufgelauert. Sie hätten es nicht verhindern können.«

»Im Gegenteil«, brachte sich auch Boesherz ein. »Durch Ihren Anruf haben Sie den Mörder in Schwierigkeiten gebracht, und das war für unsere Ermittlungen sehr hilfreich. Kannten Sie Herrn Jurek sehr gut?«

»Schon.«

»Wir nehmen an, dass er in der Vergangenheit etwas getan

hat, das von öffentlichem Interesse war. Irgendeine Verstrickung in eine Angelegenheit, über die in den Medien berichtet wurde. Haben Sie da eine Idee?«

Mantwied sah sich misstrauisch im Hausflur um. Die Schutzpolizei war überall im Gebäude auf der Suche nach Zeugen, zudem ging der Erkennungsdienst ein und aus. Jureks Tod hatte, so paradox es auch erschien, Leben in das ansonsten stille Haus gebracht.

»Kommen Sie doch in meine Wohnung«, bat sie daher. »Hier stehen bestimmt alle an ihren Türspionen und hören zu.«

Die drei gingen kurzerhand zum Ende des Flures und betraten die Wohnung der Zeugin. Eine Katze schlief gemütlich auf dem Wohnzimmersessel, und es war viel freundlicher und liebevoller eingerichtet als bei Jurek.

»Ich kann mir nicht vorstellen, dass man ihn deswegen …«, beteuerte Mantwied kopfschüttelnd, während sie ihre Gäste aufforderte, Platz zu nehmen.

Severin Boesherz blieb jedoch lieber stehen. Er wollte seinen Kaschmirmantel vor den Haaren des Haustieres schützen, die es offensichtlich auf allen Sitzmöbeln hinterlassen hatte. Von den Frauen unbemerkt aktivierte er stattdessen die Fernbedienung der Standheizung seines Phaetons. Schließlich würde er in wenigen Minuten ins LKA aufbrechen.

Nachdem sich wenigstens Olivia gesetzt hatte, fuhr Mantwied mit brüchiger Stimme fort: »Es gab damals vier Tote, eine ganze Familie.« Die beiden Kommissare horchten auf. »Das war ein furchtbarer Unfall, ist drei Jahre her. Ein Fahrer eines Reisebusses hat einen Kleinwagen auf der Autobahn rechts überholt und dabei so geschnitten, dass das Auto in die Leitplanke gefahren ist. Es hat sich überschlagen und ist auf die Gegenfahrbahn geraten.«

»War Herr Jurek …«, setzte Olivia an, doch Mantwied winkte sofort ab.

»Nein, er war nur Zeuge. Kai ist hinter seinem Kollegen hergefahren und hat als Einziger alles genau gesehen.«

»Und dann hat er vor Gericht für den Fahrer des Busses ausgesagt und ihn damit vor einer Strafe bewahrt«, warf Boesherz ein. »In den Augen der Öffentlichkeit war die Aussage eine bewusste Lüge.«

»Sie erinnern sich an den Prozess?«, wunderte sich Mantwied.

»Dunkel, jetzt, wo sie es erzählen«, log Boesherz, um nicht erklären zu müssen, dass er in der abgetrennten Zunge des Opfers ein deutliches Symbol für die Lüge erkannt hatte. »Ist Herr Jurek denn damals wegen seiner Aussage bedroht worden?«

»Nicht direkt, nein. Die Familie war ja tot, und sein Name ist auch nie durch die Medien gegangen. Er war ja nur Zeuge.«

»Außerdem wusste ja auch niemand, ob der Unfallfahrer nicht wirklich unschuldig war. Ich meine, wenn Jurek der einzige Zeuge war?«, gab Olivia zu bedenken.

Mantwied schüttelte den Kopf.

»Eigentlich hat keiner an die Unschuld des Fahrers geglaubt«, erinnerte sie sich. Jurek hatte ihr damals oft von dem Prozess erzählt. »Die Gutachter, der Staatsanwalt – nicht mal das Gericht. Aber Kais Aussage war nicht zu widerlegen.«

»Hat er denn Ihnen gegenüber mal zugegeben, dass er gelogen hat?«

Mantwied zuckte mit den Schultern. Dann stand sie auf und sah durch ihr Fenster auf die Straße hinaus. Es war noch immer dunkel, nur das Licht der Scheinwerfer erhellte den Park, in dem unterdessen immer neue Journalisten und Schaulustige eintrafen. Eine kleine Träne rann an ihrer Wange herab, als sie antwortete.

»Ist das denn jetzt noch wichtig?«

# KAPITEL 18

Du wolltest doch die Highlights von Berlin kennenlernen«, setzte Olivia an, nachdem sie mit Severin vor dem Hauptgebäude des LKA in Berlin-Tempelhof angekommen war. »Dann fangen wir doch einfach mal direkt gegenüber von unserem Arbeitsplatz an: Bärbels Gourmettempel!«

Der Imbiss auf der gegenüberliegenden Straßenseite war Boesherz natürlich längst aufgefallen. Es wäre ihm jedoch nie in den Sinn gekommen, ihn jemals aufzusuchen.

»Sieht nicht übermäßig verlockend aus«, stellte er mit einem kritischen Blick auf den in die Jahre gekommenen Wagen fest.

»Das täuscht«, wehrte Olivia ab. »Vergiss jetzt mal deinen Quercus und die Rheingauer Spezialitätenküche und komm mit.«

Nur widerwillig ließ sich Boesherz dazu hinreißen, seiner Kollegin auf die andere Straßenseite zu folgen.

Keines der selbst geschriebenen Schilder an dem Wagen war fehlerfrei, und in einigen Fällen konnte man sich den Sinn der beabsichtigten Aussage sogar nur aus dem Zusammenhang erschließen. Es roch allerdings nach frischem Frittierfett, und auch sonst schien die korpulente Betreiberin auf die Einhaltung der Hygienestandards zu achten.

»Zweemal mit?«, rief Bärbel Olivia in so schrillem Tonfall zu, dass Boesherz zusammenzuckte.

Bärbel kannte fast alle Mitarbeiter des LKA, sie bildeten den größten und wichtigsten Teil ihres Kundenstammes.

»Ja, zweimal mit, einmal scharf, einmal rot-weiß«, antwortete Olivia und lehnte sich, von Severin kritisch beäugt, an einen

Stehtisch, der von einem zweckentfremdeten Sonnenschirm vor dem niederrieselnden Schnee geschützt wurde. Dann wandte sie sich wieder ihrem Kollegen zu. »Currywurst um zehn Uhr vormittags. Irgendwas läuft falsch in unserem Leben.«

»Ich kann dir gern noch was von meinem Winzergulasch aufwärmen«, antwortete Boesherz schmunzelnd.

»Oh, das war wirklich gut! Du solltest öfter für mich kochen.«

»Gern, aber lass uns erst mal Jack schnappen, der stört uns ja sonst doch nur dauernd.«

Während Bärbel eifrig dabei war, Wurst in Scheiben zu schneiden und zu würzen, kam Boesherz wieder auf die Ermittlungen zu sprechen.

»Also, unsere offensichtlichste Frage lautet: Warum hat Jack den Zeugen ermordet und nicht den Mann, der die Familie auf dem Gewissen hat? Das wäre doch eigentlich logischer gewesen.«

Unmittelbar nach dem Gespräch mit Jureks Nachbarin war der Unfallfahrer von damals ausfindig gemacht und vorübergehend unter Polizeischutz gestellt worden.

»Weil Verfehlung Nummer zwei auf Jacks Liste die Lüge ist. Der Unfallfahrer hat aber im gesamten Prozess geschwiegen. Keine Aussage – keine Lüge.«

»Sehr gut. Trotzdem bleibt eine Frage, die zwar weniger augenfällig ist, sich aber eigentlich viel mehr aufdrängt: Der Name *Kai Jurek* ist nicht durch die Presse gegangen. In allen Berichten wurde er nur *Kai J.* genannt.«

Auch Olivia hatte sich beim Gespräch mit Jureks Nachbarin an diesem Detail gestoßen.

»Dich interessiert, woher Jack überhaupt wusste, wen er ermorden muss?«

»Auch. Aber das geht mir immer noch nicht tief genug. Mich interessiert, warum Jack mit jedem seiner Morde unvorsichtiger wird. Ihm muss doch klar sein, dass wir jetzt viel gezielter nach ihm fahnden können.«

Noch auf der Fahrt vom Tatort ins LKA hatte Severin Boesherz sein Team angewiesen, alle Prozessbeteiligten von damals ausfindig zu machen und daraufhin zu befragen, wer Zugang zur Identität des Zeugen hatte oder wer in der Vergangenheit versucht hatte, diese in Erfahrung zu bringen.

Bärbel trat jetzt an den Stehtisch und servierte zwei große Portionen Currywurst mit Pommes frites.

»Das ist Severin Boesherz«, stellte Olivia ihr den neuen Kollegen vor. »Der kommt jetzt öfter.«

»Na, wenn dit nüscht is«, erwiderte Bärbel und musterte den Kommissar mit einem umwerfend komischen Blick. »Is der noch zu haben?«

»Würden Sie mich denn heiraten wollen?«, fragte Boesherz scherzhaft.

»Neee!«, erwiderte Bärbel. »Ick suche noch jemanden, der mir abends die Bude schrubbt!«

»Da ist er genau der Richtige!«, entgegnete Olivia. »Sie sollten mal seine Wohnung sehen! Da kann man vom Boden essen.«

»In meener ooch«, konterte wiederum Bärbel. »Da liegt jenuch rum!«

Mit diesen Worten wandte sich die Wirtin wieder ab und ging mit vorsichtigen Schritten in ihren Imbiss zurück, in dem es dank der Wärmeabstrahlung ihrer Fritteusen angenehm warm war. Boesherz wollte gerade dazu ansetzen, etwas zu sagen, als er am plötzlich veränderten Blick seiner Kollegin bemerkte, dass sich jemand von hinten auf ihn zubewegte. Olivias Miene genügte ihm, um zu erkennen, wer es war.

»Schön, dass Sie uns gefunden haben, Frau Dr. Bartholy«, sagte er, ohne sich umzudrehen.

»Ihre hellseherischen Fähigkeiten scheinen ja legendär zu

sein. Man hat mich schon vorgewarnt«, erwiderte diese und gesellte sich, ohne zu fragen, zu den beiden Ermittlern. »Und um es gleich anzusprechen: Ich kann mir gut vorstellen, dass Sie meine Anwesenheit als störend empfinden. Schließlich könnten Sie das ja als eine Herabsetzung in den Augen von Frau Castella sehen. Solche Eitelkeiten sollten unsere Zusammenarbeit aber nicht behindern. Ich glaube nämlich wirklich, dass ich Ihnen helfen kann.«

Dr. Linda Bartholy war eine schlanke, durchaus attraktive Frau in den Vierzigern. Ihr Gesicht war zwar von der Kälte leicht gerötet, strahlte aber mit seinen eleganten Zügen und dem dezent aufgetragenen Make-up eine fast schon selbstverständlich wirkende Schönheit aus. Ihr Haar war dunkel, ihre Kleidung ebenso dezent wie geschmackvoll.

»Na gut«, forderte Boesherz die Expertin heraus. »Dann helfen Sie uns mal.«

Dr. Bartholy tat, als habe sie in Boesherz' Äußerung keinerlei versteckte Herausforderung erkannt, und antwortete sachlich.

»Er hat nicht mehr viel Zeit. Die großen legendären Serienmörder konnten vor allem deswegen oft sehr lange aktiv sein, weil sie mit jeder ihrer Taten besser und professioneller geworden sind. Sie haben Strategien entwickelt, mit denen sie die Polizei auf Abstand halten konnten. Unser Mann – Sie nennen ihn ja wohl Jack – tut das nicht. Jack widmet sich fast täglich einem neuen Opfer, auch schon mal zwei an einem Tag. Er verwendet verschiedene Waffen, und im Fall des aktuellen Opfers hat er sich sogar zum Improvisieren hinreißen lassen. Das kann nur zwei Gründe haben: Entweder ist er dumm, was wir angesichts der Umstände ausschließen können. Oder er hetzt sich durch seine Mordserie, weil ihm die Zeit durch die Finger rinnt.«

»Was hetzt ihn denn so?«, hakte Boesherz nach.

»Irgendetwas, das ihm sogar wichtiger als seine Fantasien ist.

Die Methoden, mit denen er seine Opfer tötet, entsprechen einer sehr genauen Planung. Er hat das alles in seiner Vorstellung immer wieder durchgespielt und sich in seine Szenarien hineingesteigert. Er hat sich darauf gefreut, seine Pläne endlich umsetzen zu können, möglicherweise sogar schon sehr lange. Vielleicht schon seit seiner Jugend, das würde mich nicht wundern. Die Vorfreude, das Antizipieren, spielt bei solchen Taten eine enorm große Rolle. Seine Fantasien nun endlich in die Realität umzusetzen ist für Jack unglaublich reizvoll. Da sagt es doch viel über ihn aus, wenn er trotzdem bereit ist, seine Pläne auch mal spontan zu ändern.«

Während Olivia weiter von ihrer Currywurst aß, hatte Boesherz seinen Teller noch nicht einmal angerührt.

»Aber wissen Sie, was die eigentlich wichtigste Erkenntnis aus all dem ist?«, fuhr Bartholy fort. »Mit meinen Feststellungen bringe ich Sie kein Stück weiter!«

Boesherz wurde aufmerksam. Die selbstbewusste Bartholy hatte mit ihrer offenen Art sein Interesse geweckt.

»Nicht schlecht«, bemerkte er nüchtern.

»Ich habe doch versprochen, dass ich Ihnen helfen kann«, antwortete die Expertin. »Wo ist er aufgewachsen, wer sind seine Eltern, was ist sein Beruf, was ist seine Störung, welchen Komplex bekämpft er mit seinen Morden, und, vor allem: Bei wem schlägt er als Nächstes zu? Würde ich Ihnen mit Antworten darauf weiterhelfen?«

Einen Augenblick lang herrschte absolute Stille an dem Imbisswagen. Es war schließlich Olivia, die zuerst Worte fand.

»Vielleicht sollten wir uns doch mal in Ruhe unterhalten.«

»Und was meinen Sie, Herr Hauptkommissar?«

»Meine Hose vibriert«, gab Boesherz trocken zur Antwort.

Dann griff er unter den verwunderten Blicken der beiden Frauen zu seinem iPhone und öffnete eine Nachricht.

»Sehr gut! Armando aus der Ballistik kann uns was zu Jacks Waffe sagen«, stellte er fest und steckte sein Telefon wieder ein. »Also, Frau Doktor, wir hören uns jetzt erst mal ein paar Fakten an, danach freue ich mich auf Ihre Spekulationen, in Ordnung?«

Alle waren mit dem Vorschlag einverstanden.

»Aber zuvor werde ich mich nun diesem kulinarischen Kleinod der Berliner Feinschmeckerszene widmen. Was für ein Tag: Leiche, Couchtisch, Currywurst. Fragen Sie mich bitte nicht, was das Schlimmste davon war.«

# KAPITEL 19

Anselm hatte mehr als eine Stunde unter der Dusche verbracht. Zudem hatte er nicht nur sämtliche Kleidungsstücke, mit denen er im Park auf dem Boden gelegen hatte, gewaschen, sondern darüber hinaus die Waschmaschine noch einmal leer durchlaufen lassen, um auch das Gerät vom Schmutz seiner Wäsche zu befreien. Danach hatte er das mit Blut besudelte Messer in ein Bad aus heißem Wasser und Desinfektionslösung gelegt, die Pistole gereinigt und geölt und sein Elektroschockgerät wieder in das dafür vorgesehene Etui gepackt, nachdem er es mehrfach mit speziellen Tüchern desinfiziert hatte. Erst dann hatte er sich zu seinem Vater ans Bett gesetzt und ihm eine der Geschichten vorgelesen, die er als Kind oft selbst von ihm gehört hatte.

Erst am darauffolgenden Morgen war Schwester Cecilia wieder eingetroffen. Sie war die Privatpflegerin, die sich regelmäßig um Anselms Vater kümmerte. Anselm nutzte die Zeiten, in denen sein Vater von Cecilia betreut wurde, dazu, seiner Arbeit für die Redaktion nachzugehen. Bevor er sich aber seinen beruflichen Aufgaben zuwenden konnte, musste er zunächst die Glasplatte seines Schreibtisches mit den beiden Mikrofasertüchern von dem Staub befreien, der sich seit dem vergangenen Abend darauf gebildet hatte. Danach polierte er den Monitor seines Rechners mit einer antistatischen Reinigungsflüssigkeit. Bevor er nun die Texte, die ihm zur Überarbeitung per Mail zugegangen waren, abrufen konnte, streifte er sich noch Stoffhandschuhe über, damit seine Computertastatur nicht mit dem Fett seiner Fingerkuppen in Berührung kommen konnte. Erst dann war sein Geist endlich frei von allen Gedanken an Dreck und Unordnung, sodass er sich schließlich an die Arbeit machen konnte.

Zunächst hatte Anselm diverse Artikel für die kommende *Fadenkreuz*-Ausgabe zu kontrollieren. Er benötigte jedoch für keinen davon mehr als fünf Minuten. Die Rechtschreibung war aufgrund der automatischen Korrekturprogramme meist nicht zu beanstanden, es waren in erster Linie Fehler der Grammatik oder der sprachlichen Richtigkeit, die Anselms messerscharfem Blick zum Opfer fielen.

*»Die Leidenschaft dieser jungen Frau haben nicht viele Teenager.« Was ist das denn für ein Schwachsinn? Die Leidenschaft der jungen Frau hat nur sie allein – es ist ja ihre. Also: »Die Leidenschaft der jungen Frau* teilen *nicht viele Teenager.« Warum beherrschen die Menschen denn alle ihre eigene Sprache nicht?*

Nachdem Drexler innerhalb einer guten Stunde sämtliche Artikel für das *Fadenkreuz* aufmerksam durchgegangen war und sie an die Redaktion zurückgemailt hatte, widmete er sich schließlich dem zweiten Teil seiner Arbeit. Zusätzlich zu seiner Tätigkeit beim *Fadenkreuz* bearbeitete er als freier Redakteur und Korrektor auch Moderationstexte für Fernsehproduktionen, Schriften von Publizisten, Sachbuchautoren oder Arbeiten wie Gebrauchsanweisungen oder Werbetexte.

*»In keinster Weise.« Was soll denn das schon wieder? Keiner als »kein« gibt es nicht. Also: »In keiner Weise.«*

Als Anselm sich gerade darangemacht hatte, die Moderationstexte einer beliebten Fernsehsendung durchzugehen, in der eine Reihe von Kandidaten unter erschwerten Bedingungen füreinander kochen mussten, klopfte es an die Tür seines Arbeitszimmers. Ohne eine Aufforderung abgewartet zu haben, öffnete jemand und trat ein.

»Herein!«, warf Anselm Schwester Cecilia mit unmissverständlichem Nachdruck entgegen. Diese ging darüber hinweg.

»Sie waren heute Nacht sehr lange unterwegs«, stellte sie stattdessen fest und sah Anselm dabei unzufrieden an. Sie hatte an Paul Drexlers Bett Wache gehalten, während dessen Sohn bei Kai Jurek gewesen war.

»Die Dinge benötigen ihre Zeit. Dafür sollten Sie eigentlich Verständnis haben«, antwortete Anselm mürrisch. »Ich tue, was ich kann, aber die Dinge arrangieren sich eben nicht von selbst.«

»Ich weiß«, räumte Cecilia ein. »Aber vergessen Sie nicht, dass sich Ihr Vater darüber freut, wenn Sie so viel Zeit wie möglich bei ihm verbringen.«

»Das eine sind die persönlichen Bedürfnisse des Einzelnen und derer, die ihm nahestehen. Das andere sind unsere Verpflichtungen der Gesellschaft gegenüber. Ich liebe meinen Vater über alles, aber ebenso wie ich selbst es bin, ist auch er der Meinung, dass es Aufgaben im Leben eines Menschen gibt, die höher und wichtiger sind als unsere persönlichen Ansprüche. Glauben Sie mir einfach, dass alles seine Ordnung hat. Es geht in dieser schweren Zeit vor allem darum, die Regeln zu erhalten und seine Pflicht zu tun. Jeder die seine.«

Schwester Cecilia schwieg dazu. Nicht nur Anselm Drexler selbst, auch das Haus, in dem er mit seinem Vater zusammen lebte, war ihr vom ersten Besuch an auf eine befremdliche Weise unheimlich gewesen. Nichts, absolut gar nichts hier war schmutzig oder gar unordentlich. Anselm verwendete offensichtlich ebenso viel Zeit für die Pflege des Anwesens wie auf seine Arbeit und die Betreuung seines Vaters. Die Zwanghaftigkeit seines Verhaltens war für die erfahrene Krankenschwester sofort offensichtlich gewesen.

*Schwester Cecilia steht nicht exakt in der Mitte des Türrahmens. Sie ist etwas zu weit links. Außerdem steht die Tür nicht im rechten Winkel zur Wand offen.*

»Da gebe ich Ihnen recht, Herr Drexler«, stimmte sie zu. »Wir sollten uns vielleicht mal ganz in Ruhe darüber unterhalten, wie es weitergehen soll, wenn er … nun ja, wenn sich sein Zustand verschlechtert.«

»Wenn er stirbt!«, korrigierte Anselm die Aussage. »Sein Zustand kann nicht schlechter werden, er kann höchstens noch sterben. Und das wird er schon sehr bald tun.«

Anselm sah sein Gegenüber nicht an. Stattdessen öffnete er jetzt die Datei mit den Moderationstexten der Kochshow.

»Sie dürfen mir glauben, dass ich mit äußerster Eile dabei bin, die entsprechenden Angelegenheiten zu regeln«, versicherte er Cecilia.

»Sprechen Sie bitte nicht so laut.« Die Krankenschwester trat eilig in das Arbeitszimmer ein und schloss die Tür hinter sich. »Er versteht jedes Wort.«

»*Munden!*«, rief Anselm plötzlich ohne erkennbaren Grund aus. »Immer wieder! Was finden diese Menschen nur so toll an diesem furchtbaren Wort?«

»Ich verstehe nicht …«

»Hier steht: *Es hat den Gästen gemundet.* Das bauen die in jede Folge ein, mindestens dreimal! Jedes Mal nehme ich es wieder raus, aber sie begreifen es nicht und schreiben es beim nächsten Mal einfach wieder. *Munden* ist ein Königswort! So wie *weilen, geruhen* oder *schreiten.* Wenn fünf stinknormale Bürger zusammensitzen, dann *schmeckt* es ihnen vielleicht, aber ganz sicher *mundet* es ihnen nicht! Dieses Wort ist geschwollen, deplatziert und Ausdruck des unbeholfenen Wunsches, sich gewählt auszudrücken, obwohl man es nicht kann. Und ich weiß auch schon, was als Nächstes kommt!«

Zügig, aber hoch konzentriert flogen Anselms Blicke über die Zeilen.

»Ihr Vater bedeutet Ihnen sehr viel, nicht wahr? Sind Sie sehr eng mit ihm aufgewachsen?«

»Meine Mutter ist kurz nach meiner Geburt gestorben«, berichtete Anselm, ohne den Blick dabei von seinem Monitor zu wenden. »Dabei war sie fast zwanzig Jahre jünger als mein Vater. Er wusste überhaupt nicht, wie man ein Kind großzieht, aber er hat sich nicht gedrückt, sondern sich der Aufgabe gestellt. Und wie Sie sehen – ich bin ein guter Mensch geworden.«

Bevor Schwester Cecilia etwas darauf erwidern konnte, entfuhr Anselm plötzlich das Wort, nach dem er gesucht hatte.

»*Kredenzen!* Ich wusste, dass sie es wieder schreiben würden! Hier: *Der Gastgeber kredenzt nun die Hauptspeise.*«

Cecilia hatte nicht viel Zeit für das Gespräch. Sie musste sich den physiotherapeutischen Übungen zuwenden, die sie täglich mit Paul Drexler durchführte. Doch Anselm ließ nicht davon ab, seinem Ärger Luft zu machen.

»*Kredenzen* kommt aus dem Lateinischen. *Credere* – das bedeutet: glauben! Wenn der Mundschenk dem Fürsten ein Getränk eingeschenkt hat, dann hatte er es zunächst vorgekostet. Der Fürst konnte dem Getränk also vertrauen, oder: glauben. *Kredenzt* wird also zunächst mal keine Speise, sondern ein Getränk. Und das auch nur, falls wir einen Truchsess haben, der seinem Fürsten die Giftprobe abgenommen hat. Unsere Kandidaten *kredenzen* einander also nicht, sie *servieren!* Warum wollen sich eigentlich immer nur solche Menschen gewählt ausdrücken, die von dem, was sie reden, absolut keine Ahnung haben? Jeder plappert dem anderen ohne Sinn und Verstand nach, und irgendwann erklärt der Duden es dann für korrekt, weil es ja *alle sagen.*«

Schwester Cecilia beschloss, ihr Anliegen für den Moment zurückzustellen. Es war offensichtlich, dass Anselm nicht über das heikle Thema sprechen wollte, das ihr so sehr am Herzen lag.

»Ich gehe jetzt wieder zu Ihrem Vater«, verabschiedete sie sich daher. »In einer Stunde muss ich gehen. Sind Sie bis dahin mit Ihrer Arbeit fertig?«

Anselm sah für einen Augenblick von seinem Monitor auf.

»Natürlich. Keine Änderung der Regeln«, antwortete er.

Erst nachdem Schwester Cecilia den Raum verlassen hatte, öffnete er eine Datei, die in einem unauffällig benannten Ordner auf seiner Festplatte abgelegt war. Auf dem Monitor erschien das Foto eines jungen Mannes, unter dem eine Schlagzeile zu lesen war: *Er kann es einfach nicht lassen: Intensivtäter schlägt wieder zu!*

*Nummer drei: Steve Moldenhauer. Arbeitslos, unregelmäßiges Verlassen und Betreten seiner Wohnung. Zuverlässig anwesend: zwischen acht Uhr abends und zehn Uhr mittags. Trifft und empfängt verschiedene Freunde, Besuch kommt oft überraschend und zahlreich. Körperliche Gefahr: jung, kräftig, muss kampflos niedergestreckt werden. Besondere Vorkommnisse während der Beobachtungsphase: Besuch einer Polizeistreife, Besuch von Prostituierten, kam dreimal nachts nicht nach Hause. Zugriff: muss abends oder nachts in der eigenen Wohnung erfolgen. Opfer ist zuverlässig zu knebeln, Schmerzen sind wirksam zu betäuben, gegebenenfalls unerwartet eintreffende Gäste sind notfalls auszuschalten.*

»Ach, Steve«, sprach Anselm dann zu dem jungen Mann auf dem Foto und sah dabei im Internet nach, wie kalt es in der kommenden Nacht werden würde.

Zufrieden mit dem Ergebnis seiner Recherche, hauchte er: »Minus acht Grad. Das sollte wohl genügen.«

# KAPITEL 20

Dennis hätte die Namenslisten am liebsten aus dem Fenster geworfen. Hunderte Zuschauer hatten bei jeder einzelnen Liveshow von *Dein Catwalk* zugesehen. Ihre Namen abzugleichen war ebenso stupide wie frustrierend. Zudem war bislang noch kein Name mehrfach aufgetaucht.

»Haben Sie auch mal an das Team der Produktionsfirma gedacht?«, wurde Dennis plötzlich aus seinen Gedanken gerissen.

Daniela Castella hatte unbemerkt das Büro ihres Mitarbeiters betreten und ihm zunächst einige Sekunden lang still dabei zugesehen, wie er in seine Arbeit versunken vor dem Stapel an Unterlagen gesessen hatte.

»Ich habe mittlerweile schon an jeden gedacht. Aber ohne Tanja van Beuten wird es für die Show vermutlich eine wesentlich geringere Zuschauerquote geben. Und das bedeutet dann auch weniger Geld für die Produktionsfirma.«

Castella hatte ein wenig Mitleid mit Dennis. Die Ermittlung bedeutete ihm offensichtlich viel, schon deswegen, weil er sich zum ersten Mal auch ohne seinen Freund und Kollegen Julius Kern bewähren konnte. Umso schwerer musste es für ihn sein, sich sein immer wahrscheinlicher werdendes Scheitern einzugestehen.

»Was, wenn es gar keine Entführung war, sondern ein Mord?«, dachte die Dezernatsleiterin laut nach. »Leichen verschwinden jeden Tag.«

»Schon, aber es bleibt die Frage: Wer hat den größten Nutzen von ihrem Verschwinden? Ihre Geschwister kämen nur an das Vermögen, wenn sie tot wäre. Solange sie einfach nur weg ist, haben die gar nichts. Und weil es ohne Leiche auch kein Erbe zu verteilen gibt, scheiden alle anderen möglichen Erben auch aus. Sie war in der Öffentlichkeit praktisch nie allein unterwegs, und ihre Villa ist mit mehr Kameras gesichert als das Kanzleramt. Es gibt im Haus keine Kampfspuren oder Hinweise darauf, dass Möbel oder Teppiche entfernt oder ausgetauscht worden wären. Klassische Mordmotive scheiden auch aus. Es gibt keine schwarzen Flecken in ihrer Vergangenheit, die eine Rache rechtfertigen könnten. Ausgenommen sind vielleicht noch ihre Aussagen in der Castingshow, die waren schon oft ziemlich hart und unter der Gürtellinie. Aber soll ich jetzt jeden im Land verhören, der sich über Tanjas fiese Sprüche aufgeregt hat?« Dennis stützte seinen Kopf verzweifelt auf den Händen ab. »Ich bin mit meinem Latein absolut am Ende.«

»Vielleicht gibt es ja doch noch einen Menschen, der von ihrem Verschwinden profitiert.« Castella schob die Stapel mit den Namenslisten beiseite und setzte sich auf den Rand von Dennis' Schreibtisch. »Tanja van Beuten selbst!«

»Sie meinen, die will ihren Marktwert steigern, indem sie sich ein paar Tage versteckt und damit allen zeigt, wie unentbehrlich sie ist?«

Castella lächelte und sah Dennis fast mütterlich an.

»Wissen Sie, manchmal möchten wir Frauen einfach allein sein. Es wäre doch vorstellbar, dass sich Tanja einfach selbst eine kleine Auszeit verordnet hat. Raus aus dem ganzen Trubel, weg von den Verpflichtungen, den Verträgen, Agenturen und Paparazzi. Ich war während meines Studiums auch mal eine ganze Woche lang verschwunden, spurlos.«

»Ist nicht wahr.«

»Es hat mir damals alles so dermaßen gereicht! Ich hatte die Nase voll von diesem ganzen Stress, das glauben Sie mir gar nicht.« Castellas Blick fiel erneut auf den Unterlagenstapel. »Ziehen Sie es doch mal in Betracht, dass van Beuten sich selbst entführt hat, um einfach mal ein paar Tage auszuspannen.«

Dennis wusste nicht viel mit dem Vorschlag anzufangen.

»Wenn ich hier einfach nur abwarte, bis sich das Problem von selbst erledigt, hängt mich der Staatsanwalt zur Abschreckung in seinem Büro auf.«

Castella konnte nicht widersprechen.

»Da ist was dran«, gab sie Dennis recht. »Unter uns: Manchmal, wenn er ganz böse ist, traue ich ihm sogar zu, dass er jemanden auffressen könnte!« Zum ersten Mal seit Stunden lächelte Dennis. »Also, fahren Sie doch noch mal zu Tanjas Angehörigen. Kleine Mädchen haben alle ein Versteck, in das sie sich zurückziehen, wenn sie nicht gefunden werden wollen. Finden Sie das von Tanja.«

Dennis dehnte sich erschöpft und lehnte sich dann in seinen Sessel zurück.

»Warum nicht?«, stimmte er zu. »Dann komme ich wenigstens mal hier raus.«

# KAPITEL 21

Es war, als ob sich ein Wasserfall über Tanja van Beuten ergossen hätte. Es schien, als ob Hunderte Liter des kühlen Nasses über ihren Körper rannen, und ohne zu begreifen, wie ihr geschah, nahm sie so viel Wasser, wie sie konnte, in sich auf. Das Model, das leblos in seinem Stuhl gesessen hatte und dessen Kopf erschöpft in den Nacken gesunken war, erwachte zu neuem Leben, und mit jedem Schluck der rettenden Flüssigkeit steigerte sich auch Tanjas Vermögen, ihre Lage zu begreifen. Als der Fluss schließlich verebbt war, öffnete sie die Augen.

»Sauf!«, warf ihr eine Gestalt, die sie im Gegenlicht der Deckenlampe nur schemenhaft erkennen konnte, entgegen.

Tanja war außerstande zu antworten, doch sie erfasste, dass die Person, die sie an diesem unwirtlichen Ort gefangen hielt, ihr soeben etwas zu trinken eingeflößt hatte. Das Model war noch zu schwach, um koordiniert zu handeln oder geordnet zu denken. Doch Tanja wusste intuitiv, dass Muffin und Oma Erna verschwunden waren. Bevor sie weiter darüber nachdenken konnte, verspürte sie einen Ruck, eine schwer zu definierende Form von Gewalt, die sich unsanft auf ihren geschwächten Körper auswirkte. Tanja wusste nicht, ob es ein Schlag war oder ob man ihre Haare gepackt und ihren Kopf daran nach hinten gerissen hatte, doch sie spürte trotz der eisigen Kälte deutlich eine wohlige Wärme in ihrem Gesicht, als jemand ihr so nah kam, dass sie dessen Atem spüren konnte. Das Deckenlicht verdunkelte sich, als sich jemand über ihr Gesicht beugte.

»Wasser gibt es morgen wieder. Ein Glas.«

»Wo ist Muffin?«, entfuhr es der verwirrten Tanja, und schon im nächsten Augenblick schämte sie sich für diese Frage.

»Du willst Muffins?«, erhielt sie zur Antwort. »Tut mir leid, dass ich daran nicht gedacht habe.«

Mit diesen Worten zog sich die dunkle Gestalt wieder zurück und schloss die Tür des Dachbodens mit einem dumpfen Knall hinter sich. Tanja war nun wieder allein in ihrem eisiges Verlies, aus dem es kein Entrinnen zu geben schien.

*Wenn du aufgibst, hast du verloren. Konzentriere dich gefälligst! Wenn du selbst davon ausgehst, dass du machtlos bist, dann bist du es auch. Keine Schwäche!*

Das Wasser hatte Tanja vor dem Verdursten bewahrt, doch es würde noch etwas Zeit benötigen, bis sie ihre Gedanken wieder konstruktiv ordnen konnte. Als Jurorin von *Dein Catwalk* gehörte es zu ihren Aufgaben, jungen Kandidatinnen beizustehen, wann immer diese vor scheinbar unlösbare Herausforderungen gestellt wurden. Jedes Mal hatte sie dabei Ideen entwickeln können, wie die Mädchen sich mit Ordnung und Disziplin aus eigener Kraft helfen konnten. Und diese Fähigkeit, so erkannte Tanja, musste sie jetzt für sich selbst einsetzen. Während sie erschöpft in sich zusammensank, schoss ihr ein Gedanke durch den Kopf:

*Wer hat eigentlich behauptet, dass du deine Fesseln nicht lösen kannst?*

# KAPITEL 22

»Also, dass ich das noch erleben darf – ich könnte euch knutschen!«

Armando Ramirez war sichtlich aufgewühlt, er hatte das Eintreffen von Boesherz und seinen Begleiterinnen kaum erwarten können. Ramirez, ein gebürtiger Berliner, dessen Vorfahren aus Mexiko stammten, war beim LKA in der Abteilung *Klassische Kriminaltechnik* tätig, die mit Technikern und Ingenieuren besetzt war. Der sympathisch quirlige Ramirez galt als einer der fähigsten Spezialisten im Bereich der Ballistik. Schon aufgrund der Priorität, mit der Jacks Mordserie behandelt wurde, hatte er sich der Patronenhülse sofort angenommen. Das Projektil aus dem Körper des Toten hatte ihn währenddessen per Kurierdienst aus der Rechtsmedizin erreicht. Der kleine Mann mit der hervorstechenden Lücke zwischen seinen oberen Schneidezähnen schien geradezu verzückt über das Geschoss zu sein.

»Wer immer diese Patrone abgefeuert hat, er muss sie verdammt lange gehegt und gepflegt haben«, begann er zu berichten.

Obwohl Boesherz mehr als gespannt auf die Ausführungen seines Kollegen war, entging ihm nicht, dass Olivia und Linda Bartholy bereits seit einiger Zeit hinter seinem Rücken miteinander tuschelten.

»Wenn die Damen ihre Privatgespräche bitte nach Feierband führen könnten«, rief er die beiden zur Ordnung. »Also, Armando«, wandte er sich dann wieder an seinen Kollegen, »was hast du für uns?«

»Die Kugel ist aus nächster Nähe abgefeuert worden, trotzdem aber nicht wieder ausgetreten, nicht wahr? Wenn etwas so Außergewöhnliches passiert, dann denkt der Ballistiker immer zuerst an eine Spezialanfertigung. Im Waffenbereich gibt es eine ganze Menge davon, zum Beispiel, und das war in unserem Fall mein erster Gedanke, Schalldämpfermunition. Passt mal auf.«

Ramirez legte das Projektil, das er seit dem Eintreffen seiner Gäste wie einen Diamanten in der Hand gehalten hatte, in eine Schale und ging an seinen Waffenschrank. Er griff nach einer Pistole, vergewisserte sich, dass sie nicht geladen war, und öffnete dann eine Schublade, aus der er einen Schalldämpfer nahm.

»Eine Pistole knallt beim Abfeuern zweimal«, begann er zu erklären, während er seine Ausführungen mithilfe der Waffe in seiner Hand veranschaulichte. »Das erste Mal, wenn der Bolzen auf die Patrone schlägt und die Pulverladung explodiert. Das ist dann der *Geschossknall.* Das zweite Mal, wenn die Kugel mit Überschallgeschwindigkeit aus dem Lauf schießt. Der *Mündungsknall.* Setzt man jetzt einen Schalldämpfer auf die Waffe, dann reduziert man dadurch den Mündungsknall, nicht aber den Geschossknall. Der Schuss wird dann nur um wenige Dezibel leiser.«

Dr. Bartholy, die im Gegensatz zu den beiden Kommissaren so gut wie nichts von den Eigenheiten von Schusswaffen verstand, lauschte aufmerksam, während Boesherz und Olivia ungeduldig auf die Pointe von Ramirez' Ausführungen warteten.

»Deswegen haben fast alle Geheimdienste Spezialmunition für Schalldämpfer entwickelt. Die Treibladung, also das Schwarzpulver in der Patrone, ist bei solchen Geschossen reduziert. Die Kugel verursacht dann nicht nur einen geringeren Geschossknall, sie fliegt auch weniger schnell durch den Lauf. Beim Austreten durchbricht sie dann auch nicht die Schallmauer. Bei einer solchen Patrone wird der Schuss dann tatsächlich ziemlich gut abgedämpft. Und deswegen ist die Kugel auch nicht durch den Körper des Opfers geschlagen: Sie war mit so wenig Schwarzpulver angetrieben, dass sie einfach stecken geblieben ist. Wir sprechen in solchen Fällen von Nahmunition.«

Boesherz ärgerte sich ein wenig. Eigentlich hätte er selbst darauf kommen müssen, denn schließlich gab es für das Phänomen keine plausiblere Erklärung. Er tröstete sich aber damit, dass er noch nie in seinem Leben eine Pistole mit einem Schalldämpfer abgefeuert hatte. Zudem gehörten die Feinheiten der Waffenkunde nicht zu seinen, sondern zu den Aufgabengebieten des Kollegen.

»Wie lange hat er die Patrone denn deiner Meinung nach gehegt und gepflegt?«, kam Boesherz auf Ramirez' vorherige Bemerkung zurück.

Der Ballistiker legte Pistole und Schalldämpfer auf einem Tisch ab, zog ein Taschentuch hervor, tupfte sich die Stirn ab und griff dann wieder nach dem Projektil.

»Wenn ich mich nicht irre – mehr als fünfundsechzig Jahre!«

Während Severin und Olivia sichtlich überrascht waren, kam Dr. Bartholy spontan eine Idee.

»Kriegsmunition?«, fragte sie interessiert und notierte sich etwas auf der Rückseite eines Zettels, den sie schnell aus ihrer Handtasche gezogen hatte.

»Es spricht alles dafür«, bestätigte Ramirez. »Die Abdrücke der Züge und Felder auf dem Projektil verraten mir nämlich auch die Waffe, aus der die Kugel abgefeuert wurde: eine *Walther P 38*.«

»Die P 38 wurde aber auch noch lange nach dem Krieg gebaut«, warf Olivia ein, die im Gegensatz zu Severin eine sehr geübte Schützin war und sich durchaus für Waffen interessierte.

»Da gebe ich dir recht, aber jetzt kommt die Farbe der Hülse ins Spiel«, ging Armando Ramirez mit einem verschmitzten Lächeln auf Olivias Einwand ein.

Der Ballistiker griff nach einem Buch, das bereits vor dem Eintreffen der Ermittler aufgeschlagen auf einem Board gelegen hatte, und präsentierte seinen Gästen darin die Abbildung einer Patrone mit grüner Hülse.

»Im Zweiten Weltkrieg haben Agenten, vor allem aber auch die Waffen-SS, diese spezielle Nahmunition bei Sondereinsätzen benutzt. Um sie kenntlich zu machen, hat man diese Patronen damals mit grünen Hülsen gebaut. Wenn man jetzt diese seltene Patrone im Zusammenhang mit der Waffe betrachtet, dann haben wir es hier aller Wahrscheinlichkeit nach mit historischer Munition aus einer Pistole der Waffen-SS zu tun.«

»Irrtum ausgeschlossen?«, hakte Olivia besorgt nach.

»Ausgeschlossen nicht«, antwortete Ramirez. »Aber ich wäre bereit, die Ausbildungsvorsorge meiner Tochter darauf zu verwetten!«

Boesherz hatte bereits beim Betreten des Labors alle relevanten Details des Raumes in Augenschein genommen. Dabei war ihm auch nicht das aktuelle Weihnachtsfoto entgangen, auf dem Armando Ramirez mit seiner Frau und einem Kleinkind im Arm abgebildet war, das blaue Kleidung und ein Mützchen von Hertha BSC trug. Gerade wollte er seinem Kollegen vorhalten, dass dieser gar keine Tochter hatte, als sich Dr. Linda Bartholy in das Gespräch einbrachte.

»Das ist eine schöne Ergänzung meines Täterprofils.«

»Sie meinen also, Jack ist ein ehemaliger Angehöriger einer Nazi-Elitetruppe?«, verwahrte sich Boesherz gegen die Einmischung. »Und jetzt, mit etwa hundert Jahren auf dem Buckel, entscheidet er sich plötzlich, noch mal zur Höchstform aufzulaufen und eine blutige Schneise durch Berlin zu schlagen? Im Duell gegen junge, kräftige Opfer? Und das Ganze auch noch mitten im tiefsten Winter?«

»Das, was Serienmörder zu dem macht, was sie sind, entwickelt sich sehr früh in ihrem Leben, fast immer während ihrer Jugend«, entgegnete Bartholy. »Kinder, die Strenge und Willkür ausgesetzt sind, können enormen Hass entwickeln. Auf andere, aber vor allem auch auf sich selbst. Nationalsozialismus und Selbsthass gehen miteinander Hand in Hand, und wenn Jack einen entsprechenden familiären Hintergrund hat, dann könnte uns das so einiges erklären.«

Für einen Moment sagte niemand etwas dazu, bevor Olivia schließlich aussprach, was alle Beteiligten dachten: »Na super. Wenn wir irgendwas nicht gebrauchen können, dann ist es ein Nazikiller, von dem der Verfassungsschutz nichts weiß. Der Staatsanwalt wird jubeln. Und die Medien erst …«

# KAPITEL 23

Steve Moldenhauer war zum ersten Mal polizeilich in Erscheinung getreten, als er im Alter von dreizehn Jahren eine ältere Dame in einem Berliner U-Bahnhof angegriffen, ihr die Handtasche entrissen und sie danach so lange geschlagen und getreten hatte, bis sie leblos am Boden liegen geblieben war. Die Frau überlebte den Angriff zwar, trug jedoch bleibende körperliche und psychische Schäden davon. Den jungen Angreifer hatte die Polizei dank der Videoaufzeichnungen im Bahnhof mittels einer groß angelegten medialen Suchaktion schnell ausfindig gemacht. Aufgrund seines Alters musste der strafunmündige Moldenhauer jedoch unbehelligt freigelassen werden.

Doch es sollte danach nicht ruhig um den jungen Mann werden. Bereits ein halbes Jahr später füllte er erneut die Schlagzeilen, nachdem er gemeinsam mit sechs weiteren Jugendlichen eine Tankstelle überfallen und dabei nicht nur Angestellte und Kunden mit einem Messer bedroht, sondern zudem auch den Verkaufsraum verwüstet hatte. Da Steve Moldenhauer zu diesem Zeitpunkt bereits vierzehn Jahre alt war, konnte er zwar vor das Jugendgericht gestellt werden. Dort ließ man ihn jedoch mit einer nachsichtigen Strafe davonkommen.

Auch in den folgenden Jahren rissen die Berichterstattungen um den Jungen nicht ab. Immer wieder wurde er im Zusammenhang mit teilweise äußerst gewalttätigen Straftaten verhaftet, angeklagt und letztlich nach Abbüßung geringfügiger Jugendstrafen wieder entlassen. Besondere Aufmerksamkeit widmeten die Medien seinerzeit der Tatsache, dass Moldenhauer im Rahmen eines staatlichen Programms mit anderen auffälligen

Jugendlichen nach Mallorca geschickt wurde, um dort an einem mehrwöchigen Antiaggressionstraining teilzunehmen. Auch wenn diese Maßnahme keineswegs außerhalb der üblichen Methoden der Resozialisierung von straffälligen Jugendlichen lag und mitnichten den Charakter eines Cluburlaubs besaß, wurde es von der Presse, nicht zuletzt dem *Fadenkreuz*, geradezu als die *Belohnung eines Gewohnheitsverbrechers* dargestellt.

Inzwischen, über zehn Jahre nach seiner ersten Verhaftung, hatte Moldenhauer etliche Vorstrafen sowie insgesamt vier Jahre Gefängnisaufenthalt vorzuweisen. Und obwohl es eine Zeit lang ruhig um ihn geworden war, hatte ein neuer Übergriff des Intensivtäters ihn vor wenigen Wochen wieder ins Licht der Medien gerückt: Ein Zeuge war mutig dazwischengegangen, als Moldenhauer vor einer Pizzeria auf eine wehrlose Frau losging, um ihr Handtasche und Schmuck zu rauben. Moldenhauer hatte mehrfach auf den Mann eingeschlagen und war dann geflüchtet. Das Ermittlungsverfahren lief.

Anselm Drexler lag auf seinem Bett. Es handelte sich noch immer um dasselbe Gestell, auf dem er schon als Kind geschlafen hatte, lediglich Bettwäsche und Matratze hatte er seit damals erneuert. Schwester Cecilia war schon vor über einer Stunde gegangen, und obwohl es draußen noch nicht dunkel geworden war, hatte Anselm das ganze Haus hell erleuchtet.

*Wie fühlt es sich an, tot zu sein?*

Während er an den bevorstehenden Besuch bei Steve Moldenhauer dachte, schweifte sein Blick zwanghaft über die Zimmerdecke. Wie immer, wenn er auf seinem Bett lag, überprüfte er sie darauf, ob sich Staub oder gar Spinnweben daran gebildet hatten. Und das, obwohl dies gar nicht möglich war. Anselm reinigte das Haus praktisch fortwährend; war er mit dem letzten Zimmer fertig, begann er wieder beim ersten. Jetzt rollte er sich auf die Seite und vergewisserte sich, dass die Vorhänge noch immer in identischem Anstand zueinander und mit symmetrisch fallenden Einschlägen vor dem blank geputzten Fenster hingen, gegen das aber von außen immer wieder Schneeflocken an das Glas flogen. Anselm nahm dies missmutig und in dem quälenden Wissen zur Kenntnis, dass er nichts dagegen ausrichten konnte.

Einmal, als Anselm noch klein gewesen war, hatte er mit seinem Spielzeugauto versehentlich eine winzige Blessur im Parkett verursacht. Sein Vater hatte es nicht bemerkt, doch Anselm wusste fortan, dass der Makel im Holz existierte. Seitdem hatte er die beschädigte Stelle beharrlich mit Stofftieren oder Kissen abgedeckt, doch sosehr er sich auch bemühte – der Gedanke an den Kratzer im Boden ließ ihn nicht zur Ruhe kommen. Manchmal hatte er deswegen ganze Nächte nicht schlafen können. Im hell erleuchteten Kinderzimmer hatte er in ebender Pose auf seinem Bett gekauert, in der er jetzt zu der Stelle sah, die er erst vor wenigen Jahren professionell hatte abziehen und lackieren lassen. Der Kratzer war nun zwar verschwunden, doch noch immer musste sich Anselm mehrmals täglich auf sein Zimmer begeben, um sich wieder und wieder von dieser Tatsache zu überzeugen.

Erst nach einer ganzen Weile wandte er seinen Körper auf die andere Seite, sodass sein Blick nun nicht mehr in sein Zimmer hinein, sondern auf die Wand fiel. Wie jedes Mal erfasste er dabei unwillkürlich die Tafel, die sein Vater über dem Bett angebracht hatte. Damals, kurz nachdem dessen Frau Karin gestorben war.

*Drum denk' dran, mein Junge: Befolge die Drei!*

Anselms Vater Paul war der einzige Sohn von Karl-Wilhelm und Ilse Drexler gewesen. Geboren 1927, hatte Paul den größten Teil seiner Kindheit im sogenannten Dritten Reich verbracht. Sein Vater Karl-Wilhelm war bereits früh Mitglied der NSDAP geworden und noch vor der Machtergreifung Hitlers der SS beigetreten. Die Erziehung seines Sohnes Paul hatte er strikt nach den Ideologien der Nationalsozialisten vorgenommen, sodass der Junge früh in die Hitlerjugend eintrat. In den letzten Kriegsjahren hatte Paul als Soldat der Wehrmacht gegen die Alliierten kämpfen müssen.

Die Nachkriegsjahre brachten viele Veränderungen für den noch jungen Paul. Sein Vater wurde wegen zahlreicher Kriegsverbrechen kurz nach seiner Rückkehr nach Berlin verhaftet und nahm sich wenig später in seiner Zelle das Leben. Drexler, der sich als junger Wehrmachtssoldat nichts dergleichen hatte zuschulden kommen lassen, nahm im Nachkriegsdeutschland eine Stelle in einem Fachbuchverlag an, in dem er aufgrund seiner Führungsqualitäten und Strenge bald zum Abteilungsleiter aufstieg. Pauls Mutter Ilse starb in den späten Sechzigerjahren. Sie hatte nach der Verhaftung und dem Freitod ihres Mannes zurückgezogen gelebt.

Seine spätere Frau lernte Paul Drexler während eines Festes in seiner Kirchengemeinde kennen. Karin war über zwanzig Jahre jünger als er, und der bis dahin alleinstehende Drexler schien in der jungen, freundlichen Frau endlich die Liebe seines Lebens gefunden zu haben. Schon ein Jahr nach ihrer ersten Begegnung heirateten die beiden, und es dauerte nicht lange, bis Karin Drexler schwanger wurde. Ihren gemeinsamen Sohn nannten sie Anselm, nach Pauls Großvater, einem Veteranen des Ersten Weltkriegs. Nach den schweren Jahren, die die Familie Drexler hinter sich hatte, schien sich für Paul nun endlich alles zum Guten zu wenden. Doch das Glück währte nicht lange. Kurze Zeit nach Anselms Geburt erkrankte dessen Mutter schwer und starb schließlich noch vor dem dritten Geburtstag des Jungen. Von nun an war der bereits fünfzigjährige Paul Drexler allein für die Erziehung seines Sohnes verantwortlich gewesen.

*Ich habe es immer befolgt,* dachte Anselm beim Anblick der Tafel über seinem Bett. *Und bald, Vater, werden es alle tun. Dann ist endlich die Zeit für eine neue Ordnung gekommen. Für unsere Ordnung.*

Anselm hatte Steve Moldenhauer beobachtet. Tagelang. Er wusste, mit wem sich der junge Mann traf, wo er einkaufte, welche Buslinien er benutzte und, vor allem, wo er wohnte. Anselm hatte alles ausgearbeitet. Nicht nur der Elektroschocker, die Polaroidkamera und die Pistole aus dem Nachlass seines Großvaters lagen bereit, auch den Kübel mit dem eingebauten Metallhaken sowie die zehn Kilo Salz hatte er vorbereitet. Anselm würde noch einmal die Beutel seines Vaters überprüfen, das Eintreffen von Schwester Cecilia abwarten und sich dann, rechtzeitig bevor die Temperaturen auf ihren nächtlichen Tiefststand gesunken sein würden, auf den Weg machen. Doch gerade als Anselm von seinem Bett aufstehen und noch einmal das Parkett in Augenschein nehmen wollte, klingelte es unerwartet an der Haustür.

*Cecilia? Die ist doch erst in zwei Stunden wieder dran.*

Anselm sprang hektisch auf, überprüfte im Spiegel den Sitz seiner Haare, rückte seine Brille zurecht, strich seinen Pullover glatt und ging dann mit geraden Schritten die Treppe in den Hausflur hinunter, wobei er darauf achtete, weder das Treppengeländer noch die Wände zu berühren. Bereits als Kind hatte er für sich entschieden, dass jede versehentliche Berührung von Wänden, Bäumen oder anderen Dingen am Wegesrand ihn einen Tag seines Lebens kosten würde. Als Anselm schließlich an der Haustür angekommen war, zog er seinen Pullover über die rechte Hand, wippte einmal nach vorn und griff nach der Klinke.

*Was macht die denn hier?*, schoss es ihm durch den Kopf, bevor er die Frau an der Tür mit einem Lächeln begrüßte: »Ein unerwarteter Besuch, welche Freude!«

»Ich wollte mich mal mit Ihnen unterhalten, wenn es Ihnen recht ist. Störe ich?«

Anselm hatte nicht damit gerechnet, dass Sonja Wendorff, seine Kollegin aus dem Korrektorat, ihn jemals zu Hause aufsuchen würde. Jetzt stand sie völlig unerwartet, in einen dicken Mantel und mehrere Schals gehüllt, vor ihm.

»Bitte, bleiben Sie doch nicht draußen in der Kälte stehen, treten Sie ein«, forderte er sie auf. »Ich muss allerdings, also, mein Vater …«, fügte er dann hinzu, ohne dabei unhöflich zu klingen.

»Ich störe auch nicht lange. Ich war gerade in der Gegend unterwegs und dachte, wir könnten doch vielleicht mal einen Kaffee zusammen trinken.«

Anselm war sich nicht sicher, wie er sich verhalten sollte. Der Kübel und die auffallend vielen Pakete Salz standen mitten im Hausflur. Außerdem wollte er seinen Vater nicht durch die Anwesenheit einer ihm unbekannten Frau verunsichern. Zudem war er ohnedies nicht gut auf Sonja zu sprechen, insbesondere jetzt, nachdem er die aktuelle Ausgabe des *Fadenkreuz* kontrolliert hatte.

»Warum nicht, wenn Sie sich schon hierher bemüht haben«, gab er seinen erstklassigen Manieren schließlich dennoch den Vorzug. »Netter Besuch bringt schließlich immer Freude ins Haus.«

# KAPITEL 24

Viele Menschen stellen sich Serienmörder als blutrünstige Bestien vor, die jedem die Kehle aufschlitzen, der ihnen in die Quere kommt.«

Severin Boesherz hatte sich mit Linda Bartholy in den Konferenzraum des LKA zurückgezogen. Olivia hatte sich den beiden nicht angeschlossen. Boesherz hatte sie darum gebeten, stattdessen in die Rechtsmedizin zu fahren und Neues über mögliche DNA-Spuren nach dem Kampf zwischen Kai Jurek und seinem Mörder in Erfahrung zu bringen.

»Wie viele haben Sie denn bisher kennengelernt?«, wollte Severin wissen, während er eine Flasche Mineralwasser von dem Tablett in der Mitte des Besprechungstisches griff und sie Bartholy mit fragendem Blick anbot.

»Persönlich unterhalten habe ich mich mit zwölf. Von über dreißig weiteren habe ich eingehend die Akten und Lebensgeschichten studiert«, gab sie zur Antwort und griff nach dem Wasser. »Ihr Kollege Julius Kern hatte es ja auch schon mit einigen Serienmördern zu tun. Leider neigt er aber dazu, sie der Wissenschaft vorzuenthalten.«

»Seien Sie fair. Es sind nicht alle gestorben, die er gejagt hat«, nahm Boesherz seinen Kollegen in Schutz. »Zwei können Sie noch besichtigen und der Menschheit dann erklären, wie man sie hätte aufhalten können, wenn man alles vorher gewusst hätte.«

»Mit einem der beiden habe ich tatsächlich schon gesprochen. Alexander Axmann, der *Schlächter von Pankow*. Er hat Obdachlose ermordet und ihre Körper so zerlegt, wie ein Metzger es mit Schweinehälften tut. Sehr fachmännisch, es hätte was aus ihm werden können. Leider nimmt er aber an, dass die Aufseher seiner Anstalt Außerirdische sind, die nachts über ihre Haarwurzeln zu ihm sprechen. Das ist einer von den komplett Verrückten.«

»Sind die das nicht alle?«

Bartholy nahm direkt aus der Flasche einen Schluck Wasser und griff dann in ihre Tasche, um ein Buch daraus hervorzuziehen. Sie legte es, das Cover zu Boesherz ausgerichtet, auf den Tisch.

»Sie sind Soziopathen, aber das bedeutet nicht, dass sie den ganzen Tag mit irren Wahnvorstellungen herumlaufen. Den meisten merkt man eigentlich gar nichts an. In solchen Fällen sprechen die Nachbarn dann hinterher gern davon, dass der Killer *immer so freundlich im Hausflur gegrüßt hat.*«

Boesherz griff nach dem Buch. Es trug den Titel *Im Kopf des Mörders*, ein Foto von Dr. Bartholy war auf dem Einband zu sehen. Dem Kommissar gefiel die Aufnahme. Auch wenn er dies bis auf Weiteres für sich behielt. Während Dr. Bartholy fortfuhr, blätterte er nebenher durch die Seiten.

»Jedenfalls töten Serienmörder niemals wahllos. Eigentlich begehen sie oft sogar nur einen einzigen Mord – den aber immer wieder. Die Opfer symbolisieren in solchen Fällen einen bestimmten Typ Mensch. Oft handelt es sich im Grunde um Beziehungstaten, die der Täter gern begehen würde, es aber nicht kann. Sagen wir, er würde eigentlich gern seine verhasste Mutter umbringen. Entweder lebt die Mutter aber schon gar nicht mehr, oder es wäre dem Sohn aus anderen Gründen schlicht nicht möglich, sie zu töten. In solchen Fällen kommt es manchmal vor, dass Männer Frauen ermorden, die sie an ihre Mutter erinnern.«

»Das bedeutet aber auch, dass diese Killer niemals auf die Idee kommen würden, ihren Briefträger zu ermorden«, setzte Boesherz den Gedanken fort und nahm beiläufig einen der in Folie eingeschweißten Kekse, die neben der Thermoskanne auf einem Tablett lagen. Seine Augen flogen dabei über die Danksagung am Ende des Buches.

»Es sei denn, der Briefträger ähnelt seiner Mutter! Ich merke, Sie beginnen sich mit dem Thema auszukennen.«

»Ich bemühe mich, Frau Expertin«, entgegnete Boesherz charmant, legte das Buch beiseite und versuchte dann vergeblich, den eingeschweißten Keks aus seiner Verpackung zu bekommen. »Wissen Sie, im Rheingau trifft man nicht allzu oft auf Serienmörder. Da kann man schon froh sein, wenn überhaupt mal irgendjemand einen Mord begeht.«

Bartholy überlegte kurz, wie sie reagieren sollte. Schließlich antwortete sie: »Mögen Sie mich deshalb nicht? Weil Ihre Chefin mich Ihnen bei Ihrer ersten echten Serienkillerjagd zur Seite gestellt hat? Haben Sie Angst, die Lorbeeren teilen zu müssen?«

Endlich hatte Boesherz es geschafft, die Packung zu öffnen. Mit einem Ruck zog er die Folie auseinander, wobei der Keks in mehrere Teile zerbrach, von denen einige zu Boden fielen.

»Ich kann wohl davon ausgehen, dass Sie ohnehin planen, die Lorbeeren für sich allein einzuheimsen. Am Ende der Danksagung stellen Sie ein weiteres Buch in Aussicht. Sie wollen über Jack schreiben, wenn das hier überstanden ist, oder?«

Bartholy lächelte verlegen.

»Um ehrlich zu sein, ja. Der Fall reizt mich schon sehr, und ich habe mich noch in keinem meiner Bücher mit nur einem einzigen Serienmörder auseinandergesetzt. Und jetzt bin ich an dessen Ergreifung auch noch persönlich beteiligt. Bisher bin ich ja immer erst ins Spiel gekommen, wenn die Killer schon gefasst waren. Jetzt live dabei zu sein, wie es passiert, darauf Einfluss zu haben – das ist schon was Besonderes für mich. Muss ich zugeben.«

»Sie genießen das. Es verschafft Ihnen einen Kick.«

Linda Bartholy spürte, dass das Eis zwischen ihr und Boesherz langsam zu schmelzen begann. Mit einem Zwinkern antwortete sie daher: »Sie wissen doch, was die Menschen immer über Psychologen sagen: *Die sind alle selbst verrückt.* Na ja, da muss wohl was dran sein.« Als sie den skeptischen Blick ihres Gegenübers bemerkte, fügte sie selbstbewusst hinzu: »Seien Sie doch froh: Motivierte Mitarbeiter sind die besten!«

»Im Gegensatz zu übermotivierten«, antwortete Boesherz und bückte sich nach den heruntergefallenen Krümeln. »Warum nehmen Sie eigentlich an, dass ich Sie nicht mag?«

»Ich hatte das Gefühl, subtile Zeichen gedeutet zu haben.«

»So subtil wie Ihre Tuscheleien mit meiner Kollegin?«

Bartholy konnte sich ein Schmunzeln nicht verkneifen.

»Frau Holzmann hat sich nur in den höchsten Tönen über Sie geäußert!«, versicherte sie dem Kommissar.

Boesherz legte jetzt nicht nur die aufgehobenen Kekskrümel auf einer Untertasse ab, sondern auch gleich den Rest des Gebäcks. Allein der künstliche Geruch beim Öffnen der Packung hatte ihm die Lust auf den Verzehr des Gebäcks verleidet.

»Sie haben über meine Kleidung gesprochen und darüber, dass ich gern Opern höre«, stellte er dabei fest. »Ihre Blicke sind gleichzeitig erst zu meiner Krawatte, dann zu meinem Mantel gegangen, danach hat Olivia ihren Blick von mir abgewandt und Ihnen etwas ins Ohr geflüstert, auf das hin Sie für zwei Sekunden lautlos gesungen haben, vermutlich, ohne es selbst zu merken. Eine Passage aus der Zauberflöte?«

Bartholy nickte fasziniert.

»Papagenos Arie vom Vogelfänger, woher wissen Sie das?«

»Die Wahrscheinlichkeit war am höchsten. Die Zauberflöte

kennt jeder, der sonst keine Opern kennt. Welche Musik bevorzugen Sie denn?«

Linda Bartholy fiel auf, dass in der Frage ein Unterton von freundlicher Annäherung mitschwang. Sie entschied sich jedoch, dies zunächst zu ignorieren. Entschlossen stellte sie ihre Wasserflasche ab und wechselte demonstrativ den Tonfall, als sie wieder auf Jack zu sprechen kam.

»Fangen wir mit der Nazipistole an. Fast jeder Serienmörder ist das Produkt schwerer Fehler in seiner Erziehung, also das oft belächelte und doch fast immer zutreffende Klischee von der *schweren Kindheit.* Wenn Jack also aus einer Familie stammt, die im Dritten Reich systemtreu war, sogar SS-Beziehungen hatte, dann scheint mir ziemlich sicher, dass er im Fahrwasser einer Ideologie aufgewachsen ist, in der es wichtiger war, zu gehorchen, als nach irgendwelchen Gründen zu fragen. Jack besitzt keinerlei Toleranz, er kennt keine Liberalität. Ich gehe davon aus, dass er von seinem Vater großgezogen wurde.«

Boesherz folgte den Ausführungen aufmerksam und ohne dabei Zwischenfragen zu stellen.

»Man hat ihn gelehrt, Befehle zu befolgen. Für Regelverstöße ist er vermutlich hart bestraft worden. Das ist ein typisch männliches Erziehungsmuster – Männer passen ihre Kinder gern an sich und ihr eigenes Denken an, Frauen geben eher nach. Seine Werteordnung lässt keinen Spielraum für Abweichungen zu, und jetzt, als Erwachsener, hat sich seine Intoleranz so weit gesteigert, dass er sich dafür entschieden hat, seine Werteordnung auch anderen aufzuzwingen, sie zu assimilieren.«

Severin Boesherz' ablehnende Haltung gegenüber der Expertin wich zusehends. Er strahlte zufrieden und erwiderte: »Er könnte wegen entsprechender Delikte aktenkundig sein. Vielleicht ein Querulant, der permanent seine Nachbarn anzeigt, oder jemand, der seine Nachbarskinder schlägt oder mit einem Luftgewehr auf sie schießt.«

»Das klingt gut. Im Übrigen ist Jack Berliner, zumindest schon sehr lange. Ist Ihnen mal aufgefallen, wie gut er seine Tatorte wählt?«

»Nein, ich war zu sehr damit beschäftigt, Vorhänge für meine neue Wohnung auszusuchen.«

»Ich meine nicht, dass die Tatorte abgeschieden und wohlüberlegt gewählt waren«, überging Bartholy den Spott des Kommissars. »Ich meine, dass sie auf eine auffallend gute Kenntnis dieser riesengroßen Stadt schließen lassen. Er scheint für seine Morde jeden noch so abgelegenen Ort in Betracht zu ziehen, was notwendigerweise zu bedeuten hat, dass er auch jeden noch so abgelegenen Ort in Berlin kennt.«

»Ihre Schlussfolgerung?«

»Ich nehme an, er ist oder war Taxifahrer. Keine Berufsgruppe kennt ihre Stadt besser. Dieser Beruf passt aber nicht in sein Täterprofil, deswegen ist er vermutlich nur notgedrungen Taxi gefahren. Ich vermute, während seines Studiums.«

»Was hat er denn studiert?«, forderte Boesherz Bartholy weiter heraus und lächelte sie dabei vielsagend an.

»Etwas, bei dem es um Regeln geht, die nicht verhandelbar sind. Mathematik, Physik, vielleicht auch Jura. Nichts Kreatives, da gibt es verschiedene Ansichten und Auslegungsmöglichkeiten. Jack diskutiert nicht gern. Er hat mit ziemlicher Wahrscheinlichkeit einen Beruf, in dem er Menschen belehrt. Belehrung ist quasi seine Obsession. Deswegen bestraft er auch diejenigen, die sich nicht an seine Vorstellung von einer gesellschaftlichen Grundordnung halten. Vielleicht ist er Lehrer, Richter oder …«

Linda Bartholy stockte, bevor Sie Boesherz zuzwinkerte.

»… oder Polizist«, beendete dieser den Satz.

»Das haben *Sie* gesagt. Er könnte aber auch Journalist sein«, gab Bartholy zu bedenken. »Immerhin sucht er seine Opfer ja nach Medienberichten aus.«

»Das würde erklären, woher er die Identität von Kai Jurek kannte«, räumte Boesherz ein und sah Bartholy erwartungsvoll an. »Nicht übel.«

Der Expertin war deutlich anzusehen, dass ihr das Lob des strengen Ermittlers schmeichelte.

»Wissen Sie, ich befasse mich schon so lange mit diesen Menschen, dass ich fast schon glaube, in ihre Köpfe sehen zu können«, erzählte sie, bevor sie noch einen Schluck Wasser trank. »Daher auch der Titel meines Buches.«

»Wir suchen also einen Akademiker mit Wohnsitz in Berlin, der eine Taxilizenz hat oder hatte und der in einem Beruf tätig ist, in dem er Regeln befolgt oder sie durchsetzt. Im Zusammenhang mit der seltenen Pistole und den DNA-Spuren, die wir mit ziemlicher Sicherheit an Jureks Leiche finden werden, sollten Jacks Tage also bald gezählt sein.« Zufrieden strich sich der Kommissar seine Krawatte glatt, als er hinzufügte: »*Eine* Antwort schulden Sie mir aber noch.«

Für einen Moment herrschte Stille im Konferenzraum. Dann glaubte Bartholy verstanden zu haben, worauf der Kommissar anspielte.

»Bei wem er das nächste Mal zuschlägt?« Boesherz zuckte nicht einmal mit der Augenbraue. »Die Menschen, die Jack bisher bestraft hat, haben anderer Leute Eigentum verbrannt, ihr eigenes Leben riskiert, das soziale Netz ausgenutzt, Tiere gequält und einander angelogen. Ich finde, er sollte sich jetzt langsam mal für jemanden interessieren, der seine Mitmenschen materiell oder auch körperlich schädigt. Durchstöbern Sie die Zeitungen doch mal nach Gewaltverbrechern aus Berlin. Möglichst Mehrfachtäter, die findet er am interessantesten. Und sie sollten älter als dreißig sein, das waren seine Opfer bisher alle. Mit dieser Altersgruppe identifiziert er sich, weil er ihr selbst angehört.«

Boesherz schien mit Bartholys Antwort nicht zufrieden zu sein. Mit einem Blick, als habe er sie soeben auf die Probe gestellt, ging er einen Schritt auf sie zu und sagte: »Das war nicht die Antwort, die ich gemeint habe«.

Bartholy erkannte nun, worauf Boesherz eigentlich angespielt hatte.

»Natürlich, entschuldigen Sie. Also, ich bevorzuge etwas leichtere musikalische Unterhaltung als die Oper. Waren Sie schon mal in einem Musical? Im *Theater des Westens* läuft *Tanz der Vampire*. Das ist gleich neben dem Bahnhof Zoo. Vielleicht haben Sie ja Lust, mal mit mir da hinzugehen?«

Boesherz betrachtete noch einmal Linda Bartholys Foto auf dem Buchcover und lächelte charmant, als er antwortete: »Ach wissen Sie, ich habe ja sogar schon Bärbels Currywurst überstanden. Also, möglicherweise könnte ich mich auf dieses musikalische Abenteuer einlassen. Zunächst denke ich aber, dass wir es bei einem Glas Wein belassen sollten. Heute Abend bei mir?«

Bartholy schien überrascht.

»Für so etwas haben Sie Zeit?«

»Vielleicht entwickeln Sie ja einfach bis dahin ein präzises Täterprofil von Jack. Dann wäre das Treffen dienstlich.« Und nachdem er seine Uhr aus der Westentasche gezogen, sie geöffnet und die Zeit überprüft hatte, fügte er hinzu: »Hauptsache, Sie ziehen sich nicht allzu dienstlich an.«

## KAPITEL 25

Schön haben Sie es hier. Sehr ordentlich.«

Sonja Wendorff hatte noch vor der Haustür ihre Schuhe ausziehen müssen. Eilig war sie mit ihren unterkühlten Füßen in die Pantoffeln geschlüpft, die Anselm ihr gereicht hatte. Nun sah sie sich mit großen Augen in dem außergewöhnlich gepflegten Eingangsbereich um.

»Wie alt ist das Haus?«

»Einhundertachtundsechzig Jahre«, antwortete Anselm, während er mit Gesten versuchte, Sonjas Aufmerksamkeit von dem Kübel abzulenken, den er mitten im Flur abgestellt hatte. »Ich habe leider nicht viel Zeit, aber für einen Kaffee reicht es noch. Folgen Sie mir doch bitte.«

Anselm führte seinen Gast durch das Wohnzimmer hindurch, wobei er die wichtigsten Möbelstücke, Gemälde und Kunstgegenstände aus der Familiensammlung der Drexlers mit wenigen Worten vorstellte. Die ehemalige Terrasse hatte Paul Drexler schon vor einiger Zeit zu einem Wintergarten umbauen lassen. Sein Sohn hatte ihn dazu gedrängt, denn Anselm saß nicht gern im Freien. Die Natur mit ihren Fliegen, Laubblättern und Vögeln ließ sich nicht kontrollieren, und Anselm hasste diesen Umstand.

»Der Chef hat mit mir gesprochen«, begann Sonja, nachdem sie sich nach einigem unverfänglichen Small Talk schließlich gesetzt hatten. Anselm hatte seinem Gast und sich zuvor eine Tasse Kaffee aus der Küche geholt. »Er sagt, Sie hätten ein paar Vorschläge, wie ich meine Arbeit noch besser machen könnte.«

Drexler war überrascht. Er hatte nicht ernsthaft darauf gehofft, dass seine Beschwerde tatsächlich zu einer Reaktion führen würde. In diesem Punkt war er schon viel zu oft enttäuscht worden. Dass es sein Vorgesetzter nun aber offenbar verstanden hatte, sich des Problems erfolgreich und allem Anschein nach auf diplomatische Weise anzunehmen, überraschte ihn.

»Es steht mir ganz sicher nicht an, Sie zu kritisieren, aber mir scheint, Sie beschränken Ihre Tätigkeit auf das Suchen nach Tippfehlern«, begann er nun, während er seinen Löffel aus dem Kaffee nahm, ihn mit seiner Serviette abtrocknete und ihn dann vorsichtig auf der Untertasse ablegte. »Die Arbeit, die man Ihnen anvertraut hat, wird heutzutage gern unterschätzt. Wir gehören möglicherweise zu einer aussterbenden Gattung, und das sollten Sie nicht als Bürde, sondern als Privileg sehen.«

Sonja hatte ihren Kaffee ebenfalls umgerührt und zog jetzt auch ihren Löffel aus der Tasse.

»Mein Großonkel sagt immer, es gibt keine unwichtigen Arbeiten«, entgegnete sie, während sie ihren Löffel auf der Untertasse ablegte, ohne ihn zuvor mit ihrer Serviette gesäubert zu haben. »Was meinen Sie mit *unterschätzen?*«

Der Kaffeetropfen, der unter dem Löffel hängen geblieben war, geriet nun auf das Porzellan und würde in wenigen Augenblicken den Boden der Tasse benetzen. Sollte Sonja, aus welchem Grund auch immer, die Tasse danach auf dem Tisch abstellen, würde sich auch darauf ein Fleck bilden. Anselm wurde jetzt nervöser, Schweiß trat auf seine Stirn.

»Unsere Vorfahren haben uns nicht nur ein wunderschönes Land hinterlassen, sondern auch eine wunderschöne Sprache. Es gibt nicht viele Sprachen, die es ermöglichen, selbst kleinste Nuancen in der Bedeutung einer Aussage zu unterscheiden. Und *das* sollte es sein, woraufhin Sie die Texte überprüfen. Wir sind gewissermaßen die letzte Verteidigungslinie in einem Kampf, in dem es eines unserer höchsten Güter zu verteidigen gilt.«

Sonja bemerkte, dass sich etwas an ihrem Kollegen verändert hatte. Er begann mit den Füßen zu wippen, und seine Blicke ruhten immer länger und auffälliger auf ihrer Kaffeetasse. Sie war Drexler bislang nur ein paar Mal in der Redaktion begegnet, länger mit ihm unterhalten hatte sie sich aber nie. Anselm verbrachte ohnedies nur noch wenig Zeit im Verlagsgebäude, und er war seiner ungeliebten Kollegin auch meist absichtlich aus dem Weg gegangen. So bemerkte Sonja erst jetzt, dass die geheimnisvollen Andeutungen ihrer Mitarbeiter beim *Fadenkreuz* weit weniger übertrieben gewesen waren, als sie bislang angenommen hatte.

»Verteidigungslinie?«, fragte sie verwundert nach und verzichtete nun lieber darauf, von ihrem Kaffee zu trinken, den Anselm nach wie vor fest im Blick behielt.

»Wenn einfach jeder nur das nachplappert, was er von den anderen hört, dann ist unsere Sprache dem Untergang geweiht«, erklärte dieser, während er seinen Blick dabei für einen Moment auf Sonja richtete. »Sie haben es heute zum Beispiel zugelassen, dass ein junger Mann aus Finnland im Feuilleton von einem Journalisten als *berühmt* bezeichnet wurde.«

Sonja hatte eine ganze Reihe von Artikeln für die aktuelle Ausgabe überprüft. Sie musste daher kurz überlegen, worauf Anselm anspielte.

»Ach, dieser Junge aus dem Internet«, fiel es ihr plötzlich wieder ein. »Ja, der hatte in nur einer Woche schon über eine Million Klicks«, verteidigte sie sich und griff verlegen nach ihrer Tasse, ohne es eigentlich gewollt zu haben. Anselm zuckte darüber leicht zusammen, bevor er antwortete: »Dieser junge Mann bewegt vor seiner Webcam zu aktuellen Hits die Lippen und schneidet dabei Grimassen. Selbst wenn er eine Milliarde Klicks damit erreichen würde, würde ihn das nicht *berühmt* machen. Es gibt auf dem ganzen Planeten vielleicht gerade mal ein paar

Hundert Menschen, die *berühmt* sind. Ihre Lippen zu aktuellen Songs bewegende Teenager zählen mit einiger Gewissheit aber nicht dazu.«

Anselms Unruhe steigerte sich mit jedem Augenblick, in dem er an den Kaffeetropfen an Sonjas Tassenboden dachte. Jetzt, da ihn auch noch die Vorstellung, dass Zigtausende Menschen das Wort *berühmt* gelesen und es vermutlich auch noch unwidersprochen hingenommen hatten, quälte, konnte er den Anblick der schmutzigen Tasse in Sonjas Hand endgültig nicht mehr länger ertragen. Er griff nach seiner Serviette, die er so abgelegt hatte, dass der schmutzige Teil nach innen gefaltet war.

»Erlauben Sie?«

Damit griff er nach der Tasse seines Gastes, wischte deren Unterseite sauber und befreite dann sowohl den Löffel, als auch die Untertasse von den Rückständen des Kaffees.

»Eine kleine Marotte, verstehen Sie es nicht als Kritik.«

Sonja wusste nicht recht, wie sie mit der befremdlichen Situation umgehen sollte, hielt es aber schließlich für das Beste, sie einfach nicht zu kommentieren. Stattdessen fuhr Anselm, jetzt wieder etwas beherrschter, fort: »*Berühmt* bedeutet: mit Ruhm versehen! *Ruhm* bezeichnet die höchste Form von Ansehen, die ein Mensch in seinem Leben erreichen kann. Ruhm überdauert seinen Träger. Ruhm überdauert die Zeiten. Ruhm macht den Menschen, der ihn erlangt, unsterblich! Friedrich der Große ist berühmt, Albert Einstein, Nelson Mandela, Mutter Teresa, Beethoven, Goethe und Maria Callas sind *berühmt!*« Sonjas Puls beschleunigte sich, während Anselm immer emotionaler wurde. »Ein kleiner Milchbubi aus Helsinki kann vor seiner Webcam vielleicht *bekannt* werden, von mir aus sogar *prominent*. Lassen wir ihn mit dem Bewegen seiner Lippen und dem Schneiden von Grimassen gar als Idol einer ganzen Generation emporragen. Zu einem *Sternchen kann er werden*, zu einem *Star*, oder –

wenn er denn zu Elvis Presley, Madonna und den Rolling Stones in eine Liga aufsteigen sollte – sogar zum *Superstar*. Das alles könnte unser kleiner Junge vor seiner Webcam in Finnland vielleicht eines Tages werden. Aber eines wird er mit dem Bewegen seiner Lippen und dem Schneiden von Grimassen niemals, wirklich niemals in seinem ganzen Leben erringen: *Berühmtheit!*«

Die Stille, die herrschte, nachdem Anselm seinem Ärger Luft gemacht hatte, kam Sonja sogar noch bedrohlicher vor als dessen Ansprache selbst. Aus einer tiefen Verunsicherung heraus versuchte sie, die Wogen zu glätten, indem sie ihrem Kollegen keinen Anlass bot, sich weiter zu echauffieren.

»Da war ich wohl unaufmerksam«, entschuldigte sie sich, um eine Eskalation zu verhindern.

Anselm war überrascht. Er hatte nicht damit gerechnet, dass Sonja ihren Fehler zugeben würde. Deswegen, und weil der Kaffeefleck ihn nun nicht mehr weiter beunruhigen konnte, kühlte sich sein erhitztes Gemüt recht schnell wieder ab.

»Verzeihen Sie bitte meine Emotionalität«, fand er wieder zu seinen guten Manieren zurück. »Diese Menschen da draußen verlieren einfach ihre Kultur. Sie interessieren sich nicht mehr für Tugenden, die Regeln der Gesellschaft und des Benimm kennen sie gar nicht mehr. Alles lässt man ihnen durchgehen, und der, der sich noch für Werte einsetzt, wird ausgelacht und an den Rand gedrängt. Die Menschen werden den Tieren immer ähnlicher, weil sie einfach niemand mehr lehrt, etwas anderem zu folgen als ihren egoistischen Instinkten.«

Anselm erhob sich, Sonja nahm den Impuls dankbar auf.

»Vielleicht können Sie mir ja noch ein paar Tipps geben«, schlug sie verunsichert vor, während Drexler sie nun zurück in den Hauseingang geleitete. »Ich muss heute noch den Artikel über diesen Irren freigeben.«

Anselm horchte auf. Er verlangsamte seine Schritte und sah seinem Gast direkt in die Augen.

»Welcher Irre?«

»Na, dieser Serienmörder. Jan Bittrich hat einen tollen Artikel über seinen aktuellen Mord in diesem Park geschrieben.«

»Dessen«, entfuhr es Anselm, ohne dass er sich hätte dagegen wehren können. »Bittrich hat einen Artikel über *dessen* Mord geschrieben. *Der Mord* bezieht sich ja nicht auf Bittrich, sondern auf den Mörder. Sind Sie wirklich sicher, dass das Korrektorat der richtige Arbeitsplatz für Sie ist?« Erst als Anselm den verunsicherten, leicht ängstlichen Blick seiner Kollegin bemerkte, ließ er die Zügel etwas lockerer. »Bittrich ist der Ressortleiter, ein guter Mann. Wenn der mal einen Artikel schreibt, dann macht er dabei fast nie einen Fehler. Aber schicken Sie ihn mir ruhig mal per Mail zu, wenn Sie damit durch sind. Ich gucke gern noch mal drüber. Jetzt muss ich Sie aber leider verabschieden, mein Vater braucht mich.«

Sonja kannte die Gerüchte, die über den Zustand von Paul Drexler in der Redaktion kursierten. Vielleicht, so dachte sie, war es ja die Sorge um seinen schwer kranken Vater, die zu Anselms eigentümlichem Verhalten führte. Um sich mit einer versöhnlichen Anmerkung zu verabschieden, sagte sie:

»Ihr Vater kann stolz auf Sie sein. Er hat aus Ihnen einen Menschen gemacht, der sich noch für die Regeln der Gesellschaft interessiert.«

Anselm nickte zustimmend, bevor er erwiderte:

»Die gute alte Schule.«

# KAPITEL 26

*BERLIN, HERBST 1974*

Mit jeder Schaufelladung Erde wurde es dunkler um Anselm herum. Verängstigt kauerte er in der Kiste, während sein Vater nicht davon abließ, diese einzugraben.

»Ist das ein schöner Ort?«, fragte Paul Drexler aufgeregt, während er mit schweißbedeckter Stirn immer mehr Erde in die Grube schaufelte. »Möchtest du da unten bleiben?«

Paul Drexler hatte zu keiner Zeit auch nur einen Gedanken darauf verwendet, dass er seine deutlich jüngere Frau würde überleben können. Dass er sich jemals selbst um die Erziehung seines Sohnes würde kümmern müssen, wäre ihm niemals auch nur ansatzweise in den Sinn gekommen. Nach dem frühen Tod seiner Frau war Paul nun aber in ebendiese Lage geraten, und ob er nun wollte oder nicht: Die charakterliche Ausbildung des Jungen war fortan allein seine Aufgabe.

Dem nationalsozialistischen Gedankengut seines Vaters stand Paul Drexler dabei durchaus kritisch gegenüber; zu viel Leid hatte die Ideologie, der sich seine Familie verschrieben hatte, über sie gebracht. Die Werte jenseits von Antisemitismus und Rassenhass, die dem kleinen Paul während seiner Kindheit vermittelt worden waren, erschienen ihm aber durchaus erhaltenswert.

*Das Weinen eines Kindes ist ein Zeichen von Schwäche. Ihm ist nicht nachzugeben. Nur die Starken werden überleben.*

»Ab heute bilden wir beide eine Einheit«, hatte Paul seinem Sohn am Abend nach Karins Beerdigung erklärt.

Er hatte sich zu Anselm ans Bett gesetzt und ihn ermahnt, sehr genau zuzuhören, denn er habe ihm etwas äußerst Wichtiges mitzuteilen.

»Mama ist jetzt im Himmel, und wenn du später auch in den Himmel kommen möchtest, dann musst du immer brav sein und deinem Vater gehorchen. Es wird Regeln geben, und diese Regeln wirst du befolgen. Ich kenne das Leben und die Welt da draußen besser als du, darum kann ich dich vor dem Unheil beschützen. Aber nur, wenn du immer genau das tust, was ich dir sage.«

»Wo ist Mama denn?«, hatte der kleine Anselm daraufhin gefragt, der von Begriffen wie *Tod* und *Himmel* keine Vorstellung hatte.

Paul Drexler sah sich außerstande, seinem Sohn zu erklären, aus welchem Grund er seine Mutter niemals würde wiedersehen können. Er überlegte daher, welche Antwort sein eigener Vater ihm wohl auf eine solche Frage gegeben hätte, und erwiderte nach kurzem Bedenken: »Kinder, die zu viele Fragen stellen, holt der schwarze Mann.«

»Bitte, lass mich raus!«, schrie Anselm verzweifelt in seiner Kiste, während immer mehr Erde in die Grube fiel. »Ich will auch gehorchen, ich verspreche es dir!«

Paul Drexler hatte zweifellos nicht wirklich vor, seinen Sohn im Garten zu vergraben. Umso wichtiger war es ihm daher, den Jungen in dem Glauben zu belassen, dass er tatsächlich dazu imstande wäre. Es war für Paul nichts Verwerfliches an der Vorstellung, dass man Gehorsam durch Angst erzeugen konnte. Im Gegenteil, er selbst hatte diese Form der Erziehung ebenso erfahren wie vor ihm bereits sein Vater.

Ein kleiner Schelm bist du. Weißt du, was ich tu?
Ich steck dich in den Hafersack und bind dich oben zu.
Und wenn du dann noch schreist: »Ach, bitte mach doch auf!«,
dann bind ich dich noch fester zu und setz mich obendrauf.

»Sag die Regeln auf!«, schrie Drexler gebieterisch, während er dabei nicht aufhörte zu schaufeln. »Die Regeln!«

Es war kurz nach Anselms Einschulung gewesen, als Paul Drexler sich entschlossen hatte, die Erziehung seines Sohnes durch klare, unmissverständliche Grundsätze zu vereinfachen. Durch etwas Verbindliches, das sich niemals einer Relativierung würde unterwerfen müssen. Wann immer sein Sohn an einen Scheideweg käme, an dem es gelten würde, eine wichtige Entscheidung zu treffen, sollten ihm diese Regeln klare Antworten bieten. Antworten, die niemals, auch nicht in noch so vielen Jahren, angreifbar sein würden. Anders als es die Regeln gewesen waren, nach denen sich sein Vater Karl-Wilhelm gerichtet hatte. Im einen Moment hatten ihn diese zu einem angesehenen Mann, im nächsten bereits zum Verbrecher gemacht.

Paul Drexler hatte an einem besonders schönen Oktoberabend auf der Terrasse seines Hauses gesessen und darüber nachgedacht, wie er die Erfahrungen, die ihn in seinem Leben geprägt hatten, in einfache, alles umfassende Lehrsätze zusammenfassen konnte. Immer wieder hatte er seine Gedanken niedergeschrieben, ihren Kern zu erfassen versucht, sie vereinfacht – und wieder verworfen. Waren manche Regeln schnell verfasst, bedurfte es bei anderen präziser Abstraktion. Um Wiederholungen zu vermeiden oder, was noch schlimmer gewesen wäre, Ermessensspielräume zu schaffen. Doch schließlich war Drexler davon überzeugt, die Essenz seiner Vorstellung von einem redlichen Menschen in klare, unmissverständliche Gesetze untergliedert zu haben.

»Hier, mein Sohn«, hatte er zu Anselm gesagt, nachdem dieser wie an jedem Abend, pünktlich und ohne zu murren, ins Bett gegangen war. »Diese Regeln werden dir ab heute dabei helfen, ein Mensch zu werden, auf den unsere Gesellschaft stolz sein kann. Sie werden dich leiten und beschützen, auch über meinen Tod hinaus. Diese Regeln darfst du niemals vergessen oder missachten. Niemals!«

Dann hatte Drexler den bereitgelegten Hammer ergriffen und eine Tafel an die Wand über Anselms Bett genagelt, auf der nachzulesen war, was fortan gelten sollte wie ein ehernes Gesetz.

Später, nachdem Anselm eingeschlafen war, hatte Paul noch einmal nach seinem Jungen gesehen. Er hatte ihn nur zufrieden betrachtet und war schließlich zurück ins Wohnzimmer gegangen. In dem unerschütterlichen Wissen darum, seinem Sohn an diesem Tag einen kostbaren Dienst erwiesen zu haben.

# KAPITEL 27

»Ich kann mir nicht vorstellen, dass sie sich versteckt. Aber immerhin, den Versuch ist es wert«, sagte Joshua Price.

Der hagere Brite mit den ergrauten Schläfen war Tanja van Beutens Manager. Er hatte das Topmodel lange vor dessen großem Durchbruch kennengelernt. Als Fotograf hatte er seinerzeit eine Reihe von Aufnahmen für verschiedene Versandhauskataloge mit der jungen Tanja gemacht. Als ihm die Bilder der jungen Schönheit geradezu aus den Händen gerissen wurden, hatte er deren Potenzial erkannt und sie als Manager unter Vertrag genommen.

»Das Haus gehört noch der Familie, aber da lebt schon lange keiner mehr«, berichtete Price, der gemeinsam mit Dennis auf dem Weg zu dem alten Anwesen war, in dem Tanjas Oma Erna gelebt hatte. Das Model hatte ihrem Manager oft davon erzählt, dass sie sich dort draußen als Kind sehr wohlgefühlt hatte. »Ich weiß gar nicht, ob die Heizung überhaupt noch funktioniert. Und außerdem, die Leute aus dem Ort müssten doch merken, wenn sie sich in dem Haus aufhalten würde.«

Joshua Price schien wenig angetan von Dennis' Idee zu sein, Tanja könne ihr Verschwinden selbst inszeniert haben.

»Menschen, die nicht im Modelbusiness tätig sind, stellen sich das alles immer wie einen großen Freizeitpark vor«, berichtete er mit seinem charmanten Akzent. »Als ob die Stars alles nur als ein Spiel sehen würden. *Ich brauche Publicity, also verstecke ich mich kurz vor dem Beginn meiner neuen Show. Das bringt mir dann noch ein paar Millionen mehr*. So läuft das aber nicht, Herr Kommissar.«

Die stark befahrene Autobahn war frei von Schnee und Eis, sodass die beiden gut vorankamen. Es würde nur noch etwa zehn Minuten dauern, bis sie das Haus in der Umgebung des brandenburgischen Rathenow erreicht hatten.

»Wie läuft es dann?«

Joshua schob seinen Sitz noch ein Stück weiter zurück, während er zu erzählen begann.

»Jeder ist ersetzbar. Jeder! Okay, Skandale sind gut, das gebe ich zu. Drogen, Sex, Geld – gut im Geschäft ist immer der, über den geschrieben wird.«

»Über Tanja wird seit ihrem Verschwinden jeden Tag irgendwas geschrieben«, gab Dennis zu bedenken.

»Aber nicht auf den Titelseiten, weil es diesen Serienkiller gibt! Das würde kein Mensch so inszenieren, das Timing wäre viel zu schlecht«, verteidigte Price seine Künstlerin.

Dennis stellte die Heizung etwas wärmer ein und hielt entgegen: »Tanja ist aber verschwunden, *bevor* der Serienmörder aufgetaucht ist.«

Price zuckte nur mit den Schultern.

»Jetzt vergessen Sie mal die Presse«, setzte er dann an. »Es ist doch so: Der Sender muss pünktlich mit den Aufzeichnungen der Castings beginnen, die Programmplätze sind geplant und müssen streng eingehalten werden. Die Produktionsfirma mietet die Locations, engagiert das Team, lässt die Kandidatinnen anreisen, macht Werbung, Promotionaktionen in den Innenstädten – das ganze Programm! Die drucken Poster mit der Jury drauf, das muss alles fertig sein, bevor die Aufzeichnungen der ersten Castings beginnen. Wenn Tanja nicht in spätestens drei oder vier Tagen auftaucht, muss der Sender auf einer neuen Jurychefin bestehen.«

»Ich habe den Produzenten kennengelernt«, berichtete Dennis darauf. »Der zuckt nicht mit der Wimper, bevor er Tanja gegen eine andere austauscht.«

»That's it!«, stellte Price fest und schlug dabei unwillkürlich die Hände zusammen. »Venske holt sich einfach eine andere, das ist dem vollkommen egal. Und dann entgeht Tanja ein Vertrag über eine Summe, die wir beide zusammen nicht in vier Jahren verdienen. Glauben Sie mir, Tanja versteckt sich nicht absichtlich. Davonlaufen passt auch gar nicht zu ihrer Persönlichkeit. Wenn sie Probleme hat, dann stellt sie sich denen.«

Dennis war zwischenzeitlich von der Autobahn abgefahren und hatte sich nach den Anweisungen seines Navigationssystems eine Landstraße entlangführen lassen. Bald darauf war am Horizont ein altes Haus erschienen. Trotz der schlechten Witterungsverhältnisse war deutlich zu erkennen, dass der Bau in den vergangenen Jahren ziemlich heruntergekommen zu sein schien.

»Waren Sie überhaupt schon mal hier?«, fragte Dennis seinen Begleiter.

»Nein, Tanja hat schon vor langer Zeit mit ihrer Familie gebrochen«, erhielt er zur Antwort. »Ihre Kindheit war nicht so schön, wie man sich das bei einem Model vorstellen könnte. Glauben Sie bloß nicht, dass es schöne Menschen im Leben leichter haben. Sicher, sie haben immer viele Leute um sich herum, sind begehrt und werden zu allen möglichen Veranstaltungen eingeladen. Aber Tanja hat sich trotzdem immer einsam gefühlt. Sie hat nie geglaubt, dass die Menschen etwas anderes an ihr mögen als ihr Aussehen.«

»Darf ich Sie mal was Persönliches fragen?«, setzte Dennis daraufhin an.

Price konnte sich vorstellen, worum es dem Kommissar ging.

»Wie ich es geschafft habe, so ein Topmodel unter Vertrag zu nehmen?«, fragte er schmunzelnd.

Dennis nickte zustimmend.

»Ich meine, so eine Künstlerin hätte doch sicher jeder gern?«

»Mittlerweile schon, aber das war ja nicht immer so. Ich habe

Tanja eines Abends einfach zum Essen ausgeführt. Wir kannten uns zu der Zeit auch schon eine ganze Weile. Nach dem Dessert habe ich sie dann mit festem Blick angeguckt und gesagt: Du hast die Wahl. Du kannst in Zukunft ein großartiges, aufregendes, einzigartiges Leben in Saus und Braus führen. Die Welt und alles darin in vollen Zügen genießen, Kaviar essen und Champagner trinken. – Oder du lässt deine Karriere ab jetzt von einem bekloppten Engländer managen.«

Dennis lachte, während er seinen Wagen in einigem Abstand zu dem Landhaus parkte.

»Da haben Sie ihr ja gar keine Wahl gelassen!«

Beide stiegen nun aus, griffen ihre Mäntel vom Rücksitz und nahmen in der einsetzenden Dämmerung das Haus und dessen Umgebung in Augenschein. Dabei stellten sie fest, dass weder ein Fahrzeug vor dem Anwesen stand noch Licht darin brannte.

»Also, diese Aktion hier ist genau genommen eine reine Privatsache. Ich habe keine dienstlichen Befugnisse für das Land Brandenburg, außerdem gibt es keinen Durchsuchungsbeschluss oder sonst irgendwas, das es mir erlauben würde, in das Haus einzudringen«, stellte der Kommissar seinen Begleiter auf das weitere Vorgehen ein. »Also, wir gucken jetzt erst mal, ob jemand im Haus ist. Wenn nicht, suchen wir sicherheitshalber auch noch in der Umgebung nach möglichen Verstecken, die Tanja als Kind vielleicht genutzt hat.« Während Dennis nun bibbernd die Hände in den wärmenden Taschen seines Wintermantels verbarg, fügte er noch hinzu: »Es ist vermutlich Zeitverschwendung, aber unter den gegebenen Umständen müssen wir einfach alles versuchen.«

# KAPITEL 28

Tanja war sich im Klaren darüber, dass ihre zumindest teilweise wiedergewonnenen Kräfte nicht lange vorhalten würden. Wenn sie einen Versuch unternehmen wollte, sich aus ihren Fesseln zu befreien, dann musste sie es sofort tun. Jedes ängstliche Zögern konnte sie um die möglicherweise letzte Gelegenheit bringen, ihr anscheinend besiegeltes Schicksal vielleicht doch noch aus eigener Kraft abzuwenden. Sie hatte während der vergangenen Tage teils bewusst, teils unbewusst immer wieder heftig an ihren Fesseln gezerrt, sodass ihre Unterarme längst wund und blutig gescheuert waren. Doch die Stricke waren viel zu fest gebunden, als dass sie ihre Hände einfach unter ihnen hätte herausziehen können.

*Du hast genau das versucht, was jeder versucht hätte. Das, worauf sich dein Entführer eingestellt hat. Denk nach, verdammt, es muss doch noch einen anderen Ausweg geben!*

Tanja van Beuten versuchte hastig, Ordnung in ihre Gedanken zu bringen. Was hatte sie den Mädchen in ihrer Castingshow immer gesagt, wenn diese selbst an einfachsten Aufgabenstellungen zu scheitern drohten? Wenn sie sich auf Lösungswege versteift hatten, die sich als nicht zielführend erwiesen hatten?

*Aufgeben ist keine Option. Wenn kein Weg nach vorn führt, dann dreh dich eben um!*

Tanja entspannte ihre schmerzenden Unterarme und betrachtete statt der Fesseln nun den Stuhl, an den sie gebunden war. Ungeachtet der bitteren Lage, in der sie sich befand, musste sie lachen, als ihr eine Idee kam.

*Wenn du die Seile, die dich an den Stuhl binden, nicht zerstören kannst, dann zerstöre eben den Stuhl, um den die Seile gewickelt sind.*

Doch Tanjas Freude über die anscheinend gute Idee wich schnell einer ernüchternden Erkenntnis: So einfach, wie sie es sich vorstellte, würde es nicht werden. Noch Minuten zuvor war van Beuten dem Tod näher gewesen als dem Leben, und trotz des Wassers reichten ihre Kräfte noch immer bei Weitem nicht aus, um das rustikale Möbelstück einfach so zu zerstören. Wie auch immer, van Beuten würde sich nicht so schnell geschlagen geben.

*Okay, ganz ruhig. Es gibt hier keine Menschen, die dir helfen können. Also muss der Raum etwas für dich tun.*

Die Dämmerung hatte bereits eingesetzt, und jedes Glied ihres Körpers schmerzte. Dennoch nahm Tanja ihre Umgebung jetzt so genau, wie es ihr möglich war, in Augenschein. Der Dachboden war mit allerlei Möbeln und Kisten voll gestellt, das Haus schien bewohnt zu sein. Sogar Gartenwerkzeuge waren mit Nägeln ordentlich an der Wand aufgehängt.

*Du hast dir nicht mal die Mühe gemacht, die Werkzeuge wegzuräumen. Du rechnest wohl nicht damit, dass ich mich befreien kann, oder?*

Tanja schätzte ein, wie lange es wohl dauern würde, bis sie die Wand mit der Harke, dem Spaten und der Motorsäge daran erreicht hätte. Dann versuchte sie, sich mitsamt ihrem Stuhl vorsichtig mit kleinen Schüben durch den Raum dort hinzubewegen. Sie musste dabei mit größter Vorsicht agieren, schließlich war es gut möglich, dass sich ihr Entführer noch im Haus befand. Sollte er die Bewegung auf dem Dachboden bemerken, würde Tanja ein weiterer Befreiungsversuch mit Sicherheit nicht mehr möglich sein. Mit einem leichten Ruck testete sie nun, ob ihre Kräfte überhaupt ausreichten, um sich von der Stelle zu bewegen. Tatsächlich gelang es ihr, ihre Position zu verändern. Als sie nun ein weiteres Stück nach vorn rutschte, verursachte das spröde Holz jedoch ein Knarren, das Tanja laut genug vorkam, um auch in einem der unteren Stockwerke des ansonsten totenstillen Hauses vernehmbar zu sein. Van Beuten zuckte erschrocken zusammen.

*Verdammt!,* schoss es ihr durch den Kopf.

Einige Sekunden lang wagte sie kaum zu atmen. Angespannt und ängstlich wartete sie quälende Sekunden lang ab, ob sich von unten Schritte auf sie zubewegen würden.

»Scheint keiner da zu sein. Ich klingele trotzdem mal.«

Dennis war zunächst um das Bauernhaus herumgegangen, um sich einen ersten Eindruck zu verschaffen. Joshua Price war ihm dabei nicht von der Seite gewichen.

»Tanja hat nach der Wende versucht, das Haus zu verkaufen«, berichtete Price, während die beiden vergeblich darauf warteten, dass ihnen jemand öffnen würde. »Hat aber keiner gewollt. Das war ja auch alles in einem schlechten Zustand. Tanja hat das Haus dann ihren Geschwistern überlassen.«

Immer wieder gingen Joshua Prices Blicke über die Fassade des verwitterten Gebäudes. Dennis hatte zunächst nur nach Licht oder anderen Anzeichen dafür gesucht, dass sich jemand in dem Haus befinden könnte. Price dagegen hatte jetzt etwas ganz anderes erfasst.

»Das Fenster da vorn, im Erdgeschoss«, sagte er und deutete darauf. »Das ist unten zerbrochen, sehen Sie das Loch? Dadurch müsste man eigentlich an den Fenstergriff kommen.«

»Träumen Sie nicht mal davon!«, stieß Dennis aus und sah seinen Begleiter durchdringend an. »Das wäre Einbruch! Sie werden verhaftet, und ich verliere meinen Job.«

Dennis erkannte zu seinem Missfallen, dass sich Price damit nicht zufriedengeben wollte.

»Wenn sich Tanja hier wirklich versteckt, dann wird sie wohl kaum das Licht anmachen oder öffnen, wenn jemand klingelt«, behauptete er.

Der junge Kommissar dachte kurz nach.

»Dann rufen Sie doch mal nach ihr«, schlug er vor. »Ihnen würde sie doch sicher öffnen.«

In dem Augenblick, als Price der Aufforderung nachkommen wollte, vernahmen die beiden Männer ein schwer zu definierendes Geräusch, das nur aus dem Haus gekommen sein konnte. Es war nicht möglich, die genaue Ursache zu deuten, doch eines stand zweifelsfrei fest: Sowohl Dennis als auch Joshua hatten gehört, dass sich etwas in dem Gebäude bewegt hatte.

»Tanja?!«, rief Price jetzt, so laut er konnte, und wiederholte den Ruf noch einmal, nachdem er keine Antwort erhalten hatte.

»Vielleicht hat sich ja nur was in dem alten Gebälk getan«, mutmaßte Dennis, doch schon drehte Price sich kurz entschlossen um und steckte seine Hand durch das Loch im Erdgeschossfenster.

»Verdammt!«, fauchte der Kommissar erbost und wollte Price gerade stoppen, als ihm eine Idee kam, wie er die Angelegenheit vielleicht auf eine klügere Weise regeln konnte.

Es hatte sich nichts gerührt. Entweder war Tanja wirklich allein in ihrem Versteck, oder ihr Entführer hatte von den Aktivitäten auf dem Dachboden nichts mitbekommen. Vorsichtig versuchte das Model schließlich, näher an die Wand mit den Werkzeugen zu gelangen. Selbst wenn sie in ihrer Lage letztlich keines der Geräte zu fassen bekommen würde, bot die Wand nämlich noch eine andere Möglichkeit, dem Entführer zu entkommen. Tanja würde versuchen, sich an ihr abzustützen und durch geschickte Bewegungen Druck auf ihren Stuhl zu erzeugen. Möglicherweise würde das Holz dabei nachgeben und zersplittern. Das Gebinde der Fesseln um ihre Knöchel würde sich lösen, wenn es ihr gelänge, auch nur eines der Stuhlbeine zu beschädigen.

*Du hast dir das falsche Opfer ausgesucht!*

Tapfer schob sich das Model Zentimeter um Zentimeter ihrem Ziel entgegen. Als sie sich etwa zwei Meter von ihrer bisherigen Position wegbewegt hatte, stellte van Beuten jedoch fest, dass dies zu einer nicht zu unterschätzenden Konsequenz geführt hatte: Der Lüfter, der die mittlerweile minus vier Grad kalte Luft annehmbar geheizt hatte, konnte ihr aus dieser Entfernung kaum noch Wärme spenden. Und auch wenn Angst, Hunger, Durst und Kälte sie in einen körperlichen Ausnahmezustand versetzt hatten, war Tanja durchaus bewusst, was dies für sie bedeutete.

*Du hast nicht viel Zeit, sonst erfrierst du. Also, Fräulein, worauf wartest du noch?*

»Wie kann ich Ihnen zu Diensten sein?«, erkundigte sich Daniela Castella, nachdem sie den Anruf von Dennis entgegengenommen hatte.

»Entschuldigen Sie, dass ich deswegen bei Ihnen anrufe, aber ich bin gerade mit Tanja van Beutens Manager in der Nähe von Rathenow unterwegs. Möglicherweise versteckt sie sich in dem ehemaligen Haus ihrer Oma«, erklärte dieser. »Jetzt sehe ich aber gerade, dass ich die Kopie des Grundbuchauszugs in meinem Büro habe liegen lassen. Ich bin noch mal zu meinem Wagen gegangen, aber da liegt sie auch nicht.«

Castella war viel zu gerissen, um nicht zu bemerken, dass es mit dem Anruf ihres Mitarbeiters irgendeine besondere Bewandtnis haben musste. Wegen eines derart simplen Anliegens hätte er unter normalen Umständen niemals seine Vorgesetzte angerufen.

»Dennis«, sagte sie daher in schnörkellosem Ton. »Was ist da los bei Ihnen?«

»Gar nichts, Chefin«, antwortete dieser mit einem Unterton, der auf das genaue Gegenteil schließen ließ.

Weiter musste Castella nicht nachsetzen, denn schon einen Augenblick später erschloss sich ihr von selbst, weshalb Dennis tatsächlich angerufen hatte.

»Verdammt, was macht der denn da?«, rief der Kommissar mit erkennbar gespielter Empörung in den Hörer. »Der kann doch nicht einfach durch das Fenster einsteigen, verdammt, warum habe ich ihn allein am Haus gelassen? Ich muss da sofort hin, Chefin. Ich melde mich später!«

»Tun Sie das«, antwortete die Dezernatsleiterin mit einem anerkennenden Schmunzeln auf den Lippen. »Wenn er in das Haus einbricht, müssen Sie schließlich hinterher und ihn aufhalten. Und wenn er sich dann auch noch aus irgendeinem Grund verstecken sollte, müssten Sie in jedem Raum nach ihm suchen. Also los, tun Sie Ihre Pflicht!«

# KAPITEL 29

Ich kann diesen Müll nicht mehr hören«, ärgerte sich Boesherz und strafte den Fernseher, in dem ein Reporter eifrig über den Mord an Kai Jurek berichtete, mit einem verächtlichen Blick.

Er hatte sich mit Olivia, die zwischenzeitlich im Institut für Rechtsmedizin mit Dr. Adrian Homann gesprochen hatte, in einer Sportsbar nahe dem Pariser Platz, unmittelbar vor dem Brandenburger Tor, verabredet.

»Stimmt«, gab den beiden ein kräftig gebauter Berliner recht, der breitbeinig am Tresen saß. »Der Fatzke bringt doch nur Leute um, die eh keener braucht. Die sollen lieber dit Model finden!«

»Ganz mein Reden«, antwortete Boesherz dem stämmigen Mann mit der Bulldogge, der bereits sein drittes Hefeweizen trank. »Die Polizei kommt ja total durcheinander, wenn sie sich um alles gleichzeitig kümmert. Immer schön ein Fall nach dem anderen.«

Der Angesprochene, dem Boesherz' Spott allem Anschein nach entgangen war, drehte sich heftig nickend um und verfolgte weiter die Ausführungen des Reporters, denen zufolge dem Innensenator anzuraten sei, eine nächtliche Ausgangssperre zu verhängen, bis man den brutalen Serienmörder gefasst hätte. Anstatt sich über den offensichtlich unsinnigen Vorschlag zu echauffieren, setzte Boesherz sein Gespräch mit Olivia fort.

»Also, was sagt Adrian?«

»Wir haben den Jackpot«, freute sich Holzmann und sog dann an dem Strohhalm, der aus ihrem übergroßen Erdbeermilchshake hervorragte. »Jurek hat definitiv mit seinem Mörder gekämpft, es gibt alles, was man sich wünschen kann: Haare, Hautschuppen, Blut. Zwei Tage wird die Analyse brauchen, dann schicken wir Jacks DNA sofort durch das System.«

Boesherz war von dieser Neuigkeit wenig beeindruckt.

»In zwei Tagen bringt es Jack auf drei oder vier neue Opfer, das nützt uns gar nichts. Wir setzen weiter alle Energien auf die Rasterfahndung. Mit den neuen Erkenntnissen können wir die möglichen Verdächtigen jetzt schon ziemlich effektiv eingrenzen. Diese Dr. Bartholy arbeitet dazu gerade ein paar brauchbare Ideen aus. So nutzlos scheint sie gar nicht zu sein.«

Olivia war von den Worten ihres Kollegen angenehm überrascht. Ihre Augen begannen zu leuchten, als sie entgegnete: »Und unattraktiv ist sie auch nicht, oder?«

Ohne es selbst zu bemerken, ruckelte Boesherz an seiner Krawatte und schob den Bierdeckel, der vor ihm auf dem Tisch lag, grundlos zur Seite.

»Sie mag keine Opern«, erwiderte er lapidar.

Olivia atmete schwer aus.

»Mann, Severin, viele Menschen können mit Opern nichts anfangen! Wenn du nicht bis ans Ende aller Zeiten allein bleiben willst, dann musst du mal damit beginnen, Kompromisse zu schließen. Bartholy sieht gut aus, ist in deinem Alter, befasst sich beruflich mit denselben Dingen wie du, wohnt nicht weit von Berlin weg und ist auch noch Single. Vielleicht wollte das Schicksal ja, dass Jack euch beide zusammenführt.«

»Du meinst, das Schicksal will mich so verzweifelt unter die Haube bringen, dass es bereit ist, für mein Glück jeden Tag zwei Menschen sterben zu lassen?«

Olivia verdrehte nur die Augen und trank noch einmal von ihrem Milchshake. Nach kurzem Überlegen sagte sie: »Gib's zu, du bist doch in Wirklichkeit genauso wie ich. Du willst eigentlich gar keine feste Beziehung. Du genießt es gewissermaßen,

Single zu sein. Im Gegensatz zu mir gestehst du es dir nur nicht ein.«

Boesherz wusste Olivias Fürsorge zu schätzen, dennoch hielt er ihr entgegen: »Ich habe sie gerade erst heute Morgen kennengelernt. Die erste Prüfung hat sie bestanden, alles an ihr ist stimmig, sie passt in mein Schema und, ja, ich werde sie auch privat treffen. Aber im Augenblick will ich etwas anderes: Ich will Jack schnappen! Und ich will die Menschen retten, die noch auf seiner Liste stehen. Sicher, das sind alles Tierquäler, Kriminelle und Asoziale. Aber dieser Killer läuft komplett unbehelligt in der Gegend rum und versucht, Berlin von allem zu reinigen, was er für *Ungeziefer* hält. Da kann ich mich nicht mit der Frage beschäftigen, ob mir irgendeine *Dr. Linda Bartholy* gefällt oder ob ich mich in meinem tiefsten Innern nicht eigentlich nach einem Leben als Eremit sehne.«

Olivia war klar, dass Boesherz gerade mit einem schwer zu widerlegenden Argument versuchte, vom Thema abzulenken.

»Ich habe mich mit ihr unterhalten. Über dich«, blieb sie daher unbeeindruckt am Ball.

»Über meine Kleidung und darüber, dass ich Opern liebe«, nahm Boesherz vorweg, doch Olivia ging nicht darauf ein.

»Sie findet dich interessant«, fuhr sie stattdessen fort. »Und sie scheint ziemlich genau alles an dir zu schätzen, was uns anderen so gewaltig auf die Nerven geht. Und übrigens: Ihre Handtasche ist echt!«

»Jenau, die sollen se suchen, nich' diesen Mörder!«, rief jetzt wieder der Mann am Tresen durch den Gastraum. Das Lokal war um diese Zeit nur spärlich besucht.

»Tanja van Beuten, international angesehenes Topmodel und Juryvorsitzende der Erfolgsshow *Dein Catwalk*, bleibt weiter verschwunden«, erklärte der Nachrichtensprecher in sachlichem Ton. Dann wurden in einem kurzen Einspielfilm die Ereignisse der vergangenen Tage zusammengefasst, bis schließlich Veit Venske mit ernstem Blick im Bild erschien.

»Familie, Fans und Kollegen unterstützen die Suche nach Tanja, und auch die Polizei unternimmt alles, was in ihrer Macht steht, um sie zu finden«, begann er, bevor er direkt in die Kamera sah und einen Hauch zu theatralisch zu van Beuten persönlich sprach: »Tanja, wenn du einfach nur untergetaucht bist, wenn dir das alles zu viel geworden ist, die Verantwortung, die Medien – dann bitte: Gib uns allen noch einmal die Chance, es in Zukunft besser zu machen!«

Olivia und Severin hatten sich dem Fernseher kurz zugewandt, sofort nach dem pathetischen Auftritt des Produzenten aber wieder das Interesse an dem Bericht verloren.

»Um das jetzt mal abzuschließen: Bartholy kommt heute Abend auf einen Quercus bei mir vorbei. Und jetzt, bitte, lass uns nicht länger über Frauen reden. Wir haben nämlich ein ganz anderes Problem.«

Olivia lächelte zufrieden, verstand dann aber, dass Boesherz mit dem Treffen an der Friedrichstraße offenbar ein Anliegen verband, auf das er bislang noch gar nicht zu sprechen gekommen war.

»Schieß los«, forderte sie ihn daher auf.

»Der Staatsanwalt springt im Dreieck wegen der Nazipistole. Wenn wir einen Killer aus der rechten Szene haben, der mit terroristischem Hintergrund mordet, dann gibt das einen Skandal von internationalem Ausmaß.«

Olivia konnte nicht widersprechen. Dann entgegnete sie: »In so einem Fall hätten die Geheimdienste versagt, das wäre ein politischer Skandal. Also, warum sind wir hier?«

»Wir haben ein streng geheimes Treffen, in zehn Minuten. Es geht um die Waffe und die Szene.«

»Wie geheim?«

»So geheim, dass nicht mal Castella und der Staatsanwalt wissen, wen wir treffen. Es gibt keine Namen, keine Aufzeichnungen. Wir haben die Kontaktperson niemals gesehen, und wenn wir Hinweise von ihr verwenden wollen, dann müssen wir uns was einfallen lassen, wo wir sie offiziell herhaben. Ich habe beim Staatsanwalt durchschimmern lassen, dass ich über einen streng geheimen Kontakt in die rechte Szene verfüge, mehr Fragen dazu durfte er nicht stellen. Wollte er auch gar nicht.«

»Ich verstehe«, entgegnete Olivia. »Und wer soll dieser geheime Experte sein?«

Severin schnalzte nur mit der Zunge, bevor er sich erhob, Geld auf den Tisch legte und antwortete:

»Na, wer schon? Adolf Hitler natürlich.«

# KAPITEL 30

Tanja wurde es schwindelig. Kleine Lichtpunkte schienen wie aufgeregte Schmetterlinge um sie herumzuflattern, und die immer drängendere Kälte ließ ihre Finger, Zehen und Ohrläppchen so kalt werden, dass sie kaum noch Gefühl darin hatte. Doch ihre eiserne Disziplin und das Wissen darum, dass kein Weg mehr zurückführte, ließ das Model unnachgiebig näher an die Wand heranrücken. Erschöpft, besorgt und allein vom Mut ihrer Verzweiflung angetrieben, erreichte sie schließlich ihr Ziel. Die Gartenschere befand sich ihr jetzt direkt in Augenhöhe gegenüber. Von seinem Haken an der Wand aus schien das Werkzeug Tanja geradewegs auszulachen.

*Ich müsste nur die Hand ausstrecken …*

Van Beuten war technisch nicht besonders begabt, doch ganz so ungeschickt, wie man es von einem Topmodel möglicherweise vermuten würde, war sie auch nicht. Sie hatte früher, als sie noch zur Schule gegangen war, oft zusammen mit den Jungs aus ihrer Klasse gebastelt. Einmal hatte ihre Schule sogar an einem Seifenkistenrennen teilgenommen, und Tanja war an der Konstruktion des Vehikels beteiligt gewesen. Doch das war lange her, und weder die Welt der Mode noch die des Fernsehens hatten sie in den vergangenen fünfzehn Jahren noch einmal vor eine handwerkliche Herausforderung gestellt.

*Ich muss Druck auf die Stuhlbeine ausüben,* überlegte sie. *Ich muss es schaffen, genug Kraft zu erzeugen, dass sie brechen.*

Van Beuten starrte noch einmal sehnsuchtsvoll auf die Geräte, die unmittelbar vor ihr an der Wand hingen. Anstatt sich aber von deren Unerreichbarkeit entmutigen zu lassen, überlegte sie, wie sie nun den erforderlichen Druck auf ihren Stuhl erzeugen konnte.

*Das könnte klappen,* ging es ihr plötzlich durch den Kopf, als sie ihren Blick von den Werkzeugen abwandte und stattdessen die Wand selbst betrachtete.

»Mach schnell!«, glaubte sie plötzlich eine Stimme zu hören, während die eisige Kälte ihre Zähne unaufhörlich aufeinanderschlagen ließ. »Sonst ist es gleich vorbei.«

»Also gut«, antwortete Tanja entschlossen. »Und du passt auf, dass keiner kommt, Muffin!«

»Seien Sie verdammt noch mal leise«, zischte Dennis. »Wir wissen nicht, was hier los ist. Es könnte auch jemand mit einer Schrotflinte hinter der Tür lauern, der uns für Einbrecher hält. Die wir im Übrigen auch sind!«

»Ist ja okay«, entgegnete Joshua Price, der Dennis von innen die Tür geöffnet hatte, nachdem er durch das Fenster eingestiegen war. »Scheint aber keiner hier zu sein.«

»Da war ein Geräusch«, betonte Dennis noch einmal, der seine Pistole zwar nicht gezogen, sicherheitshalber aber die rechte Hand an sein Schulterholster gelegt hatte. »Verdammt, es ist nicht mal geheizt. Hier wohnt doch kein Mensch.«

Dennis schlich langsam durch das Haus, Price folgte ihm vorsichtig. Das Licht hatten sie nicht eingeschaltet, umso achtsamer mussten sie sich daher bewegen, bis ihre Augen sich an die Dunkelheit gewöhnt hatten.

Das Wohnzimmer roch muffig, der Boden gab bei jedem Schritt leicht nach, und auf dem klobigen Bauernschrank, der auch im Dunkeln deutlich zu erkennen war, saßen mehrere Porzellanpuppen. Das schwache Licht des Mondes schien durch die Fenster und erhellte die Figuren gerade so weit, dass man das unnatürliche Lächeln auf ihren bleichen Gesichtern erkennen konnte.

»Hier ist sie nicht. Wir sollten lieber schnell abhauen«, flüsterte Dennis, ohne die möglichen Gefahrenbereiche des Gebäudes dabei aus den Augen zu lassen.

»Soll ich das Licht anmachen?«, fragte Price, der die Hoffnung ebenfalls langsam aufzugeben schien, Tanja an diesem unwirtlichen Ort zu finden.

»Nein, wir verschwinden einfach schnell wieder. Ich erzähle meiner Chefin, dass ich Sie gerade noch von dem Einbruch abhalten konnte. Damit sollte die Nummer hier erledigt sein.«

»Okay, sorry, dass ich Sie …«

Weiter kam Price nicht. Ein Geräusch, so, als sei ein schwerer Gegenstand zu Boden gefallen, ertönte aus einem der oberen Stockwerke und ließ die beiden Männer schlagartig in Schweigen erstarren. Dennis und Joshua sahen einander mit entschlossenen Blicken an. Ohne dass es irgendwelcher Worte bedurft hatte, hatten sie sich dafür entschieden, ihre Suche fortzusetzen.

Tanja hatte es geschafft, sich um hundertachtzig Grad zu drehen, sodass sie nun mit dem Rücken zur Wand saß. Ihr Blick fiel auf den Heizlüfter, der in drei Metern Entfernung auf dem Fußboden stand und von ihrem Entführer mit einem Verlängerungskabel an eine Steckdose angeschlossen war, die sich außerhalb des Raumes zu befinden schien.

»Los schon«, glaubte sie ihr Stofftier Muffin sagen zu hören. »In einer Minute kannst du frei sein. Schieb den Stuhl ein Stück zurück, sodass die hinteren Beine gegen die Wand gestützt sind.«

Das Model ruckelte so lange an dem Möbelstück, bis sie damit direkt an die Wand herangekommen war. Wie es Muffin vorgeschlagen hatte, kippte sie sich ein kleines Stück nach vorn, um die so gewonnenen Zentimeter sofort wieder nach hinten aufzurücken. Die Hinterbeine waren jetzt erhöht an der Wand abgestützt.

»Und jetzt press dein ganzes Gewicht dagegen!«

Tanja versuchte möglichst viel Druck aufzubauen, doch das stabile Möbel hielt den Kräften des schlanken Models stand. Muffin ging jetzt zu dem Heizlüfter hinüber, richtete sich auf, streckte die Vorderbeine in den warmen Luftstrom und sagte: »Wenn das hier eine Challenge für die Mädchen aus deiner Show wäre – was würdest du ihnen raten?«

»Ich würde sagen …«

Tanja stockte. Sie dachte nach, so gut sie konnte, doch die Umstände lähmten sie. Und zwar so sehr, dass sie unmittelbar davor stand, ihren Kampf aufzugeben, sich in den Stuhl sinken zu lassen und abzuwarten, bis Muffin und Oma Erna sich ihrer erbarmen und sie von ihrem Leid erlösen würden.

»Na komm schon, was würdest du den Mädchen sagen?«

Noch einmal öffnete Tanja die Augen. Und auch wenn Muffin jetzt wieder verschwunden war, antwortete sie ihm: »Ich würde ihnen raten, dass sie ihre Angst, ihre Wut und ihren Hass nutzen sollten, um sie in produktive Energie umzuwandeln. Jammern hat noch nie jemandem geholfen!«

Und obwohl sie eigentlich gar nicht mehr dazu imstande war, gelang es Tanja nun tatsächlich, ihre Todesangst in einen letzten immensen Kraftschub umzuwandeln, mit dem sie den Stuhl erneut gegen die Wand presste und nicht eher davon abließ, bis sie schließlich ein Knacken hörte, in dessen Folge sie zu Boden fiel. Reglos lag das Model nun da, und alles, was sie in diesem Augenblick wahrnahm, war der Dampf, den ihre Atemzüge in der frostigen Luft verursachten.

»Soll ich noch mal nach ihr rufen?«, fragte Joshua Price, als die beiden Männer die Treppe nach oben erreicht hatten und Dennis vorsichtig mit dem Fuß testete, ob die Stufen knarrten.

»Nein«, flüsterte er. »Wenn Tanja da oben ist, kann sie jetzt sowieso nicht mehr weglaufen. Und falls es nicht sie ist, sollten wir lieber ruhig bleiben.«

Ganz langsam setzte zuerst Dennis, dann Price einen Fuß nach dem anderen auf die Stufen, die sie in das erste Stockwerk führten. Der muffige Geruch des Gebäudes war dort oben noch deutlich stärker wahrzunehmen. Gegen eine Wand war ein altes Fahrrad gelehnt, zwischen dessen Speichen Spinnen ihre Netze gewoben hatten. Schon lange schien es nicht mehr bewegt worden zu sein. Als die Männer gerade damit beginnen wollten, die Zimmer im ersten Stock zu durchsuchen, ertönte erneut ein Geräusch, das Dennis nun endlich einem Ursprungsort zuordnen konnte.

»Der Dachboden«, flüsterte er und deutete auf die verschlossene Luke in der Decke. »Ich gehe da jetzt rauf, Sie bleiben hier.«

Van Beutens Manager war sichtlich unzufrieden mit Dennis' Vorschlag.

»Ich komme mit«, widersprach er. »Allein ist es zu gefährlich für Sie.«

»Ruhe jetzt«, wurde Dennis deutlicher.

Dann schlich er auf die Luke zu, wobei er beständig die Bereiche im Blick behielt, in denen möglicherweise jemand unbemerkt lauern konnte. Er tastete vorsichtig an der Strippe, mit der er die Dachbodenluke öffnen konnte, und überprüfte dabei deren Reißfestigkeit. Als er davon überzeugt war, dass er sie gefahrlos betätigen konnte, zog er vorsichtig daran, woraufhin sich die Luke knarrend öffnete. Spätestens jetzt musste jeder, der sich eventuell auf dem Dachboden befand, die Eindringlinge bemerkt haben, und Dennis war sich dessen durchaus bewusst. Die schmale Leiter war der einzige Weg nach oben, einem bewaffneten Angreifer wäre der Kommissar schutzlos ausgeliefert gewesen, sobald er sie bestiegen hätte. Der Einstieg war von jeder Position des Dachbodens aus problemlos einsehbar, und von

Dennis würde als Erstes sein Kopf aus der Luke hervorragen. Er zog sicherheitshalber seine Pistole, ohne sie jedoch zu entsichern.

»Also gut!«, rief er schließlich lautstark nach oben. »Ist da jemand? Frau van Beuten, sind Sie das?«

Joshua Price schlich sich jetzt ebenfalls an die Luke heran, wurde jedoch rüde von Dennis weggestoßen. Noch einmal rief der Kommissar: »Wenn da oben jemand ist, dann kommen Sie bitte runter! Hier spricht die Polizei, Sie sind nicht in Gefahr!«

»Come on, jetzt reicht's mir aber«, stieß der Brite nun überraschend aus, schob Dennis entschlossen beiseite und stieg kurzerhand selbst auf die Leiter. Noch ehe der Kommissar ihn festhalten konnte, war van Beutens Manager auch schon durch die Luke verschwunden.

»What the fuck …!?«, hörte der Kommissar ihn kurz darauf ausstoßen, woraufhin er seine Pistole zurück ins Holster steckte und ebenfalls nach oben stieg.

# KAPITEL 31

Es ist, als ob sie einen anguckt«, stellte Olivia beeindruckt fest und flüsterte dabei vor Ehrfurcht, ohne es zu bemerken.

An seinem Schreibtisch saß ein junges Mädchen mit langen, dunklen Haaren, das fröhlich lächelnd in sein Tagebuch schrieb. Bei flüchtiger Betrachtung hätte man meinen können, sie sehe einen an, doch das war nicht möglich. Denn das Kind, das direkt vor Severin Boesherz und seiner Kollegin saß, war bereits seit über sechzig Jahren tot.

»Anne Frank«, stellte der Kommissar fest. »Und keine drei Meter daneben sitzt ihr Mörder in seinem Bunker.«

Boesherz hatte seiner Vorgesetzten gegenüber durchschimmern lassen, dass er den Treffpunkt mit seinem mysteriösen Informanten bewusst öffentlich gewählt hatte. Das gut besuchte Wachsfigurenkabinett *Madame Tussauds* an der Berliner Friedrichstraße hatte er sich schon lange ansehen wollen, und die Gelegenheit war ihm günstig erschienen, sich diesen Wunsch nun endlich zu erfüllen.

»Bei der Eröffnung hat ihm ein Besucher den Kopf abgerissen, seitdem sitzt er hinter Glas«, erinnerte sich Olivia Holzmann, nachdem sie an den Figuren von Anne Frank und Sophie Scholl vorbei zu der Stelle hinübergegangen waren, an der die Figur von Adolf Hitler mit gesenktem Blick im *Führerbunker* saß.

»Das ist ja sehr schön mutig, das Dritte Reich zu bekämpfen, Jahrzehnte nachdem es zusammengebrochen ist«, entgegnete Boesherz und richtete seinen Blick nun respektvoll auf die Wachsnachbildung von Sophie Scholl. »*Diese* Frau war mutig.«

Unter dem strengen Blick Konrad Adenauers, dessen Nachbildung mit lebendig erscheinenden Augen inmitten der Besucher stand, sah Boesherz noch einmal durch das Schutzglas in den Bunker und sagte zu der Hitlerfigur: »Wie viele deiner bekloppten Anhänger haben wohl heute noch die Spezialmunition, die du damals für deine Schergen hast anfertigen lassen?«

Olivia war verunsichert. Immer wieder sah sie sich unauffällig um, ob sich einer der Besucher als der geheime Informant zu erkennen geben würde.

»Komm mit«, flüsterte Severin ihr nun zu und fasste sie an der Hand, als seien die beiden ein Paar. »Und immer unauffällig bleiben.«

Damit wandten sie sich ab und schlenderten unbefangen an den Abbildungen von Erich Honecker, Barack Obama, Angela Merkel und Papst Benedikt vorbei, mit denen viele der Besucher mehr oder weniger originelle Fotos machten, die sie später in sozialen Netzwerken veröffentlichen würden. Die beiden Kommissare unterhielten sich dabei wie Touristen über alles, was ihnen angesichts der Kunstwerke aus Wachs durch den Kopf ging. Über die Frage, wie viel teurer eine Wachsfigur wohl werde, wenn man auch ihr Gebiss sehen konnte, darüber, dass die meisten der noch lebenden Prominenten persönlich Gesichtsabdrücke von sich hatten anfertigen lassen, und über die Frage, welches künstlerische Geschick es erforderte, historische Figuren wie Johann Sebastian Bach oder Sigmund Freud lange nach ihrem Tod und teilweise nur anhand von Ölgemälden noch lebensecht nachzubilden. Boesherz hatte gelesen, dass eine einzige Wachsfigur zweihunderttausend Euro kostete und dass teilweise durch Besucherbefragungen entschieden wurde, welcher Prominente in die Ausstellung aufgenommen wurde und welcher nicht. Er und Olivia fachsimpelten angesichts der ausgestellten Figuren über alle erdenklichen Themen. Über Politik, Sport, Gesellschaft und Königshäuser und sogar über Literatur, als sie an den Wachsfiguren der bedeutenden Schriftsteller Günter Grass, Bertolt Brecht und Vincent Kliesch vorbeischlenderten. Nur über ein Thema verloren die beiden kein einziges Wort: über Jack, seine seltene Pistole und das streng geheime Treffen mit einem Insider der rechtsextremen Szene.

»Der blaue Engel!«, stieß Boesherz aus, als sie vorbei an Marilyn Monroe und Kaiserin Sisi die Wachsnachbildung von Marlene Dietrich erreicht hatten.

Mit Frack, Zylinder und Zigarettenspitze in der Hand saß die Filmdiva in verführerischer Pose da und überstrahlte mit ihrem Glamour nicht nur die anderen Figuren um sie herum. Sogar viele der echten Menschen konnten dem Charisma der Dietrich in Wachs nichts entgegensetzen.

»Sie hat sich nie vor Goebbels' Karren spannen lassen«, sagte Boesherz anerkennend.

Dann trat er an die Figur heran, griff den Zylinder, der für die Besucher bereitgestellt wurde, damit diese Erinnerungsfotos damit machen konnten, und setzte sich zur Dietrich.

»Ihr passt super zusammen«, staunte Olivia.

Tatsächlich war ihr Kollege in seiner wie immer stilsicheren Bekleidung eine perfekte Ergänzung der mondän abgebildeten Diva.

»Und, Marlene, hast du vielleicht ein paar Insiderinformationen für mich? Adolf hat gerade kein Wort rausgebracht«, flüsterte Boesherz der Wachsfigur gerade so laut ins Ohr, dass Olivia es mitbekam.

Bevor Olivia, die immer unsicherer wurde, etwas dazu sagen konnte, legte Boesherz den Zylinder auch schon wieder beiseite, verneigte sich höflich vor der Wachfigur der Dietrich und machte sich dann auf den Weg in den Raum mit den zeitgenössischen deutschen Showgrößen.

»Hier sind wir richtig!«, freute sich Severin, als er Günther Jauchs Wachsnachbildung gegenüber dem leeren Kandidatenstuhl der Erfolgsshow *Wer wird Millionär?* sah.

Er forderte Olivia auf, Platz zu nehmen und ihre Aufmerksamkeit auf den Monitor zu richten, auf dem Quizfragen aus der TV-Show zu sehen waren, die von den Besuchern per Touchscreen beantwortet werden konnten.

»Die erste Frage«, begann Boesherz und sah Olivia dabei ernst an. »Wenn ein Täter eine seltene Naziwaffe mit Originalmunition besitzt, diese aber nur einmal während seiner ganzen brutalen Mordserie verwendet, sollten wir dann davon ausgehen, dass wir es mit einem Killer mit politischen Motiven zu tun haben?«

Langsam begann Olivia zu verstehen, weswegen Boesherz sie zu *Madame Tussauds* geführt hatte.

»Eher nicht«, überlegte sie verhalten. »Diese Waffe wäre ja aus seiner Sicht ein klares Statement, auf das er nicht verzichten würde.«

»Fünfzig Euro und ein großer Applaus für Frau Holzmann«, entgegnete Boesherz und stellte sofort die nächste Frage: »Wie weit haben die deutschen Geheimdienste die rechte Szene unterwandert?«

Olivia runzelte die Stirn.

»Hoffentlich gut«, gab sie dann zur Antwort. »Zumindest so gut, dass es durchsickern würde, wenn Jack in der Szene aktiv wäre.«

Boesherz stimmte dem zu.

»Das sollten wir bei aller Skepsis schon annehmen. Hundert Euro! Jetzt werden die Fragen schwerer, also weiter: Die bisherigen Opfer waren ein in Berlin lebender Franzose, die anderen allesamt Deutsche. Gemischte soziale Schichten, kein Opfer war nennenswert politisch engagiert, keiner war Jude, Moslem oder homosexuell. Wie weit steht die Opferauswahl Jacks demnach den Ideologien rechter Idioten nahe?«

Olivias unsicherer Blick wich entfliehend auf die lebensecht getroffene Wachsfigur von Hape Kerkeling aus. Spontan erhob sie sich, um mit Boesherz zu dem Komiker hinüberzugehen.

»Was sollte ein rechter Terrorist mit dieser Opferauswahl beweisen wollen?«, überlegte Olivia im Gehen und sah dabei interessiert Thomas Gottschalks Nachbildung an, die nicht weit von Hape Kerkelings entfernt stand.

»Eben«, gab Boesherz ihr recht. »Wir haben noch kein einziges Argument, das für politische Motive spricht. Und was die Bewaffnung gewaltbereiter Neonazis betrifft: Diejenigen, die scharfe Waffen haben, kaufen sie auf dem Schwarzmarkt. Die kommen dann aus Osteuropa oder Südamerika. Es gibt sicher auch ein paar Altnazis, die historische Waffen sammeln, aber diese Dinger funktionieren dann meist nicht mehr. Und selbst wenn sie funktionieren, haben diese Typen ganz sicher nicht auch noch die passende Munition dazu.«

»Du würdest also einen Bezug zur Neonaziszene ausschließen?«, kam Olivia zum Punkt.

»Pistolen hatte jeder in der SS«, entgegnete Severin. »Die meisten Offiziere sind nach Kriegsende verhaftet worden, die Waffen wurden ihnen abgenommen. Aber es gibt eben auch einige, die es geschafft haben abzuhauen, und die haben dann den ganzen Kram bei sich behalten. Waffen, Munition, sogar ihre Giftkapseln. Weißt du, was unser eigentliches Problem ist?«

Olivia ahnte, was ihr Kollege andeuten wollte.

»Wir suchen keinen Neonazi, sondern den Nachfahren eines echten«, antwortete sie.

Boesherz stimmte ihr zu.

»Die Waffen-SS hatte zuletzt rund eine Million Mitglieder. Du weißt, was das bedeutet?«

»Oh, Mann«, verstand Olivia. »Diese Spur bringt uns gar nichts.« Dann sah sie Boesherz mit zusammengekniffenen Augen an und behauptete: »Es gibt überhaupt keinen Informanten. Du wolltest einfach nur mal zu *Madame Tussauds*, stimmt's?«

»Ich habe doch gesagt, dass ich Berlin kennenlernen will«, antwortete Severin und lächelte stolz. »Und wenn wir unseren Staatsanwalt damit glücklich machen können, dass wir ihm etwas präsentieren, für das kein Mensch einen Informanten braucht, dann schlagen wir gleich zwei Fliegen mit einer Klappe. Wir müssen es ihm ja nicht erzählen.«

»Wenn das so ist, dann lass uns mal weitergehen«, antwortete Olivia mit einem Zwinkern. »Ich hätte unter diesen Umständen nämlich auch noch ein paar Fragen an George Clooney.«

# KAPITEL 32

Warum verstecken Sie sich hier?«, fragte Dennis den Mann, der zusammengekauert und in Decken gehüllt auf dem Dachboden saß.

»Bitte nicht schießen«, bettelte dieser verwirrt.

Es war dunkel und kalt auf dem Hängeboden, aber der Mann hatte es sich mit ein paar Kerzen, die er offenbar im Haus gefunden hatte, einigermaßen gemütlich in seinem Versteck gemacht. »Ich hab nichts geklaut! Hier wohnt doch sowieso keiner mehr.«

Joshua Price schien ebenso enttäuscht wie Dennis zu sein.

»Sind Sie schon lange hier?«, fragte er.

»Nur hier oben, wirklich, ich hab kaum was angefasst im Haus!«, verteidigte sich der grauhaarige Mann weiter. »Die Eigentümer kommen nicht mehr her, schon lange nicht mehr. Das weiß jeder im Ort, die lassen das Haus einfach verkommen. Ich habe keine Unterkunft, und bei der Kälte – also, ich habe mir gedacht …«

»Niemand will Ihnen was tun«, beruhigte Dennis den Obdachlosen, der noch immer schützend die Hand vor sein Gesicht hielt. »Wir sind nicht Ihretwegen hier, wir suchen eine Frau. Ist in der letzten Woche jemand außer Ihnen hier im Haus gewesen?«

Langsam begann sich der Mann zu beruhigen.

Als er Minuten zuvor bei einem Gang durch das untere Stockwerk bemerkt hatte, dass jemand um das Haus herumgeschlichen war, hatte er sich schnell wieder in sein Versteck auf dem Dachboden zurückgezogen. Dabei hatte er die Geräusche verursacht, die Dennis und Joshua dazu veranlasst hatten, in das Haus einzudringen.

»Nein, keiner, das hätte ich gemerkt«, antwortete er, ohne zu zögern.

Dennis glaubte ihm.

»Hier können Sie nicht bleiben, das ist Hausfriedensbruch«, erklärte er dann in freundlichem Ton. »Ich könnte Sie in ein Männerwohnheim fahren oder ins Krankenhaus, falls Ihnen etwas fehlt.«

Der Mann winkte sofort ab.

»Da erfriere ich lieber! Wer sind Sie überhaupt?«

Dennis dachte kurz nach. Castella hatte bereits genügend Unannehmlichkeiten mit der Staatsanwaltschaft am Hals. Um ihr zu ersparen, nun auch noch sein schwer zu erklärendes Eindringen in das Haus der Familie van Beuten rechtfertigen zu müssen, würde er die Angelegenheit auf eine andere Weise regeln.

»Also gut«, sagte er kurz entschlossen. »Wir haben Sie hier nicht gesehen, und Sie haben uns hier nicht gesehen. Ist das in Ordnung für Sie?«

Der Obdachlose lächelte breit über sein bärtiges Gesicht und präsentierte dabei seine nicht mehr ganz vollständige obere Zahnreihe.

»Also darf ich hierbleiben?«, fragte er. »Bis es wieder wärmer wird?«

»Unter einer Bedingung«, schloss Dennis. »Gehen Sie wenigstens runter in eins der Schlafzimmer. Ihr Aufenthalt hier wird nicht illegaler, wenn Sie es sich ein bisschen gemütlicher machen. Unten ist es auch viel weniger kalt. Brauchen Sie noch irgendwas? Essen, Medikamente, Hilfe?«

»Lassen Sie mal gut sein, junger Mann. Die Leute im Ort helfen mir, wenn ich was brauche.«

Weder Dennis noch Price hatten ein gutes Gefühl dabei, den

Mann einfach zurückzulassen. Während der Kommissar noch abwog, ob er wirklich die richtige Entscheidung getroffen hatte, griff Joshua Price auch schon in seine Innentasche und zog eine Visitenkarte hervor.

»Hier, wenn Sie was brauchen, rufen Sie an. Das Haus gehört Bekannten von mir. Wenn einer von denen hier auftaucht, sagen Sie einfach, ich hätte Ihnen erlaubt, hier zu sein. Dann bekomme ich den Ärger, nicht Sie.«

Der Obdachlose nahm das Angebot schweigend zur Kenntnis, bevor Price und Dennis sich schließlich verabschiedeten und ihn unbehelligt in seinem Winterversteck zurückließen.

Der Raum schien kollabiert zu sein. Tanja starrte mit aufgerissenen Augen auf die Wände, die für sie ebenso wie der harte Fußboden in die Vertikale gekippt waren. Ihre rechte Wange schmerzte stärker als die linke, nur der Druck auf ihre wund gescheuerten Hände war gleich geblieben.

*Du liegst auf dem Boden,* erkannte sie in ihrer Umnebelung.

Niemand war mehr da, der ihr Trost oder Hilfe spenden konnte. Von Muffin war weit und breit nichts zu sehen, und auch Oma Erna war verschwunden. Jetzt, so erkannte van Beuten, war es womöglich endgültig zu spät. Immerhin, ihre Beine konnte sie nun frei bewegen, nachdem das Stuhlbein geborsten und die feste Umwickelung der Fesseln dadurch gelöst worden war.

*Das nützt dir jetzt auch nichts mehr. Aber immerhin – du hast nicht kampflos aufgegeben. Man muss auch wissen, wann man verloren hat.*

Tanja vernahm das Surren des Heizlüfters und witterte dabei den muffigen Geruch der Möbel und Kisten. Irgendetwas schien ihre Bewegungen zu hemmen, etwas, das sich weich und fremdartig anfühlte. Sie schloss die Augen und erwartete, dass sie bald in einen tiefen, unendlich lange andauernden Schlaf versinken würde. Doch zu ihrer eigenen Verwunderung blieb sie bei Bewusstsein. Sie atmete beständig weiter, und mit zunehmender Erholung fiel ihr auf, dass die von der Kälte verursachten Schmerzen deutlich zurückgegangen waren.

*Der Heizlüfter,* fiel ihr nun auf. *Er ist lauter als vorher.*

Als sie ihre Augen wieder öffnete, erkannte Tanja, warum ihr plötzlich viel weniger kalt war.

*Jemand hat den Heizlüfter an mich herangeschoben. Und das Weiche, das mich einengt – das ist eine Decke. Jemand hat mich zugedeckt!*

In unklaren Bildern stellte sich van Beuten vor, wie ihr Entführer zu ihr gekommen sein musste und ihren Fluchtversuch entdeckt hatte. Und wie er, anstatt sie zu bestrafen, lediglich sichergestellt hatte, dass sie nicht erfrieren würde.

*Er hätte mich auch verrecken lassen können. Aber das hat er nicht getan,* überlegte sie. *Das kann nur eines bedeuten: Wer immer mich hier festhält – er braucht mich lebend!*

# KAPITEL 33

Anselm starrte, ohne auch nur zu zwinkern, auf die Zeilen, die auf seinem Monitor angezeigt wurden. Ressortleiter Jan Bittrich hatte für die morgige *Fadenkreuz*-Ausgabe einen Artikel über den Mord an Kai Jurek verfasst, dem sogar Drexler seine fachmännische Anerkennung nicht absprechen konnte. Nicht nur, dass Bittrich, der ein alter Hase in seinem Geschäft und auch von Kollegen seriöserer Blätter anerkannt war, keinen der gängigen sprachlichen Fehler gemacht hatte. Auch die Schilderung der Ereignisse hatte er gekonnt in einen Bezug zu Anselms bisherigen Taten gebracht. Er hatte Unterschiede erkannt und aufgezeigt, ferner sogar durchschimmern lassen, dass der unbekannte Täter allem Anschein nach einen Plan verfolge, der über seine bloßen Tötungen hinausging. Drexlers ungeliebte Kollegin Sonja hatte nicht viel zu korrigieren gehabt.

»Gut, Bittrich. Sehr gut«, lobte Anselm den Ressortleiter. »Es gibt Schlimmere, mit denen man zusammenarbeiten kann.«

Bei dem Gedanken, der ihm plötzlich in den Sinn kam, zuckte Anselm, kniff seine Augen zusammen und musste viermal mit dem Oberkörper nach vorn wippen. Dann ballte er seine Hände zu Fäusten. Seine Mission stand unmittelbar vor ihrer Vollendung, doch eine Unstimmigkeit quälte ihn dennoch fast rund um die Uhr. Entschlossen griff er zu seinem Telefon.

»Es dauert nicht mehr lange«, begann er, als sein Gesprächspartner das Telefonat angenommen hatte. »Heute erfülle ich *die Drei*. Und dann erwarte ich …«

»Sie erwarten?«, wurde er rüde unterbrochen. »Sie haben Fehler gemacht, und nicht nur einen. Bei unserer letzten persönlichen Begegnung wäre unsere Zusammenarbeit fast aufgeflogen! Muss ich Sie etwa an unser Abkommen erinnern? Wenn irgendjemand etwas ahnt, kann ich die Vereinbarung nicht mehr einhalten. Noch eine Abweichung vom Plan, und ich betrachte unser Geschäft als gebrochen. Sie kennen die Konsequenzen!«

So aufgebracht Anselm auch war, er konnte nicht abstreiten, dass seine Lage es ihm nicht erlaubte zu widersprechen.

»Ab jetzt wird nichts mehr schiefgehen«, versprach er daher.

»Dann beeilen Sie sich jetzt besser mit dem Rest«, stellte die Person am anderen Ende der Leitung fest, ohne dabei unruhig zu wirken. »Bekommen Sie das hin, Drexler?«

»Moldenhauer wird nach Plan verlaufen«, versprach Anselm. »Ich fahre jetzt zu ihm.«

Anstelle einer Antwort vernahm Drexler nur ein leises Knacken in der Leitung, bevor ein Tonsignal ihm zu verstehen gab, dass die Verbindung abgebrochen war.

Anselm überflog noch einmal den Bericht über Kai Jureks Tod. Er war noch immer über die Umstände erzürnt, in die er geraten war, und so begann sich langsam eine Vorstellung in ihm auszubreiten. Sie war eigentlich ungeheuerlich, doch sosehr Anselm sich auch für seinen eigenen Gedanken schämte, so sehr gefiel er ihm auch.

*Was würdest du schon verlieren, wenn du es einfach tätest? Es geht um deine Mission, da sollte doch jedes Mittel recht sein.*

Verzweifelt verbarg Anselm das Gesicht in seinen Händen, als ihm eine Träne die Wange hinunterlief.

»Der Artikel erscheint morgen«, flüsterte er beim Blick auf Bittrichs Report, nachdem er sich wieder gefasst hatte. »Warum nicht?«

Mit einem verzweifelt wirkenden Lächeln scrollte Anselm die Textdatei jetzt an eine bestimmte Stelle, fügte ein paar Worte in den Artikel ein und speicherte die Änderung ab. Dann erstellte er eine Mail an Sonja, hängte die neue Version von Bittrichs Text an und schrieb dazu: *Geschätzte Kollegin, anbei der Artikel von Jan Bittrich. Der Text ist in keiner Hinsicht zu beanstanden.*

Und mit einem Lächeln, das bei einem Außenstehenden vermutlich Gänsehaut ausgelöst hätte, fügte er hinzu: *Leiten Sie den Text genau so weiter! Herzlichst, Ihr Anselm Drexler.*

Dann klickte er auf den Button, über den die Nachricht abgesandt wurde, und sah auf das Telefon, durch das er eben noch das Gespräch geführt hatte, das ihn auf seine neue Idee gebracht hatte.

*Das hast du jetzt davon.*

# KAPITEL 34

Steve Moldenhauer drückte seine selbst gerollte Zigarette in einem der Aschenbecher aus, die auf dem vollkommen überfüllten Couchtisch standen. Leere und halb volle Bierdosen standen oder lagen zwischen teils ungeöffneten Briefen, einem verkrusteten Senfglas, schimmeligen Tellern und Fernbedienungen von Geräten, die teilweise schon gar nicht mehr existierten. Als Moldenhauer sich gerade daranmachte, seine nächste Zigarette anzuzünden, klopfte es an seiner Wohnungstür.

»Verpisst euch«, murmelte er in sich hinein, blieb ungerührt auf seinem schmutzigen Sofa sitzen und starrte desinteressiert auf den Fernseher.

Wenig begabte Laiendarsteller versuchten sich gerade darin, fiktive Charaktere nach Maßgabe grober Regieanweisungen darzustellen. Bald verfielen sie jedoch ausnahmslos darin, sich selbst zu spielen. Wenn auch, ohne dies zu bemerken.

Moldenhauer hatte an diesem Tag einen Termin bei seinem Rechtsanwalt versäumt. Es war ihm nicht danach gewesen, in die unfreundliche Kälte hinauszugehen, schon gar nicht in den frühen Vormittagsstunden. Stattdessen war er zu Hause geblieben, hatte sich eine Tiefkühlpizza aufgebacken und den Beständen an Bier und Whisky zugesprochen, die in seiner dürftigen Wohnung gehortet waren. Er hatte ein paar Telefonate mit flüchtigen Bekannten geführt, die er selbst als Freunde bezeichnete, und sich darum gekümmert, dass ihm einige Gramm Marihuana an die Wohnungstür geliefert worden waren. Dann hatte er seine Heizung auf volle Leistung eingestellt und seine Türklingel deaktiviert. Es kam immer wieder vor, dass besonders hartnäckige Journalisten seine Adresse herausfanden, um ihm Geld für ein exklusives Interview anzubieten. Tatsächlich zahlten sie aber fast immer schlecht, und alles, was später zu lesen war, widersprach seiner Wahrnehmung von sich selbst und dem, was er in den Gesprächen gesagt zu haben glaubte.

Es klopfte erneut, dieses Mal jedoch länger und kräftiger.

»Mann, Fresse!«, rief Moldenhauer quer durch die kleine Wohnung.

Als es kurz darauf erneut klopfte, hielt es den jungen Mann aber nicht mehr länger auf seiner Couch. Aus einer Mischung von Verärgerung und Neugier heraus marschierte er durch den mit allerlei Gerümpel verstellten Flur bis zu seiner Wohnungstür, in die kein Spion eingebaut war.

»Was ist denn?«, fragte er durch das dünne Pressholz hindurch.

»Vermissen Sie das hier? Ich habe es vor Ihrer Tür gefunden«, fragte eine eher helle, wenig bedrohlich klingende Männerstimme.

»Was vermisse ich?«

Moldenhauer war erleichtert darüber, dass es sich weder um einen Journalisten noch um jemanden zu handeln schien, dem er Geld schuldete.

»Ich weiß nicht genau. Es ist in einem Umschlag, ich will das nicht aufmachen. Es lag hier so, als ob es jemand für Sie abgegeben hätte.«

Steve Moldenhauer überlegte. Konnte es sich möglicherweise um einen Trick handeln, mit dem ihn jemand dazu bringen wollte zu öffnen? Er war sich sicher, keinen Umschlag verloren zu haben, andererseits war vorhin sein Drogenlieferant bei ihm gewesen, der durchaus etwas hätte verloren haben können. Was, wenn es sich dabei um Marihuana oder Bargeld handelte?

»Lassen Sie es einfach da liegen«, antwortete er schließlich. »Ich hole das später rein.«

Es dauerte einige Sekunden, bis der Mann im Flur antwortete. »Ja, gut. Dann noch einen schönen Abend!«

Moldenhauer versuchte, anhand von Geräuschen festzustellen, ob der Unbekannte in eine Wohnung auf der Etage gegangen war, den Fahrstuhl gerufen oder das Stockwerk über das Treppenhaus verlassen hatte. Doch alles, was dabei an sein Gehör drang, war das Brüllen zweier Frauen. Im Fernseher beharkten sich die Damen mittleren Alters ohne jedes rhetorische Niveau darüber, wem von ihnen die Gunst eines ohnedies nicht als übermäßig attraktiv zu bezeichnenden Herrn mit Schmerbauch und Oberlippenbart zustehe. Sehr bald gerieten die Improvisationskünste der Darstellerinnen jedoch an ihre Grenzen, woraufhin der Disput in ein nicht enden wollendes *Guck du dich doch selbst mal an!* mündete.

Ungeachtet dessen entschied sich Steve Moldenhauer dafür, besser noch eine Weile abzuwarten, bis der Mann – wer immer es auch gewesen sein mochte – verschwunden war. Sein Misstrauen war dabei nicht allein seinen negativen Erfahrungen mit Presse und Polizei geschuldet. Es kam ihm vor allem verdächtig vor, dass sich in diesem Haus, das er bereits seit Jahren bewohnte, tatsächlich jemand darum bemüht haben sollte, eine Fundsache an ihren mutmaßlichen Eigentümer zurückzugeben. Moldenhauer kannte niemanden, weder in diesem Gebäude noch in seinem sozialen Umfeld, der sich einen verlockend aussehenden, unbeobachtet aufgefundenen Umschlag nicht unverzüglich selbst eingesteckt hätte. Er beschloss daher, noch eine Weile zu warten, bis er vor seiner Tür nachsehen würde.

Der junge Mann ging den kurzen Weg in das einzige Zimmer der Wohnung zurück, ließ sich wieder auf sein Sofa sinken und zündete die Zigarette an, die er vor seinem Gang zur Tür im Aschenbecher abgelegt hatte. Während aus dem Fernseher nun O-Töne der Laiendarstellerinnen in die Kamera gesprochen wurden, die die Redaktion mit sarkastischen Texteinblendungen unterlegt hatte, klingelte Moldenhauers Handy. Ohne auch nur darüber nachzudenken, sah er zuerst auf das Display und nahm den Anruf dann entgegen.

»Alter, was geht?«, begrüßte er den Anrufer, mit dem er gelegentlich um die Häuser zog, wenn ihnen langweilig war.

»Heute Club, bist du dabei?«, erhielt er zur Antwort.

»Auf keinen Fall, Mann. Arschkalt!«, wiegelte Moldenhauer ab und stellte endlich den Fernseher leiser. »Mach mal 'n paar Ladys klar und komm rüber.«

»Auf keinen! Komm mal mit, Alter.«

Das Gespräch gewann in seinem weiteren Verlauf zwar nicht an Substanz, dauerte aber ungeachtet dessen noch einige Minuten an, bevor sich die beiden schließlich ergebnislos voneinander verabschiedeten. Moldenhauer wollte nun gerade auf einen anderen Sender umschalten, als ihm der ominöse Umschlag vor seiner Tür wieder in den Sinn kam. Immerhin, wenn wirklich etwas Wertvolles darin war, würde der Nächste, der daran vorbeiging, ganz sicher nicht mehr bei ihm klopfen. Kurz entschlossen stand er auf und ging erneut zur Wohnungstür. Er lauschte sicherheitshalber noch einmal kurz daran und öffnete schließlich einen Spaltbreit.

Es war hell im Flur, aber niemand war durch die schmale Türöffnung zu sehen oder zu hören. Moldenhauer senkte seinen Blick daher zu seiner Fußmatte, auf der tatsächlich ein gelber Umschlag mit nicht auszumachendem Inhalt lag. Er bückte sich gerade danach, als etwas Kaltes seinen Nacken berührte. Doch noch bevor er auch nur darüber nachdenken konnte, traf ihn auch schon ein gewaltiger Stromschlag, und der Fußboden prallte mit gnadenloser Härte gegen sein Gesicht. Dann verdunkelte sich alles um ihn herum, und Stille kehrte ein.

# KAPITEL 35

Immer wieder trafen Olivias Fäuste mit unerbittlicher Härte ins Ziel. An der Decke ihres kleinen Kellerraumes war ein Sandsack befestigt, an dem die Kommissarin regelmäßig ihre Schlagkraft trainierte. Der Schweiß rann an ihrer Stirn hinab, während sie mit ihren Boxhandschuhen unablässig gegen das Sportgerät schlug. Olivia war seit den frühen Morgenstunden auf den Beinen, und die Nacht war nach dem Besuch bei Severin kurz gewesen. Dennoch hatte sie sich nur ungern in den Feierabend zurückgezogen, gerade jetzt, da Jack wahrscheinlich bereits sein nächstes Opfer im Visier hatte. Doch die Nachtschicht war bei Olivias Kollegen in guten Händen. Diese überprüften überall in Berlin und Umgebung Personen, die nach den festgestellten Rasterkriterien als Tatverdächtige infrage kamen. Außerdem hatte die Schutzpolizei die Anzahl von Streifenwagen erhöht, die in der Hauptstadt Präsenz demonstrierten und besonderes Augenmerk auf Häuser von Vorbestraften richteten, die möglicherweise für Jack als Opfer interessant sein konnten.

»Wen holst du dir als Nächstes?«, schrie Olivia den Sandsack an und versetzte ihm dann einen Hieb, der selbst einen kräftigen Mann von den Beinen gerissen hätte. »Ich wette, du hast dir schon jemand Passenden ausgesucht! Welche Nummer gibst du ihm?«

Immer schneller und härter trafen die Fäuste der sportlichen Frau jetzt ihr Ziel. So lange, bis sie schließlich vollkommen erschöpft und entkräftet auf den kühlen Boden sank und im Schneidersitz ausharrte, bis sich ihr Puls wieder beruhigte.

*Marko,* schoss es ihr plötzlich durch den Kopf, als ihr Blick auf den Sandsack fiel, der noch immer nicht zum Stillstand gekommen war.

Er war es gewesen, der das Gerät seinerzeit gekauft und fachgerecht an der Betondecke angebracht hatte.

*Warum hast du mich verlassen?*

Wie fast immer, wenn Olivias Gedanken zu Marko abdrifteten, griff sie wie in einer Übersprunghandlung nach ihrem Smartphone und öffnete die App der Partnerbörse, über die sie seit Kurzem gelegentlich mit Männern chattete.

*Fünf Nachrichten,* stellte sie fest und klickte wahllos auf eine davon.

Sofort verformten sich ihre Gesichtszüge, bevor sie die Aufforderung zum Geschlechtsverkehr, die der Inhalt der Nachricht gewesen war, löschte. Das Foto des Absenders hatte sie dabei keines Blickes gewürdigt.

*Na, schöne Frau? Wie kommt es, dass eine so charmante Dame an einer Singlebörse teilnimmt? Wissen die Berliner etwa nicht zu schätzen, was sie an Dir haben?,* lautete eine der anderen Nachrichten.

»Wenigstens versucht er es«, murmelte Olivia vor sich hin, bevor sie auch diese Nachricht löschte.

Danach sah sie noch einmal zu dem Sandsack hoch und löschte dann auch die übrigen Nachrichten – nur dass sie diese zuvor nicht einmal gelesen hatte.

Nachdem Olivia bald darauf in ihre Wohnung zurückgekehrt war, zog sie im Flur ihren Trainingsanzug aus, warf ihn achtlos in die Ecke, schaltete den Fernseher ein, dessen Geräusche im Hintergrund ihr stets das Gefühl gaben, nicht ganz allein in ihrer Wohnung zu sein, und stieg dann unter die Dusche. Während das warme Wasser an ihrem durchtrainierten Körper hinabrann, kehrten die Eindrücke, die der lange Arbeitstag bei ihr hinterlassen hatte, noch einmal zu ihr zurück.

*Du musst müde sein,* versetzte sie sich in Jacks Lage. *Ich kann Feierabend machen, du nicht. Wir jagen dich rund um die Uhr, ohne Pause. Aber du musst schlafen, dich erholen. Du ziehst dein Programm im Eiltempo durch und gönnst dir nicht mal einen einzigen freien Tag. Kein Wunder, dass du fahrig wirst und Fehler machst. Welchen Fehler machst du heute?*

Olivia stellte das Wasser ab, um das Shampoo in ihren Haaren zu verteilen, das ihre Mutter ihr zum Geburtstag geschenkt hatte. Es roch nach Pfirsich. Olivia rümpfte kurz die Nase, wie jedes Mal, wenn sie das Haarwaschmittel benutzte. Trotzdem massierte sie es sorgfältig in ihr Haar ein.

»Wie weit geht das Recht eines Intensivtäters auf Resozialisierung?«, hörte sie dabei eine Frau aus den Boxen ihres Fernsehers fragen.

In der Talkshow eines beliebten Journalisten diskutierte eine illustre Runde an diesem Abend über das Thema *Verrohung der Jugend* und darüber, wie man ihr am besten begegnen solle.

»Wie weit geht denn mein Recht darauf, keine abgedroschenen Phrasen mehr von Leuten hören zu müssen, die keine Ahnung von dem haben, worüber sie reden?«, antwortete Olivia genervt und stellte die Dusche wieder an, um sich das Shampoo aus den Haaren zu spülen.

Nachdem sie damit fertig war, zog sie sich den Bademantel über, der neben dem Heizkörper hing, schlüpfte in ihre bequemen Pantoffeln und schaltete den Wasserkocher in der Küche ein, um sich einen Tee aufzubrühen. Obwohl ihre Wohnung gut geheizt war, drehte sie den Thermostat noch etwas höher, bevor sie sich schließlich vor den Fernseher setzte und sich eine Decke über die Füße warf.

»Was muss sich eine Gesellschaft eigentlich alles gefallen lassen, bevor sie ein Recht darauf hat, solche Menschen für immer wegzusperren?«, erhitzte sich das Gemüt der Frau in der TV-Talkrunde weiter.

Olivia griff gerade nach der Fernbedienung, um auf einen anderen Sender umzuschalten, als sie plötzlich innehielt. Der junge Mann, der jetzt in einem kurzen Einspielfilm zu sehen war, kam ihr bekannt vor.

»Steve Moldenhauer«, stieß sie aus. »Der wäre doch perfekt für dich, Jack. Oder?«

Ohne den Blick dabei von ihrem Fernseher zu wenden, griff die Kommissarin zu ihrem Handy und rief ihre Kollegin Judith Beer an, die im LKA die Nachtschicht leitete.

»Was gibt's denn?«, grüßte Beer, die offenbar sehr angespannt war.

»Habt ihr diesen Steve Moldenhauer im Blick? Über den wird in den letzten Tagen ziemlich viel diskutiert. Der wäre doch genau nach Jacks Geschmack, oder nicht?«

Judith Beer reagierte gelassen.

»Ja, da ist schon ein paar Mal die Streife vorbeigefahren. Ist alles ruhig. Er steht aber auch nur in der zweiten Reihe der Personen, die wir heute Nacht überwachen. Der ist zu jung für Jack. Und vergiss nicht, das ist die Hauptstadt! Wir haben eine ganze Menge prominenter Gewaltverbrecher. Moldenhauer ist einigermaßen sicher, seine Adresse ist bisher nicht durchgesickert.«

Olivia war sich natürlich im Klaren darüber, dass es dem Berliner Polizeiapparat schlicht unmöglich war, jeden infrage kommenden Straftäter umfassend zu überwachen.

»Na gut«, lenkte sie daher ein. »Aber ich habe ein blödes Gefühl dabei. Hast du was dagegen, wenn ich mal zu ihm rüberfahre?«

»Tu, was du nicht lassen kannst«, erhielt sie zur Antwort. »Wenn du mit deinem Feierabend nichts Besseres vorhast.«

Olivia sah auf den leeren Platz neben sich. Sie selbst hatte dort früher immer gesessen. Der Platz, auf dem sie jetzt saß, war Markos gewesen.

»Habe ich nicht«, antwortete sie kurz und beendete das Gespräch.

Sie wollte noch Severin Boesherz' Nummer wählen, ließ aber gleich wieder davon ab.

*Lass den mal seinen Abend mit Linda verbringen. Reicht ja, wenn einer von uns allein ist,* befand sie, zog sich wieder an, steckte ihre Pistole ein und machte sich auf den Weg zu Moldenhauer.

# KAPITEL 36

Niemand durfte die Schreie hören. Das Gebäude, in dem Steve Moldenhauer wohnte, war groß, und um diese Uhrzeit waren fast alle Bewohner zu Hause. Der Fernseher, auf dem noch immer gescriptete Dokusoaps liefen, würde Anselm ein wenig Unterstützung bieten können, doch sein minutiös ausgearbeiteter Plan konnte unmöglich im Inneren der Wohnung ausgeführt werden. Anselm würde sich mit seinem Opfer auf den Balkon begeben müssen.

Bereits während Moldenhauers Überwachung war Anselm bewusst geworden, dass es sehr schwer sein würde, den jungen Mann allein anzutreffen. Wenn überhaupt, dann nur in dessen Wohnung, aus der er ihn in bewusstlosem Zustand aber nicht unbemerkt würde verschleppen können. Es schien daher unausweichlich, dass er ihn in dessen eigener Wohnung würde richten müssen. Auch wenn dies erhebliche Risiken mit sich brachte.

Unmittelbar nachdem er Steve Moldenhauer niedergestreckt und ins Wohnzimmer geschleift hatte, musste Drexler ihm eines der Morphiumpflaster auf den Körper kleben, die er sich für seinen Vater hatte verschreiben lassen. Es sollte die Schmerzen, die seinem Opfer bevorstanden, so weit erträglich machen, dass dieser nicht vorschnell kollabieren würde. Nachdem Anselm im Anschluss daran den bereits zu Hause vorbereiteten Behälter in die Wohnung getragen, auf den Balkon gebracht und mit Wasser gefüllt hatte, war es nun sein zentrales Anliegen, sein Opfer angemessen zu knebeln, bevor es wieder zu Bewusstsein kommen würde. Zu diesem Zweck packte er Moldenhauer unter den Armen und zog ihn mit einer Kraft, die ihm kaum jemand zugetraut hätte, in die Höhe, um ihn auf dessen Couch zu wuchten.

*Wie kann ein menschliches Wesen nur so leben? So was kommt dabei raus, wenn niemand mehr Zucht und Ordnung lehrt,* ging es Drexler durch den Kopf, während er zwanghaft den Schmutz und die Unordnung in Moldenhauers Wohnung betrachtete, die seinen Puls rascher in die Höhe schnellen ließen als der Gedanke an die Dinge, die er seinem Gegenüber in der folgenden Stunde anzutun plante.

*Alles ist schmutzig, liegt schief, passt farblich nicht zueinander. Wie kann man das nur ertragen?*

Nachdem Steve Moldenhauer nun aufrecht vor ihm saß, konnte sich Anselm daranmachen, ihm den Mund mit den abgerollten Mullbinden auszustopfen, die er ebenfalls aus dem Zimmer seines Vaters mitgenommen hatte. Moldenhauers Atmung behielt Anselm dabei aufmerksam im Blick. Auf alles hatte er sich in den vergangenen Wochen vorbereiten können, auf die Wohnsituation seines Opfers, auf dessen Gewohnheiten und dessen mögliche Gegenwehr. Nur einen wesentlichen Parameter seines Plans musste er seinem Glück überlassen: ob Moldenhauer ausreichend Luft durch die Nase bekommen würde. Sollte er unter einer Atemwegsverengung oder, was die Jahreszeit durchaus nicht unwahrscheinlich machte, einer Erkältung leiden, konnte dies Anselms kompletten Plan zunichtemachen.

Für einen Augenblick ließ Drexler nun davon ab, Moldenhauer zu präparieren. Und obwohl sein Blick voll tief empfundenem Groll auf die Couch fiel, auf der sich offensichtlich Dinge zugetragen hatten, die Anselm sich nicht einmal vorzustellen wagte, spürte er dennoch zum ersten Mal seit langer Zeit einen Anflug von Gelassenheit in sich.

*Alles wird gut. Bald ist es geschafft.*

Während nebenher eine korpulente Dame im Fernseher damit beschäftigt war, Dessous anzuprobieren, die man ihr seitens der Redaktion ausgehändigt hatte, gab Steve Moldenhauer erste Laute von sich. Noch einmal wollte Anselm ihn nicht mit dem Elektroschocker außer Gefecht setzen; die Gefahr war zu groß, dass der Bursche dann nicht wieder zu Bewusstsein kommen würde. So stopfte Drexler ihm mit den Gummihandschuhen, die er für seine Vorbereitungen übergestreift hatte, eine weitere Mullbinde in den Rachen und begann Moldenhauers Mund dann mit einem medizinischen Klebeband zu umwickeln. Danach ließ er für einen Augenblick von seinem Opfer ab und trat noch einmal auf den Balkon hinaus. Aus vielen der Wohnungen waren laute Klänge zu vernehmen. Fernseher, Musikanlagen und plaudernde oder streitende Menschen schafften eine Geräuschkulisse, in der das, was man von Steve trotz des dichten Knebels noch würde vernehmen können, zweifellos untergehen musste. Hinzu kam, dass sich bei den eisigen Minusgraden kaum jemand auf dem Balkon oder unten auf der Straße aufhalten würde.

*Hier interessiert sich doch sowieso keiner für das Recht der Nachbarn auf Nachtruhe.*

Zufrieden ließ Anselm seine Hand in das Wasser gleiten, das sich in der Kälte der Winternacht schon fast auf den Gefrierpunkt abgekühlt hatte. Dann griff er zwei Packungen des mitgebrachten Kochsalzes, riss sie auf und entleerte deren Inhalt in den Wasserkübel.

»Sind Sie bereit?«, fragte Drexler nun in Moldenhauers Richtung, bevor er in seine linke Hosentasche griff, die an diesem Abend für seine Sturmhaube reserviert war.

Er zog sie heraus und streifte sie sich über das Gesicht. Zum bestimmt hundertsten Mal kontrollierte er danach die Taschen mit der Pistole, dem Elektroschocker und dem Text, den er vorbereitet hatte, überprüfte ein weiteres Mal seine Polaroidkamera und legte diese dann auf den Couchtisch, um Moldenhauer besser tragen zu können. Zuvor zog er dem jungen Mann aber noch die Winterjacke über, die er im Flur gefunden hatte, streifte ihm die wärmsten Schuhe über die Füße, die er in dem furchtbaren Gewühl der Wohnung entdeckt hatte, und legte dann die Wolldecke bereit, mit der er Moldenhauers Beine vor der Kälte schützen würde. Erst dann packte Anselm sein Opfer erneut mit der Kraft, die seine Entschlossenheit ihm verlieh, schleifte es auf den Balkon hinaus und hievte es unter Stöhnen auf den Klappstuhl, vor dem der Wasserbehälter auf einer umgedrehten Bierkiste stand. Das Salz hatte den Gefrierpunkt herabgesetzt, sodass das Wasser nun noch eisigere Temperaturen würde annehmen können, ohne dabei zu erstarren. Sicherheitshalber entleerte Drexler aber noch zwei weitere Packungen Kochsalz in den Behälter, bevor er Moldenhauers Jackenärmel hochkrempelte, dessen Unterarme in das Wasser tauchte und sie an den Handschellen fixierte, die auf dem Boden des Gefäßes installiert waren. Jetzt konnte es nur noch Sekunden dauern, bis Steve zu sich kommen würde. Drexler ging daher noch einmal in die kleine Wohnung zurück und stellte den Fernseher noch etwas lauter ein.

# KAPITEL 37

Steve Moldenhauer schrie sogar noch mehr, als Anselm es erwartet hatte. Nicht einmal La Maire, der Feinkosthändler, schien noch mehr gelitten zu haben, während die Ratten seine Bauchdecke durchgenagt hatten, um sich in dessen Eingeweide zu flüchten. Und auch Nils Rau, der Brandstifter, war nicht lauter gewesen, als die Flammen ihm bei lebendigem Leib die Haut auf dem Gesicht hatten schmelzen lassen. Moldenhauer kniff verzweifelt die Augen zusammen, biss in die Mullbinden in seinem Mund, keuchte, schnaubte, zitterte und wand sich. Mit enormen Kräften zog und riss er immer wieder an den Handschellen, die seine Unterarme in den Eiskübel zwangen, der mittlerweile den Gefrierpunkt erreicht hatte. Anselm gab noch eine weitere Packung Salz in das Wasser und sprach Moldenhauer dann in ruhigem, aber bedrohlichem Ton an:

»In den ersten Minuten werden Ihre Arme rot. Ihr Organismus wehrt sich nämlich mit aller Kraft gegen die Kälte, deswegen durchblutet er sie sehr stark. Das führt dann zu einer Weitstellung Ihrer Kapillaren.«

Während Moldenhauers Handgelenke zu bluten begannen, schien die Vereisung wie mit Millionen kleiner Nadeln erbarmungslos in seine Haut zu stechen, so lange, bis dem jungen Mann die Kälte schließlich wie unerträgliche Hitze vorkam. Hinzu kam, dass der hohe Salzanteil im Wasser geradezu beißende Schmerzen an den Wunden der Handgelenke verursachte. Anselm seinerseits regte sich kaum, er stand nur da und achtete nervös darauf, dass der Wasserkübel nicht umkippte. Ansonsten betrachtete er das Schauspiel mit unermüdlichem Interesse.

Ein Blitz zuckte auf und erhellte die Nacht für den Bruchteil einer Sekunde. Kurz darauf folgte ein weiterer.

»Phase eins endet gleich«, stellte Anselm fest, nachdem er zwei Polaroidfotos von den Leiden seines Opfers gemacht und sie in seiner Hemdtasche verstaut hatte.

Jetzt trat er etwas näher an den jungen Mann, dessen unterdrückte Schreie allmählich kraftloser wurden.

»Ist das erheiternd, Herr Moldenhauer? Ist es ein schönes Gefühl, wenn andere sich eigenmächtig über Ihr Recht auf Wohlergehen und körperliche Unversehrtheit hinwegsetzen und Sie nichts dagegen tun können? Wie ist es? Wie fühlt es sich an, tot zu sein?«

Moldenhauers Haut begann bereits kleine Bläschen zu bilden. Seine obere Hautschicht löste sich langsam von den unteren ab. Tatsächlich zeigte sein Gewebe jetzt dieselben Erscheinungen, die auch eine Verbrennung hervorrufen würde.

»Warten Sie, ich habe noch etwas«, kündigte Anselm nun an, nachdem Moldenhauer kalkweiß im Gesicht geworden war. »Verstehen Sie das aber bitte nicht falsch, ich meine es nicht als Akt der Gnade.«

Mit diesen Worten zog Drexler ein weiteres Morphiumpflaster aus seiner rechten Hosentasche und klebte es Moldenhauer in den Nacken. Ohne das Morphin würde dieser die dritte Phase der Vereisung nämlich kaum noch bei Bewusstsein erleben.

Olivia war sich nicht sicher, ob sie stolz sein oder sich lieber über sich selbst ärgern sollte. Natürlich, der Fall Moldenhauer war in den Medien präsent, aber andererseits waren dies auch diverse andere Fälle von Gewaltverbrechern. Außerdem waren die Kollegen durchaus vorgewarnt, und schließlich konnte sie die Welt nicht im Alleingang retten. Dennoch fuhr Holzmann unbeirrt den beschwerlichen Weg durch das verschneite Berlin, von nichts anderem getrieben als von einer unbestimmten Ahnung, die sie selbst nicht einmal hätte erklären können.

*Du gehst da einfach kurz hoch und fragst ihn, ob irgendwas Besonderes passiert ist. Dann wartest du noch eine Weile vor seinem Haus. – Verdammt, ich bin so was von müde … Was mache ich hier eigentlich?*

Olivia benötigte kein Navigationsgerät, sie kannte Berlin wie ihre Westentasche. Eine Viertelstunde, so schätzte sie, würde sie noch bis zu ihrem Ziel benötigen.

»Kommt schon Jungs, baut mich auf!«, sprach sie dann zu ihrem CD-Spieler und betätigte zwei Knöpfe, woraufhin die Rockband Billy Talent mit dem Song *Viking Death March* aus den Boxen der Musikanlage erklang.

Olivia hatte ein ganzes Jahr lang keine Musik mehr angeschaltet, und das, obwohl die Songs ihrer Lieblingsband ihr immer dann Kraft gegeben hatten, wenn sie kurz vor dem Aufgeben stand. In dieser Nacht, das konnte sie deutlich spüren, würde sie diese Motivation ganz sicher benötigen.

»Ich nehme an, dass sich jetzt langsam die ersten Nekrosen bilden«, erklärte Anselm sachlich. »Die Zellen in Ihrer Haut spielen bei den Temperaturen nicht mehr länger mit, Ihre Zellwände reißen.«

Anselm trat noch ein Stück näher an Steve Moldenhauer heran, um genau beobachten zu können, in welchen Schritten sich dessen Haut nun verfärbte. Zunächst wurde sie blass, gleich müsste sie einen bläulichen Ton annehmen, danach würde sie schwarz werden. Anselm musste den blauen Moment abpassen, wenn alles exakt nach seinem Plan verlaufen sollte.

Während der ganzen Zeit seines kaum vorstellbaren Leidens hatte Steve Moldenhauer zu kämpfen versucht, geschrien und geflucht. Er hatte immer wieder probiert, ob er nicht einfach den

Kübel umkippen konnte, doch das viele Wasser darin machte ihn einfach zu schwer. Abgesehen davon, dass Anselm zu jeder Zeit weniger als einen Meter entfernt gestanden und den Kübel bewacht hatte.

Noch einmal erhellten zwei kurz aufeinanderfolgende Blitze die Nacht, als Drexler erneut das Fortschreiten von Moldenhauers Erfrierungen dokumentierte. Die Bilder, die er angefertigt hatte, erschienen ihm nun ausreichend, um schließlich zum perfiden Finale seines Spiels kommen zu können. Die Haut seines Opfers hatte sich währenddessen blau gefärbt, sodass es nun unbedingt erforderlich war, dessen Arme aus dem Eiswasser zu befreien, um sie danach im Innern der Wohnung aufzuwärmen. Anselm zog die Pistole seines Großvaters aus der rechten Innentasche seines Mantels und hielt sie Steve Moldenhauer an die Stirn.

»Ich mache Sie jetzt los«, kündigte er an, und im Hinblick auf die Umstände bedurfte es keiner weiteren Erklärungen.

Allein die wenigen Sekunden, in denen Drexler seine eigene Hand in das Eiswasser tauchen musste, um die Handschellen aufschließen zu können, waren für ihn kaum zu ertragen. Er musste sich zusammenreißen, um nicht vor lauter Schmerz versehentlich den Abzug seiner Waffe durchzudrücken, was vermutlich Moldenhauers halben Schädel gegen die Balkonwand hätte splittern lassen. Doch Drexler wusste sich zu beherrschen. Genau betrachtet, verstand er eigentlich von kaum etwas anderem mehr.

Längst schon nicht mehr Herr seiner Sinne, riss Moldenhauer instinktiv seine blau gefrorenen Unterarme aus dem Wasser und sank, sich vor Scherzen krümmend, zu Boden. Anselm packte ungerührt den Kragen von dessen dicker Winterjacke und schleifte Steve daran mühsam in dessen Wohnung zurück.

»Von unserer Seite gibt es bisher nichts Besonderes«, berichtete Judith Beer, nachdem Olivia sie noch einmal telefonisch dazu befragt hatte, ob die Kollegen von der Streife bei ihren Kontrollfahrten etwas Auffälliges vor Moldenhauers Haus bemerkt hatten. »Also, mir müsste ja was fehlen, mitten in der Nacht zu diesem Arschloch zu fahren. Aber gib bitte trotzdem Bescheid, wenn du bei ihm warst, okay?«

»Okay«, bestätigte Olivia, beendete das Gespräch und stieg aus ihrem Wagen.

Als sie an dem hohen, umzäunten Gebäude entlang zum Haupteingang lief, streiften ihre Blicke über die zahlreichen Balkone der kleinen Wohnungen. Sie konnte nichts Besonderes darauf erkennen, außer dass in fast allen Wohnungen Licht brannte.

»Du könntest jetzt schön einen Tee trinken und danach gemütlich ins Bett gehen«, rügte sich Olivia selbst, bevor sie die Klingelschilder nach dem von Moldenhauer absuchte. Mehrmals betätigte sie sodann den Klingelknopf, doch es erfolgte keine Reaktion.

*Der ist garantiert paranoid. Na toll, Olivia. Jetzt stehst du hier wie blöd vor dem Haus. Riesenaktion.*

Olivia überlegte gerade noch, wie sie nun vorgehen sollte, als ein Anwohner von innen aus dem Haus trat. Sie nutzte diese Gelegenheit, um in den Flur zu gelangen und einfach direkt in den ersten Stock zu Moldenhauers Wohnungstür hochzugehen.

»Ich werde Ihnen gleich etwas vorlesen, und ich möchte, dass Sie aufmerksam zuhören«, kündigte Anselm an und zog den vorbereiteten Text aus der linken Innentasche seines Mantels. »Gleich wird nämlich die Wärme in Ihrer Wohnung bewirken, dass erste Entzündungszellen in Ihr Gewebe gelangen. Das zerstört dann endgültig die Blutgefäße in Ihren Unterarmen.«

Fassungslos über seine Lage krümmte sich Moldenhauer auf dem Boden und konnte nicht damit aufhören, ununterbrochen auf seine erfrorenen Arme zu starren, die er zwar sehen, aber nicht mehr spüren konnte. Das durch den Knebel gedämpfte Schreien war mittlerweile zu einem winselnden Weinen verkümmert, während Anselm ungerührt, mit Schweiß auf der Stirn und mit bedeutender Tiefe in seinem Ausdruck, den Text vorlas, den er vorbereitet hatte.

»Sollst du nicht, Junge, verfallen dem Wahn,
zu nehmen das Eigen der anderen an.
Zu rauben und stehlen – sei's auch in der Not –
egal sind die Gründe, nicht Geld und nicht Brot.
Denn weißt du, mein Junge, was denen geschieht,
die and're berauben? Dann blick, was man sieht:
Der Steve war ein böser, unredlicher Mann,
der schon, als er klein war, zu stehlen begann.
Er schlug und er drohte, er achtete nicht
die Rechte der and'ren – nur, dass die Geschicht'
nicht endet mit einem, dem Gutes gedieh'n.
Sieh, Junge, die Bilder! Was hat er geschrien!
Ohne Arme am Leib war sein Stehlen vorbei.
Drum denk dran, mein Junge:
Befolge die Drei!«

Erst jetzt griff Drexler in die rechte Außentasche seines Mantels, in der er noch einen besonders wichtigen Gegenstand mitgeführt hatte. Er zog eine Spielkarte hervor, die die *Herz Drei* darstellte, und deponierte sie gut sichtbar auf Moldenhauers Couchtisch, während das Opfer sich weiter krümmte und dem Geschehen um sich herum trotz der Morphiumpflaster keine Beachtung mehr zu schenken imstande war.

Anselm machte noch ein paar Fotos von dem jungen Mann, dessen erfrorene Arme einen ebenso ergreifenden wie grauenvollen Anblick boten, und wandte sich dann dem Fernseher zu, der noch immer die Geräusche in der Wohnung übertönte. Mittlerweile wurde die dritte Scripted-Reality-Sendung in Folge ausgestrahlt. Anselm betrachtete einige Sekunden lang das groteske, unwürdige Geschehen auf dem Bildschirm, während Moldenhauer vor Verzweiflung kurz davor war, den Verstand zu verlieren. Ungläubig und mit angewidertem Gesichtsausdruck fragte er sich schließlich:

»Wer denkt sich bloß so einen kranken Mist aus?«

# KAPITEL 38

»Und das ist alles?«

Severin Boesherz stellte das bauchige Rotweinglas mit dem Quercus darin auf seinem Couchtisch ab und wechselte das Telefon in die linke Hand. Linda Bartholy, die in galanter Haltung auf seiner Couch saß, hörte aufmerksam zu, während Boesherz sich vom Fortgang der Ermittlungen berichten ließ.

»Du bist gut, Severin. Wir klappern halb Berlin ab. Nur einen Treffer gibt es halt noch nicht«, verteidigte sich Judith Beer. »Hat Olivia dich denn schon benachrichtigt?«

Boesherz atmete schwer aus.

»Was macht sie denn schon wieder?«

»Sie checkt diesen Steve Moldenhauer ab. Ihr Gefühl sagt ihr, dass er der Nächste sein könnte.«

»Moldenhauer?«, wiederholte Boesherz ungläubig. »*Der* bewirkt bei ihr Gefühle? Kein Wunder, dass sie Single ist …« Mit einem ironischen Zwinkern sah Severin zu Bartholy hinüber, die ihrerseits ein Glas Quercus in der Hand hielt. »Na gut, ich rufe sie an, nachdem sie bei ihm war.«

»Ich mache das schon. Genieß du ruhig deinen Feierabend. Liegst du schon im Bett?«

Boesherz schmunzelte schelmisch.

»So schnell geht das bei mir nicht. Aber danke, dass du es mir zutraust.«

Die Polizisten beendeten ihr Gespräch. Boesherz griff wieder nach seinem Weinglas, schwenkte den Quercus einige Sekunden lang darin und nahm dann mit genussvoll geschlossenen Augen einen guten Schluck, bevor er sich wieder zu seinem Gast setzte.

»Stehen Sie Frau Holzmann sehr nahe?«, wollte Bartholy jetzt wissen, während sie kreisförmig mit dem Zeigefinger über den Rand ihres Glases fuhr.

»Wir haben uns gestern Abend eigentlich zum ersten Mal wirklich miteinander unterhalten.«

»Sie bewundert Sie.«

Boesherz wiegelte ab.

»Olivia ist keine Frau, die andere Menschen bewundert.«

»Sie sind ja auch nicht wie die anderen«, gab Bartholy zu bedenken. Dann beugte sie sich etwas weiter zu ihrem Gastgeber vor. »Behalten Sie eigentlich in jeder Situation die Kontrolle?«

»Ist das eines dieser Gespräche, die Sie sonst mit Serienmördern führen?«

Bartholy lachte auf. Boesherz gefiel der Klang ihres Lachens, er war ebenso ehrlich wie vornehm.

»Das würde bei Ihnen nicht funktionieren«, antwortete sie schließlich. »Sie riechen ja jeden Braten schon, bevor er überhaupt im Ofen ist. Die Mörder sind da anders, die ticken einfach nicht wie normale Menschen. Da kann man einfach ein paar rhetorische Knöpfe drücken, und schon sind sie nicht mehr imstande, sich zu kontrollieren. Was meinen Sie, was ich schon aus Serienmördern rausgeholt habe …«

Boesherz sah das Funkeln in Bartholys Augen. Sie war allem Anschein nach für ihre Aufgabe ebenso Feuer und Flamme wie er für seine.

»Sie ziehen also die Gesellschaft von Psychopathen der meinen vor?«, scherzte er.

»Alles zu seiner Zeit«, erhielt er zur Antwort.

Damit nahm Bartholy den letzten Schluck aus ihrem Glas und schlug dann demonstrativ mit ihrem Fingernagel dagegen.

»Haben Sie noch was davon? Der ist gut.«

»Ich habe vorhin im Internet recherchiert«, berichtete der

Kommissar, während er seinem Gast und sich selbst nachschenkte. »Auf *Tanz der Vampire* könnte ich mich möglicherweise einlassen. Das hat ja durchaus eine musikalische Tiefe, die der Oper ziemlich nahekommt. Und einen Abend mit Toten, die hinterher freiwillig wieder aufstehen, haben wir uns allemal verdient.«

Bartholy hatte sich gleich nach dem Gespräch im Konferenzraum zurückgezogen, um ihr Profil von Jack so konkret wie möglich auszuarbeiten. Ihre Ergebnisse hatte sie für das LKA zusammengefasst und sie per Fax an Boesherz geschickt, der das neue Täterprofil sofort an alle Mitarbeiter der Sonderkommission weitergeleitet hatte.

»Die Musik ist von Jim Steinman. Der hat auch die meisten Songs für Meat Loaf geschrieben«, fügte Bartholy den Ausführungen ihres Kollegen hinzu. »Sie müssen also ganz sicher nicht befürchten, dass es dem Musical an Theatralik mangelt.«

Boesherz hatte bereits bei der Begrüßung bemerkt, dass Bartholys Make-up wesentlich kunstvoller aufgetragen, ihre Kleidung ansprechender und ihr Parfum lieblicher war als noch am Mittag im Büro. Ebenfalls hatte sie zusätzlichen Schmuck angelegt und ihre Frisur aufgefrischt. Immer wieder legte sie zudem beim Sprechen den Kopf in den Nacken und spielte dabei mit ihren Haaren. Ihr Körper war Boesherz zugewandt, und wann immer er einen Schluck Rotwein nahm, tat sie es ihm unwillkürlich gleich.

»Was halten Sie von morgen?«, fragte er und legte dabei seinen Kopf leicht schräg.

Bartholy sah Boesherz an, wie es eine Tochter tun würde, die ihren Vater um den Finger wickeln wollte.

»Warum nicht sofort?«, schlug sie vor und sah auf die Uhr. »Das schaffen wir noch.«

Boesherz konnte nicht bestreiten, dass ihm die frische, unkomplizierte Art seines Gastes gefiel.

»Aber ich bin doch gar nicht zurechtgemacht«, erwiderte er dennoch charmant.

Bartholy musste es sich verkneifen, laut aufzulachen.

»*Sie* sind nicht zurechtgemacht? Ich wette, Sie sehen sogar noch unter der Dusche so aus, als ob Sie gerade geheiratet hätten. Sind Sie eigentlich schon mit Anzug und Krawatte auf die Welt gekommen?«

»Nur mit Weste und Taschenuhr«, antwortete Severin und entschied aus der Stimmung des Augenblicks heraus, sich auf den spontanen Vorschlag einzulassen. »Na gut«, lenkte er kurz entschlossen ein. »Es hätte ja immerhin einen Vorteil: Falls mir die Inszenierung nicht gefällt, kann ich wenigstens darauf hoffen, das Jack während des ersten Teils jemanden ermordet. Das wäre dann ein guter Grund dafür, in der Pause zu gehen.«

# KAPITEL 39

Olivia war vorsichtig, als sie die Stufen in den ersten Stock nach oben stieg. Sie konnte sich gut vorstellen, dass Steve Moldenhauer den abendlichen Besuch einer Beamtin des LKA nicht besonders wertschätzen würde. Sie betätigte den Lichtschalter, woraufhin sich der lange Flur zuckend und langsam erhellte, sah sich dann vorsichtig um und hielt schließlich Ausschau nach Moldenhauers Klingelschild. Doch noch bevor sie die ersten drei überprüft hatte, vernahm Olivia das Geräusch einer sich öffnenden Wohnungstür. Unwillkürlich durchstreiften ihre Blicke daraufhin den Gang, um dabei festzustellen, dass die Geräusche aus einer der Wohnungen im hinteren Teil des Ganges lauter geworden waren. Doch obwohl die Tür zu dieser Wohnung nun offenkundig geöffnet worden war, trat niemand in den Flur hinaus. Es gab auch kein Stimmengewirr oder Schatten, die darauf hinwiesen, dass sich dort noch jemand von seinem Gastgeber verabschiedete. Holzmann war entschlossen, der Lage auf den Grund zu gehen, und trat vorsichtig an die Tür heran, die nur einen Spaltbreit von innen geöffnet worden war. Aus der Wohnung vernahm sie nun eine Mischung aus Fernsehgeräuschen, Schritten und etwas, das wie dumpfes Stöhnen klang.

»Hallo, ist da jemand?«, rief sie durch die offene Tür in die Wohnung hinein.

Sie erhielt keine Antwort.

»Herr Moldenhauer, sind Sie das?«

Olivias Stimmung war schlagartig gekippt. Minuten zuvor hatte sie ihren späten Ausflug noch selbstkritisch als übervorsichtige Ablenkung von ihren allabendlichen Gedanken an Marko betrachtet. Jetzt, da ihr die Geräusche aus der Wohnung immer bedrohlicher vorkamen, glaubte sie zum ersten Mal seit ihrem überstürzten Aufbruch wieder daran, dass der junge Straftäter möglicherweise wirklich in Gefahr sein konnte.

»Ich bin von der Polizei!«, rief sie, zog ihre Pistole und schob die Tür mit ihrem Fuß vorsichtig ein Stück weiter auf. »Ich komme jetzt rein!«

Als Olivia in den Flur trat, ging ihr wie automatisch alles durch den Kopf, was sie während ihrer Ausbildung gelernt und schon in zahlreichen Einsätzen angewandt hatte. Es war demnach geradezu unverantwortlich, sich, allein und ohne zuvor Verstärkung angefordert zu haben, in eine mögliche Gefahrensituation zu begeben. Sie würde sich am folgenden Tag eine Gardinenpredigt anhören müssen, die sich gewaschen hatte. Schritt für Schritt tastete sie sich dennoch weiter in die kleine Wohnung vor, während sie die Geräusche aus dem Fernseher immer lauter wahrnahm, je näher sie dem Wohnzimmer kam.

»Na und? Dann habe ich eben gekifft, schön für dich, ist das dein Problem? Guck *dich* mal an, Alter!«, bellte die klanglose Stimme einer Laiendarstellerin aus den TV-Lautsprechern.

»Ich betrete jetzt das Wohnzimmer!«, kündigte Olivia lautstark an und drehte sich zur Sicherheit noch einmal kurz um, obwohl sie das Bad und die kleine Küche hinter sich bereits überprüft hatte.

Schließlich trat sie in den Wohnraum ein. Sofort riss Olivia ihre Augen erschrocken auf und starrte fassungslos auf das furchtbare Schauspiel, das sich ihr bot: Bleich und starr vor Fassungslosigkeit lag Steve Moldenhauer mit seinem Knebel wie ein Maikäfer auf dem Rücken und starrte seine tiefblau verfärbten Unterarme an, als seien sie kein Teil seines eigenen Körpers mehr, sondern nur die groteske Schreckensvision aus einem besonders bösen Traum.

»Ich hole Hilfe«, versprach die Kommissarin, nachdem sie einige Sekunden gebraucht hatte, um die Lage zu erfassen. Sie griff nach ihrem Handy und wollte gerade eine Nummer wählen, als ihr Blick, der in dem verwüsteten Raum konzentriert von einem Punkt zum anderen sprang, auf die Spielkarte mit der Drei darauf fiel. Schlagartig kam ihr wieder die Frage in den Sinn, die sie der verstörende Anblick von Steve Moldenhauer kurzzeitig hatte vergessen lassen.

*Wer hat die Tür geöffnet? Moldenhauer ja wohl kaum.*

Olivia hatte alle Bereiche des Apartments gewissenhaft überprüft. Außer ihr und dem Verletzten befand sich niemand in der Wohnung. Sie setzte daher zunächst in aller Kürze den Notruf für den Verletzten ab und steckte ihr Handy dann in die Tasche zurück. Moldenhauer keuchte und schnaubte immer stärker in seinen Knebel, als er wie paralysiert dabei zusah, wie Olivia sich dem einzigen Teil der Wohnung näherte, den sie noch nicht überprüft hatte – dem Balkon. Es war hell im Wohnzimmer, sodass sie durch die Spiegelungen an der Scheibe nicht genau erkennen konnte, ob sich nicht vielleicht jemand draußen auf den wenigen Quadratmetern versteckte. Sie hielt ihre Waffe ausgestreckt vor sich und ging nun vorsichtig auf den Balkon hinaus. Es war niemand zu sehen, aber die Tür nach draußen war nicht verriegelt, nur zugezogen.

»Ist er da raus?«, fragte sie Moldenhauer, der allerdings keine Antwort zu geben imstande war.

*Er muss ja über den Balkon geflohen sein, was sonst? Wie viel Vorsprung kann er haben?*

Die sportliche Kommissarin riss nun die Tür nach draußen auf, sah den Wasserkübel mit den Handschellen darin und blickte dann über die Balkonbrüstung. Ihr fiel dabei auf, dass sich weiter hinten tatsächlich jemand mit schnellen Schritten vom Haus zu entfernen schien.

*Die Spuren im Schnee!*, kam es ihr in den Sinn, und noch ehe sie wirklich darüber nachgedacht hatte, war sie auch schon mit einem Satz vom Balkon gesprungen, unsanft davor gelandet und hatte blitzschnell die Fluchtrichtung des Unbekannten ausgemacht. Die Spuren des Flüchtenden waren um diese Zeit die einzigen, die Olivia im Schnee ausmachen konnte. Wenigstens bis zur Straße konnte sie ihm also problemlos folgen.

So schnell sie nur konnte, hetzte Olivia den Spuren hinterher, bis sie schließlich den Zaun erreicht hatte, hinter dem die Straße lag. Jacks Fußspuren endeten dort zwar, dafür gab es aber einen anderen Vorteil: Es war hell. Die Laternen erleuchteten die Straße, und selbst wenn Olivia einige kostbare Sekunden auf den Täter verloren hatte, war ihr dennoch bislang kein Geräusch eines davonfahrenden Autos aufgefallen. Olivias Hände froren erbärmlich, trotzdem hielt sie ihre Pistole fest umklammert.

*Er muss mit dem Auto hier sein. Was immer er mit diesem Kübel angestellt hat, er kann ihn nicht im Bus oder Taxi hergebracht haben. Und er hat nicht weit von der Wohnung entfernt geparkt. Wie hätte er das Ding sonst unbemerkt raufbringen sollen? Er ist weggelaufen, aber nicht losgefahren. Selbst wenn er zu Fuß entkommen ist – sein Auto steht hier noch irgendwo. Direkt vor meiner Nase.*

Anstatt blindlings die Verfolgung fortzusetzen, was allein und angesichts der verzweigten Straßen praktisch aussichtslos gewesen wäre, überlegte Olivia nun, wie sich Jack angesichts der unerwarteten Lage möglicherweise verhalten würde. Ihre Blicke streiften dabei unbeirrt über das Areal, das sie umgab. Als sie ein verdächtiges Geräusch gehört zu haben glaubte, rief sie mit zittriger Stimme in die Stille der eisigen Nacht: »Wenn Sie noch hier sind, dann stellen Sie sich lieber! Wir haben Ihren Wagen und Ihre DNA, das Spiel ist sowieso aus. Sie wollen uns doch etwas mitteilen, oder? Dann kommen Sie raus und sagen es mir.«

Die Ruhe, die nun auf der verschneiten Straße einkehrte, wirkte so bedrohlich, dass es Olivia wie eine Ewigkeit vorkam, bis sich schließlich etwas regte. Mit einem unerwarteten Klacken entriegelten sich die Türen des Kombis, der fast direkt neben ihr am Straßenrand abgestellt war. Als nun auch das Licht im Innern des Fahrzeuges anging, wandte sich die Kommissarin schlagartig in dessen Richtung. Gerade als sie erkannte, dass sie offenbar auf ein Ablenkungsmanöver hereingefallen war, spürte sie auch schon den Lauf einer Waffe in ihrem Rücken.

»Sie haben meine DNA?«, hauchte der Mann, der Olivia unbekannt war. »Und jetzt denken Sie, mein Spiel sei aus?«

Holzmann hielt ihre Pistole weiter fest im Griff. Sie wusste, dass es unklug von Jack war, sich unmittelbar hinter sie zu stellen und seine Waffe direkt gegen ihren Rücken zu pressen. Mit einer schnellen Drehbewegung konnte sie die Hand und die Waffe ihres Gegners in den Griff bekommen und diesen mit einem gezielten Schlag zu Boden befördern.

»Ich soll mich Ihnen mitteilen? Gut. Ich werde Ihnen zwei Dinge mitteilen«, fuhr Anselm indessen fort. »Erstens: Mein Spiel, wie Sie es nennen, hat noch nicht einmal begonnen. Und zweitens …«

Olivia vermutete, dass Jack sie, unmittelbar nachdem er seine zweite Anmerkung losgeworden war, niederstrecken wollte. Aber dennoch, das, was in seiner Stimme schwang, machte sie neugierig darauf, sich zumindest einen Teil der Aussage anzuhören. Was Anselm nun aber in klarem, unmissverständlichem Ton zu ihr sprach, ließ Olivia das Blut geradezu in den Adern gefrieren. Und obwohl sie den Unbekannten hinter sich schon längst hätte überwältigen sollen, verharrte sie weitere wertvolle Sekunden in ihrer Position.

Erst Sekunden später hallte schließlich ein Schuss durch die Nacht, und kurz darauf folgte ein zweiter.

# KAPITEL 40

»Also, wenn *du* verschwunden wärest, würde ich mich anders verhalten«, behauptete Dennis und deutete seiner Frau Suzi an, dass sie ihm den Bezug für sein Kopfkissen geben solle.

»Ach so, wie denn?«, kokettierte diese, reichte ihm, was er haben wollte, und schlug dann das andere Kopfkissen auf.

»Ich würde alle deine Klamotten im Internet versteigern, meine Kumpels einladen und rund um die Uhr feiern und saufen.«

Dennis und Suzi waren seit mehr als sechs Jahren ein Paar und seit einem knappen Jahr verheiratet. Sie hatten einander während einer Ermittlung kennengelernt, bei der Suzi einen entscheidenden Hinweis hatte geben können. Seitdem waren die beiden ein Herz und eine Seele, was sich unter anderem dadurch äußerte, dass sie sich gern gegenseitig auf den Arm nahmen. Suzi lachte fröhlich auf, bevor sie wieder etwas ernster wurde.

»Aber er ist ja auch nicht mit van Beuten verheiratet«, wandte Suzi ein. »Das ist ja nur eine geschäftliche Beziehung.«

»Vielleicht schon, aber die kennen sich seit Ewigkeiten. Außerdem ist sie sein Goldesel.«

»Was hat er denn überhaupt gemacht, das du so komisch findest?«

»Einfach sein ganzes Verhalten in so einer Situation. Das geht schon mal damit los, dass ich andauernd bei der Polizei anrufen würde, um zu fragen, ob es was Neues gibt. Und ich würde auch nicht nur auf die anderen warten, sondern selbst alles Mögliche versuchen, um dich zu finden. Sogar völlig sinnlose Aktionen, wie Zettel an die Bäume kleben oder so was. Aber dieser Joshua sitzt einfach ganz cool zu Hause rum, sieht zu, wie dieser Fernsehproduzent schmierige Suchaufrufe in die Fernsehkameras spricht, und erklärt mir während der ganzen Fahrt nach Rathenow, dass wir seine Künstlerin da sowieso nicht finden.«

Suzi ließ kurz davon ab, ihre Bettdecke zu beziehen, kratzte sich verlegen am Hinterkopf und entgegnete: »Das ist schon wirklich ein bisschen seltsam.«

»Aber jetzt kommt das Beste«, kündigte Dennis an und nahm dabei die weiße Tagesdecke aus dem Kleiderschrank. »Als wir vor dem Haus gestanden und Geräusche gehört haben, ist er plötzlich wie ein Verrückter durch das Fenster eingebrochen und konnte die Räume gar nicht schnell genug durchsuchen.«

»Wenigstens das ist doch aber verständlich«, gab Suzi zu bedenken.

»Mag sein. Aber nicht, dass er sich dann ganz cool mit einem Obdachlosen unterhält und ihm seine Visitenkarte gibt, anstatt davon enttäuscht zu sein, dass wir einen Fremden und nicht Tanja in dem Haus vorgefunden haben. Auf der Rückfahrt hatte ich fast das Gefühl, er war erleichtert, dass sie nicht in dem Haus war. Ich sage dir, da stimmt irgendwas nicht.«

Suzi verließ für einen Moment das Schlafzimmer, sprach aber weiter mit Dennis, während sie in die Küche ging und die Waschmaschine öffnete.

»Wollte sie ihn vielleicht feuern?«, fragte sie und nahm die Wäsche heraus, um sie zunächst in einen Korb zu werfen.

»Könnte sein. Oder eben …«

Suzi ließ von der Wäsche ab und kam wieder zu Dennis ins Schlafzimmer zurück.

»Du glaubst doch nicht etwa, er hat ihr selbst was angetan?«

Dennis zuckte nur mit den Schultern, bevor er damit fortfuhr, das Bett zu beziehen.

»Mittlerweile halte ich alles für möglich. Obwohl er dann schon ein verdammt guter Schauspieler sein müsste.«

»Hast du nicht gesagt, er kommt aus der Showbranche?«

Dennis schmunzelte.

»Also, ich werde ihn morgen mal observieren«, beschloss er dann. »Wenn irgendwas mit ihm faul ist, dann hat ihn die Aktion in Rathenow aufgerüttelt. Gut möglich, dass er jetzt irgendwas macht. Leihst du mir dein Auto? Meins kennt er.«

»Leih dir doch das von Severin«, schlug Suzi scherzhaft vor, während sie wieder in die Küche ging, um den Wäschekorb zu holen.

»Den Phaeton? Ja, der wäre sehr schön unauffällig!«

»Aber du könntest dich darin verlaufen«, gab Suzi zu bedenken und fügte nahtlos an: »Ja, klar, nimm meinen Wagen. Aber mach mir keinen Kratzer rein!«

Dennis musste lachen. Suzis Auto war so voller Kratzer und Beulen, dass man kein einziges Bauteil mehr in unbeschädigtem Zustand finden konnte.

»Okay«, versprach er. »Ein paar Einschusslöcher könnten allerdings reinkommen, aber irgendwas ist ja immer.«

# KAPITEL 41

Doch immer, wenn ich nach dem Leben greif',
spür' ich, wie es zerbricht.
Ich will die Welt verstehen und alles wissen
und kenn' mich selber nicht.

Das *Theater des Westens* gehörte zu den schönsten Gebäuden Berlins. Das im wilhelminischen Stil errichtete Bauwerk aus dem ausgehenden neunzehnten Jahrhundert war eine der angesehensten Musicalbühnen Deutschlands. Regelmäßig standen dort die erfolgreichsten Inszenierungen mit den besten Besetzungen auf dem Spielplan.

Severin Boesherz hatte nicht erwartet, dass ihm das Musical *Tanz der Vampire* so gut gefallen würde. Er hatte vor langer Zeit den Film aus den Sechzigerjahren gesehen, doch mehr als schmuddelige Kostüme, ein zauseliger Professor, schwache Gags und für seine anspruchsvollen Ohren äußerst strapazierende Hintergrundmusik waren ihm davon nicht in Erinnerung geblieben. Die Bühnenumsetzung des Stoffes, die, ebenso wie schon der Film, von Roman Polanski inszeniert worden war, stellte in den strengen Augen des Kommissars allerdings keinen Vergleich dazu dar. In opulenten Kostümen bewegten sich allerlei unheimliche Gestalten durch ein ausgereiftes Bühnenbild und sangen Arien, die ebenso bombastisch wie bewegend waren. Auch wenn Boesherz die leichte Muse an sich nicht besonders am Herzen lag, konnte er nicht umhin, sich von der bewegenden Geschichte um Professor Abronsius und seinen jungen Schüler Alfred mitreißen zu lassen.

Jetzt gerade war es der Darsteller des Vampirs Graf von Krolock, der im Angesicht der Gräber der Frauen, die er über die Jahrhunderte geliebt und doch getötet hatte, über sein Leben als Untoter sann und dabei eine der bewegendsten Arien des Musicals vortrug.

»Man muss ja heute schon froh sein, wenn Vampire keine verweichlichten Luschen in Designeroutfits sind, die romantisch dasitzen und *den Menschen nichts tun*«, flüsterte Severin Linda Bartholy ins Ohr, die zufrieden in sich hineinlächelte.

Boesherz ging zwar nicht selten mit Frauen aus, doch nur vereinzelt kam es dazu, dass er eine seiner Bekanntschaften danach noch ein weiteres Mal treffen wollte. Vielleicht, so überlegte er, hatte Olivia nicht ganz unrecht mit ihrer Vermutung gehabt, er mache sich möglicherweise selbst nur etwas vor. Vielleicht war ihm das Leben als Single mit all den Freiheiten und Vorzügen der Selbstbestimmtheit im tiefsten Innern tatsächlich lieber. So gab es schließlich niemanden, der Schmutz in seine Wohnung tragen oder permanent die Möbel umstellen würde. Niemanden, der sich beschwerte, wenn er wieder viel zu viele Überstunden gemacht hatte, und niemanden, der ihm immer wieder auszureden versuchte, einen so gefährlichen Beruf auszuüben.

*Aber ewig einsam sein?*, ging es ihm durch den Kopf, während er der Arie weiter lauschte.

»Ich will ein Engel oder ein Teufel sein, und bin doch nichts als eine Kreatur, die immer das will, was sie nicht kriegt«, hieß es in dem Liedtext, den der Autor Michael Kunze geschrieben hatte.

*Und, Severin,* fragte sich Boesherz dabei und sah noch einmal kurz zu Bartholy hinüber. *Willst du sie? Oder ist sie auch bald nur noch ein Kreuz auf deinem Friedhof der gescheiterten Versuche?*

Nachdem der letzte Vorhang gefallen und das Ensemble mit begeisterten Ovationen gefeiert worden war, hatten Boesherz und Bartholy sich noch in das Restaurant begeben, das sich direkt neben dem *Theater des Westens* befand.

»War das Ihr erstes Mal?«, fragte Linda mit einem Zwinkern und nahm dabei einen zaghaften Schluck von ihrem Weißwein.

Boesherz zog mit aristokratischem Gesichtsausdruck seine linke Augenbraue hoch.

»Meine Eltern haben mich schon als Kind vor der Großstadt gewarnt. Ein Moloch, der mich mit seinem Glanz und seinen Verführungen vom rechten Weg abbringen wird«, antwortete er. »Und jetzt sehen Sie, was aus mir geworden ist: Ich war in einem Musical. Meine Eltern hatten recht!«

Beide lachten, bevor Linda Bartholy sich vorbeugte und an ihrem Blick erkennen ließ, dass sie Boesherz eine ernst gemeinte Frage stellen wollte.

»Glauben Sie an Zufälle?«

Linda bemerkte bereits an Severins Gesichtsausdruck, dass er eine klare Haltung zu dem Thema zu haben schien.

»Von allen möglichen Erklärungen ist der Zufall immer die mit Abstand unwahrscheinlichste«, dozierte Boesherz auch sofort, als stehe er einer Gruppe Studenten der Fachhochschule für Verwaltung und Rechtspflege gegenüber.

»Wie würden Sie das denn nennen: Sie sind kaum ein paar Wochen in Berlin, schon taucht dieser Serienmörder auf. Und von allen Experten auf diesem Gebiet werde ausgerechnet ich zu dem Fall hinzugezogen.«

Boesherz entging nicht, welche Botschaft Linda Bartholy ihm mit dieser Andeutung zu übermitteln versuchte. Auch verkannte er weder ihre Blicke noch ihre Körpersprache.

*Sie meint es aufrichtig. Und du?*

»Auch das war kein Zufall, jedenfalls kein lupenreiner«, gab

Severin zur Antwort. »Alle Ihre Bücher über Serienmörder waren in den Bestsellerlisten, und das aktuelle läuft auch gut an. Der Fall Jack interessiert die Medien in besonderem Maße. Betrachtet man also das Aufeinandertreffen von Serienmorden und hohem Medieninteresse, kommt man schnell zu dem Schluss, dass Castella von allen Experten kaum einen anderen als Sie hinzuziehen konnte. Sie sehen also, der Zufall ist ein scheuer Vogel, den man nur sehr selten singen hört.«

Bartholy lehnte sich zurück und sah Boesherz kritisch, wenn auch mit einem Unterton von Zustimmung an.

»Sie unterstellen also, dass ich nur zu dem Fall hinzugezogen worden bin, um die Aufmerksamkeit der Medien auf mich zu lenken und die Öffentlichkeit mit populistischen Mutmachparolen ruhigzustellen?«

»Ich war jedenfalls wenig begeistert davon, Sie im Team zu haben.«

»Das ist mir nicht entgangen …«

»Sie sehen also, auch ein Mann, der immer alles sieht und immer alles weiß, kann sich gelegentlich täuschen.« Jetzt hob Boesherz sein Glas und stieß mit Bartholy an. »Und wenn Jack ein vom Vater großgezogener studierter Taxifahrer in einem Besserwisserberuf ist, dann nehme ich mit dem tiefsten Ausdruck des Bedauerns alles wieder zurück, was ich jemals über Sie gesagt oder gedacht habe.«

In diesem Augenblick trat ein junger Mann aus Sri Lanka an den Tisch und bot Boesherz an, seiner Begleitung eine langstielige Rose zu schenken. Bartholy strich sich durch ihr Haar, wie sie es schon in Severins Wohnung getan hatte, und sah den Kommissar dabei herausfordernd an. Dieser zögerte nicht, griff nach seiner Brieftasche und zog einen Fünfeuroschein heraus.

»Sehen Sie es als eine Art Vorschuss an«, sagte er freundlich, als er Bartholy die Blume überreichte. »Sollten Sie sich in den kommenden Tagen bewähren, habe ich vielleicht bald einen ganzen Strauß davon für Sie.«

»Falls ich den dann überhaupt haben möchte«, antwortete Linda, nahm die Blume, roch daran, legte sie auf den Tisch und hob dann ein weiteres Mal ihr Glas. »Auf gute Zusammenarbeit!«

Boesherz war mit dem Trinkspruch sichtlich unzufrieden.

»Ist das nicht ein bisschen zu trocken? Wie wäre es mit: ›Darauf, dass alles so endet, wie wir es uns wünschen‹?«

Bartholy nickte zustimmend, bevor sie noch einmal miteinander anstießen und sich dann die Speisekarte bringen ließen.

Sein Handy hatte Boesherz in seiner Manteltasche gelassen, sodass er es nicht bemerkte, als es plötzlich zu vibrieren begann.

## KAPITEL 42

Er macht seine Sache sehr gut«, berichtete Schwester Cecilia in ruhigem, fast liebevollem Ton. »So einen Sohn hat nicht jeder.«

Die Pflegerin war jetzt ganz allein mit Anselms Vater. Das große Haus, das auch während Drexlers Abwesenheit auf dessen ausdrückliche Anweisung hin stets hell erleuchtet war, kam ihr mittlerweile längst nicht mehr so bedrohlich vor wie damals, als sie es zum ersten Mal betreten hatte.

Die Ärzte, so hatte man ihr bereits vor ihrem ersten Einsatz bei den Drexlers erklärt, hatten jede Hoffnung auf eine Besserung des Patienten aufgegeben. Fünf Tage lang war Paul nach seiner Einlieferung auf der Intensivstation betreut worden, und auch danach hatte er noch volle acht Wochen auf der Normalstation gelegen. Nachdem der zunächst erhoffte Fortschritt jedoch trotz aller Bemühungen nicht eingetreten war, hatte man den alten Herrn schließlich in die Obhut seines Sohnes übergeben, der vom Gericht auch sogleich als gesetzlicher Betreuer eingesetzt worden war.

Cecilia hatte das Haus der Drexlers bei ihrem ersten Besuch in einem Zustand vorgefunden, wie sie ihn in ihrer gesamten beruflichen Laufbahn noch nicht erlebt hatte. Die Verwandten von Schwerkranken waren durchaus in den weitaus meisten Fällen darum bemüht, ihren sterbenden Angehörigen eine angenehme, vertraute Umgebung zu schaffen. Sie sorgten sich meist liebevoll um die Patienten, auch wenn diese Cecilia nur allzu oft hinter vorgehaltener Hand anvertrauten, dass ihnen das gar nicht recht sei und sie oft viel lieber mit ihren Gedanken und Erinnerungen in Ruhe gelassen werden wollten.

Was sie aber bei den Drexlers vorgefunden hatte, war eine Form der Fürsorge, die sie in dieser Form noch nie zuvor erlebt hatte. Anstatt seinem Vater beispielsweise eine Musikanlage oder einen Fernseher mit dessen Lieblingsfilmen auf DVD ans Bett zu stellen, hatte Anselm nur Ordnung und Hygiene geschaffen. Hinzu kam, dass auch sein Verständnis für persönliche Zuwendung nicht von Emotionen, sondern von strikten Vorstellungen über klare Regeln angetrieben zu sein schien. So war es für Schwester Cecilia schnell offenkundig geworden, dass Anselm, indem er seinen Vater von Unordnung und hygienischen Nöten frei hielt, seiner Fürsorge in vollem Umfang nachzukommen glaubte. Das Gebiss des alten Herrn, das er ihm stets einsetzte, obwohl dieser es eigentlich gar nicht benötigte, reinigte Anselm zweimal täglich, dessen Brillengläser viermal so häufig. Anselm hatte sogar eigens zum Säubern der Brillengläser ein spezielles Ultraschall-Reinigungsgerät auf den Nachttisch seines Vaters gestellt. Kleidung und Bettwäsche von Paul Drexler waren zu jeder Zeit frisch gewaschen und gebügelt und die Ohr- und Nasenhaare ebenso getrimmt wie der Schnurrbart, den er seit Jahrzehnten trug.

Hinzu kam die penible Ordnung des Hauses selbst. Jedes der alten Ölgemälde, die in symmetrischem Abstand zueinander an den Wänden des Hauses hingen, war mit einer jeweils eigens dafür installierten Lampe ausgeleuchtet. Einmal war Cecilia im Haus gewesen, als eine dieser Lampen ausgefallen war. Anselm war unverzüglich in den Keller gegangen, um die defekte Beleuchtung aus dem gewaltigen Fundus an gelagerten Leuchtmitteln auszutauschen. Dabei musste er aber zu seinem Entsetzen feststellen, dass keine entsprechende Glühlampe mehr vorhanden war. Kurz entschlossen hatte er zur Wahrung der Symmetrie sämtliche Lampen über den Gemälden aus dem Erbe der Drexlers abgeschaltet und war unverzüglich in den Supermarkt gefahren, um neue Leuchtmittel zu besorgen. Erst nachdem er die defekte Lampe ausgetauscht hatte, schaltete er schließlich auch die anderen wieder ein.

Wie jedes Mal hatte Schwester Cecilia auch an diesem Abend den Schlauch der Magensonde kontrolliert, die man Paul Drexler noch in der Klinik gelegt hatte, um ihn darüber zu ernähren. Dann hatte sie die Beutel mit den Ausscheidungen des alten Herrn gewechselt, die mit Haken an seinem Bettgestell befestigt waren. Im Anschluss daran hatte sie ihn geduldig gewaschen und rasiert.

»Was ist bloß in diesem Haus vorgefallen?«, fragte sie ihren Patienten, dessen Blick starr, aber nicht leer in den Raum fiel. »Was hat Ihren Sohn zu dem gemacht, was er heute ist?«

Schwester Cecilia verrieb mit sanften Bewegungen das Aftershave auf der Gesichtshaut von Paul Drexler, während sie dabei mit einem wissenden Blick in sich hineinschmunzelte. Sie war sich im Klaren darüber, dass Paul Drexler jedes ihrer Worte verstehen und jede ihrer Berührungen spüren konnte, als sie hinzufügte:

»Was würde ich darum geben zu wissen, was mir diese alten Mauern erzählen könnten …«

# KAPITEL 43

Ist er vernehmungsfähig?«, fragte Boesherz nüchtern, nachdem er und Linda Bartholy am darauffolgenden Morgen den diensthabenden Stationsarzt des Verbrennungszentrums im Unfallkrankenhaus Berlin begrüßt hatten.

Boesherz hatte am Vorabend noch lange mit Bartholy in dem Restaurant gesessen, geplaudert und Wein getrunken. Erst spät hatte er schließlich doch von den Geschehnissen der vergangenen Nacht erfahren. Da Steve Moldenhauer nach seiner Notoperation ohnehin nicht früher ansprechbar sein würde, hatte Boesherz wenigstens noch ein paar Stunden Schlaf bekommen, bevor er gemeinsam mit Bartholy in die Klinik gefahren war.

»Er ist jetzt wach, aber mit Schmerzmitteln vollgepumpt. Also bitte nur kurz!«, erhielt der Kommissar zur Antwort. »Wir mussten ihm beide Unterarme amputieren.«

Die drei bewegten sich während ihrer Unterredung zügig auf das Zimmer zu, in dem Steve Moldenhauer untergebracht war.

»Ich habe so einen Fall in meiner ganzen Laufbahn erst ein einziges Mal erlebt«, berichtete der Arzt angeschlagen. »Damals hat sich ein Mann absichtlich die Unterschenkel erfroren. Der Fall war fast identisch. Er hatte seine Beine so lange in Eiswasser getaucht, bis sie blau waren. Und auch in dem Fall mussten wir amputieren.«

»Warum hat dieser Mann das denn getan?«, interessierte sich Bartholy. »War da auch Gewalt im Spiel?«

»Nein, er litt unter *BIID,* das steht für *Body Integrity Identity Disorder*. Eine sehr seltene neurologische Erkrankung. Die Patienten akzeptieren bestimmte Teile ihres Körpers nicht. Sie sehnen sich danach, diese Körperteile loszuwerden.«

»Davon habe ich mal gehört«, erinnerte sich Bartholy jetzt. »Ein Amerikaner hat sich in Mexiko das Bein von einem Arzt abnehmen lassen, weil er es nicht als Teil seines Körpers akzeptiert hat.«

»Das halte ich für möglich«, gab der Arzt betroffen zu. »Selbstverständlich sind solche Amputationen streng verboten. Deswegen hat sich dieser Mann vermutlich auch einen bestechlichen Quacksalber dafür gesucht.«

»Wie auch immer, es gibt einen großen Unterschied zu unserem Fall«, kam Boesherz auf das eigentliche Thema zurück, als sie das Krankenzimmer, das von einem Polizisten bewacht wurde, erreicht hatten. »Die Menschen mit dieser Krankheit handeln freiwillig. Moldenhauer wurde Gewalt angetan. Was hat dieses BIID also mit unserem Fall zu tun?«

Sie sprachen jetzt leiser, um zu vermeiden, dass Moldenhauer sie von seinem Bett aus durch die Tür hören konnte.

»Es ist die Art und Weise«, gab der erfahrene Mediziner zur Antwort. »Nach der Schilderung Ihrer Kollegen hat es sich fast identisch abgespielt wie damals bei dem Patienten mit den Unterschenkeln. Ein großer Wasserkübel mit Salz, und das auf einem Balkon, mitten im tiefsten Winter. Das ist zwar eine sehr effektive Methode, wenn man sich verstümmeln möchte, aber man muss erst mal darauf kommen.«

»Interessant«, gab Boesherz zu. »Ist Ihnen noch etwas aufgefallen, das uns helfen könnte?«

»Allerdings«, entgegnete der Arzt. »Der Patient hatte zwei Morphiumpflaster am Körper. Solche Pflaster bekommt man nur sehr schwer, sie müssen in jedem Fall vom Arzt verordnet werden, und auch das passiert nur in besonderen Ausnahmefällen. Bei schweren Krebsleiden zum Beispiel.«

»Sie meinen, der Täter könnte todkrank sein?«, fragte Bartholy.

»Schon möglich. In jedem Fall werden diese Pflaster nicht

sehr oft verkauft, sind verschreibungspflichtig, und die Ärzte oder Apotheker führen Buch darüber. Vielleicht könnte das also eine Spur für Sie sein. So viel ist sicher, wer immer diese Schweinerei mit dem jungen Mann da drinnen angestellt hat, muss sich wirklich gut ausgekannt und Zugriff auf ausgefallene Medikamente gehabt haben.«

Boesherz folgte den Ausführungen ruhig, während er die neuen Informationen verarbeitete.

»Noch mal zu der Technik, mit der der Täter Moldenhauers Arme traktiert hat. Haben Sie von dieser Methode schon öfter gehört?«, wollte er dann wissen.

»Nein«, antwortete der Arzt unmissverständlich. »Nur in diesem einen Fall.«

»Ich muss Sie um etwas bitten.« Boesherz sah den Mediziner mit ernster Miene an. »Können Sie mir eine Liste der Personen aufstellen, die nach Ihrem Wissen von dieser Geschichte mit dem anderen Patienten wussten?«

Der Arzt zuckte mit den Schultern, als er entgegnete: »Das wird nicht gehen. Ich habe damals einen Case Report geschrieben. Einen langen Artikel über den Fall in einer medizinischen Fachzeitschrift. Sie können davon ausgehen, dass den in Arztkreisen Tausende gelesen haben. Tut mir leid.«

»Schon gut«, gab Boesherz nach. »Dann seien Sie aber doch bitte so nett und lassen mir ein Exemplar dieser Zeitschrift zukommen.«

Der Arzt sagte zu, Boesherz ein Exemplar auszuhändigen, noch bevor er das Krankenhaus wieder verlassen würde.

»Vielleicht erfahren wir ja auch schon genug von Moldenhauer«, warf Bartholy ein.

»Aber bitte nur fünf Minuten.«

»Die sollten reichen«, lenkte Boesherz ein. »So eloquent ist der Gute nicht.«

Das Unangenehmste war der Geruch. Boesherz selbst achtete stets darauf, dass sowohl er selbst als auch seine Wohnung und sogar sein Auto stets einen angenehmen Duft verbreiteten. Hier, in dem sterilen Krankenzimmer, roch es nicht nur nach Desinfektionsmitteln und Reinigern, sondern zudem auch auf eigentümliche Weise nach Leid, Elend und Tod.

Steve Moldenhauers Armstümpfe waren mit Verbandszeug umwickelt. Das Ärzteteam hatte in der Notoperation versucht, so viel Gewebe wie möglich zu erhalten, um dem jungen Mann später Prothesen anpassen zu können. Zum jetzigen Zeitpunkt war es aber zunächst einmal wichtiger, Moldenhauer mit Schmerzmitteln zu versorgen und seine Psyche zu stabilisieren.

»Kannten Sie ihn?«, war das Erste, was Boesherz den jungen Mann fragte.

Dieser antwortete nicht, sein Gesichtsausdruck ließ aber erkennen, dass er die Frage verstanden hatte. Mit starrem, leblosem Blick stierte er in Richtung Zimmerdecke, die Zähne zusammengebissen. Erst nach einigen Sekunden kamen schließlich brüchige Laute über seine trockenen Lippen.

»Er hatte eine Maske auf. Diese widerliche Maske.«

»Hat er mit Ihnen gesprochen?«

Wieder dauerte es lange, bis Moldenhauer antwortete.

»Er hat zugeguckt, Mann. Einfach nur zugeguckt.«

»Ist Ihnen irgendetwas in Erinnerung, das uns helfen könnte, ihn zu fassen?«, versuchte es Boesherz weiter, während Bartholy dabei im Hintergrund blieb und aufmerksam jede Regung des Opfers registrierte.

»Er hat meine Arme erfrieren lassen, *das* ist mir in Erinnerung«, antwortete Moldenhauer, noch immer erstaunlich geradlinig.

Erst dann wandte er seinen Blick von der Zimmerdecke ab, reckte, obwohl es ihm Schmerzen verursachte, seine Armstümpfe in die Höhe und sah verzweifelt zu Boesherz hinüber. Nie zuvor hatte der Kommissar so viele Facetten des Leidens in nur einem einzigen Blick gesehen. Und obwohl weder er noch Bartholy damit gerechnet hatten, dass Steve Moldenhauer über die erforderlichen Kräfte dazu verfügte, erhob dieser nun seine Stimme und schrie den beiden mit gestochenen Worten entgegen: »Sie wollen eine Beschreibung? Hier haben Sie eine Beschreibung: Er hat ausgesehen wie einer, der meine Arme erfriert! Er war so groß wie einer, der meine Arme erfriert! Und seine verfickte Stimme hat sich angehört wie von einem, der meine Arme erfriert! Fuck, fuck, fuck!!!«

Boesherz hatte verstanden. Der Schutzpolizist trat nun auch in das Krankenzimmer ein, um nach dem Rechten zu sehen. Boesherz gab dem Kollegen einen Wink, dass alles in Ordnung sei, und wandte sich dann noch einmal Moldenhauer zu.

»Wir lassen Sie jetzt allein«, sagte er. »Sollte Ihnen noch etwas einfallen, dann muss ich es wissen. Der Arm des Gesetzes ist nämlich noch nicht erfroren.«

Moldenhauer ignorierte die Spitze des Kommissars. Stattdessen richtete er seinen Blick jetzt wieder starr zur Zimmerdecke.

»Das Gedicht«, stieß er auf einmal aus.

Boesherz und Bartholy horchten interessiert auf.

»Welches Gedicht?«

»Ich glaube, er hat noch ein Gedicht vorgelesen.«

»Was für eins?«

Dieses Mal machte sich Moldenhauer nicht mehr die Mühe, den Kommissar anzusehen. Er blieb auch vollkommen gefasst, als er antwortete: »Das Gedicht von einem, der meine Arme erfroren hat.«

# KAPITEL 44

Dennis hatte Joshua Price um kurz nach neun Uhr morgens aus seiner Wohnung in Berlin-Wilmersdorf kommen sehen und war dessen auffälligem Porsche Panamera zunächst bis in das *Wiener Caffeehaus am Roseneck* gefolgt. Das gemütliche Lokal war ein beliebter Treffpunkt der Berliner. Oft traf man dort lokale Prominenz an, immer jedoch eine bunte Mischung der verschiedensten Charaktere der Hauptstadt. Bei einem Kaffee saßen dort zu jeder Jahreszeit Berliner aller Generationen und Gesellschaftsschichten beieinander, kamen mit ihren Tischnachbarn ins Gespräch oder sahen einfach nur interessiert durch die große Glasfront auf das Treiben der Straße hinaus.

Dennis hatte ein Fernglas zu seiner Observierung mitgenommen. Die Heizung von Suzis in die Jahre gekommenem Hyundai funktionierte nicht mehr allzu gut, sodass er am ganzen Leib fror und seine Idee von der Observation schon nach kurzer Zeit verfluchte.

»Jetzt quatsch doch noch eine Stunde mit deinen Promifreunden«, fluchte der Kommissar, während er aus sicherer Entfernung beobachtete, wie sich Price angeregt mit einigen bekannten Persönlichkeiten des öffentlichen Lebens unterhielt, die zu den Stammgästen das Cafés gehörten und fast täglich dort anzutreffen waren. »Dein bestes Pferd im Stall ist verschwunden, und du plauderst mit Bekannten. Was stimmt bloß nicht mit dir?«

Noch etwa eine weitere halbe Stunde lang blieb Joshua Price am Roseneck, bevor er endlich wieder in seinen Wagen stieg und sich nun auf den Weg in Richtung Kurfürstendamm machte. Dennis, der ein guter Fahrer war, musste sehr vorsichtig sein, damit Tanja van Beutens Manager ihn nicht bemerkte. Tatsächlich war Suzis Wagen aber viel zu unauffällig, als dass Price auf ihn geachtet hätte. Dennis bemerkte jetzt, dass der Verfolgte telefonierte. Vermutlich stimmte er mit jemandem einen Treffpunkt ab, denn nachdem er sein Handy beiseitegelegt hatte, fuhr er plötzlich auf die linke Spur und wendete, um seine Fahrt nun in Richtung der Berliner Stadtautobahn fortzusetzen.

Es dauerte lange, bis Price und sein Verfolger durch das alltägliche Chaos der verschneiten Straßen hindurch bis nach Berlin-Mitte gekommen waren. In einer Nebenstraße am Hackeschen Markt setzte Joshua schließlich den Blinker und zeigte damit an, dass er nach einem Parkplatz Ausschau hielt.

»Viel Glück«, sagte Dennis, der sich nur allzu gut mit der Parkplatzsituation in der beliebten Gegend auskannte, die aufgrund ihrer Boutiquen und gastronomischen Vielfalt nicht nur täglich von unzähligen Berlinern, sondern auch von etlichen Touristen besucht wurde.

Dennis hielt jetzt seinen Wagen an. Es würde auffallen, wenn er während der gesamten Dauer der Parkplatzsuche hinter Price herfahren würde, und zudem war dies auch gar nicht nötig. Offenbar hatte van Beutens Manager sich am Hackeschen Markt verabredet, und egal, wo immer er parken würde, er musste früher oder später zu Fuß dorthin zurückkommen. Tatsächlich dauerte es fast eine Viertelstunde, bis Price wieder an der Stelle auftauchte, an der er seine Parkplatzsuche begonnen hatte. Dennis selbst hatte sein Fahrzeug dagegen einfach im Parkverbot abgestellt. Auch wenn er den Wagen seiner Frau nicht als Polizeifahrzeug ausweisen konnte.

Price ging nun zielstrebig, die Mütze tief ins Gesicht gezogen, auf die Starbucks-Filiale zu, die sich in der Rosenthaler Straße über zwei Etagen erstreckte. Unbemerkt folgte Dennis ihm und wartete dann einen Augenblick lang vor der Tür des Lokals, um abzuwarten, was der Manager darin vorhatte.

»Für einen Venti Cappuccino mit Extra-Shot Espresso bist du ja wohl nicht hier rausgefahren«, vermutete der Kommissar und behielt Price dabei durch die Glasfront des Ladens im Blick.

Dieser ging zunächst an die Kasse, gab eine Bestellung auf und wartete, bis die Mitarbeiterin sein Getränk zubereitet hatte. Mit seinem Becher in der Hand ging er dann die Treppe hinauf in den ersten Stock der Filiale. Dennis musste auf die andere Straßenseite wechseln, von der aus er sein Zielobjekt durch die fast bodentiefen Fenster möglicherweise im Blick behalten konnte. Doch Joshua hatte sich an einen der Tische gesetzt, die von der Straße aus nicht zu sehen waren.

»Na dann«, raffte sich Dennis auf und ging wieder auf die andere Seite der Straße zurück, um das Starbucks nun ebenfalls zu betreten.

Er war noch unschlüssig, wie er vorgehen sollte. Folgte er Price in den ersten Stock, würde dieser ihn vermutlich sofort bemerken. Blieb er dagegen im unteren Bereich des Lokals, würde er nicht mitbekommen, mit wem sich der Manager traf. Während Dennis noch darüber nachdachte, hörte er plötzlich zwei junge Mädchen hinter sich tuscheln.

»Ist die das echt?«, fragte die eine.

»Ja, Mann, ich schwöre!«, antwortete die andere.

Unweigerlich hielt Dennis nach der Person Ausschau, von der die beiden Teenager redeten. Und tatsächlich, die mit Mütze und Schal verhüllte Dame, die soeben das Lokal betreten hatte, war selbst hinter ihrer Sonnenbrille noch gut zu erkennen.

*Jetzt wird's interessant,* dachte Dennis und sah der Frau dabei zu, wie sie, ohne etwas zu bestellen, die Treppe in den ersten Stock hinaufging.

»Ey, ich hol mir voll ein Autogramm von der, ich schwöre«, bekundete jetzt wieder das eine der beiden Mädchen.

»Was willst du denn von der? Die is doch voll hässlich! Lass mal heimlich Handyvideo drehen, das mach ich dann Facebook«, hielt die andere entgegen.

*Das halte ich für keine gute Idee,* erkannte Dennis und wandte sich den Schülerinnen zu.

»Habt ihr eure Ausweise dabei?«, fragte er in strengem Ton und zeigte seine Dienstmarke vor. »Wenn ihr ohne Genehmigung Aufnahmen machen und sie veröffentlichen wollt, muss ich eure Handys beschlagnahmen.«

Die Mädchen waren für einen kurzen Moment sprachlos, und obwohl es ihr erster Impuls gewesen war, dem Beamten auf unsachliche Weise zu widersprechen, wollten sie doch eines ganz sicher nicht riskieren: dass man ihnen möglicherweise wirklich ihre Mobiltelefone abnahm. Nach kurzem Murren verließen die beiden schließlich fluchend, aber unverrichteter Dinge das Starbucks.

Dennis war zufrieden. Denn in Zeiten, in denen sich selbst scheinbar unbedeutende Handyvideos blitzschnell verbreiten konnten, durfte er unter keinen Umständen riskieren, dass das Treffen von Joshua Price und der Dame mit der Sonnenbrille publik werden würde.

# KAPITEL 45

So sehen also deine freien Abende aus«, begrüßte Boesherz seine Kollegin und musterte dabei ihren Gips. »Dein Glück, dass er dich gar nicht töten wollte.«

Unmittelbar nach der Befragung von Steve Moldenhauer waren Severin und Linda Bartholy in das Krankenhaus gefahren, in dem Olivia ebenfalls noch in der Nacht operiert worden war. Die Ärzte hatten ihr ein Projektil aus dem rechten Oberschenkel entfernt. Aufgrund der geringen Schussladung von Anselms Spezialmunition hatte die Kugel das Bein zwar verletzt, es aber nicht durchschlagen.

»Wollte er nicht?«, fragte Olivia, die zwar noch etwas benommen von der Vollnarkose war, ansonsten aber bei klarem Verstand.

»Schließlich hätte er in der Zeit, die du gebraucht hast, um in die Wohnung zu kommen, ohne Weiteres abhauen können. Er hat dich ja schon vom Balkon aus kommen sehen.«

»Wie kommst du denn darauf?«, wollte jetzt Bartholy wissen.

»Warum hätte er Olivia sonst die Tür geöffnet, obwohl sie gar nicht geklingelt hat?«, gab Boesherz zu bedenken. »Jack ist sehr gut vorbereitet und hatte die Möglichkeit, dass er gestört werden könnte, einkalkuliert. Das bringt uns zu der Frage, warum er dir die Tür geöffnet hat, anstatt einfach zu verschwinden. Mit seiner *Nummer drei* war er ja zu dem Zeitpunkt schon fertig.«

»Wenn er schon mit Moldenhauer fertig gewesen wäre, dann wäre der Junge jetzt tot, oder nicht?«, widersprach Olivia.

»Denken geht vor fragen«, entgegnete Boesherz und kontrollierte dabei, wie stark das Leder seiner italienischen Schuhe vom Schnee nass geworden war.

Sowohl Olivia als auch Linda nahmen die Herausforderung an und überlegten, was Boesherz ihnen zu verstehen geben wollte. Schließlich war es Bartholy, die das Wort zuerst ergriff.

»Moldenhauer hat erzählt, dass Jack eine Maske getragen hat. Warum sollte sich ein Killer maskieren, wenn er sein Opfer sowieso töten will? Zu dem Zeitpunkt waren die beiden ja schließlich allein miteinander.«

»Sehr gut, jetzt du«, gab Boesherz das Wort an Olivia weiter.

»Okay, es gab keine Folterinstrumente in der Wohnung, die das Opfer zwangsläufig getötet hätten«, schlussfolgerte sie. »Die ganze Inszenierung war allein darauf abgestimmt, die Arme des Opfers zu erfrieren. Das scheint mir nicht zwangsläufig eine tödliche Verletzung zu sein.«

»Nicht bei einem so jungen Mann«, bestätigte Boesherz und wandte sich dann beiden Frauen gleichermaßen zu, als er erklärte: »Wie immer ist der logischste Gedanke aber der, auf den einfach keiner kommen will: Die Symbolik hinter der *Drei* sind die amputierten Arme. Welcher Arzt würde sich wohl die Mühe machen, einem Toten noch die Arme abzusägen?«

Olivia schloss für einen Moment erschöpft die Augen. Die wichtigste Information hatte sie ihrem Kollegen bislang noch vorenthalten, und sie war sich auch noch unschlüssig, wie sie ihm die am besten vermitteln konnte.

»Dann wissen wir jetzt auch endlich, warum Jack mit seinen Zahlen von Anfang an nicht chronologisch vorgegangen ist«, behauptete Linda dann. »Wenn er nie vorhatte, Moldenhauer zu töten, dann musste er davon ausgehen, dass der Junge die Polizei hinterher auf seine Spur bringen konnte. Deswegen hat er mit ihm bis fast zum Schluss gewartet. Wir haben mittlerweile die Opfer zwei bis sieben. Es fehlt also nur noch die Eins.«

»Es fehlt nur noch die *Eins?*«, hakte Boesherz verwundert nach.

»Die Symbolik der Sieben ist doch geradezu klassisch«, antwortete Bartholy. »Die sieben Todsünden, die sieben Weltwunder, die Erschaffung der Welt in sieben Tagen – das kann man ewig fortsetzen. Ich glaube, Jack hat eine Liste mit seinen persönlichen sieben Todsünden aufgestellt, und weil die erste davon vermutlich auch gleichzeitig die wichtigste für ihn ist, hat er sie sich bis zum Ende aufgehoben.«

Während Olivia zustimmend nickte, schüttelte Boesherz nur den Kopf wie ein Lehrer, der von der Leistung seiner Schülerin enttäuscht war.

»Abgesehen davon, dass deine Theorie von der mystischen Sieben reine Spekulation ist, kann ich auch dem Argument nicht zustimmen, dass Moldenhauer erst so spät an der Reihe war, weil er überleben sollte. Der Franzose hat schließlich auch noch gelebt, als man ihn gefunden hat. Der Sozialschmarotzer hätte es theoretisch ans rettende Ufer schaffen können, und was, wenn unser Kletteraffe an der Hausfassade bis nach unten gekommen wäre? Meine Damen – Jack hat von Anfang an nicht erwartet, dass alle seine Opfer sterben würden! Dass Moldenhauer noch lebt, gibt uns also keinen Anlass zu derartigen Vermutungen. Und jetzt zu dir, liebe Olivia.«

Damit zog Boesherz einen Stuhl an das Krankenbett heran und setzte sich zu seiner Kollegin. Mit einem freundlichen Blick wandte er sich dann Linda Bartholy zu.

»Lässt du uns bitte kurz allein?«

Bartholy war zwar verwundert, zögerte aber dennoch keine Sekunde, den Raum zu verlassen.

»Ihr seid per Du?«, war das Erste, was Olivia fragte, während dabei ein Strahlen über ihr Gesicht huschte.

»Musical, Rotwein, Abendessen, lange Geschichte«, kürzte Boesherz lapidar ab und kam dann schnörkellos auf den Grund zu sprechen, aus dem er Linda vor die Tür gebeten hatte. »Was hat Jack dir ausgerichtet?«

»Woher weißt du denn von der Nachricht?«, wunderte sich Olivia.

»Das ist doch klar: Er hätte dir bequem entkommen können, stattdessen hat er dir aufgelauert. Das Versteck hinter den Mülltonnen hatte er offenbar auch schon vorher ausgekundschaftet, für den Fall, dass er es brauchen würde. Jack denkt schließlich an alles. Warum sollte er sich einer bewaffneten, in Selbstverteidigung ausgebildeten Polizistin stellen, obwohl er alle Zeit der Welt hatte, einfach abzuhauen?«

Olivia hatte verstanden.

»Weil er mir etwas mitteilen wollte …«, antwortete sie schließlich. »Und warum hast du Bartholy vor die Tür geschickt?«

»Keiner der Kollegen weiß bisher etwas von einer Botschaft, es steht auch nichts davon im Protokoll. Jack hat dir demnach gesagt, dass du sie nur mir ausrichten sollst. Also, ich höre.«

Obwohl die beiden miteinander allein waren, sah sich Olivia noch einmal um. Sie flüsterte fast, als sie antwortete.

»Er sagt, er hat noch nicht mal angefangen, und …«, begann sie, brach aber wieder ab, unschlüssig darüber, wie sie es ihrem Kollegen am besten vermitteln sollte.

Und obwohl es eigentlich Olivia war, die verletzt im Krankenhaus lag, war dennoch sie es, die Boesherz' Hand ergriff und ihn mitfühlend ansah. Erst dann überbrachte sie Jacks zweite Botschaft.

»Ich soll dich von ihm grüßen. Er weiß, wer du bist, und er sagt, dass du ihn noch heute finden kannst.«

Boesherz war verwundert.

»Das kann es noch nicht gewesen sein«, stellte er fest.

Olivia fasste die Hand ihres Kollegen noch etwas fester, als sie antwortete:

»Etwas hat er noch gesagt: Ein Leben kannst du noch retten. Aber nur, wenn du allein zu ihm kommst.«

# KAPITEL 46

Ich bin nicht die Wohlfahrt, und die Branche ist hart«, erklärte Joshua Price, nachdem Dennis ihn bei seinem geheimen Treffen mit Ilona Vojti überrascht hatte. »Tanja ist weg, das ist schlimm. Trotzdem muss ich jetzt auch an mich denken. Ganz einfach.«

Ilona Vojti war eine atemberaubend schöne Frau. Sogar jetzt, mit vor Kälte geröteten Wangen, so gut wie ohne Make-up und darum bemüht, nicht als Topmodel erkannt zu werden, strahlte sie allein schon durch ihre bloße Anwesenheit eine Wirkung aus, der man sich nur schwer entziehen konnte.

»Und was haben Sie damit zu tun?«, wollte Dennis von ihr wissen.

»Das können Sie sich doch denken«, gab Vojti zur Antwort. »Tanja ist weg und damit raus aus der Show. Schlecht für sie, gut für mich.«

Joshua Price sah sich besorgt um. Er war nicht daran interessiert, mit dem konspirativen Treffen Aufsehen zu erregen.

»Noch hält Venske an Tanja fest«, gestand van Beutens Manager dann, während Vojti den Kommissar mit einem Blick fixierte, dem nur schwer standzuhalten war. »Aber nicht mehr lange. Und wenn er die Nerven verliert, dann bin ich in der besten Verhandlungsposition. Ich habe nämlich Vollmachten von Tanja und könnte einer Auflösung ihres Vertrages auch in ihrer Abwesenheit zustimmen.«

Dennis begann zu durchschauen, was der Brite plante.

»Aber das machen Sie natürlich nicht einfach so«, erkannte er.

Price widersprach nicht.

»Tanja bekommt eine Abfindung, an der ich natürlich beteiligt bin, und Ilona wird wieder als Jurychefin eingesetzt. Offizielle Begründung: Tanjas harte Linie war moralisch nicht mehr tragbar, jetzt wird es wieder menschlich im Modelhaus.«

Dennis begann zu durchschauen, was genau es mit dem Treffen von Vojti und Price auf sich hatte.

»Er wird Ihr neuer Manager, oder?«, fragte er das Model.

»Wissen Sie eigentlich, wie viele Kolleginnen diese Show übernehmen könnten? Joshua sitzt eben am Drücker. Ich muss auch sehen, wo ich bleibe«, verteidigte sich Vojti.

»Aber ein Model von Ihrem Kaliber muss doch schon einen Manager haben?«, wunderte sich Dennis.

»Nicht mehr«, erhielt er zur Antwort.

»Seit wann nicht mehr?«

»Also gut«, setzte Vojti an, schlug galant ihre langen Beine übereinander und hauchte mehr, als dass sie sprach: »Seit ich vor zwei Jahren aus der Show geflogen bin, hat mein bisheriger Manager nicht mehr viel für mich auf die Beine gestellt. Ich habe ihm vor ein paar Wochen gekündigt.«

»Vor ein paar Wochen erst? Das ist ja ein gutes Timing«, stellte Dennis fest.

Es war daraufhin wieder Joshua Price, der sich einbrachte.

»Alle profitieren davon! Ich löse den Vertrag mit Tanja auf, die dafür großzügig abgefunden wird. Ilona verpflichtet sich als Künstlerin bei mir, dafür mache ich mit Venske klar, dass sie die Show zurückbekommt. Venske kann dadurch rechtzeitig produzieren, alle Termine einhalten, und jeder hat ein Stück vom Kuchen abbekommen.«

»Und Tanja?«, fragte Dennis, der dabei missbilligend in die Runde sah. »Die kann dann ab jetzt auch verschwunden bleiben, oder wie? Sie wird ja dann nicht mehr gebraucht.«

»Sorry, Herr Baum«, sagte Price und nippte dabei an seinem

Kaffee. »Aber weder haben wir Tanja darum gebeten zu verschwinden, noch ist es unsere Aufgabe, sie zu finden. Dafür sind Sie zuständig.«

»Wenn das so ist, dann werde ich mich jetzt mal darum kümmern«, brach Dennis die Unterredung daraufhin ab. »Mir stehen hier zu viele Interessen im Raum, die an das Verschwinden von Tanja van Beuten geknüpft sind. Sie beide kommen jetzt zur Klärung des Sachverhaltes mit mir ins LKA. Und das eine sage ich Ihnen: Wenn irgendwer von Ihnen mit Tanjas Verschwinden zu tun hat, dann finde ich es raus.«

# KAPITEL 47

»Solche Auflagen mitten im Januar! Was kann sich das Journalistenherz mehr wünschen als so eine perverse Mordserie?«, freute sich Jan Bittrich und bot Anselm einen der Vollkornkekse an, die er stets auf einer zweckentfremdeten Untertasse auf seinem Schreibtisch liegen hatte.

Außer den beiden befand sich noch eine der Volontärinnen im Raum, die das Team des *Fadenkreuz* zahlreich verstärkten. Anselm, der angespannt mit den Beinen wippte, schätzte die Gegenwart der jungen Frau augenscheinlich nicht besonders. Immer wieder sah er missmutig zu der Volontärin hinüber, während diese damit beschäftigt war, diverse Unterlagen zu sortieren.

»Sehr freundlich«, bedankte er sich bei Bittrich und nahm lächelnd einen Keks, obwohl er Vollkorngebäck eigentlich nicht mochte. »Das war auch ein sehr aufschlussreicher Bericht, den Sie da geschrieben haben.«

»Sie haben ihn gelesen?«, fragte Bittrich überrascht und sah ebenfalls für einen kurzen Augenblick zu seiner jungen Kollegin hinüber, die nicht den Eindruck erweckte, als folgte sie dem Gespräch.

Jan Bittrich war, wie eigentlich immer, in Eile. Die Nachricht vom Anschlag auf Steve Moldenhauer war seit den frühen Morgenstunden das Tagesgespräch im ganzen Land. Sofort hatten sich die Berichterstatter der diversen Fernsehstationen, Nachrichtenagenturen und Zeitungen in zwei Lager unterteilt. Die einen verurteilten den Angriff auf den jungen Mann, die anderen ließen durchblicken, dass der noch immer nicht gefasste Serienmörder sich zumindest nicht das falscheste Opfer ausgesucht hatte. Auch wenn sie diese journalistisch zumindest zweifelhafte Meinung eher subtil anklingen ließen. Unmittelbar nachdem die Presse von Jacks neuem Anschlag erfahren hatte, war ein jüngerer Kollege von Bittrich zu Moldenhauers Haus entsandt worden. Zwei andere Reporter aus der Redaktion hatten zwischenzeitlich die Krankenhäuser ausfindig gemacht, in denen Moldenhauer und Olivia Holzmann lagen. Auch wenn selbstverständlich zu beiden kein Vordringen war. Einstweilen hielten sich die Berichterstatter daher mit den wilden Spekulationen von Menschen über Wasser, die sie vor den Kliniken auf der Straße ansprachen. Ganz gleich, ob sie etwas über die Opfer wussten oder, wie in fast allen Fällen, nicht.

»Sollte den Artikel nicht eigentlich Frau Wendorff redigieren?«, fragte Bittrich nun Drexler, den er bereits seit vielen Jahren kannte.

»Man tut in manchen Dingen gut daran, sich in alle Richtungen umzuhören«, antwortete Anselm und tupfte sich dabei die Stirn ab. »Verstehen Sie mich bitte richtig: Ihr Bericht ist ausgesprochen gut geschrieben, und das sage ich nicht oft.«

Erst jetzt biss Anselm von seinem Keks ab.

»Vielleicht sollten wir unser Gespräch zu einem günstigeren Zeitpunkt fortsetzen«, entgegnete Bittrich, sprang von seinem abgenutzten Ledersessel auf und ging zu der großen Glasscheibe, die sein Büro von den Redaktionsräumen trennte. Als der Ressortleiter aufgestanden war, hatte sich unverzüglich auch Anselm erhoben.

»Soll ich rausgehen?«, erkundigte sich jetzt die junge Frau, der nicht entgangen war, dass Drexler sie fortgesetzt im Blick behielt.

»Das wird nicht nötig sein«, gab Anselm zur Antwort und versuchte seinen Blick für einige Sekunden ruhig auf einen neutralen Punkt im Raum zu fokussieren.

Dann steckte er sich das letzte Stück von dem Vollkornkeks in den Mund, bedankte sich noch einmal mit einem freundlichen Nicken dafür, tupfte sich kurz den Mund ab und schlug Bittrich vor: »Vielleicht essen wir ja morgen gemeinsam zu Mittag. Ich würde gern über etwas sprechen, das Ihren Bericht betrifft.«

Bittrich, der sich ansonsten unruhig in seinem Büro von einem Punkt zum anderen bewegte und dabei immer wieder eingehende Faxe und Mails überflog, hielt kurz inne. Dann sah er Anselm mehrdeutig an.

»Das klingt ja interessant.«

»Ich hatte Gelegenheit, alle Ihre Berichte zu der Mordserie zu lesen, und ich hatte dabei das Gefühl, dass ein Journalist mit Ihren Fähigkeiten aus einem solchen Thema doch sicher mehr machen könnte.«

Bittrich lächelte geschmeichelt, bevor sein Blick erneut kurz zu seiner Volontärin ausbrach.

»Ich esse zurzeit nicht zu Mittag, die Dinge lassen mir für so etwas einfach keine Zeit«, erklärte er seinem Gast dann. Anselm verzog keine Miene. »Wir sollten das vielleicht besser bei Gelegenheit telefonisch besprechen.«

Drexler hatte noch immer nicht wieder Platz genommen. Stattdessen griff er die aktuelle Ausgabe des *Fadenkreuz* von einem Sideboard und deutete auf die Titelseite, auf der Bittrich über den Tod von Kai Jurek berichtete.

»Dieser Bericht lässt eine sehr komplexe Sicht auf den Fall erkennen«, merkte er an. »Das wird auch anderen nicht entgehen. Sie sollten Ihre Weitsicht nicht vergeuden, gerade jetzt nicht.«

Bittrich schien verstanden zu haben, was Anselm zu sagen versuchte.

»Es ist gerade wirklich kein guter Zeitpunkt für dieses Thema«, sagte er schließlich. »Wir sprechen morgen, in Ordnung?«

»Natürlich«, antwortete Drexler mit einer angedeuteten Verneigung. »Ich möchte Sie auch gar nicht länger aufhalten. Sie haben ja sicher genug zu tun.«

»Das können Sie laut sagen!«, gab Bittrich zur Antwort und fügte hinzu: »Sehen Sie Ihre Kollegin Sonja demnächst?«

Erneut sah nun wiederum Anselm zu der Volontärin, die sich mit demonstrativer Geschäftigkeit um ihre Aufgaben kümmerte.

»Ich denke schon«, antwortete er leise. »Falls ich Frau Wendorff etwas ausrichten soll – ich wollte gleich ohnehin noch auf einen Sprung bei ihr vorbeifahren.«

# KAPITEL 48

»Das ist nicht Ihr Ernst!«

Castella wusste nicht recht, wie sie auf die Ankündigung reagieren sollte, die Boesherz ihr und Staatsanwalt Carl vom Stein soeben gemacht hatte.

Severin hatte Olivia aufgetragen, unter keinen Umständen mit einem Dritten über Jacks Nachricht zu sprechen. Sie würde später darauf verweisen können, dass sie dies angesichts ihrer Vollnarkose vorübergehend vergessen hatte. Dann hatte Boesherz Linda Bartholy darum gebeten, ihn für einige Stunden allein zu lassen und stattdessen die Kollegen zu unterstützen. Die erfahrene Psychologin hatte den unbedingten Ernst, der in seinen Worten gelegen hatte, sofort erkannt. Nachdem sich Bartholy daraufhin in ein Taxi gesetzt hatte, war Boesherz allein in seinen Wagen gestiegen und auf direktem Weg zu Castella ins LKA gefahren. Über die Freisprechanlage hatte er sie gebeten, bis zu seinem Eintreffen eine Unterredung mit ihr und dem Staatsanwalt zu arrangieren.

»So arbeite ich nun mal«, bestätigte der Kommissar und verzog keine Miene, während er lässig mit übereinandergeschlagenen Beinen auf dem Stuhl gegenüber seiner Dezernatsleiterin saß.

Der Staatsanwalt war aus seinem Büro im Amtsgericht Berlin-Moabit per Telefonkonferenz zugeschaltet.

»Ich kann Ihnen nicht sagen, wie viel Zeit ich benötigen werde, aber ich weiß, dass ich Ihnen Jack heute noch liefern werde.«

Vom Stein reagierte auf die ungewöhnliche Bitte des Ermittlers überraschenderweise gelassener, als es die Dezernatsleiterin tat. Es lag hörbares Interesse in seinen Worten, als er über die

Lautsprecher der Telefonanlage fragte: »Warum soll Sie denn niemand erreichen können? Das erscheint mir doch etwas ungewöhnlich, schließlich arbeiten wir im Team.«

»Wenn Sie *gewöhnlich* vorgehen wollen, dauert es noch ein bis zwei Opfer länger«, entgegnete Severin nüchtern. »Wir müssten erst die DNA-Analyse abwarten und sämtliche Verkäufe von Morphiumpflastern in den vergangenen Monaten recherchieren.«

Castella verstand die Welt nicht mehr. Mit den Nerven fast am Ende, ließ sie ihren Kopf einige Sekunden lang auf die Tischplatte sinken. Der Druck, der seit Tagen auf ihren Schultern lastete, war ihr deutlich anzumerken. Sie hatte dicke Ringe unter den Augen, ihre Haare waren spröde und ihre Haut wirkte blass. Boesherz war zudem aufgefallen, dass ihr Haar zum ersten Mal nach einem anderen Shampoo als sonst roch. Er schloss daraus, dass seine Vorgesetzte die Nacht in einem Hotel verbracht hatte. Zudem hatte er bemerkt, dass Castella das Foto ihres Mannes kürzlich auf eine andere Position gerückt hatte. Hatte es zuvor noch rechts von ihrem Computermonitor gestanden, war es jetzt auf die linke Seite versetzt worden.

*Rechts vom Rechner steht ihr Telefon. Immer wenn sie es benutzt, sieht sie unwillkürlich sein Bild. Auf die linke Seite fällt ihr Blick viel seltener. Die beiden haben wieder gestritten, aber sie will nicht, dass wir das merken. Deswegen hat sie das Bild nicht ganz entfernt.*

»Aber das ist Unsinn! Ich soll Sie unmittelbar vor der Ergreifung dieses Irren einfach nach Hause schicken?«, entlud es sich jetzt aus der zierlichen Frau, und es war sogar für den Staatsanwalt am Telefon erkennbar, dass sich eine Portion privaten Ärgers in diese Aussage gemischt hatte. »Und was, wenn sich Jack in dieser Zeit aus dem Staub macht?«

»Das wird er nicht«, stellte Boesherz ohne Zweifel in der Stimme fest. »Dieser Fall ist wie ein Bausatz. Ich habe einen großen Karton, in dem ich in den vergangenen Tagen Einzelteile gesammelt habe, die für sich genommen kein Bild ergeben. Ich muss sie jetzt zusammenfügen, und das tue ich nach meiner Methode. Allein und ohne Telefon. Und bitte: Erzählen Sie niemandem von unserem Gespräch!«

»Was Sie sich da vorstellen, geht nicht«, erklärte der Staatsanwalt nun energisch.

»Es geht nicht?«, wunderte sich Boesherz. »Ich teile Ihnen mit, dass ich Jack bis heute Abend verhaften werde, und Sie kommen mir mit einem Spruch, den man sonst nur von Chargen hört, die für irgendwelche Agenturen die Facebook-Seite betreuen?«

»Also gut«, kürzte Castella ab, um endlich zu einem Ergebnis zu kommen. »Die Ermittlungen laufen ganz normal weiter. Sie, Severin, bekommen jetzt von mir frei. Es ist nicht meine Aufgabe, Sie in Ihrer Freizeit zu kontrollieren, also tun Sie alles, was Sie nicht lassen wollen. Aber denken Sie immer an eins: Wenn Sie Mist bauen, dann können *Sie* in den nächsten zehn Jahren die Facebook-Seite des LKA betreuen! Haben wir uns verstanden?«

Boesherz reagierte auffallend ungerührt.

»Definieren Sie *Mist*«, forderte er seine Vorgesetzte auf.

»Das übernehme ich!«, brachte sich der Staatsanwalt an dieser Stelle ein. »*Mist* ist alles, was nicht dazu führt, dass ich dem Innensenator noch heute von Jacks Ergreifung berichten kann.«

Kommentarlos griff Boesherz seine Unterlagen, zog die Fernbedienung seiner Standheizung aus der Tasche, aktivierte sie und nahm schweigend zur Kenntnis, was der Staatsanwalt seinen Worten hinzufügte.

»Im Umkehrschluss bedeutet das: Sind Sie erfolgreich, dann wird es in meiner Abteilung niemanden interessieren, wie Sie es angestellt haben. Also, Boesherz: Schnappen Sie sich den Mistkerl!«

# KAPITEL 49

Ich hoffe sehr, ich komme nicht unpassend. Ich möchte keine Umstände bereiten«, entschuldigte sich Anselm bei seiner Kollegin, die ebenso überrascht von dessen unangemeldetem Besuch war wie Anselm am Tag zuvor von ihrem.

»Nein, äh, das ist schon in Ordnung«, entgegnete Sonja, doch ihre Körpersprache drückte das genaue Gegenteil aus. »Geht es um den Artikel, den ich Ihnen gemailt habe?«

Anselm versuchte einen Blick in das Haus seiner ungeliebten Kollegin zu erhaschen. Es schien niemand außer ihr da zu sein.

»Darf ich?«

Sonja, die an ihrem freien Tag nur mit einem Trainingsanzug bekleidet und weder geschminkt noch frisiert war, wusste nicht recht, wie sie sich verhalten sollte. Einerseits war Anselm Drexler vermutlich der letzte Mensch auf Erden, den sie in ihre Wohnung bitten wollte. Andererseits konnte sie ihn auch nicht einfach abweisen.

»Natürlich«, gab sie daher nach. »Kommen Sie rein.«

Sonjas Wohnung sah in etwa so aus, wie Anselm sie sich vorgestellt hatte. Ein buntes Sammelsurium von Erinnerungsstücken an längst vergangene Urlaubsreisen, Rendezvous oder Familienfeiern füllte die Regale in Form von Fotos, Tassen oder ähnlichen Memorabilien. Auf dem Küchentisch, an dem Wendorff ihr Frühstück zu sich genommen hatte, stand noch der gelbe Teller aus dem Service, das sie, wie den Großteil ihrer Einrichtung, in einem schwedischen Möbelhaus erworben hatte. Ausgelesene Zeitschriften und Bücher waren zudem überall in der Wohnung verteilt.

»Eigentlich geht es mir nicht um den Artikel von gestern. Eher um Ihre Arbeit im Allgemeinen«, erklärte Anselm, der seine vom Schnee angefeuchteten Stiefel ohne Aufforderung an der Haustür ausgezogen hatte und nun auf Socken vor Sonja stand. »Sie haben gerade einen kleinen Engpass, oder? Entschuldigen Sie die Frage; es geht mich ja eigentlich nichts an.«

Tatsächlich war Wendorff von dieser Äußerung überrascht. Mit fragendem Blick blieb sie in der Küchentür stehen, hinter der sie eigentlich kurz verschwinden wollte, um in dem kleinen Spiegel über der Spüle ihr Aussehen zu kontrollieren.

»Wie meinen Sie das?«, fragte sie leicht konsterniert.

»Ich meine damit, dass Sie meines Erachtens für das Korrektorat des *Fadenkreuz* nicht engagiert worden sind, weil Ihre Fähigkeiten auf dem Gebiet der deutschen Sprache so überragend sind, sondern wohl viel eher deswegen, weil Sie Ihrem Großonkel mitgeteilt haben, dass Sie Geld benötigen.«

Mit einem Mal war Sonja ihr Äußeres nicht mehr wichtig.

»Ich weiß wirklich nicht, warum ich mit Ihnen …«, begann sie, wurde aber sofort unterbrochen.

»*Die Kleine braucht einen Job.* Das wird er zur Personalchefin gesagt haben. *Wo stecken wir sie denn hin?*«

Der eigentlich unscheinbare Anselm wirkte auf Sonja schlagartig beängstigend. Beinahe unwirklich stand er mit schweißbedeckter Stirn und in seinem schweren Mantel mitten in ihrem Wohnzimmer, bewegte sich kaum, fixierte sie mit unruhigem Blick und wirkte dabei auf seinen weißen Socken fast schon bizarr.

»*Geben wir ihr doch einen Ghostjob*, wird sie geantwortet haben. *Einen Posten, auf dem sie nicht stört, der sie beschäftigt und den sowieso kein Mensch braucht. Schicken wir sie doch einfach zu diesem Drexler ins Korrektorat. Zu dem Spinner, der dummerweise schon so lange bei uns ist, dass ihm zu kündigen teurer wird, als ihn einfach zu behalten.*«

»Bisher waren alle mit meiner Arbeit zufrieden«, verteidigte sich Sonja aus einem Reflex heraus, und schon im nächsten Augenblick bereute sie es, ihr Gegenüber damit möglicherweise gereizt zu haben.

»*Alle* erhebt Anspruch auf Vollständigkeit«, fuhr dieser ihr auch sofort über den Mund. »Wenn nur einer unzufrieden ist, kann das Wort korrekterweise nicht mehr eingesetzt werden. Ich zum Beispiel bin nicht zufrieden. So viel zu *alle*.«

»Warum sind Sie hier?«, traute sich Sonja jetzt zu fragen. Unwillkürlich suchten ihre Blicke nach dem Brotmesser, das ganz in ihrer Nähe neben der Spüle lag.

»Ich werde das Korrektorat aufgeben müssen«, erhielt sie zur Antwort. »Und das wirft die Frage meiner Nachfolge auf.«

Sonja war erleichtert. Die Ankündigung Drexlers, der ihr mit jedem Augenblick beunruhigender erschien, beruhigte sie.

»Sie wollen kündigen? Hat das mit Ihrem Vater zu tun?«, erkundigte sie sich.

»In gewisser Weise.«

Anselm bemerkte Wendorffs fragenden Blick und ersparte ihr die Nachfrage.

»Es geht um mein Kind. Das Kind, das ich nicht habe.«

»Ich verstehe nicht …«, stotterte Sonja, der nicht entgangen war, dass Anselm sich noch immer keinen Millimeter bewegt hatte. Nicht einmal seinen Gesichtsausdruck hatte er verändert, seit er einfach in der Mitte des Wohnzimmers stehen geblieben war.

»Der Großvater gibt es dem Vater weiter, der Vater dem Sohn, der Sohn wiederum seinem eigenen Sohn. So ist es seit Menschengedenken. Auf diese Weise bleiben die Werte erhalten, die uns zu dem gemacht haben, was wir sind. Und was ist jetzt? Jetzt stehe ich da, am Sterbebett meines Vaters, und was weise ich ihm vor? Einen lebenslangen Kampf gegen Windmühlen! Über

Jahrzehnte habe ich immer dieselben Fehler bei immer denselben Autoren korrigiert. Glauben Sie, die hätten das irgendwann mal bemerkt, geschweige denn daraus etwas gelernt? Im Gegenteil! Ausgelacht haben sie mich – hinter meinem Rücken!«

»Ich habe nicht ein einziges Mal mitbekommen, dass jemand im Verlag über Sie gelacht hätte. Bittrich zum Beispiel schätzt Ihre Arbeit sehr.«

»Und unser Chefredakteur?«

Sonja konnte sich nicht daran erinnern, dass ihr Großonkel auch nur ein einziges Mal ein Wort über Anselm oder das Korrektorat verloren hatte. Vermutlich, so kam es ihr in den Sinn, hatte Drexler mit seiner Unterstellung, man habe ihr den Posten nur gegeben, weil er ohnehin als bedeutungslos angesehen wurde, tatsächlich recht.

»Der schätzt Ihre Kompetenz sehr«, log sie dennoch.

Anselm verharrte zwar in seiner Position, wippte jetzt aber zweimal kurz mit dem Oberkörper nach vorn.

»Mein Vater hat mir damals etwas anvertraut, das mich seitdem durch mein Leben geführt hat«, schilderte er dann weiter. »Ich wollte es auch meinem Sohn weitergeben, aber die Dinge sind anders gekommen. Es gibt nur wenige Frauen, die so sind, wie ich es mir vorstelle. Deswegen konnte ich auch nie eine Familie gründen. Sie wäre einfach nicht perfekt gewesen.«

Sonja spürte, wie ihr ein kalter Schauer den Rücken hinablief. Weswegen, so fragte sie sich nun immer drängender, war Anselm Drexler wirklich zu ihr gekommen?

»Ich muss mich jetzt verabschieden«, fuhr dieser zu ihrer Erleichterung fort. »Im *Fadenkreuz* wird man mich übrigens nicht mehr sehen. Ich hatte heute meinen letzten Arbeitstag.«

»Davon wusste ich ja gar nichts.«

»Keiner wusste davon. Mein Vater wird sehr bald tot sein, und ich habe einfach keinen Nerv mehr, über jedes einzelne falsche

Wort zu streiten. Jeden Grammatikfehler wieder und wieder aus unsäglichen Schriftstücken herauszufiltern und nebenbei mit anzusehen, wie unsere Gesellschaft den Bach runtergeht. Eigentlich war es ja schon von meiner Geburt an klar, aber es musste wohl erst das mit meinem Vater passieren, bevor ich es merke. Bevor ich mir darüber klar werde.«

Jetzt, zum ersten Mal seit mehreren Minuten, hatte sich etwas bei Anselm geregt. Er hatte seine rechte Hand um einige Zentimeter nach innen gedreht.

»Worüber sind Sie sich denn klar geworden?«, fragte Sonja, die noch immer gebannt zu ihrem Gast sah.

»Ich habe Ihnen etwas mitgebracht«, antwortete dieser und griff in die linke Innentasche seines Mantels. »Ein Abschiedsgeschenk.«

Noch immer gespannt sah Sonja mit an, wie Anselm einen Zettel entfaltete. Und auch wenn ihr dieses Detail schon an der Tür ins Auge gefallen war, fragte sie sich in diesem Augenblick dennoch zum ersten Mal, aus welchem Grund ihr Gast eigentlich eine Polaroidkamera um den Hals trug, bevor dieser schließlich vorlas, was auf seinem Zettel geschrieben stand.

»Sollst du stets, Junge, beachten, was war!
Die Regeln der Väter sind Recht ganz und gar.
Seit jeher gehütet, verteidigt mit Blut,
vom Vater zum Sohne getragenes Gut.
Denn weißt du, mein Junge, was denen geschieht,
die den Regeln nicht folgen? Dann blick, was man sieht:
Sonja war eine, der fehlte die Lust,
zu befolgen und achten, was die Väter gewusst.
Sie tat, was sie wollte, ehrte nicht das Gebot.
Trug nicht weiter das Wissen, nun sieh ihre Not:
Mit der Kehle verdreht wurd's für immer ihr Nacht.
Drum denk dran, mein Junge: Befolge die Acht!«

# KAPITEL 50

*Turandot,* die letzte Oper Giacomo Puccinis, erfüllte kraftvoll und in kristallklarem Surroundsound die Wohnung. Severin Boesherz hatte seinen Anzug, seine Krawatte und seine Weste samt der Taschenuhr darin abgelegt, seine Pistole im Waffenschrank eingeschlossen und sein Handy ebenso wie sein Festnetztelefon ausgeschaltet. Alles, was er noch am Leibe trug, waren eine graue Sporthose ohne Muster oder Ziernähte sowie ein schlichtes weißes T-Shirt. Er saß, die Beine hochgelegt, auf seiner Couch und sah auf die Wand, an der er zwei Regale hatte anbringen lassen, auf denen lediglich ein paar dekorative Accessoires drapiert waren. Die Ordnung, die Olivia bei ihrem Besuch als offensichtlichstes Kennzeichen seiner Wohnung verstanden hatte, bot dem Kommissar genau die Umgebung, die er jetzt benötigte. Während die Oper, in der es um eine Prinzessin ging, die jeden Menschen enthaupten ließ, der nicht imstande war, ihre Rätsel zu lösen, seine Gedanken fließen ließ, bot ihm der Duft des Quercus in seinem Glas die Inspiration dazu, seine Ideen so lange vor seinem inneren Auge umherkreisen zu lassen, bis sie Stück für Stück auf ihrer jeweils richtigen Position gelandet sein würden.

Boesherz hatte zuvor den Bericht gelesen, in dem der Arzt, der Steve Moldenhauer versorgt hatte, detailliert über die Selbstverstümmelung berichtete, die Jack allem Anschein nach Inspiration für seine Tat gewesen war. Er hatte sich noch einmal die Bilder der Leichen und der Tatorte angesehen und über die seltene Schusswaffe nachgedacht. Alles, was während der vergangenen Tage auf seinen analytischen Verstand getroffen war, hatte er gedanklich umgewälzt und es dabei so lange in Wallung versetzt, bis der daraus entstandene Fluss schließlich seine eigene Dynamik entwickelt hatte.

Wieder sah er sein Rendezvous mit der Internetbekanntschaft vor sich, bei dem er die Geschichte von Pierre la Maire erzählt hatte. Das Öl an den Händen des Fassadenkletterers, den dicken Mann mit dem Hund, der in der Sportsbar vor dem Fernseher gesessen hatte, den Abend mit Linda im Musical, das Gipsbein von Olivia und das Lächeln von Armando, als er die grüne Patronenhülse in der Hand gehalten hatte.

Die Arie *Die drei Rätsel* aus dem zweiten Bild der Puccini-Oper setzte ein. Boesherz verband eine einzigartige persönliche Erinnerung damit.

»Was kriecht am Boden, fliegt gen Himmel, was tappt im Dunklen, zündet Lichter, wühlt im Vergangenen, strebt in die Zukunft, weilt im Gewohnten, regt sich im Neuen, was ist besonnen und bäumt sich trotzig, gesund ergeben und krankhaft protzig?«, sang die Sopranistin, wenn auch auf dieser Aufnahme mit dem italienischen Originaltext. Jahrzehnte zuvor hatte der damals noch kleine Severin sein Bett verlassen, um zu seinen Eltern ins Wohnzimmer zu gehen. Er hatte nicht einschlafen können. Der Junge war damals vier Jahre alt gewesen, und sowohl sein Vater als auch seine Mutter liebten die großen italienischen Opern, die sie sich am Abend gern gemeinsam anhörten. Der kleine Severin hatte meist schon geschlafen, wenn seine Eltern die Schallplatten aufgelegt hatten, deswegen hatte er die Arie, der seine Eltern damals in der deutschen Fassung lauschten, zuvor noch nie gehört.

»Der Verstand«, hatte er gesagt, sich mit dem Kopf auf den Schoß seiner Mutter gelegt und war Sekunden später eingeschlafen.

Seine Eltern blieben sprachlos zurück. Ihr Kind hatte das Rätsel aus der Opernarie, ohne auch nur eine Sekunde lang darüber nachdenken zu müssen, gelöst.

*Der Pudding ist tatsächlich das Einzige, was hier wirklich schmeckt. – Ich kann mir gut vorstellen, dass Sie meine Anwesenheit als störend empfinden. Schließlich könnten Sie das ja als eine Herabsetzung in den Augen von Frau Castella sehen. – Wir suchen also einen Akademiker mit Wohnsitz in Berlin, der eine Taxilizenz hat oder hatte und der in einem Beruf tätig ist, in dem er Regeln befolgt oder sie durchsetzt. – Die P 38 wurde aber auch noch lange nach dem Krieg gebaut.*

Der Quercus gab immer wieder neue Aromen frei, als Boesherz einen kleinen Schluck davon über seine Zunge rollen ließ. Noch einmal kam das Spiel der Duftwahrnehmungen durch seinen Rachenraum zurück, als er nach dem Hinunterschlucken ausatmete, dann erst brachte sich die Musik wieder in den Vordergrund seiner Sinne. So verging die Zeit, und obwohl Severin es selbst nicht steuern konnte, begannen sich die Eindrücke, die Musik und Quercus zu ihm zu tragen schienen, allmählich zu immer klareren Bildern zusammenzufügen. Boesherz spürte, dass der Augenblick näher rückte, in dem schon eine einzige Erinnerung, ein einziger kleiner Eindruck dazu führen konnte, das Kartenhaus, das er errichtet hatte, entweder zu vollenden oder zum Einsturz zu bringen.

*Nessun Dorma,* kam es ihm plötzlich in den Sinn.

Ohne auf die Fernbedienung sehen zu müssen, betätigte er den Knopf, mit dem er die CD an die Stelle brachte, an der die bekannteste Arie der Oper, wenn nicht gar eine der bekanntesten Opernarien überhaupt, gespeichert war. Die Musik ertönte in vollem Klang, und noch bevor sie beendet war, lächelte der Kommissar schließlich zufrieden. Mit dem letzten Ton stellte er sein Weinglas ab, schaltete die CD aus, aktivierte für ein einziges Telefonat sein Handy und wählte eine Nummer.

»Severin, was gibt's denn?«, wurde er begrüßt.

»Ich benötige eine Adresse«, gab der Kommissar zur Antwort.

Er erklärte seinem Gesprächspartner, welcher Quelle er die gewünschte Information entnehmen solle.

»Okay, und wen suchst du?«

Boesherz lächelte fast schon, als er antwortete: »*Anselm Drexler.*«

Und nachdem er dessen Anschrift notiert hatte, fügte er noch hinzu: »Dieses Gespräch hat so lange nicht stattgefunden, bis ich mich wieder bei dir melde. Und jetzt entschuldige mich, ich werde erwartet.«

# KAPITEL 51

Ich kann Ihnen dazu nicht mehr sagen, bitte bleiben Sie jetzt erst mal bei Oberkommissarin Beer, sie wird Ihre Hilfe möglicherweise brauchen«, beantwortete Castella die telefonische Nachfrage von Linda Bartholy.

Ebenso wie der Rest der Sonderkommission hatte auch sie keine Informationen darüber erhalten, wo sich Boesherz befand und was er vorhatte. Immerhin, mit einer privaten, wenn auch wenig aussagekräftigen SMS hatte Severin sich bei ihr dafür entschuldigt, dass er vorübergehend jeden Kontakt zur Außenwelt abbrechen würde.

»Macht er so was oft?«, erkundigte sich Bartholy bei Judith Beer, der die lange Nacht, die hinter ihr lag, deutlich ins Gesicht geschrieben stand.

»Ich glaube nicht, dass irgendjemand so genau weiß, was er wann und aus welchen Gründen macht«, antwortete die Kommissarin, bat Bartholy um Entschuldigung und wandte sich dann wieder den Kollegen zu, die sich gemeinsam mit ihr der Spurenauswertung widmeten.

Das Team hörte aufmerksam zu, als sie die Erkenntnisse der vergangenen Stunden zusammenfasste.

»Jack ist von Olivia überrascht worden und übereilt geflohen. Das bedeutet, er hat Spuren hinterlassen, die er ohne diese Störung vermutlich noch beseitigt hätte. Die Salzpakete, die er zurückgelassen hat, sind mit Preisschildern versehen. Wir wissen inzwischen, in welchem Supermarkt er sie gekauft hat. Das müssen mindestens zehn Pakete oder mehr gewesen sein, so viel Salz auf einmal wird in so einem kleinen Geschäft sicher nicht oft gekauft. Der Filialleiter ist gerade mit einem Kollegen von der

Technik dabei, die Kassenbuchungen durchzugehen. In einer Stunde wissen wir also auch, *wann* Jack das Salz gekauft hat. Dann überprüfen wir die entsprechenden Aufnahmen der Kameras in dem Laden. Olivia konnte uns Jacks Auto nicht genau beschreiben, aber es handelt sich um einen Kombi. Sicher ist, dass er eine Fernbedienung hat, die Warnblinker gehen an, wenn man sie betätigt. Das schließt ältere Baujahre schon mal aus. Dazu kommt, dass Olivia sich ziemlich sicher ist, dass ihr Schuss im Fallen den Wagen getroffen haben muss. Zumindest haben wir bisher weder das Projektil gefunden noch einen Einschuss an einem anderen Fahrzeug oder auf der Fahrbahn selbst. Die Kollegen von der Schutzpolizei halten die Augen also nach einem Kombi mit Einschussloch offen, außerdem werden so viele Autowerkstätten und Ersatzteilhändler wie möglich informiert.«

Während ihre Kollegen im LKA eifrig damit beschäftigt waren, immer neue Informationen zu verwerten, lag Olivia Holzmann allein in ihrem bewachten Einzelzimmer und durchstöberte teilnahmslos die Zeitungen, die sie sich von der Krankenschwester hatte bringen lassen. Wie nicht anders zu erwarten, befassten sie sich praktisch alle mit dem Mord an Kai Jurek, das *Fadenkreuz* widmete dem Thema gar einen Bericht auf der kompletten ersten Seite, der sich auf der dritten sogar noch fortsetzte. Gedankenlos griff Olivia das Blatt und begann den Artikel zu lesen. Während sie interessiert beobachtete, mit welchen Mitteln Bittrich seine Sicht auf den Fall darstellte, fiel ihre Aufmerksamkeit plötzlich auf ein Detail in dem Bericht. Verwundert suchte sie nach ihrem Handy.

»Dank der Spuren im Schnee haben wir das Sohlenprofil von Jacks Schuhen«, fuhr Judith Beer im LKA unterdessen fort. »Er trägt stabile Freizeitschuhe, wie man sie in Geschäften für Outdoor-Kleidung kauft. Die bekommt man aber natürlich auch im Internet, deswegen ist diese Spur weniger heiß als die anderen. Trotzdem überprüfen wir die entsprechenden Geschäfte in der Gegend um den Supermarkt, in dem er das Salz gekauft hat. Vielleicht war er ja so nett, mit einer Kreditkarte zu bezahlen.«

Judith Beer bemerkte, dass ihr Handy vibrierte. Als sie sah, dass Olivia sie zu erreichen versuchte, bat sie ihre Kollegen um Entschuldigung und nahm das Gespräch entgegen.

»Olivia, was ist los?«

»Ich kann Severin nicht erreichen. Castella sagt, dass du die Ermittlungen gerade leitest«, erklärte Holzmann.

»Ja, er ist weg, keine Ahnung, wohin. Worum geht es denn?«

»Ich weiß nicht, aber ich lese gerade im *Fadenkreuz,* und das hier scheint mir etwas merkwürdig zu sein«, erklärte Olivia.

Kurz entschlossen griff Judith Beer nach der aktuellen Ausgabe, die neben der Kaffeemaschine lag, und ließ sich von Olivia erklären, um welche Passage es ihr ging. Linda Bartholy bemerkte, dass etwas Wichtiges passiert zu sein schien, und ging zu Judith Beer hinüber.

»Ist das denn inzwischen bekannt gegeben worden?«, erkundigte sich Olivia am Telefon, nachdem Beer die Passage ebenfalls gelesen hatte.

»Das kläre ich sofort«, antwortete Beer und sprach dann wieder zu ihren Kollegen im LKA.

»Macht bitte erst mal weiter, ich kontrolliere kurz was.«

Mit diesen Worten beendete sie das Telefonat mit Olivia, griff sich die Zeitung, deutete Bartholy an, dass sie ihr folgen solle, und ging gemeinsam mit ihr auf den Gang hinaus, um sich auf den Weg zu Castella zu machen.

»Das kann nicht sein«, sagte Beer, während sie Bartholy erklärte, worum es ging.

Es dauerte nicht lange, bis sie das Büro der Dezernatsleiterin erreicht hatten. Nach kurzem Anklopfen traten die beiden Frauen ein.

»Von wem ist denn der Artikel?«, fragte Castella, nachdem auch sie gesehen hatte, was Olivia aufgefallen war.

»Jan Bittrich«, gab Beer zur Antwort.

»Bittrich?«, wunderte sich Castella, griff zum Hörer und rief in der Pressestelle des LKA an.

Nach einem kurzen Gespräch legte sie wieder auf und wandte sich an die Kommissarin.

»Okay, das kann er nicht wissen. Die Information ist immer noch streng geheim und definitiv nicht durchgesickert.«

»Soll ich ihn zur Befragung abholen lassen?«, fragte Beer.

»Ja«, antwortete Castella scharf. »Bringen Sie ihn her, und zwar schnell! Ich hoffe für ihn, dass er eine verdammt gute Erklärung hat.«

»Und wenn nicht?«

Castella sah zu Bartholy hinüber.

»Was meinen Sie? Bittrich war an fast jedem der Tatorte einer der Ersten. Und als Journalist hätte er wissen können, wie der Zeuge in dem Busfahrerprozess hieß. Dazu kommt, dass er und sein Arbeitgeber mit der Mordserie einen Haufen Geld verdienen. Was ist Ihre Expertenmeinung? Käme er für Sie als Täter infrage?«

Bartholy musste nicht lange nachdenken.

»Er schreibt seit ewigen Zeiten über die schlimmsten Verbrechen«, antwortete sie. »Er wäre ganz sicher nicht der Erste, den die Berührung mit dem Bösen irgendwann selbst damit infiziert hätte.«

»Also gut«, sagte Castella und klopfte entschlossen auf ihren Schreibtisch. »Nehmen Sie ihn fest. Dringender Tatverdacht!«

# KAPITEL 52

Im Haus der Drexlers herrschte eine geradezu selige Stille, und weder Schwester Cecilia noch Anselms Vater Paul konnten ahnen, dass es das letzte Mal sein würde. Cecilia saß, zufrieden mit sich und ihrer Arbeit, in dem gepolsterten Schlafzimmersessel. Paul Drexler hatte früher selbst gern noch eine Weile darin gesessen und gelesen, bevor er zu Bett gegangen war. Cecilia sah wachsam zu dem alten Mann hinüber, der, wie immer um diese Zeit, frisch gewaschen und frisiert in seinem Bett lag.

»Was für ein schöner Tag«, flüsterte sie, schloss die Augen und lehnte sich gleichmütig zurück.

*NEUN WOCHEN ZUVOR*

»Wir haben vor einer Scheune gelegen, irgendwo im Ruhrgebiet. Unser Kommandant, sechs Kameraden und ich. Wir hatten den Befehl, die Scheune zu bewachen, weil da Tommys drin sein konnten. Wir sind dafür hinter dem Rest einer weggeschossenen Mauer in Deckung gegangen. Aber um uns rum hat sich ewig nichts gerührt, kein Geräusch.«

Paul Drexler sah seinen Sohn Anselm verheißungsvoll an. Sie hatten sich nach dem Abendessen einen Weinbrand eingeschenkt und sich ins Kaminzimmer gesetzt, wie sie es an fast jedem Abend taten. Während Paul seine Beine auf einen Hocker hochgelegt hatte, saß Anselm akkurat in einem der Sessel und versuchte, seine Arme symmetrisch auf die Lehnen zu platzieren.

»Unser Kommandant hat gesagt, wir müssten einen besseren Posten einnehmen, deswegen sollten wir hinter dem Mauerstück weg und rüber, auf die andere Seite. Da war ein Gebüsch, von dem aus wir im Ernstfall eine bessere Schussposition hatten. Der Erste von uns ist geduckt rüber und hat sich hinter die Sträucher geworfen, der Zweite hinterher. Wir wussten immer noch nicht, ob Tommys in der Scheune waren, aber es war komplett ruhig. Dann sind noch zwei von uns rüber, und als ich und der Letzte von uns gerade hinterher wollten, hat der Kommandant uns aufgehalten und gesagt, wir sollen bleiben, wo wir sind. Damit wir im Ernstfall von zwei Seiten feuern können. Und dann haben wir erst mal da gelegen und gewartet.«

Anselm betrachtete mit Unbehagen seinen Cognacschwenker. An einer Stelle befand sich eine Gravur auf dem Glas. Er achtete bei jedem seiner Schlucke penibel darauf, dass seine Lippen exakt oberhalb dieser Markierung ansetzten, damit das Glas an nur einer einzigen Stelle mit den unvermeidlichen Abdrücken seiner Lippen beschmutzt wurde. Sobald sich am Innenrand des Glases Tröpfchen bildeten, schwenkte er dessen Inhalt, um den Glasrand wieder von ihnen zu befreien, woraufhin sich jedoch unweigerlich neue Tropfen bildeten.

»Wir lagen bestimmt zwei Stunden lang da, ohne dass sich etwas gerührt hätte. Der Kommandant hat dann dem Kameraden neben mir befohlen, zum Scheunentor rüberzuschleichen, um endlich rauszufinden, ob jemand dahinter versteckt ist. Mein Kamerad ist dann geduckt rüber, und als er das Tor gerade erreicht hatte, ging es plötzlich los!«

Paul Drexlers Augen glänzten. Aber nicht vor Freude, sondern von den Tränen, die ihm die Erinnerungen an diesen Einsatz im damals längst schon verlorenen Krieg in die Augen trieben.

»Mit einem plötzlichen Donnerhall wurde alles in Stücke gerissen! Die Tommys haben wie die Bekloppten mit ihrem Panzer und ihren Maschinengewehren von innen durch das Tor gefeuert. Meinen Kameraden hat es sofort erwischt! Ich wollte nur weglaufen, aber mein Kommandant hat mich gepackt und auf den Boden gezerrt, und ich habe ihn angebrüllt: *Du Arschloch! Du dumme Sau!*«

Anselm bemerkte, dass sein Vater jetzt ein Bein von dem Hocker nahm, das andere aber darauf liegen ließ. Gern hätte er die so entstandene Asymmetrie thematisiert, aber nicht an dieser Stelle der Geschichte.

»Meine vier Kameraden hinter dem Busch sind ganz ruhig auf ihren Positionen geblieben, die hatten aber auch nur ihre Gewehre zur Verteidigung. Ich hatte noch eine Panzerfaust! Als die Tommys dann aus der Scheune gekommen sind, haben wir gesehen, dass zwei Mann mit Maschinengewehren neben dem Panzer hergegangen sind. Wie viele in dem Panzer gesessen haben, wussten wir natürlich nicht. Wir haben dann wie blöd auf die Männer gefeuert, und ich habe die Panzerfaust angesetzt. Die beiden neben dem Panzer sind zu Boden gegangen, die hatte mein Kommandant erwischt. Und ich habe auf den Panzer geschossen. Volltreffer!«

Manchmal schwappte an dieser Stelle etwas von dem Weinbrand aus Paul Drexlers Glas auf dessen Hose, wenn er sich besonders in seine Erinnerung hineinsteigerte. An diesem Abend war dies aber nicht geschehen, was Anselm etwas beruhigte.

»Und ich sehe es noch wie heute, dass dieser Mann mit entsetztem Blick aus seinem Panzer rauskommt. Ich wollte auf ihn schießen, aber mein Kommandant hat mich zurückgehalten. Und der Engländer kam einfach auf mich zu, sank vor mir nieder und sagte nur: *I'm wounded!* Das werde ich nie vergessen.«

Paul Drexler legte eine kurze Pause ein, um einen Schluck zu trinken. Dann fuhr er in ruhigerem Ton fort:

»Erst in dem Moment ist uns aufgefallen, dass meine vier Kameraden, die hinter dem Gebüsch in Deckung waren, immer noch da lagen wie vorher. Und als wir zu ihnen rüber sind, haben wir gesehen, dass jeder von ihnen einen sauberen Kopfschuss hatte. Die Tommys hatten einen Scharfschützen auf dem Scheunenboden postiert, der uns hinter der Mauer nicht erwischen konnte. Aber die Jungs im Gebüsch hat er alle vier abgeschossen. Fein säuberlich, nacheinander.«

»Auf dem Baum«, korrigierte Anselm seinen Vater.

»Welcher Baum?«

»Der Scharfschütze saß in einem Baum, nicht auf dem Scheunenboden. Er hat noch nie auf dem Scheunenboden gesessen. Und der Tommy hat auch nicht einfach gesagt *I'm wounded,* sondern: *Oh, I'm wounded.*«

Paul Drexler hatte seinem Sohn diese Geschichte in den vergangenen Jahrzehnten bestimmt hundertmal erzählt, ohne sich selbst darüber im Klaren zu sein. Wieder und wieder hatte er die immer gleichen Formulierungen und Betonungen gewählt. Immer hatte er exakt dieselben Pausen gesetzt und die Stimme des englischen Soldaten, von dem er stets noch anfügte, dass er nie wieder etwas von ihm gehört habe, auf die immer gleiche Weise imitiert. Noch nie hatte es auch nur eine kleine Abweichung in der Geschichte gegeben, was mithin auch das Einzige war, was Anselm an dieser Kriegserinnerung seines Vaters schätzte.

»Ich weiß nicht …«, stotterte Paul daraufhin, und erst jetzt bemerkte Anselm, dass der Mundwinkel seines Vaters nach unten hing und, was ihm wesentlich schlimmer erschien, Speichel an dessen Kinn hinablief.

Ohne erkennbare emotionale Regung erhob sich Anselm daraufhin, ging zum Telefon hinüber und wählte die Nummer des Notrufs.

»Mein Vater hat gerade einen Schlaganfall«, konstatierte er nüchtern und gab seine Adresse durch.

Noch vor Ort hatten die Rettungsmediziner eine Computertomografie und eine Blutanalyse durchgeführt, die Anselms Befürchtung eines Schlaganfalls bestätigte. Unverzüglich wurde mittels einer Lysetherapie versucht, das Blutgerinnsel durch die intravenöse Gabe eines speziellen Medikaments aufzulösen. Nachdem dies nicht gelungen war, hatte sich auf der neurologischen Intensivstation schließlich herausgestellt, dass Paul Drexler einen irreparablen Hirnstamminfarkt erlitten hatte.

»Hören Sie das?«, fragte Schwester Cecilia ihren Patienten nun, als sie Geräusche an der Haustür wahrnahm. »Ich glaube, er ist da.«

Paul Drexler starrte wie immer nur regungslos in den Raum hinein.

»Ihr Sohn kommt nach Hause«, beruhigte ihn Cecilia. »Jetzt ist alles wieder gut.«

# KAPITEL 53

Anselms Atem ging schwer, nachdem er vor seinem Eintreffen das Areal um sein Haus herum weitläufig überprüft hatte. An einigen Positionen in der näheren Umgebung hatte man einen guten Blick auf das Anwesen der Drexlers. Diese Punkte waren besonders gut dafür geeignet, um dort ein Einsatzkommando zusammenkommen zu lassen, das aus sicherer Entfernung den Zugriff auf das Gebäude koordinieren konnte. Noch schien aber keine Einsatztruppe zu ihm auf dem Weg zu sein. Da Anselms Wagen möglicherweise bereits zur Fahndung ausgeschrieben war, hatte er das Auto seiner Kollegin Sonja genommen und war schließlich damit vor seinem Haus vorgefahren. Keine der geheimen Markierungen an Zaun, Garagentor, Fenstern oder Türen war verändert. Allem Anschein nach war seine Identität wirklich noch nicht enttarnt worden.

»Sie sind spät«, empfing Cecilia ihn, nachdem Anselm schließlich in den Hausflur getreten war.

Als sie bemerkte, dass er schwach aussah und seinen Arm auf unnatürliche Weise gekrümmt hielt, fragte sie besorgt: »Ist etwas passiert?«

»Machen Sie sich keine Sorgen«, wiegelte Drexler ab. »Geht es meinem Vater gut?«

»Ich glaube, er ist heute etwas aufgeregter als sonst.«

»Woran machen Sie das fest?«

Weder kam Schwester Cecilia die Treppe zu Anselm hinunter, noch traf dieser Anstalten, zu ihr nach oben zu gehen.

»Ich fühle, dass er sich Sorgen macht. Um Sie.«

Anselm legte seine Polaroidkamera auf die Hutablage über

seiner Garderobe und zog dann seinen Mantel aus, in dessen Taschen sich noch immer die Gegenstände befanden, die er zu Sonja mitgenommen hatte. Erst jetzt bemerkte die Krankenpflegerin, dass sein Arm verletzt war.

»Was ist denn passiert?«, fragte sie erschrocken und kam nun doch die Treppe hinunter.

Doch als sie Anselms notdürftig verbundene Verletzung in Augenschein nehmen wollte, stieß dieser sie unsanft von sich.

»Gehen Sie jetzt bitte«, forderte er sie auf. »Ich werde gleich Besuch bekommen, und ich habe noch einiges vorzubereiten.«

»Sie sollten aber unbedingt …«

»Ich habe mich geschnitten«, unterbrach Anselm. »Lassen Sie mich jetzt bitte mit meinem Vater allein.«

Nie zuvor hatte Schwester Cecilia den Sohn ihres Patienten in solch einem Zustand gesehen. All seine Beherrschung, seine perfekten Manieren und sein geradezu manisch akkurates Wesen schienen plötzlich vollkommen in den Hintergrund getreten zu sein.

»Ich kann Sie so nicht allein lassen«, setzte sie sich zur Wehr. »Sie können sich doch in diesem Zustand auch gar nicht um Ihren Vater kümmern.«

Kaum dass sie diese Worte gesprochen hatte, wurde Cecilia bewusst, dass sie den vermutlich wundesten Punkt eines Menschen getroffen hatte, den sie normalerweise nicht einmal unfreundlich anzusehen gewagt hätte. Sie befürchtete bereits einen Sturm der Entrüstung, als etwas geschah, mit dem sie nicht gerechnet hätte.

»Sie sind ein guter Mensch«, sagte Anselm, lächelte sie plötzlich freundlich an und griff ihr liebevoll an die Wange, wie man es bei einem Kind machen würde, das besonders brav gewesen war. »Gäbe es nur viel mehr von Ihrer Sorte, unsere Gesellschaft wäre eine bessere.«

»Ich … äh … danke«, kam es der Krankenpflegerin brüchig über die Lippen.

»Sie können sehr stolz auf sich sein. Sie haben in den vergangenen Wochen einen einzigartigen Beitrag geleistet. Einen Beitrag zu einer Veränderung, die wir alle jetzt noch gar nicht abschätzen können. Ich möchte Ihnen danken! Im Namen meines Vaters, in meinem eigenen und im Namen aller rechtschaffenen Menschen.«

Schwester Cecilia war überfordert. Sie wusste nicht, wie sie mit der befremdlichen Situation umgehen sollte. Eine innere Stimme sagte ihr, dass es das Beste sein würde, das Haus so schnell wie möglich zu verlassen. Andererseits spürte sie aber deutlich, dass etwas mit Anselm nicht stimmte, und sie war unsicher, ob sie ihn unter diesen Umständen mit einem hilflosen alten Mann allein lassen konnte.

»Es ist wie im Märchen«, erklärte Drexler dann. »Am Ende werden die Guten belohnt, und die Bösen bekommen, was sie verdienen. Bitte, gehen Sie jetzt, Schwester.«

Und obwohl sie spürte, dass Unheil heraufzuziehen schien, zog es Schwester Cecilia vor, der Aufforderung zu folgen. Solange sie es noch konnte.

# KAPITEL 54

Die Luft im Befragungsraum war stickig, eigentlich war sogar die ganze Etage überheizt. Judith Beer saß Jan Bittrich direkt gegenüber, während Castella in der Nähe der Tür stehen geblieben war.

»Haben Sie eine Erklärung dafür, Herr Bittrich?«, fragte Beer, nachdem sie dem Journalisten dessen eigenen Artikel vorgelegt hatte.

»Sie sind gut. Wissen Sie, wie viel ich jeden Tag schreibe und lese?«, hielt dieser ihr entgegen, während er vollkommen entspannt von seinem Wasser trank und nicht den Eindruck erweckte, als fühle er sich bedrängt. »Ich feile nicht an meinen Sätzen, ich gehe sie nicht hundertmal durch. Ich mache meinen Job seit Ewigkeiten, jeden Tag. Ich tippe diese Artikel einfach runter, und wenn sich das dann gut liest, ist es eben fertig und wird gedruckt.«

Judith Beer nahm die Zeitungsausgabe noch einmal zur Hand und las laut vor, was Bittrich offenbar geschrieben hatte.

*»Auch hat es der noch immer unbekannte Serientäter erstmals vermieden, sein Opfer vor dessen Hinrichtung mit einem Elektroschock außer Gefecht zu setzen.«*

Zum ersten Mal brachte sich jetzt auch Daniela Castella in die Befragung ein.

»Kein Mensch außerhalb des LKA und der Staatsanwaltschaft hat von den Elektroschocks gewusst«, stellte sie unmissverständlich klar. »Abgesehen vom Täter.«

»Sie vergessen die Opfer«, widersprach Bittrich und schmunzelte, bevor er sofort darauf wieder ernst wurde. »Ganz ehrlich,

ich habe keine Ahnung von einem Elektroschock. Ich kann mich nicht an jeden Satz aus jedem meiner Artikel erinnern, aber wenn ich das nicht wissen konnte, dann habe ich es auch nicht gewusst.«

Judith Beer wollte sich so schnell nicht zufriedengeben.

»Wir suchen einen Täter, der sich verdammt gut in Berlin auskennt, jemanden, der seine Opfer nach Zeitungsberichten aussucht und der in irgendeiner Weise von der Mordserie profitiert. Um wie viel Prozent ist die Auflage des *Fadenkreuz* denn in der vergangenen Woche gestiegen?«

Bittrich lachte demonstrativ in sich hinein und schob dann leicht seinen Stuhl nach hinten, um sich lässig darin zurücksinken zu lassen.

»Ich kann ja verstehen, dass Sie verzweifelt sind«, setzte er an. »Aber dieses Argument ist ja nun wirklich das beknackteste, das ich seit Langem gehört habe. Wenn die Auflage steigt, dann verdient der Verlag mehr Geld, nicht ich. Davon abgesehen, ist die Nachrichtenlage in Berlin durchaus hinreichend, um unser *Fadenkreuz* jeden Tag wieder mit etwas anderem vollzuschreiben. Noch müssen wir unsere Nachrichten nicht selbst produzieren.«

»Woher wussten Sie von dem Elektroschocker?«, blieb Castella unbeeindruckt bei ihrer Frage, die noch immer nicht beantwortet war.

Bittrich begann nun endlich zu verstehen, dass er es nicht mit einem Scherz zu tun hatte. Das gesamte LKA jagte seit über einer Woche einem Phantom hinterher, das sich bislang trotz aller Bemühungen jedem Zugriff standhaft entzogen hatte. Und das, obwohl immer neue Spuren zu immer neuen Erkenntnissen geführt und die Zielfahnder so nah an ihn herangebracht hatten, dass es kaum zu erklären war, warum sich Jack noch immer auf freiem Fuß befand.

»Also gut«, kooperierte er schließlich. »Ich würde gern etwas überprüfen. Darf ich kurz telefonieren?«

Judith Beer nickte zustimmend und wartete ab, bis Bittrich über sein Mobiltelefon in der Redaktion des *Fadenkreuz* angerufen hatte. Der Ressortleiter sprach sich in aller Kürze mit einem Kollegen aus seiner Redaktion ab, der ihm wenige Minuten später eine Mail auf sein Smartphone weitergeleitet hatte, die in Bittrichs Postausgang auf dessen Computer im Büro abgespeichert gewesen war. Zufrieden präsentierte er nun den Anhang der Nachricht.

»Was ist das?«, wollte Beer wissen.

»Das ist der Artikel. So, wie ich ihn rausgeschickt habe.«

Blitzschnell suchten die drei die entsprechende Passage, in der Bittrich auf die Unterschiede des Mordes an Kai Jurek im Vergleich zu Jacks vorangegangenen Taten einging.

»Der Satz fehlt komplett«, stellte Castella schließlich fest.

»Okay, Herr Bittrich«, setzte Judith Beer daraufhin an. Sie sprach plötzlich ruhiger und freundlicher zu dem Ressortleiter. »Wir gehen jetzt mal davon aus, dass Sie diesen Satz wirklich nicht geschrieben haben. Wie kann er in den Text gekommen sein?«

»Auf dem üblichen Weg. Ich habe den Artikel an das Korrektorat geschickt, da ist er gecheckt worden und dann weiter in den Satz gegangen. Da konnten dann schon noch einige Leute dran rumfummeln, ich verschicke ja schließlich keine Codes von Atomwaffen. Aber das ist ja auch gar nicht die Frage.«

»Er hat recht«, erkannte nun auch Castella. »Die Frage ist: *Warum* sollte jemand diesen Satz eingebaut haben?«

Es war schließlich wiederum die Dezernatsleiterin, die aussprach, was Beer und Bittrich ebenfalls vermuteten.

»Er will, dass wir ihn finden!«

Und während Judith Beer nur still nickte, fügte Jan Bittrich mit fester Stimme hinzu: »Er – oder *sie*.«

Die Frauen waren überrascht.

»Ich habe den Artikel zum Lektorat an eine Frau geschickt«, erklärte Bittrich.

Castella sah ihre Mitarbeiterin mit einem Blick an, der mehr besagte, als es Worte in diesem Moment hätten tun können. Judith Beer griff daraufhin sofort zu ihrem Handy, betätigte den Kurzwahlspeicher und sah zu Bittrich hinüber, der insgeheim bereits dabei war, die Schlagzeile für die kommende Ausgabe des *Fadenkreuz* zu formulieren.

»Ich brauche den Namen und die Adresse.«

# KAPITEL 55

Dem Allradantrieb von Severins Phaeton machte auch der hoch liegende Schnee in der Nebenstraße nichts aus, in der Anselm wohnte. Boesherz hatte das Fahrwerk hydraulisch angehoben und die komfortabelste Federung eingestellt, sodass er problemlos über die zugeschneite Fahrbahn gleiten und schließlich mit seiner fast schon aristokratisch anmutenden Limousine direkt vor dem Anwesen der Drexlers vorfahren konnte.

Das Haus strahlte nicht nur die Wirkung des klassischen Stils seines Baujahres aus der Mitte des neunzehnten Jahrhunderts aus, es waren auch keinerlei stilbrechende Elemente wie Gartenzwerge, moderne Briefkästen oder technische Gartengeräte auf dem Grundstück zu sehen. So, wie Boesherz das Haus vorfand, hätte es ebenso gut als Kulisse für einen Film dienen können, der in längst vergangenen Zeiten spielte.

»Also dann«, motivierte sich Severin selbst und schaltete die Soundanlage aus, über die er während seiner Fahrt Mozarts Singspiel *Die Entführung aus dem Serail* gehört hatte. »Zeit für den letzten Akt.«

Severin stieg aus seinem Wagen aus, schlug die Tür kräftig genug zu, dass Drexler es hören konnte, und betätigte den Knopf am Türgriff, mit dem er sein Fahrzeug, auch ohne den Schlüssel aus seiner Tasche zu nehmen, verschließen konnte. Ohne ein Geheimnis um seine Anwesenheit zu machen, betrat er das Grundstück und ging auf die imposante Eingangstür zu, vor der gleich zwei Fußabtreter lagen, mit denen man seine Sohlen durch verschiedene, einander ergänzende Techniken reinigen konnte. Als sei er ein angemeldeter Besucher, betätigte er die Klingel. Und das, obwohl er bereits bemerkt hatte, dass die Haustür nur angelehnt war. Danach putzte er seine Schuhe ab und trat vorsichtig, aber ohne weiter darüber nachzudenken, in das Haus ein. Es war hell erleuchtet und behaglich geheizt.

»Ich bin da, Herr Drexler«, rief Boesherz in die Leere des herrschaftlich arrangierten Eingangsbereiches.

»Gut«, erhielt er sogleich zur Antwort, bevor im ersten Stock ein Mann auf die Empore trat, von der aus man in den Hausflur hinuntersehen konnte.

Anselm hatte ausreichend Zeit gehabt, sich auf den Besuch des Kommissars vorzubereiten. Schwester Cecilia hatte das Haus vor über einer Stunde verlassen, sodass Drexler nicht nur Gelegenheit hatte, seine Vorkehrungen zu treffen, sondern auch dazu, seine Schnittwunde am Arm zu versorgen, seine Schmerzen mit einem weiteren Morphiumpflaster seines Vaters zu unterdrücken und sich für den feierlichen Anlass umzuziehen. So trat er Severin nun in seinem besten Anzug entgegen, der zwar etwas in die Jahre gekommen, aber dennoch von zeitloser Eleganz war. Anselm hatte das Kleidungsstück nur wenige Male getragen, es aber dennoch monatlich in die Reinigung gegeben, um es stets von Staub und Gerüchen frei zu halten. Er trug den edlen Dreiteiler nicht nur in Kombination mit weißem Hemd und einer handgebundenen Fliege, er hatte sich zudem auch mehrere Orden an die Brust gesteckt.

»Ihre Kollegen sind noch nicht eingetroffen«, stellte Anselm fest, während Boesherz unaufgefordert seinen Mantel ablegte und dadurch das Schulterholster mit seiner Pistole darin zu erkennen gab.

»Lange werden sie nicht mehr brauchen«, erklärte der Kommissar und deutete dann mit fragendem Blick auf seine Waffe. »Soll ich?«

»Später vielleicht«, antwortete Anselm und machte sich endlich daran, nach unten zu seinem Gast zu gehen.

Er hatte schon die ersten beiden Stufen genommen, als er Boesherz anbot: »Sie können mich jetzt sofort mitnehmen. Ich leiste keinen Widerstand.«

»Das wäre aber nicht klug von mir«, entgegnete der Kommissar, während Anselm die Treppe weiter hinunterging. »Schließlich kann ich ja noch ein Leben retten. Ich sollte Sie also lieber nicht verärgern.«

»Es tut mir wirklich leid, dass ich Ihnen diese Verantwortung aufbürde. Aber ich bin mir sicher, dass Sie am besten dafür geeignet sind, mit ihr umzugehen.«

Drexler wartete, bis Boesherz nahe genug gekommen war, und deutete dann auf den Gang, der zu den Zimmern im hinteren Teil des Erdgeschosses führte.

»Folgen Sie mir bitte.«

Severin folgte Drexler nun einen langen Flur entlang, der an zahlreichen mehr oder weniger morbiden Gemälden der männlichen Vorfahren seines Gastgebers vorbeiführte.

»Sind die Orden von denen?«, fragte er und deutete auf die Bilder der Herren, die fast sämtlich in Uniformen dargestellt waren.

»Meine Familie hat eine lange Militärtradition«, antwortete Drexler, während Boesherz auch die Schwerter und Gewehre betrachtete, die an den Wänden aufgehängt waren.

Als sie schließlich den hintersten Raum erreicht hatten, sagte Anselm: »Ich habe keine Geheimnisse vor Ihnen. Hier, in diesem Raum, hat alles begonnen.«

Mit diesen Worten öffnete er die Tür und gab Boesherz damit den Blick in das Zimmer frei, in dem er schon als Kind gelebt und an dem sich seitdem nicht viel verändert hatte. So, wie er es immer tat, speicherte Boesherz jedes Detail des Raumes wie ein

Foto in seinem Gedächtnis ab, schneller, als sein Bewusstsein die Informationen verarbeiten konnte. Innerhalb von Sekunden hatte er auf diese Weise auch das Detail im Raum ausgemacht, dem er wohl offenkundig die größte Bedeutung schenken musste.

»So etwas kann einen Menschen durch sein ganzes Leben begleiten, nicht wahr?«, stellte er fest, als sein Blick auf die Tafel über dem Bett fiel.

Als Severin nun auch bewusst registrierte, dass es entgegen Bartholys Theorie auch eine *Acht* auf der Liste gab, hob er distinguiert seine linke Augenbraue, bevor er einen Luftzug in seinem Nacken spürte und ein unerwarteter Stromschlag ihn schmerzhaft niederstreckte.

# KAPITEL 56

Mehrere Einsatzfahrzeuge der Schutzpolizei waren bereits vor Sonjas Haus vorgefahren und hatten alle Ausgänge gesichert. Jetzt traf auch Judith Beer mit Linda Bartholy und drei Kollegen der Sonderkommission ein. Bartholy hatte die Befragung von Jan Bittrich in einem Nebenraum mitverfolgt. Zwischenzeitlich hatte die Sonderkommission herausgefunden, dass die Änderung an Bittrichs Bericht tatsächlich erst ab der Fassung vorlag, die von Sonja Wendorff als druckfertig an die Redaktion zurückgesandt worden war.

»Ist schon jemand bei ihr gewesen?«, fragte Beer einen der Kollegen, die das Haus von außen sicherten.

»Wir haben auf euch gewartet«, erhielt sie zur Antwort, bevor sie ihre Pistole zog und vorsichtig an die Haustür herantrat.

Während die Kollegen aus Boesherz' Team zeitgleich die Fenster sicherten, blieb Linda Bartholy am Einsatzfahrzeug zurück. Mithilfe einer Zeichensprache verständigte sich Beer mit ihren Kollegen und betätigte erst dann die Klingel. Es erfolgte keine Reaktion. Beer klingelte ein weiteres Mal.

»Frau Wendorff, öffnen Sie bitte! Hier ist die Polizei, wir haben ein paar Fragen an Sie.«

Erst nachdem weiterhin keine Reaktion erfolgte, gab Beer ihren Kollegen zu verstehen, dass sie nun gewaltsam in das Haus eindringen sollten. Auf ein vereinbartes Zeichen hin brachen die Polizisten die Fenster auf, stürmten in die Wohnung und öffneten Judith Beer Sekunden darauf die Tür von innen. Schon der erste Blick, der die Kommissarin aus den Augen eines ihrer Kollegen traf, reichte aus, um zu verstehen, was dieser vorgefunden hatte.

Die Wohnung war vollkommen verwüstet, und in ihrem Todeskampf hatte Wendorff sich mit dem Brotmesser gegen ihren Angreifer zur Wehr gesetzt. Sowohl dessen Blut wie auch ihr eigenes war gegen die Wände und auf die Möbel gespritzt, bevor ihr Angreifer die junge Frau schließlich niedergerungen und ihr so lange die Kehle zugedrückt und ihren Kopf dabei auf den Boden geschlagen hatte, bis sie sich schließlich nicht mehr gerührt hatte.

»Das ist also der Grund für die unchronologische Reihenfolge«, stellte Bartholy fest, nachdem auch sie die Wohnung kurz darauf betreten hatte. »Er hat zuerst die Opfer ermordet, zu denen er in keiner Verbindung gestanden hat. Diese Frau hier hat er persönlich gekannt – sie hätte uns also viel zu schnell zu ihm geführt.«

»Wie kommen Sie darauf?«, wollte Beer wissen.

»Wegen der Art, auf die er sie ermordet hat. Das war persönlich, nah, brutal, wütend. Er hat es sogar zu einem Kampf kommen lassen, obwohl er Waffen bei sich hatte. Ich nehme an, er wollte diesen Kampf, zumindest unbewusst. Er wollte endlich seine Wut gegen einen Menschen entladen, den er persönlich gekannt und gehasst hat.«

»Ich verstehe«, erkannte Beer und sah die buchstäblich zu Tode geprügelte Frau mit den brutalen Würgemalen am Hals mitleidsvoll an. »Bei den anderen ist er kalt und distanziert vorgegangen. Bei ihr war es Leidenschaft.«

»Nicht auszuschließen, dass sie sogar der Auslöser für die ganze Mordserie war. Nur eines verstehe ich noch nicht: wie er es geschafft hat, uns mit diesem Zeitungsbericht auf ihre Spur zu führen. Ich meine, er wollte doch ganz offensichtlich, dass wir den Artikel entdecken, hier auftauchen und sein letztes Opfer finden.«

Beer war in diesem Punkt weniger unschlüssig.

»Wenn sie Jack persönlich gekannt hat, dann kann er an ihren Rechner gekommen sein und die Änderung unbemerkt vorgenommen haben«, spekulierte sie. »Er wollte uns also nicht auf *seine* Spur führen, sondern auf die seines letzten Opfers. Wir sollten sie ja schließlich finden.«

»Ich glaube nicht, dass sie schon sein letztes Opfer war«, brachte sich jetzt einer der Kollegen ein, die zwischenzeitlich den Tatort in Augenschein genommen hatten. Dann deutete er auf etwas, das Beer und Bartholy bislang noch gar nicht aufgefallen war.

»Das gibt's doch nicht«, stießen beide Frauen fast zeitgleich aus.

Um ihren Hals trug Sonja Wendorff eine Kette, die so gut wie gar nicht mit Blut beschmutzt war. Der Anhänger, der offensichtlich erst nach dem Kampf drapiert worden war, stellte das Symbol für die Unendlichkeit dar. Doch so, wie er offenbar von Jack hinterlassen worden war, schien er etwas anderes ausdrücken zu wollen.

»Eine *Acht*. Verdammt, Jack ist noch gar nicht mit seiner Liste fertig. Es fehlt immer noch mindestens die Eins«, hauchte Linda, und kaum dass sie damit ihre eigene Fehleinschätzung eingestanden hatte, kam ihr auch schon etwas anderes, wesentlich Bedeutsameres in den Sinn: »Wo, verdammt noch mal, ist Severin?«

# KAPITEL 57

Es war absolut finster. So finster – Boesherz war vollkommen orientierungslos. Er wusste, dass er ohnmächtig gewesen war, aber nicht, für wie lange. Auch hatte er keine Vorstellung davon, wo er sich befand. Es war kalt, seine Pistole steckte nicht mehr in ihrem Holster, dafür trug er wieder seinen wärmenden Kaschmirmantel, den er im Haus abgelegt hatte. Plötzlich vernahm der Kommissar ein Geräusch, das er zu seinem Unbehagen auch unverkennbar zuordnen konnte. Jemand schaufelte Erde auf das, worin er lag. Was immer es auch sein mochte.

»Wie fühlt es sich an, tot zu sein?«, rief Anselm jetzt mit hinterlistigem Unterton aus einer offenbar höher liegenden Position. »Ist es ein schönes Gefühl?«

Unmittelbar nachdem Boesherz Anzeichen dafür gezeigt hatte, dass er wieder zu sich kommen würde, hatte Anselm den Deckel verschlossen und damit begonnen, langsam und mit Bedacht Erde auf die Kiste zu schaufeln.

»Es hält sich in Grenzen«, antwortete der Kommissar.

Auch, um Drexler anzuzeigen, dass er wieder bei vollem Bewusstsein war.

»Wer sich nicht an die Regeln hält, der landet in einer Kiste«, erklärte Anselm daraufhin unbeirrt, legte noch eine Schaufel voll Erde nach und begann plötzlich, mit bizarr veränderter Stimme ein Lied zu singen, das Boesherz noch nie gehört hatte.

Das Kind im Grab in seinem Sarg,
ganz unten in der Erde lag.
Es hatte Furcht und weinte sehr,
doch all sein Klagen half nichts mehr!

»Gegen welche Regel habe ich denn verstoßen?«, fragte Severin angespannt, während die Luft um ihn herum stickiger wurde und immer mehr feiner Sand durch die Spalten im Holz auf ihn niederrieselte. »Es sind ja nur noch die Eins und die Acht übrig.«

»Die Acht nicht mehr«, antwortete Anselm. »Sie sind nicht auf dem neuesten Stand!«

»Nummer acht: Befolge die Regeln«, zitierte Boesherz daraufhin aus dem Gedächtnis. »Dann geht es also nur noch um die Eins.«

Anselm antwortete nicht darauf. Stattdessen trug er scheinbar zusammenhanglos ein Gedicht vor.

»Sollst du nicht, Junge, riskieren den Leib,
solang' es dir gut geht! Dein Kind und dein Weib
zu nähren ist das, was du sollst in der Welt.
Droht dir keine Gefahr? Fehlt dir Brot nicht, noch Geld?
Dann danke dem Herrn, dass er acht auf dich gibt!
Du meinst, das sei fade? Dann blick, was man sieht:
Der Gereon war ein erfolgreicher Mann.
Es fehlte ihm nichts, und man sah es ihm an.
Doch Gesundheit und Wohlstand zu öd ihm bald war'n.
Auf die Dächer er stieg, fand Genuss an Gefahr'n.
Setzt' sein Leben aufs Spiel, ohne Grund, ohne Not.
Bis der Griff ihm versagte und er stürzt' in den Tod.
Die Gedärme verteilt und zu Tode verletzt.
Drum denk dran, mein Junge: Die Fünf ist Gesetz!«

Boesherz hatte verstanden. Er hatte die Tafel über Anselms Bett nur für einen Augenblick sehen können, aber er konnte dennoch jede der Regeln darauf aus seinem Gedächtnis rekonstruieren.

»Nummer fünf: *Meide die Gefahr!*«, rief er Drexler entgegen. »Gereon Voss hat ohne jeden Grund sein Leben aufs Spiel gesetzt. Er hatte alles, was man sich wünschen konnte, und trotzdem musste er immer wieder auf diese Häuser klettern.«

Kaum dass Boesherz das gesagt hatte, setzte Drexler mit dem Schaufeln aus. Nach einem Augenblick der Stille antwortete er: »Ich wusste, dass Sie es verstehen würden. Wissen Sie, es gibt einfach so unglaublich viele Menschen, die nichts begreifen. Die immer wieder dieselben Fehler machen und nichts daraus lernen.«

»Was war mit Steinmetz, dem Sozialschmarotzer? Es ging Ihnen gar nicht um Habsucht, oder? Sie haben einen Schritt weitergedacht. Regel vier: *Diene der Gesellschaft!*«

> Der Ole, der sah nicht, wie's and'ren geschah.
> Er dacht' stets an sich, nur sein' Vorteil er sah.
> Wollt' nur haben, nur nehmen – doch wer and'ren nie gab,
> der hat keinen Halt, wenn er sinkt in sein Grab.
> Abgesoffen im Wasser treibt er tot nun vor dir.
> Drum denk dran, mein Junge: Befolge die Vier!

»Und was ist bei Jurek schiefgelaufen?«, fragte Boesherz weiter, beständig darum bemüht, sich seine wachsende Anspannung nicht anmerken zu lassen.

»Irgendwas geht doch immer schief. Egal, wie gut man sich vorbereitet. Inzwischen bin ich ihm aber dankbar«, antwortete Anselm. »Jurek hat mir nämlich etwas gezeigt, das mich weitergebracht hat. Er hat mir gezeigt, dass man seine Ziele auch auf alternativen Wegen erreichen kann.«

»Bin ich deswegen hier?«

Seit mehr als einer Minute war nun schon keine Erde mehr auf Boesherz gefallen.

»Sie sind der alternative Weg«, bestätigte Anselm und klang dabei regelrecht zuvorkommend, fast schon bittend. »Sie können noch das schaffen, was mir nicht gelungen ist.«

»Haben Sie selbst früher in dieser Kiste gelegen?«, erkundigte sich Boesherz jetzt mitfühlend.

»Ich habe immer gedacht, dass er mich darin begraben will«, setzte Anselm darauf zu erzählen an. »Ich hatte solche Angst, jedes Mal. Und immer wieder habe ich geglaubt, dass er mich dieses Mal vielleicht nicht wieder befreien wird. Manchmal hat er mich stundenlang darin liegen lassen, ich habe sogar ganze Nächte darin verbracht. Ich musste so lange darin liegen bleiben, bis ich die Regeln aufsagen konnte! Und ich habe ihn dafür gehasst. Genauso wie für die Kinderlieder und die grausamen Geschichten. Aber dann, irgendwann, habe ich es verstanden.«

Boesherz folgte nicht nur Anselms Ausführungen, parallel dazu schätzte er auch seine eigene Lage ein. Er vermutete, dass Drexler aufrecht stand und auf die Kiste hinunterblickte. Dann kalkulierte er Anselms Körpergröße, schätzte ein, auf welcher Höhe dieser den Spaten hielt und wie lange die Erde benötigte, um auf der Kiste zu landen. Er kam schließlich zu dem Ergebnis, dass er nur etwa einen Meter tief unterhalb der Erdoberfläche lag.

»Sie meinen, Sie haben verstanden, was Ihr Vater Sie damit lehren wollte?«, ging er nun auf Drexler ein.

»Wissen Sie, die Menschen lernen einfach nicht im Guten. Wenn man zu einem Kind *bitte* sagt, dann denkt es sofort, dass es eine Wahl hätte. Und es wird das Gegenteil von dem machen, was es soll. Nur wenn man ihnen von klein auf beibringt, dass sie zu gehorchen haben, werden sie später redliche Menschen sein.

Man kann Erwachsene nicht mehr formen, aber man kann dafür sorgen, dass sie es wenigstens bei ihren Kindern besser machen.«

»Haben Sie Moldenhauer deswegen am Leben gelassen? Weil er noch jung ist?«

»Sein Tod war nicht notwendig. Kennen Sie Konrad, den Jungen, der am Daumen lutscht, obwohl es ihm die Mutter verboten hat?«

Boesherz konnte sich gut an die unheimliche Geschichte aus dem Struwwelpeter erinnern, in der ein böser Schneider dem kleinen Jungen die Daumen mit seiner Schere abtrennte, weil das Kind trotz Verbotes daran gelutscht hatte.

»Der Junge erfährt nie, aus welchem Grund er nicht am Daumen lutschen soll. Deswegen versteht er es auch nicht und macht es trotzdem. Ich habe es als Kind auch nicht verstanden.«

»Aber Sie haben verstanden, dass Konrad besser getan hätte, was seine Mutter ihm gesagt hat! Wer sich auf Diskussionen einlässt, hat schon verloren«, hielt Anselm entgegen. »Was haben die Richter denn erreicht? Bei Moldenhauer? Oder bei diesem Brandstifter? Glauben Sie, die Menschen werden jemals damit aufhören, einander zu töten, zu verletzen, auszunutzen oder zu bestehlen, wenn man mit ihnen darüber diskutiert, ob das richtig ist oder nicht? Wenn man ihnen mit Milde begegnet, weil man anfängt, ihre *persönlichen Umstände* zu berücksichtigen? Welche Umstände berücksichtigt denn eine Ratte, die sich durch Ihren Körper nagt? Welche Umstände berücksichtigt das Wasser, in dem Sie ersaufen? Das Haus, von dem Sie stürzen? Und welche Umstände berücksichtigt der Tod, wenn er an Ihre Tür klopft? Beantwortet er Ihre Fragen? Nennt er Ihnen Gründe? Sagt er *bitte?*«

»Sie wollen kommende Generationen vor dem gesellschaftlichen Verfall bewahren«, stellte Boesherz fest. »Dann verstehe ich aber nicht, warum Sie mich hergebeten haben, um ein Leben zu retten. Was zählt denn schon ein Leben in so einem großen Plan?«

»Verstehen Sie das wirklich nicht?«, erwiderte Anselm ungläubig. »Jedes Leben zählt, solange es das Leben eines guten, redlichen Menschen ist. Eines Menschen, der sich in den Dienst der richtigen Sache stellt, der sich an die Regeln hält und sie verbreitet. Also lassen Sie uns keine Zeit verlieren.«

Boesherz erkannte, dass Anselm ihn nicht vergraben hatte, um ihn zu töten. Vielmehr wollte er ihm offenbar begreiflich machen, wie er zu dem geworden war, was er heute darstellte.

*Gut, in dieser Kiste hat er dir also seine Regeln eingetrichtert. Und was zeigst du mir jetzt?*

Es erschien Boesherz schlüssig, dass es für ihn an der Zeit war, sich aus seiner Lage zu befreien.

»Ich komme jetzt raus! Von hier unten kann ich das letzte Leben schließlich nicht retten«, kündigte er an.

Es erfolgte keine Reaktion.

*Er ist ein Ordnungsfanatiker. Er hat die Nägel nicht einfach blind irgendwo ins Holz geschlagen, sondern ganz symmetrisch an allen Seiten.*

Gezielt setzte Boesherz nun seine Füße an die Punkte, an denen er die unteren Nägel vermutete, und stemmte mit aller Kraft dagegen. Tatsächlich gab der Deckel schnell nach, sodass der Kommissar ihn innerhalb kurzer Zeit vollständig gelöst hatte. Es lag nicht besonders viel Erde darauf, sodass es kein Problem war, ihn beiseitezuwuchten.

Es war kalt und dunkel dort draußen. Boesherz richtete sich auf und stellte dabei fest, dass er tatsächlich in einer Grube gelegen hatte, die in etwa so tief war, wie er es eingeschätzt hatte. Das Haus lag jetzt wieder hell erleuchtet vor ihm, unverkennbar befand er sich im Garten hinter dem prachtvollen Bau. Boesherz war nun allein, Anselm hatte sich zwischenzeitlich entfernt. Erst jetzt erkannte der Kommissar im faden Schein des Lichtes, das vom Haus her zu ihm hinüberschien, worin er wirklich gelegen hatte. Es handelte sich dabei nicht einfach nur um eine Holzkiste. Es war ein Sarg, aus robustem Holz gefertigt. Er war nicht mit Beschlägen verziert oder im Innern mit Stoffen und Polstern ausgekleidet. Wahrscheinlich hatte er ausschließlich dem Zwecke der Züchtigung des jungen Anselm gedient.

»Severin«, hauchte Boesherz unbeugsam in die Dunkelheit hinein. »Was machst du hier eigentlich?«

# KAPITEL 58

Frau Wendorffs Rechner ist mit einem Passwort geschützt, aber das dürfte kein großes Problem sein«, erklärte Jan Bittrich den beiden Beamten, die ihn in die Redaktion des *Fadenkreuz* gebracht hatten. »Unser Systemadministrator kommt da ohne Probleme ran, er müsste sich gleich bei mir melden.«

Die Nachricht vom Tod seiner Kollegin war dem Ressortleiter nähergegangen, als er es sich anmerken lassen wollte. Sein Lächeln war gewichen, und seine Bewegungen hatten sich unter dem Einfluss der schrecklichen Nachricht verlangsamt. Jetzt hatte sich der Journalist aber erst einmal zum Ziel gesetzt, das LKA bei der Suche nach Sonjas Mörder zu unterstützen. Bittrich hatte sich an den Schreibtisch seiner ermordeten Kollegin gesetzt und versuchte nun herauszufinden, wer das geheime Täterwissen um das Elektroschockgerät wirklich in den Artikel eingebaut hatte. Ungeduldig erwartete er den Rückruf seines Kollegen, der ihm den Zugang zu Sonjas Rechner ermöglichen sollte.

»Ich kann es ja schon mal selbst versuchen«, schlug er schließlich vor. »Diese Passwörter sind ja bei uns nicht dazu gedacht, internationale Geheimdienste abzuwehren. Sie sollen nur verhindern, dass Außenstehende sehen können, an welchen Storys wir gerade arbeiten.«

Bittrich kannte Sonja Wendorff nicht besonders gut, aber er wusste, dass sie weder einen Mann noch Kinder hatte. Ihren Großonkel, den Chefredakteur, wollte er nicht anrufen. Man hatte ihn gerade erst über den Tod seiner Verwandten informiert, und ihn in dieser Lage nach einem Passwort zu befragen, wäre nicht nur taktlos gewesen, es hätte vermutlich auch nicht zum Erfolg geführt. Es war im Verlag ein offenes Geheimnis, dass die beiden nie viel miteinander zu tun gehabt hatten.

»Ich gucke mal, ob sie es irgendwo aufgeschrieben hat«, sagte Bittrich und suchte die Zettel auf Sonjas Schreibtisch durch, auf denen sie ihre Notizen gemacht hatte. »Es ist bestimmt etwas Simples, vielleicht etwas, das sie direkt vor der Nase hatte.«

Nachdem Bittrich keine Notiz in die Hände geraten war, die zur Lösung des Problems geführt hatte, gab er schließlich auf gut Glück zunächst den Namen von Sonjas Großonkel, danach dann ziellos Offensichtliches wie *Lampe*, *Monitor*, *Blume*, *Telefon* oder *Fenster* ein. Da auch dies nicht zum Erfolg führte, überlegte Bittrich, wie die Einführung von Sonja Wendorff seinerzeit genau abgelaufen war. Er selbst hatte die neue Mitarbeiterin in der Redaktion willkommen geheißen.

»Warten Sie mal«, sagte er und sah die Beamten der Schutzpolizei mit einem Glänzen in den Augen an. »Sie war neu und musste gleich an ihrem ersten Tag ein Passwort finden. Sie kannte hier noch niemanden, aber sie hat vermutlich trotzdem etwas genommen, das sie mit dem *Fadenkreuz* verbunden hat und das sie sich leicht merken konnte.«

Mit der Begeisterung eines kleinen Jungen beim Detektivspielen gab der Ressortleiter den Namen *Jan* in das Passwortfeld von Sonjas Rechner ein. Nachdem auch dieser Versuch gescheitert war, ergänzte er noch seinen Nachnamen *Bittrich*.

»Voilà!«, rief er aus, als er daraufhin tatsächlich Zugriff auf Sonja Wendorffs Benutzeroberfläche hatte. »Ich bin eben verdammt eindrucksvoll! Dann wollen wir doch mal gucken, wer dir das angetan hat.«

Zügig, aber konzentriert prüfte Bittrich nun die Dateien, die Wendorff erhalten, bearbeitet und verschickt hatte. Es dauerte nicht lange, bis er die Nachricht gefunden hatte, in der Anselm den Bericht über die Ermordung von Kai Jurek an Sonja zurückgemailt hatte. Er öffnete die Datei und stellte dabei fest, dass sie genau die geheime Information enthielt, die zuvor noch nicht im Text gestanden hatte. Bittrich war sichtlich überrascht.

»Mein Gott«, stieß er aus, als habe er ein Gespenst gesehen. »Drexler? Das kann doch nicht sein …«

# KAPITEL 59

Die Terrassentür war nur angelehnt, und Boesherz beließ es auch dabei, nachdem er wieder ins Haus gegangen war. Er war jetzt unbewaffnet, und es konnte nicht schaden, sich einen Fluchtweg offen zu halten.

Jetzt war das Haus der Drexlers nicht mehr nur allein durch Lampen und Kronleuchter erhellt. Die zahlreichen altertümlichen Kandelaber, die anzuzünden Anselm aus Sicherheitsgründen bislang stets vermieden hatte, verbreiteten nun zusätzlich Wärme und Behaglichkeit. Auch wenn sie angesichts der Umstände eher bedrohlich auf den Kommissar wirkten. Zudem hatte Drexler zwischenzeitlich den alten Plattenspieler seines Vaters angestellt, auf dem nun Zarah Leander mit ihrem Klassiker *Davon geht die Welt nicht unter* in einer Aufnahme aus den Vierzigerjahren zu hören war. Severin Boesherz hatte es nicht eilig. Ihm war klar, dass sein Gastgeber auf ihn warten würde.

»Der Zauber der alten Musik«, rief er die Treppe nach oben, nachdem er ausgekundschaftet hatte, dass sich Anselm nicht im unteren Teil des Hauses aufhielt. »So was wird heute gar nicht mehr produziert.«

Die knisternde Aufnahme, die das ganze Haus auf magische Weise in eine andere Zeit zurückzuwerfen schien, klang schließlich aus, bevor der nächste Titel in derselben antiquierten Tonqualität einsetzte: *Ich weiß, es wird einmal ein Wunder gescheh'n.*

»Die Menschen brauchen solche Musik, gerade in schweren Zeiten. Sie haben immer etwas gebraucht, das ihnen in der Stunde der größten Not Mut macht«, entgegnete Anselm, als er bemerkt hatte, dass Boesherz sich dem Zimmer näherte, in dem er seine weiteren Vorkehrungen getroffen hatte. »Kommen Sie herein, ich möchte Ihnen jemanden vorstellen.«

Der Kommissar folgte der Aufforderung und betrat das Schlafzimmer von Paul Drexler. Der alte Mann lag so, wie Schwester Cecilia ihn für die Nacht hergerichtet hatte, in seinem Bett. Anselm hatte lediglich das Kopfteil des Gestells aufgerichtet, sodass sein Vater nun in den Raum hineinsehen konnte.

»Er bekommt alles mit«, erklärte Drexler und forderte Boesherz mit einer höflichen Geste auf, sich zu setzen.

»Guten Abend«, grüßte dieser den Vater seines Gegenübers höflich, bevor er Anselms Aufforderung nachkam und auf dem Sessel Platz nahm, den noch kurz zuvor Schwester Cecilia genutzt hatte.

Dem Kommissar entging nicht, dass seine Pistole auf dem Nachttisch lag, der neben Paul Drexlers Bett stand. Etwa vier Meter von ihm selbst entfernt und auf der Seite des Krankenbettes, die Anselm unzugänglich war.

»Er hat das Locked-in-Syndrom«, berichtete Anselm, der in seiner obskuren Aufmachung mit den Militärorden an der Brust nervös neben seinem Vater stand, als sei er dessen Majordomus.

Boesherz hatte bemerkt, dass die schmale Scheibe eines Weinkorkens zwischen den Schneidezähnen des alten Herrn steckte. Aus seiner Position heraus konnte er jedoch nicht erkennen, was es damit auf sich hatte.

»Am Anfang konnte er sich wenigstens noch durch Zwinkern mitteilen, das geht mittlerweile aber nicht mehr. Egal, ich kenne ihn gut genug, um zu wissen, was er denkt«, erklärte Anselm.

»Wer hat Ihnen bei der Betreuung geholfen?«, fragte Boesherz, dem die Höhe, in der die Beutel mit der Flüssignahrung angebracht waren, verraten hatte, dass sich zusätzlich mindestens noch eine weitere Person um den Patienten kümmerte.

»Eine Privatschwester«, antwortete Anselm, dem diese Tatsache unangenehm zu sein schien. »Mein Vater hatte keine Hilfe bei meiner Erziehung. Ich hätte mich gern dafür revanchiert und mich auch allein um ihn gekümmert. Aber nach dem Schlaganfall musste ich leider Hilfe in Anspruch nehmen. Ich wäre sonst nicht mit der Zeit ausgekommen, die mir geblieben ist.«

»Sie meinen, *die Ihrem Vater geblieben ist?*«

Anselm schwieg dazu. Auch wenn sein Schweigen nicht weniger aufschlussreich war, als es eine Antwort hätte sein können.

»Das war eine bemerkenswerte Leistung. Sie haben uns ganz schön alt aussehen lassen«, fuhr Boesherz mit einer wohl dosierten Portion Anerkennung fort und wandte seinen Blick dabei nicht von Anselm, der regungslos dastand und seinerseits den Kommissar im Blick behielt. »Allein schon die Logistik. So viele Morde in so kurzer Zeit, und das alles neben Ihrer Arbeit. Dafür waren Sie erstaunlich erfolgreich.«

*»Dafür?«*, ließ sich Drexler reizen. »Jeder hat bekommen, was er verdient hat. Und nicht um der bloßen Rache willen!«

»Nicht?«, widersprach Boesherz. »Wem versuchen Sie denn hier was vorzumachen? Im Grunde wollten Sie sich doch nur an Ihrem Vater rächen. Dafür, dass er Sie als Kind in diesen Sarg gesteckt und Sie mit dieser schrecklichen Liste gequält hat. Was für ein Mann würde seinem Sohn denn auch so etwas antun?«

Anselm sah zu seinem Vater hinüber, der noch immer dalag, als schlafe er mit offenen Augen. Dann strich er ihm mit einem gütigen Lächeln über den Kopf und drückte ihm einen leichten Kuss auf die Stirn, als wolle er ihn damit gegen Boesherz' Vorwürfe in Schutz nehmen.

»Es ist so weit«, sagte Drexler dann zu seinem Vater und öffnete die Schublade des Nachttisches, in der normalerweise Medikamente und Verbandszeug lagen.

Dann zog er ein schweres Buch hervor, das sich bei näherer Betrachtung als Fotoalbum herausstellte.

»Mein Geschenk an dich.«

Boesherz schwieg, während Anselm das Album aufschlug und es seinem Vater so vor das Gesicht hielt, dass dieser sehen konnte, was sich darin befand.

»Die Bilder sind nicht besonders gut geworden, aber ich finde, dass ihnen gerade das eine Stärke verleiht, die ein Profi so nicht hinbekommen hätte«, stellte Drexler fest, während er dabei selbstgefällig durch die Seiten blätterte. »Während der ersten Lebensjahre sind Kinder noch imstande zu lernen, da prägt sich ihr Charakter noch aus. Später funktioniert das nicht mehr, da will dann jeder nur noch recht haben. Deswegen sind Kinderbücher so wichtig.«

Minutiös hatte er die Polaroids von den Hinrichtungen seiner Opfer neben die entsprechenden Textpassagen seiner Gedichte geklebt. Seine kurzen, unheimlichen Verse hatte er von Hand und mit Tinte in das Album geschrieben, das er fein säuberlich in acht Kapitel unterteilt hatte.

»Wusste er von Ihrer Mission?«, wollte Boesherz wissen, der sich darüber im Klaren war, dass Paul Drexler den Anblick der grauenvollen Bilder von entstellten Leichen in diesem Augenblick wehrlos über sich ergehen lassen musste.

»Schon«, gestand Anselm verlegen. »Es sollte ja eigentlich eine Überraschung werden, aber ich habe es nicht ausgehalten und ihm doch schon vorher davon erzählt«, berichtete er, bevor er sich vorübergehend von seiner Position wegbewegte, um das Buch an Severin Boesherz weiterzureichen, der sofort ungläubig darin zu blättern begann. »Einmal ist ihm sogar eine Träne aus dem Auge gelaufen. Ich glaube, dass er sehr stolz auf mich ist.«

»Welcher Vater wäre das nicht?«, kommentierte Boesherz daraufhin das Buch, das so abstoßend morbide und gruselig war, dass es selbst den erfahrenen Kriminalisten beeindruckte.

»Tun Sie doch nicht so scheinheilig«, rief Anselm, brüskiert über den Sarkasmus seines Gastes, aus. »Als ob Ihnen auch nur eines der Opfer leidgetan hätte. Und selbst wenn – was hätten die paar Menschen denn mit ihren verdorbenen Leben Besseres erreichen können, als Teil dieses gewaltigen Werkes zu werden? Das Buch, das Sie gerade in Ihren Händen halten, wird eines Tages die ganze Menschheit auf einen besseren Weg führen!«

»Hätte es nicht auch gereicht, die Menschheit auf einen besseren Weg zu führen, indem Sie einfach nur Ihre Gedichte aufschreiben?«

Anselm wischte sich den Schweiß von der Stirn und lächelte dabei geringschätzig.

»Wissen Sie, leider war mir nie das Wertvollste vergönnt, das ein Mann in seinem Leben besitzen kann: ein Sohn«, holte er aus. »Irgendwann habe ich deswegen beschlossen, einfach alle Söhne dieser Welt zu meinen zu machen. Indem ich sie mit einem einzigen kurzen, verständlichen Buch mehr lehre, als es ihre leiblichen Väter jemals könnten.« Er deutete auf das Album, das noch immer in Boesherz' Händen lag. »Nur die Texte allein – wen hätten die schon interessiert in Zeiten allgemeiner Verrohung? Aber indem ich sie in die Tat umgesetzt habe, wird jetzt die ganze Welt davon erfahren! Und die Menschen werden sich mit Schaudern davon abwenden, wie sie es immer getan haben, wenn es hart geworden ist. Sie werden wegsehen, Empörung heucheln und die Drecksarbeit weiter von den wenigen Tapferen machen lassen, die bereit sind, für ihre Ideale notfalls auch mit ihrem eigenen Blut einzustehen.«

»Kommen Sie endlich zum Punkt. Meine Kollegen treffen bestimmt bald ein. Dann kann ich nichts mehr für Sie tun.«

Anselm ließ sich nicht aus der Ruhe bringen. Viel zu lange hatte er auf diesen Augenblick gewartet.

»Man kann das Gute nicht schaffen, wenn man nicht bereit ist, das Böse zu beseitigen. Es zu entfernen wie einen bösartigen Tumor. Und, ja, das tut weh! Glauben Sie nicht, dass ich Spaß an dem hatte, was ich getan habe. Ich habe diesen Krieg nicht begonnen, aber ich bin bereit, ihn zu kämpfen! Bereit dazu, meinen Teil beizutragen, um alle Söhne dieser Welt in eine bessere Zukunft zu führen. Egal, wie lange es dauert. Sicher, am Anfang werden meine Taten nur eine Nachricht sein, etwas, worüber man im Supermarkt spricht. Erst später, wenn die Jahre ins Land gezogen sind, werden sie dann zu einem Gerücht werden. Zu etwas, von dem man nur noch glaubt, dass es wahr sei. Die Menschen werden damit beginnen, ihren Erzählungen Eigenes hinzuzufügen, und diejenigen, die mein Werk noch persönlich erlebt haben, werden langsam aussterben. Aber ihre Kinder und Enkel werden meine Geschichten weitererzählen, sie wachsen lassen. Und dadurch wird die Nachricht, die ich heute geschaffen habe, eines schönen Tages zu einem Märchen geworden sein. Zu einer gruseligen Erzählung, die Großeltern ihren Enkeln vor dem Einschlafen vorlesen. Das Buch, das Sie in Händen halten, werden sie den Kleinen vortragen wie eine dramatische Gutenachtgeschichte. Und dann ist das, was heute hier begonnen hat, das Größte, zu dem ein paar Kinderverse überhaupt nur werden können: eine Legende! Ein fester Bestandteil des Kulturguts einer ganzen Gesellschaft. Wie das Rotkäppchen, das vom Wolf gefressen wird, das kleine Paulinchen, das verbrennt, weil es mit dem Feuer gespielt hat, oder die böse Stiefmutter, die in glühenden Schuhen tanzen muss.«

Boesherz hatte genug gehört.

»Also gut«, sagte er, legte das Album neben sich auf den Boden und stand aus dem Sessel auf. »Wenn mir schon die Ehre zuteilwird, der Geburtsstunde einer Legende beizuwohnen, dann wollen wir die feierliche Fertigstellung auch nicht unnötig hinauszögern.«

Anselm nickte und nahm unwillkürlich Haltung an, als er entgegnete: »Ich bin bereit!«

»Dann kommen wir zu Regel Nummer eins«, zitierte Boesherz aus dem Gedächtnis. »Achte das Leben!«

Anselm griff in seine äußere rechte Tasche und zog eine Medaille hervor, die er in einem Sportartikelgeschäft gekauft hatte. Auf der Vorderseite, die er Boesherz nun präsentierte, war die Zahl *Eins* zu lesen. Als Drexler nun endlich einen kleinen Schritt nach vorn machte, fiel etwas mehr Licht auf seinen Vater, das sogleich von einem seltsamen Gegenstand in dessen Mund reflektiert wurde. Boesherz erkannte nun zu seiner Beunruhigung, aus welchem Grund die Korkscheibe zwischen Paul Drexlers Zähnen steckte.

# KAPITEL 60

Wir haben ihn!«, rief Judith Beer erleichtert aus, nachdem man ihr die Neuigkeiten aus der *Fadenkreuz*-Redaktion telefonisch mitgeteilt hatte.

Castella schlug die Hände über dem Kopf zusammen und schloss erleichtert die Augen, während Linda Bartholy trotz der guten Neuigkeit weiterhin skeptisch blieb.

»Ist das bestätigt?«, erkundigte sie sich kritisch.

»Ein Kollege von Sonja Wendorff hat die Information in den Text eingebaut. Ich muss sofort los!«

Bartholy wusste, dass sie in ihrer Funktion als Beraterin nicht zur Festnahme des Tatverdächtigen mitgenommen werden würde.

»Vielleicht kann ich ja vor Ort helfen«, versuchte sie sich daher ins Spiel zu bringen. »Falls er sich verschanzt oder eine Geisel genommen hat. Ich weiß, wie solche Menschen ticken, wenn man sie in die Enge treibt!«

»Das wissen wir auch«, entgegnete Castella. »Und genau deswegen bleiben Sie hier! Jack wäre nicht der Erste, der plötzlich anfängt, um sich zu ballern oder alles in die Luft zu sprengen.«

Obwohl Bartholy einsah, dass die Befürchtungen der Dezernatsleiterin nicht unbegründet waren, wollte sie sich nicht so schnell geschlagen geben.

»Es ist …«, setzte sie stockend an, während Judith Beer sich eilig ihren Mantel überzog. »Es ist wegen Severin. Ich habe keine Ahnung, wo er steckt. Und wie wir ihn kennen …«

»… ist er uns einen Schritt voraus?« Castella zuckte verdrossen mit den Schultern. »Er hat seinen freien Nachmittag. Mehr weiß ich nicht.«

»Genau das macht mir ja Sorgen«, erwiderte Bartholy. »Oder können Sie sich vorstellen, dass er im Ernstfall irgendeine Regel nicht brechen würde?«

Castella trat wortlos ans Fenster und sah auf das verschneite Tempelhof hinaus, während Judith Beer antwortete: »Sollte Severin allein wirklich schneller gewesen sein als wir, dann müssen wir jetzt hoffen, dass dieser Drexler nicht schneller war als er.«

»Drexler?«, wiederholte Bartholy überrascht.

»Ja«, versicherte Beer. »Anselm Drexler, so heißt er.«

»Das kann doch nicht sein!«

Entschlossen griff Bartholy nach ihrer Tasche und ihrem Mantel. Dann sagte sie mit fast Furcht einflößender Intensität: »Severin ist in größter Gefahr!«

»Was soll das heißen?«, hakte Judith Beer nach, die gerade das Büro verlassen und zu ihrem Dienstwagen gehen wollte.

»Dieser Drexler«, brachte Bartholy nun ängstlich hervor. »Ich kenne ihn!«

# KAPITEL 61

»Ein Leben können Sie noch retten«, erinnerte Anselm seinen Gast.

Zwischen den hinteren Backenzähnen von Paul Drexler klemmte eine kleine Ampulle, die unweigerlich zerbrechen würde, sobald die Korkscheibe seine Vorderzähne nicht mehr stützte. Jede Erschütterung des reglosen Mannes oder auch nur seines Bettes konnte dazu führen, dass sein Gebiss zusammenklappen und das Glas zersplittern würde.

»Die Zyankalikapsel Ihres Großvaters«, erkannte Boesherz, dem das Bild von Karl-Wilhelm Drexler in dessen SS-Uniform im Hausflur aufgefallen war. »Sie haben sie zusammen mit der Pistole geerbt.«

»Er war ein tapferer Mann«, entgegnete Anselm. »Leider konnte er die Kapsel nicht mehr selbst verwenden. Nach seiner Festnahme musste er sich würdelos an einem Gürtel erhängen. Wissen Sie, mein Großvater war sich auch nicht zu schade dafür, die Drecksarbeit zu erledigen. Leider unterstand er dem falschen Befehlshaber, einem Irren, der nicht erkannt hat, wogegen man wirklich hätte ankämpfen sollen. Aber das können wir meinem Großvater nun wirklich nicht vorwerfen, er hat die Befehle schließlich nicht gemacht.«

Anselm holte tief Luft, er war offenkundig angespannt und schwitzte noch immer stark. Dann lächelte er seinem Vater noch einmal zu, bevor er sich voll ehrlich empfundenen Respekts an den Kommissar wandte.

»Wir hätten einander schon viel früher begegnen sollen. Sie scheinen nämlich zu den seltenen Menschen zu gehören, die unserer Gesellschaft noch Hoffnung geben können. Ein Herr, der noch weiß, wie man eine Weste trägt. Und erst Ihre Manschettenknöpfe und die Taschenuhr, ganz wunderbar. Die alte Schule!«

Dann deutete Drexler auf den Nachttisch mit Boesherz' Pistole darauf.

»Sie können versuchen, sie zu greifen. In der Zeit, die Sie dafür benötigen würden, könnte ich meinem Vater noch die Korkscheibe aus dem Mund ziehen und seinem Leid ein Ende bereiten. Oder Sie versuchen, ihm die Kapsel aus dem Mund zu nehmen.«

Anselm griff in seine rechte Innentasche und zog die Walther seines Großvaters hervor.

»Dafür müsste ich im Gegenzug aber leider Sie erschießen.«

Boesherz sah besonnen zwischen seiner Pistole, Paul Drexler und Anselm hin und her, der zu weit von ihm entfernt stand, um ihn gefahrlos überrumpeln zu können.

»Sie könnten mich auch erschießen, während ich versuche, meine Waffe zu holen«, stellte der Kommissar nüchtern fest.

»Das könnte ich«, bestätigte Anselm. »Aber das widerspräche ja unserer Vereinbarung, und Sie stehen hier vor einem Mann von Ehre. Ich habe Ihnen schließlich versprochen, dass Sie noch ein Leben retten können. Also, entscheiden Sie sich!«

*Oft handelt es sich im Grunde um Beziehungstaten, die der Täter gern begehen würde, es aber nicht kann.*

»Sie würden Ihren Vater nicht töten«, unterstellte Boesherz Anselm jetzt. »Das können Sie gar nicht. Wenn Sie es könnten, hätten Sie es schon vor Jahren getan.«

Anselm äußerte sich nicht zu diesem Vorwurf. Stattdessen hob er seine Waffe, richtete sie mit zittriger Hand auf Boesherz und begann, ansatzlos und ohne es ablesen zu müssen, zu zitieren.

»Soll dir nie, Junge, vergehen der Mut.
Das Leben ist dankbar zu dem, der stets gut!
Und selbst in der Krankheit, in Zeiten von Leid,
nichts kostbarer ist als auf Erden die Zeit.
Denn was heute nicht ist, das kann morgen schon sein,
drum niemals verzweifle, solang' dein Herz rein.
Das Büchlein, mein Junge, das vor dir nun liegt,
soll stets dich begleiten, drum blick, was man sieht:
Der Severin war ein verblendeter Tor,
ihm kam jedes Leben als lebenswert vor.
Er schützte die Bösen und strafte ohn' Acht
auch den, der den Menschen nur Gutes gebracht.
Er jagte den Rächer, drum liegt er nun tot
am Boden, erschossen in elender Not.
Nur im Rechten ist's Leben, im Bösen ist keins.
Drum denk dran, mein Junge: Befolge die Eins!«

Paul Drexler lag regungslos auf seinem Bett, die Kapsel noch immer zwischen den Backenzähnen. Ohne jede Chance zur Gegenwehr verfolgte der hilflose Mann die Geschehnisse.

»Es wird Zeit«, stellte Anselm fest. »*Ihr* Gedicht habe ich noch nicht in das Buch geschrieben. Es gibt noch keine Fotos von Ihrer Leiche. Ein alternatives erstes Kapitel habe ich schon vorbereitet. Sie dürfen entscheiden, mit welcher *Eins* die Geschichte beginnen soll.«

Anselm deutete auf die Schublade, aus der er das Album genommen hatte. Ein großer versiegelter Umschlag befand sich darin.

»Retten Sie Ihr eigenes Leben oder das eines todkranken alten Mannes, der sein Kind in einen Sarg gesteckt und es im Garten vergraben hat?«

Als wolle er endlich eine Entscheidung erzwingen, richtete

Anselm seine Pistole direkt auf Boesherz' Kopf und stellte mit beängstigender Kälte in der Stimme die Frage, die er schon so oft an seine Opfer gerichtet hatte.

»Wie gefällt es dir, tot zu sein?«

Boesherz konnte der Waffe direkt in den Lauf sehen. Die Furcht, die in Anselms Gesicht geschrieben stand, erkannte er dabei als sein eigentlich größtes Problem.

*Seine Angst könnte ihn noch dazu bringen, von seinem Plan abzuweichen.*

»Ich weiß, wessen Leben Sie gemeint haben«, sagte Boesherz nun höflich und lächelte dabei in der Hoffnung, Anselm damit zu beruhigen. »Ich soll nicht meins und auch nicht das Ihres Vaters retten. Ich soll …«

»Lassen Sie die Waffe fallen, sofort!«, wurde der Kommissar rüde unterbrochen.

Boesherz erkannte die Stimme sofort.

»Vorsicht, sein Vater hat eine Giftkapsel im Mund!«, rief er Dennis zu, der durch die offene Gartentür ins Haus gelangt und vorsichtig bis zu Paul Drexlers Schlafzimmer geschlichen war.

»Ich habe Ihnen alles gesagt, was ich konnte«, stellte Anselm leise fest und sah Boesherz dabei bittend an, während ein Schweißtropfen seine Oberlippe benetzte.

»Ich weiß«, antwortete der Kommissar.

»Die Waffe runter!«, wiederholte Dennis. »Und weg von dem Bett!«

Anselm sah verzweifelt zu seinem Vater, hielt die Pistole dabei aber weiterhin auf Boesherz gerichtet.

»Es fühlt sich gut an«, sagte Drexler zu seinem alten Herrn. »Tot zu sein ist ein schönes Gefühl, voll Frieden und Geborgenheit. Am Beginn eines Wandels tut es immer weh, aber wenn das Übel erst mal ausgemerzt ist, stehen die Tore offen für Harmonie und Einigkeit.«

Dann erst richtete er seine Waffe weg von Severin und hin auf den Kopf seines Vaters. Boesherz stürzte daraufhin los, aber nicht zu Anselm, sondern zu Dennis, der nur einen Meter hinter ihm im Türrahmen stand. Blitzschnell warf er sich auf seinen Kollegen, woraufhin beide Kommissare zu Boden stürzten. Ein Schuss löste sich noch aus Dennis' Pistole, der aber nur in die Zimmerdecke einschlug, bevor die Waffe des jungen Beamten unter das Bett schlitterte. Anselm nutzte die Gelegenheit, um zwei Schüsse in die Richtung der Polizisten abzufeuern, die aber in sicherer Entfernung über ihnen in die Wand einschlugen. Dann sah Drexler noch ein Mal seinen Vater an und zog ihm, ohne mit der Wimper zu zucken, die Korkscheibe aus dem Mund, woraufhin dessen Kiefer zusammenklappten und die Glaskapsel zerbrachen. Dann wandte sich Anselm von seinem Vater ab, feuerte noch einmal in die Wand, um die Kommissare davon abzuhalten, sich wieder aufzurichten, und lief dann, so schnell er konnte, aus dem Raum.

»Der Mann liegt im Wachkoma, er kann nicht schlucken! Versuch ihm das Gift aus dem Mund zu wischen, bevor seine Schleimhäute es absorbieren, schnell!«, wies Boesherz Dennis an, während aus dem Erdgeschoss seelenruhig das Lied *Lang ist's her* erklang. Dann richtete Severin sich auf, griff seine Pistole vom Nachttisch und nahm Drexlers Verfolgung auf. Er konnte sich gut vorstellen, wo Anselm hingelaufen war.

»Ihr Vater war nicht die *Eins,* und ich schon gar nicht«, erläuterte Boesherz gelassen, nachdem er Anselm erwartungsgemäß vor dem Grab im Garten angetroffen hatte.

Drexler stand, Boesherz den Rücken zugekehrt und in ausreichender Entfernung, direkt vor der Grube. Er hielt die Pistole seines Großvaters in der rechten Hand. Der Lauf war auf den Boden gerichtet.

»Sie selbst sind die *Eins!*«, stellte Boesherz fest. »Sie wollten, dass ich Sie in Notwehr erschieße, damit Sie den Märtyrertod sterben können, der Ihrem Großvater nicht vergönnt war. Deswegen sollte ich auch allein zu Ihnen kommen. Weil Sie mich achten.«

Tränen schossen in Anselms Augen, während er Boesherz mit brüchiger Stimme und beinahe freundschaftlich entgegnete:

»Wer möchte schon von einem Unwürdigen gerichtet werden?«

Boesherz streckte seine Hand nach Anselm aus. Auch wenn dieser es nicht sehen konnte.

»Geben Sie mir die Pistole.«

Drexlers Tränen liefen ihm die Wange hinunter, einige tropften dabei auf die Orden seiner Vorfahren.

»Das Buch«, setzte er an, ohne auf die Bitte des Kommissars zu reagieren. »Es nützt Ihnen nichts, wenn Sie es in der Asservatenkammer verschwinden lassen. Das Werk ist mein Vermächtnis an die Menschheit – und es wird an die Öffentlichkeit kommen! Dafür habe ich gesorgt.«

»Solange Sie noch jemanden lieben, sollten Sie nicht aufgeben«, versuchte Boesherz sein Gegenüber von dessen offenkundigem Plan abzubringen, sich zu erschießen und danach symbolträchtig in seinen Sarg in die Grube zu stürzen.

»Liebe ist ein egoistischer Trieb«, erwiderte Anselm. »Der Einzelne nimmt sich viel zu wichtig. Wir sind doch alle nur ein winziges Teilchen eines großen Ganzen. Und dafür bin ich gern bereit, alles andere aufzugeben. Auch meine egoistische kleine Liebe.«

Jetzt drehte sich Anselm mit unheilschwangerer Ruhe zu Boesherz um. Die Entschlossenheit, die der Kommissar trotz der schwachen Lichtverhältnisse in dessen Gesicht erkennen konnte, schien unerschütterlich zu sein. Boesherz konnte nun auch sehen, dass Drexler sich selbst die Medaille mit der Eins um den Hals gehängt hatte. Sie schien auf makabre Weise die Orden von Anselms Vorvätern zu ergänzen.

»Hören Sie auf!«, durchbrach jetzt eine atemlose Stimme die bedrohliche Atmosphäre.

»Frau Dr. Bartholy?«, wunderte sich Anselm über Lindas unerwartetes Auftauchen.

»Haben Sie denn alles vergessen, worüber wir gesprochen haben?«, fragte die Psychologin so ruhig, wie es ihr angesichts der Umstände möglich war.

»Manchmal laufen die Dinge eben anders«, antwortete Drexler, der nun vernahm, dass vor dem Haus die ersten Einsatzfahrzeuge eintrafen. Er wippte dreimal mit dem Oberkörper nach vorn, dann sah er Boesherz an und sagte: »Mein Vater lebt. Das war nicht die Zyankalikapsel meines Großvaters in seinem Mund.«

»Gut so«, antwortete Boesherz zufrieden, während er die noch immer einsatzbereite Pistole seines Gegenübers dabei nicht aus den Augen verlor.

Linda Bartholy verfolgte unterdessen entsetzt, was sich vor ihren Augen abspielte. Als die Beamten des Einsatzkommandos ihnen hörbar näher kamen, ließ Anselm seine Pistole schließlich fallen und rief gleichermaßen voll Wut, Angst und Entschlossenheit: »Für die Söhne dieser Welt!«

Dann salutierte er vor Boesherz und Bartholy, bevor er sehr viel leiser hinzufügte: »*Das hier* ist die Zyankalikapsel meines Großvaters!«

Noch ehe jemand hätte eingreifen können, zog Anselm die Ampulle aus seiner rechten Sakkotasche, steckte sie sich zwischen die Zähne und biss zu.

Und während immer mehr Polizeibeamte das Grundstück stürmten und die Sirenen ihrer Einsatzfahrzeuge die ganze Straße in ihr Blaulicht tauchten, klang aus den Lautsprechern im Haus noch immer, wenn auch für niemanden mehr hörbar, Zarah Leander:

»Lang ist's her und doch wie heute. Lang ist's her. An deiner Seite suchte ich vergebens den Inhalt meines Lebens. Lang ist's her, vergessen nimmermehr …«

# KAPITEL 62

Ein Rettungswagen hatte Paul Drexler, der lediglich die Nachbildung einer Zyankalikapsel zerbissen hatte, unverzüglich in die nächstgelegene Klinik transportiert. Für Anselm hingegen hatte der Rettungsmediziner nichts mehr tun können.

»Woher kanntest du ihn denn?«, wollte Boesherz von Linda wissen, die blass im Gesicht war und sich deprimiert an seine Schulter lehnte.

Die beiden waren ins Haus gegangen und hatten sich auf die Couch im Wohnzimmer gesetzt, um den Erkennungsdienst nicht bei seiner Arbeit zu behindern.

»Ich habe ihm geholfen«, flüsterte Linda ungläubig und verbarg dabei verlegen ihre Hände in den Taschen ihres Mantels.

»Linda, was ist los?«, setzte Severin ungeduldig nach.

»Seine Fachkenntnisse über Serienmorde. Und darüber, wie die Polizei bei der Suche nach den Tätern vorgeht. Er hat das alles von mir gewusst.«

Boesherz stutzte.

»Aus deinen Büchern?«

»Nein.«

Lindas Blick war bislang fest auf den Fußboden gerichtet gewesen. Erst jetzt brachte sie es fertig, Severin anzusehen.

»Aus unseren Gesprächen!«

Boesherz reagierte ruhig. Ganz anders, als es Bartholy erwartet hatte.

»Erzähl mir davon«, bat er lediglich.

Linda sammelte sich zunächst einige Sekunden lang, bevor sie schließlich zu erzählen begann.

»Er war mein Redakteur. Anselm hat alle meine Bücher durchgearbeitet. Wir haben uns oft getroffen und stundenlange Gespräche geführt. Er wollte alles ganz genau wissen, Hintergründe, Methoden, Techniken. Es hat ihn interessiert, warum fast alle Serienmörder gefasst worden sind und welche Fehler sie gemacht haben. Später haben wir dann auch private Gespräche geführt. Ich habe natürlich schnell gemerkt, dass er ein hochneurotischer Mensch war, aber ich hätte ihn niemals als gewalttätig eingeschätzt.«

Linda stand jetzt auf und positionierte sich direkt vor Boesherz, der sich daraufhin ebenfalls erhob. Dann sah sie ihn an, als wollte sie ihn mit ihren Blicken um Verzeihung bitten, und sank Severin schließlich in die Arme, bevor sie ihren Tränen freien Lauf ließ.

»Linda«, sprach Boesherz beruhigend auf sie ein. »Es ist nicht deine Schuld.«

Er erwiderte den Druck ihrer Umarmung, löste sich dann sanft von ihr und fasste Linda liebevoll ans Kinn, während er so freundlich, wie er nur konnte, zu ihr sagte: »Fahr jetzt bitte ins LKA und warte da auf mich. Ich bin in spätestens einer Stunde bei dir, das verspreche ich. Du kannst jetzt nicht hier im Haus bleiben. Wahrscheinlich bist du eine wichtige Zeugin. Das verstehst du doch, oder?«

Bartholy schloss ihre Augen und versuchte, sich professionell zu verhalten.

»Natürlich«, antwortete sie.

Boesherz fasste daraufhin zärtlich ihre Hand und sagte, noch immer sehr ruhig: »Ich freue mich sogar, dass du ihn gekannt hast. Drexler ist zwar tot, aber trotzdem gibt es noch eine Menge offener Fragen. Und wer könnte die schon besser beantworten als eine Serienmörderexpertin, die den Killer persönlich gekannt hat?«

Endlich huschte ein Lächeln über Bartholys Gesicht. Sie ließ erleichtert von Boesherz ab, drückte ihm einen kleinen Kuss auf die Wange und flüsterte ihm dann sanft ins Ohr: »Ich warte auf dich.«

Damit wandte sie sich ab, ging zu Judith Beer hinüber und bat sie darum, von einem Beamten ins LKA gebracht zu werden.

Kaum dass Bartholy das Anwesen verlassen hatte, betrat Dennis Baum das Wohnzimmer.

»Um ein Haar hättest du sein Buch selbst komplettiert!«, begrüßte Severin seinen jungen Kollegen, bevor sie sich erschöpft setzten.

»Aber ich habe doch sein Gedicht gehört«, verteidigte sich Dennis. »Du solltest die *Eins* sein!«

Boesherz winkte lapidar ab.

»Das hat er doch nur improvisiert, um mich unter Druck zu setzen. *Achte das Leben.* Er hat sechs Menschen ermordet und einen verstümmelt. Viel weniger kann man das Leben ja wohl kaum achten.«

Jetzt sah Boesherz seinen Kollegen fast schon vorwurfsvoll an.

»Warum bist du überhaupt hergekommen? Ich habe doch gesagt, du sollst meinen Anruf wieder vergessen.«

Severin hatte bei Dennis angerufen, nachdem er erkannt hatte, dass es sich bei *Jack* nur um Anselm Drexler handeln konnte. Seinem jungen Kollegen, der gerade dabei gewesen war, Ilona Vojti und Joshua Price getrennt voneinander zu befragen, hatte Boesherz erklärt, dass Anselm auf der Liste der Zuschauer von *Dein Catwalk* zu finden sein müsse. Er hatte ihn gebeten, dessen Adresse herauszusuchen, und Dennis klargemacht, dass er das Gespräch bis auf Weiteres vertraulich zu behandeln habe. Und dass er sich unter keinen Umständen einmischen dürfe.

»Ich bin hergekommen, weil ich mir Sorgen um dich gemacht habe«, setzte sich Dennis zur Wehr. »Und jetzt will ich wissen, was dieser Drexler mit dem Verschwinden von Tanja van Beuten zu tun hat.«

»Es ist nicht die Zeit für Erklärungen«, antwortete Boesherz entschlossen. »Jetzt müssen wir erst mal handeln.«

Dennis verstand nicht.

»Komm mal mit!«, forderte sein Kollege ihn daher auf und erhob sich von der Couch. »Ich zeige dir was.«

Severin führte Dennis nun in Anselms Zimmer, das sich die Kollegen der Spurensicherung bislang noch nicht vorgenommen hatten.

»Wo hast du als Teenager deine Sexhefte versteckt?«, wollte Boesherz unverblümt von Dennis wissen, der von der unerwarteten Frage offenkundig überrascht war.

»Unter der Matratze«, antwortete er unsicher.

»Natürlich! Welcher Junge tut das nicht?«, entgegnete Severin, hob die Matratze von Anselms Bett an und griff so selbstsicher nach den Zeitschriften, als ob er wisse, dass sich diese tatsächlich darunter verbargen.

Stolz präsentierte er seinen Fund.

»Egal, wie irre ein Mann auch sein mag – er bleibt doch immer nur ein Mann!«

Auf den Titelseiten der eigentlich harmlosen Modemagazine, die Anselm selbst nach dem Schlaganfall seines Vaters noch immer vor diesem versteckt hatte, war stets dieselbe Frau abgebildet: Tanja van Beuten.

»Er war ihr Fan?«, wunderte sich Dennis.

Boesherz war überzeugt davon.

»Die Frau, mit der er gern einen Sohn gehabt hätte. Aber ihm war natürlich klar, dass er keine Chance bei ihr hatte.«

Dennis war offenkundig überfordert.

»Severin, ich versuche ja gar nicht, deinen Gedanken zu folgen, aber wenn du weißt, wo Tanja ist, dann …«

»Das ist das Problem«, unterbrach Boesherz. »In diesem Punkt ist mein Puzzle noch nicht ganz fertig. Und da kommst du ins Spiel!«

Boesherz warf die Modemagazine auf das akribisch gemachte Bett zurück und sah Dennis entschlossen an.

»Du musst mir jetzt alles erzählen, was du in den vergangenen Tagen zu van Beutens Verschwinden ermittelt hast. Ich brauche jedes Detail, das dir einfällt.«

»Okay, ich versuche es …«

Boesherz sagte kein einziges Wort, während Dennis seine Ermittlungsschritte auf der Suche nach Tanja van Beuten zusammenfasste. Erst als er nach etwa zehn Minuten damit fertig war, stellte Severin einige gezielte Nachfragen.

»Entschuldige die Störung, aber ich brauche dich jetzt mal«, unterbrach plötzlich Judith Beer die Unterredung und reichte Boesherz mit Gummihandschuhen den Umschlag, der in der Schublade von Paul Drexlers Nachttisch gelegen hatte.

»Der ist an dich adressiert, wir haben ihn schon gecheckt, da ist nichts Gefährliches drin. Ich dachte, du willst ihn sicher selbst öffnen.«

Nachdem sie Severin ebenfalls Gummihandschuhe gereicht hatte, öffnete dieser vorsichtig das mit einem altmodischen Siegel verschlossene Kuvert. Ein ganzer Stapel an Unterlagen kam dabei zum Vorschein, die größtenteils von Hand geschrieben waren.

»Das hier ist der fehlende Vers«, stellte Severin fest, als er den Zettel mit dem echten Gedicht zu *Regel Nummer eins* überflogen hatte.

Drexler war darin erwartungsgemäß selbst als Sünder benannt. Die Zeile des Gedichtes, die sich auf die Umstände seines eigenen Todes bezog, hatte Anselm bewusst allgemein gehalten, da er nicht hatte absehen können, wie er genau sterben würde.

*Obwohl er der Rächer, liegt tot er nun da,*
*denn falsch ist das Töten im Guten sogar.*

»Also, ich fand meinen Vers besser. Er hätte vielleicht doch lieber mich erschießen sollen«, spottete Boesherz und ging die Unterlagen weiter durch. »Das hier sind irgendwelche Protokolle, auf denen er seine Beobachtungen bezüglich der späteren Opfer festgehalten hat. Er hat sich wirklich viel Zeit für die Vorbereitung genommen, das ist alles sehr sorgfältig ausgearbeitet.«

Beim Durchblättern sah Boesherz einen Namen auf einer der Beobachtungslisten, den er nicht kannte.

»Wer ist Sonja Wendorff? Ist das die *Acht?*«

Judith Beer nickte betreten, dann sagte sie: »Wir wissen zwar noch nicht, warum er sie ausgewählt hat, aber sie hat uns letztlich auf seine Spur geführt.«

Boesherz hatte die Liste unterdessen gelesen.

»Die beiden haben offenbar zusammengearbeitet. Hier stehen seine Beobachtungen: *Nummer acht: Sonja Wendorff. Arbeitszeiten unregelmäßig, Dienstplan einsehen! Hat keinen Mann und keine Kinder, wohnt allein, Nachbarn grüßen zwar, besuchen sie aber nicht. Wird arglos öffnen, da Kollegin. Es besteht Antipathie, wird mich nicht ohne nachvollziehbaren Grund hineinlassen. Körperliche Gefahr: minimal. Besondere Vorkommnisse während der Beobachtungsphase: Strom wurde abgelesen, ein Hausierer abgewimmelt. Zugriff: muss zuletzt erfolgen, da persönliche Beziehung besteht.* Drexler hatte wirklich Ahnung von dem, was er da getan hat«, stellte Boesherz fest und steckte die Unterlagen in den Umschlag zurück. »Ich gehe den Rest später durch, wir müssen jetzt erst mal etwas anderes erledigen.«

Severin richtete sich jetzt allein an Judith Beer.

»Dr. Bartholy wartet im LKA auf mich, sie hat vermutlich wertvolle Informationen. Ich werde gleich zu ihr fahren. Ihr müsst hier bitte ohne mich weitermachen. Ist das in Ordnung für dich? Du hast ja seit Ewigkeiten nicht geschlafen.«

»Klar, fahr ruhig zu ihr. Ich habe morgen sowieso frei, die paar Stunden hänge ich jetzt auch noch dran«, antwortete Beer lächelnd und verließ dann den Raum.

Boesherz wartete noch einige Sekunden ab, bevor er sich schließlich wieder Dennis zuwandte, um das Gespräch mit ihm fortzusetzen.

»Also gut, du musst jetzt aufmerksam zuhören und genau das machen, was ich dir sage.«

»Klar«, gab Dennis zur Antwort.

»Drexler hat mir alles über Tanjas Entführung mitgeteilt, was er konnte«, stellte Severin klar und fasste Dennis entschlossen an die Schultern. »Aber eben nicht alles, was wir brauchen! Ich weiß, wer in der Geschichte mit drinhängt, aber ich weiß nicht, wo Tanja versteckt ist. Wir müssen jetzt sehr geschickt vorgehen, darum muss ich mich auch unbedingt ungestört unter vier Augen mit Linda beraten. Du fährst in der Zwischenzeit zu einer bestimmten Person. Finde sie und sorge dafür, dass heute nichts mehr aus dem Ruder läuft!«

Dennis sah noch einmal die Fotos von Tanja van Beuten auf den Magazinen an. Dann fragte er: »Um wen geht es?«

Boesherz beantwortete die Frage und gab dem überraschten Dennis noch einige wesentliche Erklärungen dazu. Dann verabschiedete er seinen Kollegen.

»Achte ab jetzt auf jeden deiner Schritte. Wenn Tanja überhaupt noch eine Chance haben soll, dann darf jetzt nichts mehr schiefgehen!«

# KAPITEL 63

Linda Bartholy hatte geweint. Boesherz bemerkte, dass ihr Make-up verlaufen war, sie aber offensichtlich versucht hatte, es rechtzeitig vor seinem Eintreffen im LKA wieder zu richten. Der Lidstrich verlief jetzt etwas anders, und auch das Rouge auf ihren Wangen war ein wenig dünner aufgetragen als noch kurz zuvor im Haus der Drexlers.

»Seine Zwangsneurosen haben ihn unbeschreiblich belastet«, erzählte Linda beherrscht.

Sie war mehrere Male im Haus der Drexlers zu Gast gewesen.

»Er hat das selbst aber nicht wahrgenommen, für ihn waren einfach nur alle anderen unnormal. Das hat ihn im Laufe der Zeit immer intoleranter gegenüber seiner Umwelt werden lassen.«

Boesherz griff jetzt nach einem der Ordner auf seinem Schreibtisch, öffnete ihn und nahm die Fotos der ersten fünf Opfer heraus. Er brachte sie in die Reihenfolge ihrer zugeordneten Zahlen und zitierte dann Anselms Liste:

»Regel eins: *Achte das Leben*. Das war er selbst. Zweitens: *Lüge nicht*. Dafür hat er sich Jurek ausgesucht. Steve Moldenhauer war die Drei: *Achte das Gesetz*. Sozialschmarotzer Steinmetz war Vertreter der Vier: *Diene der Gesellschaft*.«

Bartholy folgte den Ausführungen aufmerksam.

»Auf der Fünf hatte Fassadenkletterer Gereon Voss die Ehre: *Meide die Gefahr*. *Meide das Feuer* war die Sechs mit Autozünder Nils Rau. Auf der Sieben kam dann der Franzose, der Gänse gemästet hat: *Quäle die Tiere nicht*. Und seine eigene Kollegin hat er sich für den Schluss aufgehoben: *Befolge die Regeln*.«

Boesherz bemerkte, dass sich Linda mit jedem seiner Worte ein wenig beruhigte.

»Hast du etwa von der Liste gewusst?«, traute er sich vorsichtig zu fragen.

Anscheinend hatte er Bartholys wunden Punkt getroffen.

»Ich hätte es zumindest wissen können«, gab sie kleinlaut zu. »Er hat immer wieder darüber gesprochen, dass sein Vater ihm klare Leitregeln an die Hand gegeben hat, und davon, wie wegweisend die für ihn waren. Aber dass es dabei um so eine konkrete Liste ging, wusste ich nicht. Hätte ich doch bloß mal näher nachgehakt. Dann wäre ich vielleicht sogar auf ihn gekommen.«

»Du hast nicht nachgehakt, weil er dir unsympathisch war«, antwortete Boesherz. Bartholys Mimik schien zu signalisieren, dass er mit seiner Vermutung recht hatte. »Du wolltest dich gar nicht so genau mit ihm und seinen Regeln beschäftigen. Aber er war eben ein verdammt guter Redakteur, deswegen hast du dich immer wieder mit ihm unterhalten müssen. Und genau deswegen brauche ich dich jetzt! Du kennst ihn nämlich besser als jeder andere.«

Boesherz trat hinter Bartholys Stuhl und begann ihr leicht den Nacken zu massieren.

»Du bist im Augenblick die vielleicht wichtigste Figur in meinem Spiel.«

»Welches Spiel?«, fragte Bartholy, während sie dabei entspannt Severins Berührung genoss.

»Das Spiel, in dem es darum geht, Drexlers letztes Opfer zu retten.«

Linda war erstaunt. Obwohl sie die Massage genoss, drehte sie sich verwirrt zu Boesherz um.

»Aber seine Liste ist doch abgearbeitet?«

Severin ließ jetzt von Linda ab und sammelte die ausgebreiteten Fotos der Leichen wieder zusammen.

»Er hatte seine Finger auch bei der Entführung von Tanja van Beuten im Spiel«, erklärte er währenddessen. »Ich glaube, dass sie noch lebt. Aber sobald bekannt wird, dass Drexler tot ist, wird sein Hintermann Tanja beseitigen.«

Bartholy schüttelte ungläubig den Kopf.

»Hintermann? Ich verstehe kein Wort.«

Severin schien überzeugt.

»Ich weiß, wer van Beuten in seiner Gewalt hat. Das Problem ist, dass ich es ihm nicht beweisen kann. Wir müssen ihm also eine Falle stellen. Und dafür brauche ich jemanden, der sich mit Psychologie genauso gut auskennt wie mit den Denkweisen und Handlungsmustern von Psychopathen.«

Hatte Boesherz kurz zuvor noch verständnisvoll und sanft zu Linda gesprochen, redete er jetzt gestochen klar und eindringlich.

»Linda, du kannst Tanja van Beuten noch retten! Wenn ihr Entführer allerdings Verdacht schöpft, dann sind wir erledigt. Traust du dir das zu?«

Bartholy zog ein Papiertaschentuch hervor, schnäuzte sich kurz, atmete dann mehrere Male tief ein und aus und gab schließlich mit einer Entschlossenheit, die Boesherz imponierte, zur Antwort:

»Was muss ich tun?«

# KAPITEL 64

Tanja hatte das versprochene Wasser nicht bekommen. Niemand war mehr zu ihr auf den Dachboden gekommen, nachdem ihr gescheiterter Fluchtversuch entdeckt worden war.

»Warum musstest du auch so frech sein?«, fragte Oma Erna.

Sie hatte sich zwischenzeitlich wieder zu ihrer Enkeltochter gesellt, die nach wie vor unter der wärmenden Decke auf dem harten Boden lag.

»Das Wasser sollte mich sowieso nicht retten«, gab Tanja zur Antwort. »Es sollte nur verhindern, dass ich *vorher* sterbe.«

»Vorher?«

Oma Erna saß auf einer Höhe neben Tanja, als liege diese in ihrem Bett. Dass die Proportionen und räumlichen Verhältnisse dabei nicht stimmten, war ohne jeden Belang. Alles, was Tanja jetzt noch wahrnahm, waren ohnehin nur Halluzinationen.

»Ich sollte nicht verdursten, und ich sollte auch nicht erfrieren«, erklärte sie ihrer Großmutter, und sie fühlte sich wohl und geborgen dabei. »Ich sollte verhungern. Ganz langsam.«

»Zur Strafe?«, mischte sich jetzt Muffin ein, der wieder auf den Tisch mit den zahlreichen Köstlichkeiten gesprungen war und von einem großen Stück Käse abgebissen hatte.

»Natürlich«, erhielt das Stoffnilpferd zur Antwort. »Weil ich den Mädchen immer gesagt habe, sie sollen abnehmen. Egal, wie dünn sie schon waren.«

»Du wolltest doch nur ihr Bestes«, setzte sich Erna für ihre Enkeltochter ein.

»Wollte ich das? Oder hat es mir nur gefallen, Macht über sie zu haben?«

»Gräme dich nicht«, tröstete Erna ihre kleine Tanja. »Schließ einfach deine Augen und lass dich fallen. Was geschehen ist, das ist geschehen. Und da, wo du gleich aufwachst, wird es wunderschön sein.«

»Du hast recht, Oma«, antwortete Tanja zufrieden, machte ihren Frieden mit sich und schloss dann ohne Reue ihre Augen. »Ich komme zu dir.«

# KAPITEL 65

Er hat das Haus nicht verlassen, zu ihm raufgegangen ist auch keiner. Ich glaube, er ist allein.«

»Du glaubst?«

Boesherz und Linda waren sofort nach ihrer Unterredung im LKA in den Phaeton gestiegen und hatten sich auf den Weg zu dem Verdächtigen gemacht. Dennis wartete bereits vor Ort; er hatte dessen Wohnhaus im Auge behalten. Während Boesherz noch zwei Kilometer von seinem Ziel entfernt war, besprach er sich über seine Freisprechanlage schon vorab mit Dennis.

»Das ist nur sein Zweitwohnsitz, seine Frau und seine Kinder sind in Köln. Das habe ich gecheckt«, untermauerte der junge Kommissar seine Vermutung, bevor sich auch Bartholy, die äußerst konzentriert wirkte, in das Gespräch einbrachte.

»Sie haben seine Familie doch hoffentlich äußerst diskret überprüft?«, wollte sie wissen. »Wenn er auch nur ansatzweise auf den Gedanken kommt, dass wir ihn überwachen, dann können wir die ganze Nummer hier gleich abbrechen. Er kann Frau van Beuten unmöglich in seinem eigenen Haus versteckt haben, und auch an keinem anderen Ort, den man direkt mit ihm in Verbindung bringen könnte. Dafür ist er viel zu klug.«

»Wie gehen wir denn jetzt vor?«

Boesherz hatte sich aufgrund des offensichtlichen Zeitmangels nicht in der Ausführlichkeit mit Linda beraten können, die der bevorstehende Einsatz eigentlich erforderlich gemacht hätte. Dennoch waren sich beide darüber einig, dass sie zunächst einmal einen plausiblen Grund dafür benötigten, den Verdächtigen zu dieser Zeit überhaupt noch aufsuchen zu können, ohne ihn dadurch misstrauisch zu machen.

»Wie gut kennt er Sie denn, Herr Baum?«, tastete sich Bartholy langsam vor, während sich der Phaeton ebenso leise wie sanft durch den dichten Straßenverkehr auf das Ziel zubewegte.

»Ganz gut. Ich habe ein paar Mal mit ihm gesprochen. Er weiß, dass ich mehr oder weniger allein nach Tanja suche, und er hat bisher keinen Grund gehabt zu denken, dass ich ihn verdächtige.«

»Weil du es nicht getan hast«, warf Boesherz ein. »Das war zwar bislang nicht besonders gerissen von dir, entpuppt sich in unserer jetzigen Lage aber als echter Joker. Du siehst – alles hat sein Gutes.«

»War das jetzt ein Kompliment?«, wunderte sich Dennis.

»Aus seinem Mund schon«, antwortete Bartholy und kam schnörkellos auf den bevorstehenden Einsatz zurück: »Wir müssen ein bisschen improvisieren, aber ich glaube, ich habe eine gute Idee, wie wir ihn vielleicht austricksen könnten. Denken Sie aber bitte immer daran, dass er mit allen Wassern gewaschen ist!«

Endlich war Boesherz mit seiner Begleiterin vor dem Haus in Prenzlauer Berg vorgefahren, in dem der Verdächtige das Penthouse bewohnte. Dennis wartete bereits ungeduldig.

»Wir sollten ein Zeichen vereinbaren, wenn wir abbrechen müssen«, schlug Bartholy vor, nachdem der junge Kommissar sich zu ihnen ins Auto gesetzt hatte. »Behalten Sie immer im Hinterkopf, dass wir nur eine Chance haben: Wir müssen es schaffen, ihn dazu zu bringen, Tanja van Beuten nach unserem Gespräch so bald wie möglich in ihrem Versteck aufzusuchen. Er muss annehmen, dass wir kurz davor sind, sie zu finden, und er nur noch ein extrem kurzes Zeitfenster hat, um seine Täterschaft zu verschleiern, indem er zu ihr fährt. Das ist zwar nicht einfach, aber eine andere Möglichkeit sehe ich nicht.«

Boesherz und Dennis hatten verstanden.

»Also dann«, entschied Severin und deutete Dennis an, dass er nun klingeln und das Spiel damit beginnen solle. »Ich will da oben eine Oscar-reife Vorstellung sehen!«

Es dauerte tatsächlich keine dreißig Sekunden, bis eine Stimme aus der Gegensprechanlage klang.

»Ich bin es, Kommissar Baum. Entschuldigen Sie bitte, dass ich so spät noch störe, aber es ist wichtig. Darf ich kurz raufkommen? Ich habe zwei Kollegen dabei.«

»Das klingt ja nicht so gut. Kommen Sie rauf!«, erhielt Dennis zur Antwort, bevor das Türschloss mechanisch entriegelt wurde.

Als hätte sein Gesprächspartner ihn sehen können, lächelte Dennis freundlich und entgegnete: »Vielen Dank, Herr Venske. Es wird auch nicht lange dauern.«

# KAPITEL 66

Jetzt sag's schon«, bettelte Dennis, während die drei zum Fahrstuhl gingen. »Wie bist du auf ihn gekommen?«

Boesherz wollte gerade zu einer Antwort ansetzen, als Dennis' Handy klingelte.

»Castella«, stellte er nach einem Blick auf das Display fest. »Sie wird wissen wollen, warum ich vorhin zu Drexlers Haus gefahren bin.«

»Darum kümmere ich mich später selbst«, entgegnete Boesherz, während sich die Fahrstuhltür öffnete. »Und jetzt schaltet bitte alle eure Telefone aus. Wir können da oben keine Störungen gebrauchen.«

Ohne zu widersprechen, wies Dennis den Anruf seiner Vorgesetzten ab und stellte danach sein Mobiltelefon aus. Bartholy tat es ihm gleich.

»Entscheidend war, was Drexler mir über sein Buch gesagt hat«, kam Boesherz nun auf Dennis' Frage zurück, während sich die Tür des Fahrstuhls hinter ihnen schloss. *»Es nützt Ihnen nichts, wenn Sie es in der Asservatenkammer verschwinden lassen. Das Werk ist mein Vermächtnis an die Menschheit – und es wird an die Öffentlichkeit kommen! Dafür habe ich gesorgt.«* Boesherz erinnerte sich an jede Silbe, jeden Blick und jede Regung Anselms. »Das war keine leere Drohung, sonst hätte er mir das Werk ja nicht in die Hand gegeben, bevor er sich das Leben genommen hat. Es muss also eine Kopie geben. Er wollte seine grausame Mordserie zum *Nutzen der Menschheit* verbreiten. Dafür braucht man Presse. Und wer neigt dazu, Blut und Gemetzel an die größtmögliche Glocke zu hängen? TV-Superproduzent Veit Venske!« Boesherz sah während seines Vortrags in einen der Spiegel in der kleinen Kabine, um den Sitz seiner Krawatte zu kontrollieren. »Sicher, das tun Tausende anderer Medienfritzen auch. Aber die produzieren allesamt nicht die Show, die von der Frau präsentiert wird, in die Anselm Drexler verliebt war. Eine Frau, die hart durchgreift und jungen Mädchen vermittelt, dass sie still sein sollen, tun, was man ihnen sagt, schön aussehen müssen und unter keinen Umständen widersprechen dürfen. Tanja van Beuten war für Drexler der fleischgewordene Traum einer Frau. Und Veit Venske war ihr Produzent. Verbindung Nummer eins.«

Der Fahrstuhl war unterdessen etwa auf einem Drittel der Strecke angekommen. Bartholy und Dennis hatten jeden Gedanken an das bevorstehende Manöver vorübergehend vergessen und lauschten Boesherz stattdessen voll Interesse. Severin genoss die Aufmerksamkeit sichtlich, während er sich zu weiteren Schlussfolgerungen verstieg.

»Drexler war nicht nur Korrektor beim *Fadenkreuz*, er hat unter anderem auch Manuskripte für TV-Produktionen redigiert. Verbindung Nummer zwei. Somit war mir zwar verständlich, woher Drexler und Venske einander kannten, aber nicht, aus welchem Grund der Produzent Tanja entführt haben sollte. Hier ist meine Theorie: Wir wissen, dass es sehr schwer gewesen sein musste, Tanja überhaupt zu entführen, weil sie ständig irgendwen um sich herum hatte. Dieses Argument verkehrt sich aber ins Gegenteil, wenn man annimmt, dass sie von jemandem entführt wurde, der zu ebendiesen Menschen gehört hat, die dauernd um sie herum waren. Venske hatte reichlich Gelegenheit, Tanja zu entführen. Es bleibt aber die Frage: Warum sollte er das tun? Wenn Venske mit Drexler als Redakteur zusammengearbeitet hat, kann ihm als Menschenkenner nicht entgangen sein, dass sein freier Mitarbeiter neurotisch und manipulierbar ist. Vermutlich hat Drexler mehrfach versucht, über Venske an Tanja heranzukommen. Weil das aber nicht funktioniert hat, hat Drexler schließlich seine Familienplanung aufgegeben und sich stattdessen dafür entschieden, nun sein monumentales Werk anstelle eines Sohnes in die Welt zu setzen. Anselm hatte vermutlich bereits seine Opfer ausgesucht und sie wochenlang ausspioniert, parallel dazu hat er seine Gedichte vorbereitet. Er wollte seinem Vater noch vor dessen Tod einen Stammhalter präsentieren, aber weil er das nicht hinbekommen hat, musste er ihm eben auf andere Art beweisen, wie gut er geraten ist. Jetzt brauchte Drexler also jemanden, der nach seinem eigenen Tod das Machwerk an die große Glocke hängen würde, damit es zu einer unsterblichen Legende werden konnte. Und wer konnte ihm dazu geeigneter erscheinen als Venske?«

Gleich würde der Fahrstuhl sein Ziel erreicht haben, Boesherz musste zum Ende seiner Ausführungen kommen.

»Dann muss irgendwas passiert sein. Entweder hat Drexler doch noch kalte Füße bekommen, oder Venske hatte Angst, dass Drexler ihn nach seinem Tod als Mittäter anschwärzen oder sogar das wertvolle Werk doch nicht an ihn, sondern an jemand anderen weitergeben würde. Wie auch immer, jedenfalls gab es für Venske Gründe, Druck auf Anselm auszuüben. Aber womit übt man Druck auf einen Irren aus, der sich schon längst von der Welt verabschiedet hat? Genau: mit seiner Liebe zu Tanja. Venske hat sie entführt und Drexler damit gedroht, sie in ihrem Versteck verhungern zu lassen, falls er das Buch nicht wie besprochen realisiert und es ihm exklusiv und mit allen Rechten daran zukommen lässt. Das erklärt auch das zeitliche Zusammenfallen von Tanjas Verschwinden und dem unmittelbar darauf folgenden Beginn der Mordserie. Wie komme ich auf *verhungern?* Betrachten wir dazu Anselms Verhalten: Er hat innerhalb von weniger als zehn Tagen seine Opfer abgearbeitet und mir dann mitgeteilt, dass Tanja nicht mehr viel Zeit bliebe. Weil Venske sich aufgrund seines Berufes kaum um sein Entführungsopfer kümmern konnte, schien mir offenkundig, dass van Beuten sich selbst überlassen war und damit von einer natürlichen Todesart bedroht. Erfroren wäre sie aber innerhalb weniger Stunden, verdurstet nach bestenfalls vier Tagen. Verhungert dagegen in etwa zehn bis vierzehn Tagen, ein schlankes Topmodel wie van Beuten eher schneller. Zumal im Winter, wenn der Körper zusätzliche Energie verbrennt, um sich warm zu halten. Drexler war zwar verrückt, aber nicht dumm. Ihm war durchaus bewusst, dass es für Venske keinen sinnvollen Grund gab, Tanja wirklich freizulassen, nachdem das Buch in seinen Besitz gekommen und dessen Autor tot war. An diesem Punkt komme ich ins Spiel. Ich könne noch ein Leben retten, wenn ich allein zu ihm komme. Das hat er mir über Olivia ausrichten lassen. Gemeint war Tanjas Leben, und allein kommen sollte ich, weil er nur mir zugetraut hat, dass ich das Rätsel um Venske löse und Tanja rechtzeitig finde.«

»Warum hat Drexler dir denn nicht einfach gesagt, wer der Entführer ist?«, hakte Dennis nach.

»Das wäre ein Verstoß gegen seine Vereinbarung mit Venske gewesen. Anselm Drexler war zwanghaft pedantisch, außerdem hätte er niemals offenen Verrat an einem Kameraden begangen«, antwortete Bartholy, die sich nur allzu gut an Anselms Störungen erinnern konnte.

In diesem Moment hatte der Lift das Penthouse des Produzenten schließlich erreicht.

»Also«, mahnte Boesherz seine Begleiter, während sie ohne erkennbare Hektik lässig aus dem Fahrstuhl traten. »Wir haben genau einen Versuch!«

Venskes Wohnung war beeindruckend. Im Stil eines Lofts erstreckten sich Garderobe, Küche, Wohnzimmer und Essbereich ohne Trennwände über eine Fläche von mehr als hundert Quadratmetern. Drei der vier Wände waren bodentief verglast und ermöglichten einen einzigartigen Panoramablick über die Hauptstadt, die ihren Betrachtern schneebedeckt und hell erleuchtet zu Füßen zu liegen schien.

»Möchten Sie etwas trinken?«, fragte Venske seine Gäste und öffnete die Klappe seiner Hausbar, in der sich zahlreiche alte Whiskys und verschiedene Rumsorten befanden. »Dieser Scotch hier ist über zwanzig Jahre alt.«

Überall an den Wänden hingen Fotos, die den Produzenten an der Seite namhafter nationaler, aber auch internationaler Stars und Sternchen zeigten.

»Wir sind leider noch im Dienst«, wiegelte Dennis lächelnd ab.

Boesherz schlenderte vorsichtig über die handgeknüpften Perserteppiche und nahm dabei unauffällig die Wohnung unter die Lupe. Bartholy betrachtete unterdessen den Gastgeber und dessen Körpersprache. Venske schenkte sich nun selbst einen guten Schluck seines edlen Single Lowland Malt ein und schwenkte ihn gekonnt im Glas, bevor er besorgt fragte: »Sie haben Tanja immer noch nicht gefunden, oder?«

»Leider nicht, und es kommt noch schlimmer«, antwortete Dennis. »Ich habe meine beiden Kollegen mitgebracht, weil wir mittlerweile herausgefunden haben, dass es eine Verbindung gibt. Zwischen Tanjas Verschwinden und …«

Dennis setzte seine Pause so gekonnt, dass Boesherz sich ein Schmunzeln verkneifen musste. Sicherheitshalber wandte er sich ab, um dadurch sein Gesicht vor Venske zu verbergen.

»Sie können offen sein«, entgegnete der Produzent ruhig, nahm noch einen Schluck Scotch und setzte sich dann auf einen mit weiß gefärbtem Krokodilleder bezogenen Designerstuhl.

»Wir glauben, dass sie eines der Opfer des Serienmörders ist«, kam Dennis zum Punkt.

Venske hatte den Medien zwischenzeitlich entnommen, dass Anselm gefasst worden war. Auch wenn dessen Name bislang noch nicht durchgesickert war. Der Produzent setzte sein Glas, ohne hinzusehen, auf der Arbeitsplatte der Hausbar ab und fasste sich nervös mit seiner Linken ins Haar.

»Sie meinen, Tanja ist tot?«, traute er sich schließlich zu fragen.

»Das wissen wir noch nicht«, brachte sich jetzt zum ersten Mal Boesherz ein. »Wir wissen nur, dass ihr Entführer tot ist und wir deswegen keine Möglichkeit mehr haben, zu erfahren, wo das Versteck liegt, in dem Tanja gefangen gehalten wurde – oder vielleicht immer noch wird.«

»Ich verstehe«, antwortete Venske, der jetzt immer fahriger und unkonzentrierter wirkte. »Kann man denn gar nichts mehr machen?«

»Vielleicht schon, aber dafür brauchen wir Ihre Hilfe. Wir vermuten nämlich, dass Sie den Entführer kennen. Er hat mit Ihrer Firma zusammengearbeitet.«

Veit Venske musste schlucken. Wortlos griff er wieder nach seinem Glas und leerte es in einem Zug.

»Wer?«

»Er heißt Anselm Drexler und hat als freier Redakteur für Sie gearbeitet. Kennen Sie ihn?«

»Drexler?« Venske dachte nach. »Ist das dieser Gedrungene mit der schwarzen Brille und den bunten Pullovern? Der immer mit dem Oberkörper wippt?«

Dennis zog ein Foto aus der Tasche und zeigte es dem Produzenten.

»Das meinen Sie doch nicht im Ernst?«, reagierte dieser ungläubig und mit einer Note von Fassungslosigkeit. »Das ist der harmloseste Mann, den ich jemals getroffen habe. Vielleicht etwas verschroben und viel zu genau bei allem, aber doch kein Mörder und Kidnapper.«

»Wir glauben, dass er Frau van Beuten verehrt hat«, erklärte nun Bartholy, während Venske aufstand und nervös zwischen dem Wohnbereich und der modern eingerichteten, offenkundig aber so gut wie nie benutzten Küche auf und ab zu gehen begann. »Wir nehmen an, dass er sie verschleppt hat, damit sie nur ihm allein gehört. So etwas kommt bei manischen Einzelgängern leider manchmal vor.«

»Aber selbst wenn«, schien Venske sich regelrecht gegen die Behauptungen seiner Besucher wehren zu wollen. »Wie sollte ich Ihnen dann helfen?«

»Wir befragen jeden, der Drexler gekannt hat, ob er mal irgendwann etwas von einem Ort erzählt hat, an den er sich zurückzieht, wenn er nicht gefunden werden will. Irgendeinen Hinweis auf ein mögliches Versteck. Wir werden heute noch mit einer Hundertschaft jeden Winkel durchforsten, der als mögliches Versteck infrage kommt. Aber wir müssen dabei so gezielt wie möglich vorgehen. Wir hoffen, dass Sie uns einen Tipp geben können, wo wir anfangen sollen.«

Veit Venske blieb unerwartet stehen und hielt seinen Blick einige Sekunden lang auf die Marmorfliesen seiner Küche gerichtet. Dann wandte er sich langsam Dennis zu und fragte misstrauisch: »Und da kommen Sie zu dritt?«

Boesherz achtete darauf, sich keine Reaktion anmerken zu lassen.

»Was meinen Sie?«, fragte Dennis, der noch immer darum bemüht war, so harmlos und einträchtig wie möglich zu klingen.

»Drexler ist tot, und Sie glauben, er hat Tanja versteckt«, fasste Venske zusammen, dessen Tonfall sich schlagartig verändert hatte. »Sie befragen jeden, der ihm mal begegnet ist, nach einem möglichen Versteck, weil Ihnen die Zeit wegläuft. Und dann kommen Sie zu dritt hierher, anstatt Ihre kostbare Zeit zu nutzen, um gleich drei mögliche Zeugen parallel zu befragen?«

»Wir glauben, dass Drexler sich Ihnen vielleicht anvertraut hat, weil Sie für ihn eine Verbindungsperson zu Frau van Beuten dargestellt haben könnten«, versuchte Boesherz die anscheinend in Gefahr geratene Operation zu retten.

Venske musterte den Kommissar einen Moment lang, nickte dann entschlossen und antwortete: »Einen Moment bitte.«

Ohne eine Reaktion abzuwarten, drehte er sich um und ließ seine Gäste im Wohnbereich zurück, um sich in das angrenzende Schlafzimmer zu begeben, das, abgesehen vom Bad, der einzige abgetrennte Raum in der Wohnung war.

»Er sieht uns als Bedrohung an«, flüsterte Bartholy Boesherz so leise zu, wie es ihr möglich war. »Das würde er nicht, wenn er nichts zu verbergen hätte. Drexlers Tod setzt ihn ohnehin schon genug unter Druck. Er überlegt garantiert schon die ganze Zeit, was er jetzt mit Tanja machen soll.«

»Er ist sowieso schon paranoid, weil er nicht wissen kann, was Drexler uns vor seinem Tod vielleicht noch verraten hat. Und jetzt kommen wir auch noch zu dritt hier an«, bestätigte Boesherz, während Dennis unterdessen in die Nähe der Schlafzimmertür gegangen war, um Venske nicht völlig aus den Augen zu lassen.

»Wir gehen jetzt lieber«, riet Bartholy. »Er ist aufgeschreckt und wird heute noch handeln, da bin ich mir sicher.«

Dennis horchte unterdessen aufmerksam, ob aus dem Schlafzimmer verdächtige Geräusche zu vernehmen waren. Nachdem er nichts bemerkte, klopfte er vorsichtig an die Tür.

»Herr Venske, wir müssen gleich wieder los. Wenn es Ihnen nichts ausmacht …«

In diesem Augenblick wurde die massive Holztür von innen

mit einer solchen Wucht aufgestoßen, dass sie Dennis fast zu Boden warf. Während Bartholy zusammenzuckte, griff Boesherz instinktiv nach seiner Pistole, doch bevor er sie ziehen konnte, hatte Veit Venske auch schon Dennis zu fassen bekommen, ihn von hinten gepackt und ihm einen Revolver direkt an die Schläfe gepresst.

»Ihr hängt mir die Sache nicht an!«, schrie der Produzent aufgebracht. »Tanja interessiert mich doch überhaupt nicht, ich habe mich längst dafür entschieden, sie aus der Show zu kicken. Ilona Vojti kommt zurück!«

»Wir hängen Ihnen doch gar nichts an«, erklärte Boesherz besonnen. »Lassen Sie bitte meinen Kollegen los. Wir sind heute alle ein bisschen durch den Wind. Warum reden wir nicht einfach in Ruhe darüber? In Ordnung?«

Venske hatte seinen linken Arm um Dennis' Hals gelegt und presste den Kommissar fest an sich heran.

»Nichts ist in Ordnung! Ich weiß doch, wie so was läuft. Sie haben bei der Suche nach Tanja versagt, und jetzt brauchen Sie einen Schuldigen, dem Sie das anhängen können. Sie nehmen mich fest, lassen die Medien davon Wind bekommen, und auch wenn Sie mich nach vierundzwanzig Stunden wieder laufen lassen müssen und es niemals zu einer Anklage kommt, bleibe trotzdem *ich* in den Köpfen der Leute als der Schuldige an Tanjas Tod hängen! Ich weiß doch, wie so was läuft. Ich mache so was mit anderen jeden Tag!«

»Tanja ist nicht tot«, versuchte nun auch Bartholy den offenbar vollkommen aufgelösten Venske zu beschwichtigen.

»Ich zeige euch mal, wer hier tot ist!«, brüllte dieser aufgebracht und richtete seine Waffe auf Boesherz.

Dennis nutzte diese Gelegenheit, um Venske mit dem Ellenbogen in den Magen zu schlagen. Der Angegriffene zuckte mit schmerzverzerrtem Gesicht zusammen, während Dennis seinen

Arm griff und ihm zunächst den Revolver aus der Hand schlug, bevor er den Produzenten mit einem Judogriff auf den Boden warf.

»Auf die Terrasse!«, rief Boesherz Bartholy zu, die daraufhin den günstigen Augenblick nutzte, um sich aus der unmittelbaren Schusslinie zu entfernen.

Venske fasste jetzt nach Dennis' Bein, presste gegen dessen Achillessehne und bewirkte damit, dass dieser mit einem Aufschrei in die Knie ging. Boesherz hatte inzwischen seine Pistole gezogen und lief auf die am Boden liegenden Kontrahenten zu. Als er sah, dass Venske versuchte, nach seinem Revolver zu greifen, zielte er auf dessen Brustkorb und rief: »Sie haben keine Chance!«

Tatsächlich ließ der Angesprochene von seinem Vorhaben ab und hob seine Hände, als wolle er sich ergeben. Dennis raffte sich nun wieder auf und machte einen Schritt auf den Revolver zu, der noch immer in Venskes Reichweite lag. Linda Bartholy verfolgte das Geschehen angespannt durch die Glasfront der Dachterrasse. Gerade als Dennis an Venske vorbeiging und damit für einen Augenblick das freie Schussfeld zwischen ihm und Boesherz verdeckte, rammte ihn der am Boden Liegende mit beiden Beinen, sodass der junge Polizist ungebremst stürzte. Blitzschnell fasste Venske seine Waffe, sprang auf und zielte auf Boesherz.

»Wir brauchen ihn lebend!«, schrie Severin und sah dabei zu Dennis hinüber.

Der davon offenbar verunsicherte Venske folgte Boesherz' Blick und sah nun direkt in die Mündung von Dennis' Pistole. Ein Schuss hallte durch die Wohnung, und der Fernsehproduzent sackte leblos in sich zusammen.

»Nein!«, hörten Boesherz und Dennis jetzt den entsetzten Aufschrei von Linda Bartholy, die sofort nach dem Knall wieder in die Wohnung gelaufen war.

»Er wollte dich umbringen!«, rechtfertigte sich Dennis und überprüfte sofort die Halsschlagader des Produzenten, während Boesherz Linda davon abhielt, sich dem vermeintlich noch immer gefährlichen Venske weiter zu nähern.

»Lebt er noch?«, wollte Boesherz wissen, während er Linda schützend in die Arme nahm.

Dennis sah seinen Kollegen nur fassungslos an. Eine Antwort war nicht erforderlich.

»Verdammt«, stieß Severin aus und zog Linda noch fester an sich heran. »Du Idiot hast gerade Tanja van Beuten erschossen!«

# KAPITEL 67

Wir verfolgen jedes Telefonat zurück, das Venske von irgendeinem Apparat aus geführt haben könnte. In seiner Firma, über die Handys seiner Angestellten, in umliegenden Geschäften und Restaurants. Wir checken seine Kreditkarte, seine Bargeldabhebungen, den Speicher seines Navigationsgerätes, den GPS-Chip in seinem Handy. Wir versuchen einfach alles, um noch irgendwie herauszufinden, wo er Tanja versteckt hat.«

Während Dennis in der Wohnung geblieben war, um das Eintreffen der Kollegen abzuwarten, hatten sich Boesherz und Linda auf die Rückbank von Severins Phaeton zurückgezogen, der fast direkt vor dem Gebäude stand. Während Bartholy noch immer fassungslos war und kaum ein Wort über ihre Lippen brachte, blieb Boesherz besonnen und war hoch konzentriert dabei, Möglichkeiten zu durchdenken, die vielleicht noch zu van Beutens Rettung führen konnten.

»Er musste sie doch nur verschleppen und in irgendeinen Keller werfen. Vielleicht hat er sie sogar nach Köln gebracht, da kennt er doch jeden Winkel. Die finden wir nie«, behauptete Linda jetzt mutlos, bevor sie nach Severins Hand griff. »Und wer sagt uns denn, dass Tanja nicht schon seit Tagen tot ist?«

Boesherz hatte seine Musikanlage eingeschaltet und die Standheizung aktiviert, sodass die beiden nun unter den Klängen von Giuseppe Verdis *Rigoletto* darüber nachdenken konnten, was sie eventuell noch würden tun können.

»Venske wollte sichergehen, dass Drexler sein grausames Buch auch garantiert fertigstellt. Was meinst du, wie viel Geld in der Geschichte steckt? Er musste also jederzeit in der Lage sein,

Anselm zu beweisen, dass Tanja noch am Leben ist. Ich habe Dennis sofort nach Drexlers Tod hierhergeschickt, um Venske im Blick zu behalten. Wir wissen also, dass er seine Wohnung nicht mehr verlassen hat, nachdem er erfahren hat, dass Drexler tot ist. Davor konnte er Tanja aber noch gar nicht sterben lassen, weil das für seine Zwecke viel zu riskant gewesen wäre.«

»Das klingt sinnvoll«, erkannte Linda flüsternd, während Severin ihr mit seinem Daumen über den Handrücken strich.

»Wir fahren jetzt das ganze Programm auf«, kündigte Boesherz an. »Ich fordere einen Suchtrupp und eine Hundestaffel an, wenn es sein muss, durchkämmen wir jedes Gebäude in ganz Berlin und Brandenburg. Und den Kölnern gebe ich Bescheid, dass sie dasselbe machen sollen.«

Boesherz ließ Lindas Hand noch einmal los, zog sein Handy hervor und aktivierte es wieder. Gerade als er eine Nummer wählen wollte, wurde ihm angezeigt, dass Castella während der vergangenen halben Stunde zwölfmal versucht hatte, ihn zu erreichen.

»Die habe ich ja ganz vergessen«, seufzte er und ließ vorübergehend von seinem ursprünglichen Vorhaben ab, um zunächst seine Vorgesetzte zurückzurufen.

Das Gespräch wurde automatisch auf die Freisprechanlage des Phaetons umgeleitet, sodass Bartholy mithören konnte.

»Verdammt, Severin!«, stieß Castella aus und schlug dabei mit der Faust auf ihren Schreibtisch. »Warum kann ich Sie denn nicht erreichen? Und Dennis auch nicht?«

»Wir waren im Einsatz«, entschuldigte sich der Kommissar, doch Castella wollte davon nichts hören.

»Es gibt eine Neuigkeit«, fuhr sie unbeirrt fort. »Ist Dennis bei Ihnen?«

»Nicht direkt, aber er ist in der Nähe. Frau Dr. Bartholy sitzt neben mir.«

»Gut, dann sagen Sie Ihrem Kollegen, dass er sich sofort bei mir melden soll!«

»Was ist denn passiert?«

Linda folgte dem Gespräch ebenso gespannt wie Severin.

»Tanja van Beuten«, antwortete die Dezernatsleiterin. »Wir haben sie vermutlich gefunden!«

Boesherz und Bartholy sahen einander verblüfft an, während Castella mit den Neuigkeiten fortfuhr.

»Eine Frau, auf die Tanjas Beschreibung passt, lag verwirrt und unterkühlt neben einer Straße. Ein Autofahrer hat sie gefunden und ins Krankenhaus gebracht. Sie hat noch irgendwas davon erzählt, dass sie geflohen sei, ist dann aber bewusstlos geworden. Die Frau soll in einem sehr schlechten Zustand sein und könnte die Nacht vielleicht nicht überleben. Dennis muss da sofort hin. Für den Fall, dass sie noch mal zu sich kommt! Und er soll Angehörige von Frau van Beuten mitbringen, die sie gegebenenfalls identifizieren können.«

Zwischen Boesherz und Bartholy bedurfte es keiner Erläuterungen. Schweigend sahen sie zu dem Rettungswagen hinüber, in den gerade ein vollständig abgedeckter Körper auf einer Liege hineingeschoben wurde.

»Linda«, hauchte Boesherz mit bebender Stimme und strich Bartholy dabei sanft, wenn auch mit etwas zu viel Druck über die Wange, während nun Dennis aus dem Haus trat und sich Severins Wagen näherte. »Ich muss dich jetzt allein lassen.«

»Ich weiß«, antwortete sie und drückte dem Kommissar zum ersten Mal einen sanften Kuss auf den Mund. »Du musst heute für ihn da sein.«

Dann lehnte sie sich zurück und ließ die Wärme des beheizten Rücksitzes durch ihren erschöpften Körper fahren. Ebenso verständnisvoll wie bestürzt fügte sie hinzu:

»Wir beide haben noch alle Zeit der Welt. Wenn du magst.«

# KAPITEL 68

Tanja lag regungslos da. Ihr Brustkorb hob und senkte sich noch bisweilen, dennoch stand sie dem Tod bereits näher als dem Leben. Der Nahrungsentzug hatte ihre Kräfte aufgezehrt, und obwohl das Model seinen Körper über viele Jahre hinweg an ein außerordentlich asketisches Essverhalten gewöhnt hatte, waren die Entbehrungen der vergangenen Tage doch letztlich nicht mehr zu verkraften gewesen. Von Anfang an hatte Tanja nur gerade so viel Wasser bekommen, wie sie benötigt hatte, um nicht zu früh zu kollabieren. Gerade so viel Wärme, dass sie nicht der Temperaturen wegen sterben würde. Ihr Todesurteil jedoch war bereits in dem Augenblick über sie gefällt worden, in dem sie verschleppt und auf dem Dachboden in einem Haus eingeschlossen worden war, das so schnell niemand würde finden können. Zumindest nicht, bevor Tanja van Beuten verhungert war und jedes Wissen über die Umstände ihrer Verschleppung dadurch mit in ihr eisiges Grab genommen hatte. Anselm Drexler hatte mehrmals versucht, Tanja ausfindig zu machen. Doch ebenso wie jeder andere, der nach ihr gesucht hatte, war er dabei an die Grenzen seiner Möglichkeiten gestoßen. Und selbst wenn van Beuten es tatsächlich geschafft hätte, sich von ihren Fesseln zu befreien, wäre es ihr niemals gelungen, sich ihrem Schicksal durch eine Flucht zu entziehen. Denn ausgezehrt und unterkühlt, wie sie war, hätte sie es niemals bis zum nächsten bewohnten Haus schaffen können. Nicht ohne Schuhe und wärmende Kleidung, die sie nirgendwo im Haus gefunden hätte.

Somit bedeutete der Ort, an dem sie versteckt war, in seiner vollkommenen Abgeschiedenheit eine tödliche Falle für das

Topmodel. Niemand hatte sie an irgendeiner Straße aufgefunden, Tanja befand sich noch immer in ihrem Versteck.

Der feuchte Holzboden roch schimmelig, unheimliche Stille war eingekehrt, und nicht einmal das monotone Surren des Heizlüfters vermochte die scheinbar todbringende Ruhe noch zu bremsen. Tanja war längst schon nicht mehr bei Bewusstsein, und weder ihre Fesseln noch die fest verschlossenen Türen und verbarrikadierten Fenster des Hauses konnten ihr jetzt noch Sorge bereiten. Der Entführer war kein Risiko eingegangen.

Zumindest fast keines.

»Ich wusste es!«, hallte es plötzlich von irgendwoher durch den Raum. »Ich muss dich jetzt wegschaffen.«

Eine in dicke Kleidung gehüllte Person ging entschlossen vor Tanja auf die Knie und löste mit vor Kälte kaum beweglichen Fingern deren Fesseln. Van Beuten reagierte nicht auf die Berührungen. Sie ließ sich automatisch immer tiefer in ihre Bewusstlosigkeit sinken, und auch wenn irgendetwas in ihr empfand, dass sie nun nicht mehr allein war, verhallte diese Tatsache doch unbemerkt in den Tiefen ihres Dahinsinkens. Jetzt wurde sie grob wie ein bleiernes Subjekt gepackt, von ihrem zerbrochenen Stuhl weggeschleift und zunächst aufrecht gegen die Wand gelehnt.

»Trink!«, klang es dunkel, doch das Wasser, das nun über Tanjas Mund lief, rann einfach daran hinab und ergoss sich dabei zunächst über ihren Körper, bevor es auf den Fußboden lief. »Dann eben nicht!«

Die Operation lief hoch konzentriert ab. Tanja würde so schnell wie möglich aus ihrem Versteck gebracht und irgendwo draußen in einem weit entfernten Waldstück ihrem sicheren Tod überantwortet werden. Der Dachboden sollte dann später in aller Ruhe aufgeräumt und von verräterischen Spuren befreit werden.

Doch in ebendem Moment, als die dunkle Gestalt das Wasserglas wieder von Tanjas Lippen entfernte, wich die Dunkelheit des Raumes plötzlich dem grellen Licht der Deckenlampe. Mit einem Schlag brach es die schützende Finsternis auf, und obwohl Tanja van Beuten keinerlei Notiz mehr davon nehmen konnte, erkannte jemand anders doch unverzüglich, was die unerwartete Helligkeit zu bedeuten hatte.

»Es war eine Falle, oder?«

Linda Bartholy wandte sich nicht um. Sie wusste auch so, wer soeben in den Raum getreten war.

»Genau genommen sogar deine eigene«, antwortete Boesherz sachlich.

Severin war Linda zunächst allein ins Haus gefolgt. Der Rettungswagen, das Einsatzkommando und auch Dennis warteten vor dem abgelegenen Gebäude auf das vereinbarte Zeichen.

»Ihr musstet mich in die Lage bringen, dass ich euch selbst zum Versteck führe«, erkannte Bartholy die Ironie der Situation. »Ihr seid mir die ganze Zeit gefolgt, oder?«

»Als ich dich im Haus von Venske umarmt habe, habe ich dir einen Sender in die Tasche gesteckt.«

Bartholy nahm die Aussage kommentarlos hin, erklärte dann aber: »Wenn Tanja heute Nacht wirklich entkommen wäre, dann hätte sie euch hierherführen können. Und selbst wenn sie mich nicht mehr hätte identifizieren können, wäre immer noch das Haus voll von Spuren gewesen, die mich überführt hätten.«

»Hätte sich aber herausgestellt, dass die aufgefundene Frau gar nicht Tanja war«, setzte Boesherz den Gedanken fort, »dann musstest du davon ausgehen, dass wir in ein paar Stunden mit einer Hundestaffel losgezogen wären und sie früher oder später hier gefunden hätten.«

»So oder so«, gab Linda zu. »Ich hatte keine andere Wahl, als so schnell wie möglich zu ihr zu fahren. Ihr habt heute Nacht niemanden gefunden, oder?«

Boesherz sah zu Tanja van Beuten hinüber, Bartholy folgte seinem Blick.

»Bis eben nicht.«

Jetzt griff Severin nach seinem Funkgerät und gab ein Kommando durch, woraufhin die Rettungsmediziner begleitet von vier maskierten Beamten des SEK ins Haus stürmten.

»Aus uns beiden hätte was werden können«, behauptete Bartholy zärtlich und lächelte Boesherz dabei unwirklich an.

»Wenn ihr Psychologen doch nur nicht alle selbst verrückt wärt. Wie war das? Dem Reiz, bei einer Mordserie nicht nur dabei zu sein, sondern sogar noch Einfluss darauf zu haben, konntest du einfach nicht widerstehen. Einen wie Drexler konntest du nach Belieben manipulieren, oder?«

Linda lachte verzweifelt auf.

»Du hörst einfach zu aufmerksam zu! Weißt du, es ist unglaublich faszinierend, zu welchen Grausamkeiten ein Mensch imstande ist, wenn man ihm nur die Verantwortung dafür abnimmt.«

Der Rettungsmediziner und die Polizeibeamten hatten jetzt die Treppe nach oben zum Dachboden erreicht. Den beiden blieben nur noch Sekunden allein.

»Ich schicke dir den Rosenstrauß ins Gefängnis«, versprach Boesherz und zog seine Handschellen aus der Tasche.

Bartholy streckte ihre Hände freiwillig aus, bevor sie mit erhobenem Haupt sagte: »Darauf, dass alles so endet, wie wir es uns wünschen.«

»Was meinst du, wem das Haus wohl gehört?«, fragte Dennis, nachdem Linda Bartholy von einer weiblichen Beamtin abgeführt worden war.

»Das sind Details«, erhielt er zur Antwort. »Linda hat sich jahrzehntelang mit den raffiniertesten Killern beschäftigt, die es gibt. Die werden ihr schon ihre Tricks verraten haben, wie man zu einem sicheren Versteck für seine Leichen kommt.«

Dennis sah sich um. Fassungslos erkannte er, dass das Schrecklichste, was er in Tanjas kaltem, übel riechendem Verlies ausmachen konnte, nicht der zerbrochene Stuhl mit den verkrusteten Blutspuren daran war. Auch nicht der jämmerliche Heizlüfter mit den Aufklebern aus den Achtzigerjahren daran, der weiter vor sich hin brummte und fast erbärmlich wirkte bei seinem scheinbaren Versuch, gegen die übermächtige Kälte anzukämpfen. Das Schlimmste an diesem unwirtlichen Ort war der Tisch, vor dem Tanja während ihres gesamten Martyriums festgebunden gewesen war. Er war so reich gedeckt, dass van Beuten sich mehrere Tage lang von dem Obst, dem Brot, der Wurst und dem Käse darauf hätte ernähren können. Die rettende Nahrung, ebenso wie die Werkzeuge an der Wand – Tanja hätte nur ihre Hand danach ausstrecken müssen.

»Wie die Qualen des Tantalos«, stellte Boesherz fest und erntete einen fragenden Blick seines jüngeren Kollegen. »Schlag's nach«, fügte er trocken hinzu.

»Ich soll dir schöne Grüße von Venske ausrichten«, sagte Dennis nun, während immer mehr Kriminalbeamte das Haus betraten. »Er sagt, er hätte an keinem seiner Laienschauspieler jemals so viel Spaß gehabt wie an uns. Wir sollen uns morgen in seine Kartei aufnehmen lassen!«

»Ich denke drüber nach«, scherzte Boesherz. »Und er hat dich nicht belogen: Er kann wirklich überzeugender sterben als seine Darsteller.«

Dennis lachte.

»Also, auf seine DVD mit den schlechtesten Fernsehtoden kommt er jedenfalls nicht! Wie ich ihm gesagt habe: Einfach trocken hinfallen und liegen bleiben – der Tod sieht nach nichts aus.«

Boesherz schmunzelte und trat dann näher an Dennis heran, der während des Gespräches interessiert den Dachboden in Augenschein nahm.

»Was du heute in der kurzen Zeit inszeniert hast, war wirklich bemerkenswert. Ohne die Show bei Venske wäre Linda einfach nach Hause gefahren, und Tanja wäre morgen tot gewesen. Du und Venske, ihr habt sie gerettet.«

»Du hast sie gerettet, mit deiner genialen Strategie: Derjenige, den wir angeblich für den Entführer halten, ist tot und kann seine Unschuld nicht mehr beweisen. Parallel wurde Tanja angeblich irgendwo bewusstlos aufgefunden. Bartholy hatte gar keine Wahl! Sie hätte sogar herkommen müssen, wenn sie unser Spiel durchschaut hätte.«

Boesherz verzichtete auf einen weiteren Kommentar und verneigte sich nur formvollendet. Doch eine letzte Frage hatte Dennis noch.

»Wie hast du es eigentlich hinbekommen, einen vollkommen Unschuldigen so überzeugend zum Entführer zu erklären?«

»Das, mein lieber Dennis, nennt man die hohe Kunst der Kriegsführung: Lass deinen Gegner erkennen, was du vorhast. Aber erst wenn er gleichzeitig erkennt, dass er nichts mehr dagegen tun kann …«

Mit diesen Worten drehte sich Boesherz schließlich auf dem Absatz seines edlen Lederschuhs um, ließ Dennis mit den Kollegen zurück und machte sich nach einem langen, ereignisreichen Arbeitstag endlich auf den Weg nach Hause.

## KAPITEL 69

Es war früher Morgen, als Carl vom Stein die Leiterin des Dezernats für *Delikte am Menschen* auf dem Parkplatz des LKA vor ihrem Wagen antraf.

»Der frühe Vogel fängt den Wurm!«, grüßte der sichtlich gut gelaunte Staatsanwalt die weit weniger erholt wirkende Castella.

»Der frühe Vogel kann mich mal«, gab sie entkräftet von sich. »Ich *komme* nicht, ich mache Feierabend!«

Es hatte die ganze Nacht gedauert, die Ereignisse des Vortags zu besprechen, zu protokollieren und die Einsätze der Spezialisten im Haus der Drexlers und am Fundort von Tanja van Beuten in der Nähe von Neuruppin mit den Brandenburger Kollegen zu koordinieren. Castella hatte darüber hinaus ständigen Kontakt mit dem Krankenhaus gehalten, in dem man Tanja inzwischen stabilisiert hatte und mittlerweile gute Chancen für ihre vollständige Genesung sah.

»Und unser Neuer? Hat es sich gelohnt, seinen Methoden zu vertrauen?«

Vom Stein würde sich in etwa einer Stunde mit dem Berliner Innensenator treffen und ihm voller Stolz von der Aufklärung der beiden dringlichsten Kriminalfälle der vergangenen Wochen berichten.

»Da sind mir ja sogar die Marotten von Julius Kern noch lieber«, winkte Castella erschöpft ab, während sie die Tür ihres Fahrzeuges öffnete. »Ich habe für Boesherz heute Nacht sogar Theater gespielt. Fragen Sie bitte nicht weiter!«

»Das habe ich nicht vor«, antwortete der unverkennbar gut gelaunte vom Stein. »Wie ich ja gestern schon sagte: Wer aufklärt, hat recht. Also, richten Sie Ihrem Boesherz die besten Grüße von mir aus!«

»Grüßen Sie ihn lieber selbst«, winkte Castella ab und stieg in ihr Auto ein. »Ich mache jetzt erst mal ein paar Tage frei.«

»Sie haben es sich verdient. Fahren Sie mit Ihrem Mann weg?«

»Das ist ein schwieriges Thema …« Castella ließ sich in ihren Sitz zurücksinken und schloss einen Moment lang die Augen. »Ich wohne zurzeit im Hotel …«

Der Staatsanwalt reagierte überrascht.

»Das wusste ich ja gar nicht. Ehestreit?«

Carl vom Stein kannte Castella und ihren Mann Paolo gut. Sie hatten sogar schon ein paarmal gemeinsam zu Abend gegessen.

»Ich arbeite ihm einfach zu viel, und damit hat er recht. Aber was soll ich machen? Ich weiß es ja selbst, irgendwann muss ich kürzertreten. Ewig geht das so nicht weiter. Aber behalten Sie das bitte für sich.«

Carl vom Stein tippte sich mit dem Zeigefinger an die Stirn, bevor er entgegnete: »Alles hier oben weggeschlossen! Also dann, schlafen Sie sich mal ein bisschen aus. Und danach fahren Sie zu Paolo und trinken einen guten sizilianischen Wein mit ihm. Das macht ihn ganz schnell wieder zahm! Kann ich denn vielleicht noch was für Sie tun?«

»Allerdings«, antwortete die Dezernatsleiterin und zündete endlich den Motor. »Wenn heute oder morgen irgendeine Leiche unter mysteriösen Umständen aufgefunden wird – dann rufen Sie bitte jemand anders an. Ganz egal, wie mysteriös die Umstände auch immer sein mögen!«

Begleitet vom verständnisvollen Schmunzeln des Staatsanwalts, schloss Castella ihre Fahrzeugtür, setzte den Wagen ein Stück zurück und machte sich dann schließlich auf ihren Weg, der sie weit weg vom LKA und von allen Verbrechen der Hauptstadt führen sollte. Zumindest für eine Weile.

# KAPITEL 70

Paul Drexler war hellwach. Seinen glasigen Blick ins Leere gerichtet, lag er, so wie immer, auf seinem Bett. Willens, aber unfähig, sich zu regen.

Anselm hatte sich seinem Vater anvertraut. Von jedem einzelnen Schritt seiner *Mission* hatte er dem alten Herrn berichtet. Davon, dass er sich manchmal stundenlang nicht einen einzigen Millimeter bewegt hatte, während er vor den Häusern seiner späteren Opfer gelauert und darauf gewartet hatte, dass sie etwas von ihren Gewohnheiten preisgeben würden. Auch davon, dass er bis zuletzt mit sich haderte, ob seine Verse auch wirklich mit den Intentionen übereinstimmten, die sein Vater in dessen Regelwerk gelegt hatte. Später dann, nachdem Linda Bartholy ihn schließlich dabei angeführt hatte, sein Werk wirklich in die Tat umzusetzen, hatte Anselm seinem Vater dann über jeden Fortschritt seiner Mission Bericht erstattet. Er hatte ihm die Fotos gezeigt und ihn detailliert darüber informiert, auf welche unerbittliche Weise die Sünder für ihre Missetaten gebüßt hatten. Und er hatte ihm immer wieder voll Stolz vorhergesagt, welchen gewaltigen Einfluss ihr gerechter Tod eines Tages auf die ganze Menschheit haben würde.

*Es war nicht leicht mit dir,* dachte sich Paul Drexler nun, dessen Verstand während der ganzen Zeit vollkommen klar gewesen war. *Aber es hat sich gelohnt. Ich habe dich gelehrt, was es heißt, ein Mensch zu sein. Nein, du hast mir keinen Enkel geschenkt, den Stammbaum der Drexlers hast du beendet. Aber das, wofür wir gestorben sind, wird unsere stolze Familie länger überleben lassen, als alle Nachkommen dieser Welt es bewerkstelligt hätten.*

»Ich werde bei Ihnen bleiben, Herr Drexler«, versprach Schwester Cecilia ihrem Patienten mit zärtlichem Klang in der Stimme. »So, wie Ihr Sohn es sich von mir gewünscht hätte.«

Cecilia war zwischenzeitlich informiert worden, dass sich ihr Patient nach den Geschehnissen der vergangenen Nacht im Hospital befand. Sobald es ihr möglich gewesen war, hatte sie sich dorthin auf den Weg gemacht.

*Was bist du nur für ein liebes schwaches Kind,* dachte Paul Drexler, der die Güte und Nachsicht seiner Krankenschwester vom ersten Tag an abgelehnt hatte. *Kümmerst dich um einen alten schwachen Mann, der keinen Wert mehr für die Gesellschaft hat. Du solltest dich den Starken zuwenden und sie auf ihrem Weg in eine glanzvollere Zukunft unterstützen, anstatt am Sterbebett eines nutzlosen Veteranen zu wachen wie ein Hund am Grab seines Herrn.*

»Ich weiche nicht von Ihrer Seite«, versprach Cecilia und lächelte dabei so, dass Drexler ihr glaubte.

Dann erhob sie sich, entnahm ihrer Tasche ein Öl, tropfte sich etwas davon auf ihre Hand und begann, es ihrem Patienten sanft und behutsam auf der Brust einzureiben.

Schwester Cecilia konnte nicht ahnen, was Drexler in der unzugänglichen Einsamkeit seiner abgeschiedenen Gedankenwelt über sie dachte. Doch selbst wenn sie es gewusst hätte, wäre sie zu keinem Zeitpunkt auch nur ein bisschen weniger liebevoll zu ihm gewesen. Alt, krank und hilflos, wie er war.

# KAPITEL 71

Ich habe uns was reingeschmuggelt«, verriet Boesherz spitzbübisch und zwinkerte seiner Kollegin zu.

Olivia war über die Ereignisse der vergangenen Nacht bislang nur oberflächlich informiert, das meiste hatte sie den Nachrichten entnommen. Ihr eingegipstes Bein war nach wie vor hochgelegt, sodass sie ihr Krankenbett noch immer nicht verlassen konnte.

»Wenn das die Oberschwester sieht, fliege ich raus«, scherzte sie, während Severin eine Flasche Quercus und zwei Gläser aus seinem Rucksack hervorzauberte.

»Das gilt als Medizin, dieser Wein hat heilende Wirkung«, versprach er schmunzelnd und zog mit einem leisen Ploppen den Korken aus der Flasche, die er bereits in seiner Wohnung geöffnet hatte.

Nachdem er eingeschenkt und seiner Kollegin ein Glas gereicht hatte, sagte er in feierlichem Ton: »Ohne dich, liebe Olivia, wäre Tanja van Beuten jetzt tot. Du hast den Fall gelöst und sie damit gerettet!«

Während sich Boesherz nun einen guten Schluck seines Lieblingsweins die Kehle hinunterlaufen ließ, reagierte seine Kollegin skeptisch.

»Ich bin mit dem Besuch bei Moldenhauer nur einem Instinkt gefolgt«, relativierte sie das Lob. »Und gelöst hast *du* den Fall.«

Boesherz schloss einige Sekunden lang genussvoll die Augen, sann noch einmal dem Aroma des Quercus nach und setzte sich erst dann zu Olivia ans Bett.

»Ich bin nur ein Koch, der ein Menü komponiert«, erklärte er.

»Die Zutaten liefern andere – und ohne diese Zutaten könnte ich nichts kochen.«

Endlich nahm auch Olivia einen Schluck Rotwein.

»Ich habe nur Jacks Botschaft an dich weitergegeben«, wehrte sie sich noch immer gegen die Anerkennung ihres Kollegen, die ihr wie ein unverdienter Tröstungsversuch vorkam.

»Und zwar genau so, wie er es von dir verlangt hat! Hättest du sie einfach ausgeplaudert, als Linda noch im Raum war, hätten wir ein gewaltiges Problem bekommen. Also, ich trinke auf dich, deine Gesundheit und auf eine lange, erfolgreiche Zusammenarbeit!«

Olivia gab ihren Widerspruch auf. Anstatt weiter mit ihm über die Verteilung der Lorbeeren zu streiten, beäugte sie Severin nun mit einem raffinierten Schmunzeln, was diesem nicht entging.

»Was ist los?«, wollte er wissen und schenkte dabei noch einmal nach.

»Tu doch nicht immer so«, antwortete Olivia, die einen fragenden Blick dafür erntete.

»Wie tue ich denn immer?«

»Das Gerede darüber, dass jede Rückfrage sich immer nur mit *Details* aufhält, dass andere Dinge viel wichtiger sind, du nur Puzzleteile zusammensetzt oder irgendwelche Menüs kochst. Du selbst hast mir beigebracht, dass man den Menschen ihre persönlichen Geschichten und Eigenschaften ansehen kann. Und weißt du, was ich an dir sehe?«

Boesherz wurde neugierig. Er richtete unwillkürlich seine Krawatte und kontrollierte grundlos den Sitz seiner Manschettenknöpfe.

»Ich höre.«

Olivia nahm jetzt noch einen Schluck Quercus, legte sich dann bequem in ihre Kissen zurück und begann.

»Du bist eitel und bescheiden zugleich. Du trägst immer nur sehr schlicht geschnittene Anzüge, aber aus dem besten Stoff. Dazu die edelsten Krawatten und Accessoires, die zwar kostspielig sind, aber nicht dick auftragen. Dazu dein Phaeton – vom Feinsten, aber nicht protzig. Deine Frisur sitzt, die italienischen Schuhe sind handgenäht und sogar im Winter jederzeit poliert. Du willst nicht angeben, aber es wäre dir auch nicht recht, wenn es keinem auffiele.«

»Deine Schlussfolgerung?«

»Du kannst mir nicht erzählen, dass du einfach nur deinen Fall aufklären und dann in deiner geschmackvollen Wohnung deinen geschliffenen Quercus trinken willst.«

»Interessant. Was will ich denn dann?«, forderte Boesherz Olivia weiter heraus.

»Du willst es loswerden, aber man muss dich erst bitten.«

Severin stellte sein Weinglas ab, verschränkte mit betonter Gemächlichkeit die Arme vor der Brust und hob dabei seinen Blick wie ein Lehrer, der von den Ausführungen seiner Schülerin ebenso überrascht wie angetan war.

»Und? Bittest du mich?«

Olivia strahlte über das ganze Gesicht, als sie entgegnete: »Allerdings, du Blödmann! Also, wie hast du es gemacht?«

Boesherz musste sich offensichtlich ein Lächeln verkneifen. Dann erhob er sich wortlos, schob seinen Stuhl beiseite und begann schließlich, vor Olivias Krankenbett auf und ab zu gehen, während er dabei sein Vorgehen zu erklären begann.

»Das Erste, was mir aufgefallen ist, war, dass Jack über erstaunlich gute Fachkenntnisse auf den verschiedensten Gebieten verfügt hat. Fassadenkletterei, Rattenfolter, darüber, wie man nicht in die üblichen Fallen tappt. Er war erstaunlich breit gefächert gebildet. Nach Jureks Tod haben wir darüber gesprochen, dass er immer unvorsichtiger wird. Auch das war eine hochinteressante Erkenntnis. Ich hatte die Vermutung, dass er beginnt, uns langsam auf seine Fährte zu führen. Aber warum? Dann ist die Sache mit Moldenhauer passiert. Der Junge hat mir zwar nicht weitergeholfen, sein Arzt dafür aber umso mehr. Der entscheidende Anstoß für die Entschlüsselung aller Hinweise war für mich aber dein Zusammentreffen mit Drexler. Nach unserer Besprechung unter vier Augen war mir klar, dass ich das Rätsel lösen konnte. Also fangen wir bei dem an, was ich zu diesem Zeitpunkt schon wusste.«

Olivia schenkte sich jetzt selbst Rotwein nach, während sie den Ausführungen ihres Kollegen dabei wie einem Kinofilm folgte.

»Mir war klar, dass Linda Bartholy mit Jack in einem Boot saß. Warum? Weil du an diesem Abend spontan und auf gut Glück zu Moldenhauer gefahren bist. Du hattest keine Uniform an und auch keine Sirene auf dem Autodach. Selbst wenn Drexler dich vom Balkon aus gesehen hätte – was unwahrscheinlich ist –, wäre er niemals auf die Idee gekommen, dass du eine Polizistin bist, geschweige denn überhaupt nur auf dem Weg zu Moldenhauer. Sogar wenn er dich vorher gekannt hätte, hätte er bei den Sichtverhältnissen niemals auf diese Entfernung feststellen können, wer es ist, der da gerade am Haus vorbeiläuft. Warum hat er dir dann aber freiwillig die Tür geöffnet und dir in seinem Versteck mit einer Nachricht aufgelauert? Natürlich: Weil er wusste, dass du kommst! Aber woher? Nur Judith und ich wussten davon. Und weil ich es in Lindas Beisein laut am Telefon wiederholt habe, wusste sie es auch. Linda war an diesem Abend für einen privaten Besuch gekleidet, für meinen Geschmack übrigens etwas zu prüde, das aber nur am Rande. Trotzdem wollte sie nach Judiths Anruf ganz plötzlich mit mir ins Musical gehen. Warum? Um mich aus dem Spiel zu nehmen! In der Zeit, die ich benötigt habe, um mich für das Theater herzurichten, hatte sie ausreichend Gelegenheit, Drexler vor deinem Besuch zu warnen. Womit sie aber nicht rechnen konnte, war, dass ihr Handlanger zu diesem Zeitpunkt bereits geplant hatte, mich zum Teil seines Spiels zu machen, um seine schon verloren geglaubte Tanja doch noch zu retten. Vermutlich hat sie ihm selbst erzählt, wer ich bin und wie ich ermittle. Danach hat er sich dann mit mir identifiziert. Es war also Anselms Botschaft, die mir verraten hat, dass Linda ihre Finger im Spiel hatte.«

Boesherz ging während seiner Ausführungen unablässig in Olivias Zimmer auf und ab. Seine Augen waren dabei meist auf den Boden gerichtet, und sein Zeigefinger wanderte immer wieder zwischen seiner Unterlippe und der Nasenspitze hin und her.

»An dieser Stelle müssen wir einen Abstecher zum Fall Tanja van Beuten machen.«

Boesherz wiederholte zunächst, was er Dennis und Linda tags zuvor im Fahrstuhl erklärt hatte. Dann fügte er hinzu:

»Das Raffinierte an dieser Täuschung war, dass alles, was ich Linda erzählt habe, absolut korrekt war – bis auf die Schlussfolgerung! Veit Venske hatte nie mit Drexler zusammengearbeitet, die beiden kannten sich gar nicht. Deswegen konnte es auch nie Drexlers Plan gewesen sein, seinen *Erziehungsratgeber für kleine Jungs* über Venskes Produktionsfirma zu verbreiten. Aber verbreiten wollte er ihn natürlich schon – über Linda Bartholy! Die einflussreiche, auflagenstarke Serienmörderexpertin, die zufällig gerade auf der Suche nach dem Stoff für ihren nächsten Bestseller war. Dass Linda und Drexler miteinander bekannt waren, wusste ich schon lange, bevor sie es mir unter Tränen gestanden hat – was sie tun *musste,* weil es ja ohnehin herausgekommen wäre. Woher? Bei unserem Gespräch im Konferenzraum hat sie mir ein Exemplar ihres aktuellen Buches geschenkt. Ich habe die Danksagung durchgeblättert, dabei ist mir der Name ihres Redakteurs aufgefallen. Anselm Drexler – sehr ausgefallen. Wie auch immer: Die beiden haben einander während der jahrelangen Zusammenarbeit an mehreren Büchern vermutlich sehr gut kennengelernt und viele intensive Gespräche geführt. Die Psychologin Bartholy hat dabei zweifellos das soziopathische Potenzial in Drexler erkannt. Irgendwann wird er ihr von seinen Kindheitstraumata und seinem Wunsch erzählt haben, die Regeln seines Vaters eindrucksvoll ins kollektive Gedächtnis einer ganzen Gesellschaft einzubrennen. Vielleicht hatte er zu dieser Zeit sogar schon die möglichen Opfer ausspioniert, das wissen wir nicht. Mit Sicherheit hatte er aber seine geliebte Tanja van Beuten bereits ausspioniert und die Ergebnisse dessen auf einer seiner Beobachtungslisten festgehalten. Diese Liste hat Linda in die Finger bekommen, und schon hatte sie eine minutiös ausgearbeitete Anleitung dazu, wann, wo und wie sie sich Tanja gefahrlos schnappen konnte.«

Olivia stellte ihren Rotwein jetzt lieber beiseite, um Severins Ausführungen konzentriert folgen zu können.

»Drexler hat mir zu keinem Zeitpunkt den Eindruck eines Mannes vermittelt, der eigenständig so eine brutale Mordserie durchzieht. Er hat die ganze Zeit über gezittert und geschwitzt, das alles hat ihm eigentlich gar nicht gelegen. Er stand unter Druck, das war offensichtlich. Natürlich, er war jemand, der so etwas minutiös plant. Aber eben keiner, der es auch wirklich umsetzt. Das war nicht sein Charakter. Er war kein Macher, er war ein Mitläufer, ein Scherge – im Gegensatz zu Bartholy, die Drexler monatelang nach Belieben manipuliert und aufgestachelt hat, um ihn dann durch Tanjas Entführung schließlich zum Handeln zu zwingen. Nun fragt man sich, warum Linda so etwas Grausames überhaupt getan haben soll. Die Antwort liefert wieder einmal die Erkenntnis, dass die Berührung mit dem Bösen einen Menschen infizieren kann. Linda ist nicht Expertin für Serienkiller geworden, weil sie so ein starkes Interesse an

Blumen und Kaninchen hatte. Sie war vermutlich immer schon vom Bösen fasziniert, ihre Berufswahl war kein Zufall, sondern das Ergebnis eines inneren Triebes. Sie hat Hunderte Gespräche mit den gefährlichsten Killern geführt, und das über Jahre – und sie hat dabei herausgefunden, wie sie zu manipulieren sind. Sie hatte Macht über die Mörder, und irgendwann wollte sie auch Macht über den Tod haben. Linda hat nicht im Kopf der Killer gesteckt. Die Killer waren in ihrem! Linda Bartholy und Anselm Drexler – jeder für sich nur ein perverser Spinner. Gemeinsam aber wie Feuer und Benzin!«

»Wann kommt die Stelle, an der ich den Fall gelöst habe?«, warf Olivia jetzt ein, der der Quercus bereits leicht zu Kopf gestiegen war.

»Anselm hätte nach Lindas Warnung abhauen können, aber er hat dir stattdessen aufgelauert. Das hat mir zwei Dinge verraten: Erstens, er war kein Einzeltäter. Man vertraut sich nicht seinem Feind an, wenn man mit ihm keinen gemeinsamen Gegner hat. Zweitens, sein Komplize stammte aus unseren Reihen. Warum sonst hätte er dir den Auftrag geben sollen, die Nachricht nur mir allein auszurichten? Hinzu kommt der Inhalt seiner Botschaft: Ich werde ihn noch am selben Tag finden. Drexler, der durch Bartholy über unsere Schritte auf dem Laufenden war, wusste offenbar, dass er mir mittlerweile alles mitgeteilt hatte, was ich wissen musste.«

»Und warum hat er dir nicht ganz offen gesagt, dass Linda Tanja in ihrer Gewalt hat?«

»Er musste bei aller Sorge um Tanja immer noch aufpassen, wem er vertraut. Es stand ja nicht nur Tanjas Leben auf dem Spiel – sondern auch die Verbreitung seines *Lebenswerks*. Damit, dass er mir seine Botschaften nur kodiert gegeben hat, hat er mir gleichzeitig zu verstehen gegeben, wie geheim sie bleiben mussten.«

Olivia genoss es sichtlich, Boesherz zuzuhören, der ebenso genießerisch fortfuhr: »Nach unserem Gespräch an deinem Krankenbett war ich also auf mich allein gestellt. Drexlers Kollegin Sonja konnte ich zu diesem Zeitpunkt leider nicht mehr retten, das hatte er natürlich bereits so arrangiert.«

»Du vergisst aber etwas«, warf Olivia ein. »Bartholy hat uns ein passgenaues Täterprofil von Drexler erstellt. Damit hat sie ihm nicht gerade geholfen.«

»Das stimmt nur bedingt«, widersprach Severin. »Sie hat uns von Moldenhauer abgelenkt, indem sie ihn wegen seines Alters als mögliches Opfer ausgeschlossen hat. Das war zu diesem Zeitpunkt der Mordserie auch noch nachvollziehbar und wäre daher im Nachhinein unverdächtig gewesen. Außerdem hatte sie gar keine andere Wahl, denn wäre ihr Täterprofil vollkommener Unsinn gewesen, hätte das hinterher Fragen aufgeworfen, die sie nur ungern beantwortet hätte.«

»Sie konnte aber doch gar nicht wissen, dass Castella sie überhaupt zu dem Fall hinzuziehen würde«, wandte Olivia ein.

»Das musste sie auch nicht. Nach Anselms Tod hätte sie als die Frau dagestanden, die ihn beruflich kannte, Gespräche mit ihm geführt hatte, und die aus irgendeinem guten Grund im Besitz seines Kinderbuches war, über das sie – natürlich nur aus journalistischer Verantwortung heraus – schreiben würde. Nach Castellas Anruf konnte sie sich dann sogar als Beteiligte an seiner Jagd darstellen – noch besser!«

»Und der Zeitungsbericht mit dem geheimen Täterwissen? Warum hat Drexler das gemacht?«

»Für den Fall, dass ich die Botschaft, die er dir ausgerichtet hat, nicht verstehe. Das war eine zweite Absicherung, damit er garantiert gefunden wird.«

»Er konnte ziemlich sicher davon ausgehen, dass wir das erst merken würden, wenn seine Kollegin schon tot war.«

»Zumindest war die Wahrscheinlichkeit sehr hoch, ja. Übrigens ist Linda deswegen mit Judith zu Drexlers Haus gefahren, um ihn davon abzuhalten, mir in letzter Sekunde doch noch zu verraten, dass sie seine Komplizin war. Sie konnte ja nicht ahnen, dass ich das längst wusste.«

»Jetzt mal wieder zu Drexler«, versuchte Olivia Ordnung in Severins Ausführungen zu bringen. »Wie bist du überhaupt auf ihn gekommen?«

»Das war Moldenhauers Arzt«, antwortete Boesherz. »Ich hatte mich ja schon von Anfang an gefragt, woher Jack diese Fachkenntnisse auf so vielen verschiedenen Gebieten hatte. Nachdem mir der Arzt von seinem Case Report in einer medizinischen Fachzeitschrift erzählt hat, bin ich darauf gekommen: Jack war so umfassend gebildet, weil er sehr viele Texte mit sehr verschiedenen Inhalten gelesen hat. Und so etwas tun in erster Linie Menschen, die sich beruflich mit Texten befassen – also Lektoren, Korrektoren und Redakteure. Natürlich wird in einer Ärztezeitschrift nicht der Name des Redakteurs eines Artikels genannt, aber ich wusste ja, dass Linda ihre Finger im Spiel hatte. Der Rest war dann nur noch ein bisschen Logik und Ableitung.«

Boesherz atmete tief durch. Dann setzte er sich schließlich wieder zu Olivia ans Bett und lächelte sie an.

»Noch Fragen?«

»Zwei«, erhielt er zur Antwort.

Severin griff nach seinem Weinglas und schwenkte dessen Inhalt. Während er es gegen das Licht hielt, um das Farbenspiel des Quercus zu beobachten, wollte Olivia wissen: »Was wird denn jetzt mit Drexlers Buch? Hat Linda ein zweites Exemplar oder nicht?«

»Wir haben bisher keins gefunden, mehr weiß ich nicht. Was ist deine zweite Frage?«

Olivia zögerte zunächst.

»Was kannst du an mir sehen? Du hast mir die Frage immer noch nicht beantwortet«, sagte sie dann.

Während er noch Sekunden zuvor in seinen Ausführungen aufgegangen war, bemerkte Olivia jetzt, dass Severin ein ernstes Gesicht aufsetzte und anscheinend mit sich rang, ob er die Frage beantworten solle.

»Bitte«, setzte sie daher nach, und es war ihr anzumerken, dass es nicht nur bloße Neugier war, die sie antrieb.

»Also gut«, antwortete Boesherz schließlich und fasste beinahe väterlich ihre Hand. »Du sagst, du möchtest gar keinen Mann mehr haben, aber das stimmt nicht. Du achtest auf dein Aussehen, schminkst dich, treibst viel Sport. Eigentlich willst du anderen gefallen, aber eben nicht mit letzter Konsequenz.«

»Warum nicht?«

»Weil dein Herz bereits einem Mann gehört, den du einfach nicht loslassen kannst. Einem Orthodoxen, vermutlich vom Balkan. Du liebst ihn noch, obwohl er schon seit einem Jahr und fünfzehn Tagen nicht mehr da ist.«

Olivias Lippen begannen zu zittern.

»Als ich dich kennengelernt habe, hast du immer einen schwarzen Schal getragen, außerdem hast du nie Musik angemacht. Vor fünfzehn Tagen war der Schal dann plötzlich weg, und du hast angefangen, deine Billy-Talent-CDs zu hören.«

Boesherz beugte sich jetzt zu Olivia vor, nahm sie in den Arm und flüsterte ihr leise ins Ohr: »Er ist tot, oder? Wenn ein Orthodoxer stirbt, muss sein Angehöriger ein Jahr lang ein geweihtes schwarzes Kleidungsstück tragen und darf keine Musik hören. Weil du selbst nicht orthodox bist, kann er kein Verwandter gewesen sein. Er war deine große Liebe.«

Anstatt zu antworten, erwiderte Olivia zunächst nur die Umarmung. Erst nach fast einer Minute sagte sie ganz leise: »Er hieß

Marko. Ich weiß einfach nicht mehr, was ich hier eigentlich noch soll.«

Es vergingen mehrere Minuten, in denen Severin und Olivia einander umarmten. Dann setzte Boesherz sich schließlich wieder aufrecht hin und sagte gedankenvoll: »Weißt du, Olivia, diese Stadt mag groß, einsam und total durchgedreht sein, und vermutlich sollten wir auch alle nicht hier leben. Aber wir können Berlin auch nicht einfach sich selbst überlassen. Sicher, wir mögen uns nach geliebten Menschen oder schöneren Orten sehnen, aber solange wir die Guten sind, dürfen wir uns nicht von der Dunkelheit vertreiben lassen. Denn wer, wenn nicht wir, sollte sich um diese Stadt kümmern?«

»Okay«, antwortete Olivia schließlich, und Boesherz entgegnete so charmant, dass sie lächeln musste:

»Lass uns einfach noch eine Weile hierbleiben. Zusammen packen wir das schon.«

# KAPITEL 72

»Ich glaube nicht, dass wir das Korrektorat weiterführen werden. Eigentlich war es ja schon lange überflüssig«, stellte der Redaktionsleiter fest, nachdem er mit Jan Bittrich die Strategie abgesprochen hatte, mit der das *Fadenkreuz* auf die Verwicklung seiner eigenen Mitarbeiter in die Mordserie reagieren würde, die ganz Deutschland in Atem gehalten hatte.

»Die arme Sonja! Ich glaube, sie war eine sehr nette Frau. Auch wenn sie von ihrem Job keine Ahnung hatte. Nur diesen Drexler konnte ich irgendwie nie so richtig leiden. Immerhin, der war wenigstens ein Profi! Wer wird uns wohl in Zukunft erklären, was der Unterschied zwischen Platzangst und Klaustrophobie ist?«, antwortete Bittrich, griff den Stapel mit seiner persönlichen Post und verabschiedete sich dann aus dem Büro seines Vorgesetzten mit den Worten: »Wir werden die Geschichte im ganz großen Stil nachbereiten. Die Schöne, das Biest und der liebe Bittrich, der alles aufgeklärt hat. Daraus machen wir eine ganze Serie, am besten über ein paar Wochen. Ich freue mich schon auf die Verkaufszahlen!«

In seinem eigenen Büro angekommen, warf der Ressortleiter zunächst den Stapel mit seiner Post auf den überfüllten Schreibtisch, bevor er seine unzähligen E-Mails abrief und parallel dazu überprüfte, wie viele Anrufe in seiner Abwesenheit auf der Mailbox eingegangen waren. Als Nächstes würde er mit seinen Reportern telefonieren, die fast sämtlich auf der Jagd nach interessanten Informationen über Anselm Drexler waren, bevor er sich daranmachen würde, seine eigenen Erlebnisse der vergangenen

Nacht zu einem populistischen Essay über die Strukturen des LKA Berlin in Krisensituationen zu verarbeiten.

Bittrich hatte gerade seine Beine auf den Schreibtisch gelegt und gedankenlos in einen seiner Vollkornkekse gebissen, als ihm beiläufig die Handschrift auffiel, die auf dem Umschlag eines besonders großen Briefkuverts in seiner Post zu erkennen war. Die Schrift war gestochen scharf, geradezu bemerkenswert geradlinig und, was ungewöhnlich war, mit Tinte auf das Papier gebracht worden.

»Drexler?«, wunderte sich Bittrich, dem die außerordentliche Handschrift bekannt vorkam.

Sofort setzte er sich wieder aufrecht hin, griff den Umschlag zwischen seinen zahllosen Briefen hervor und öffnete ihn hastig.

»Das ist nicht dein Ernst, Anselm!«, entfuhr es dem Ressortleiter unkontrolliert, als er sah, was Drexler ihm offenbar noch am Tag seines Todes zugeschickt hatte.

Bittrich schlug das schwere Album auf und überflog hastig den ersten Vers, in dem Anselm sowohl über sich selbst gerichtet als auch dem Leser einen Leitfaden für das *richtige Verhalten eines braven Knaben* avisiert hatte. Auf den anschließenden Seiten folgten dann die weiteren sieben Verse, die mit den jeweiligen Dubletten von Anselms Polaroidfotos der Opfer illustriert waren. Insgesamt handelte es sich um eine exakte handgefertigte Kopie des grausamen Kinderbuches, das Drexler in den vergangenen Tagen auf furchtbare Weise erschaffen hatte.

*Anselm, du verdammter …*, ging es Bittrich durch den Kopf, als ihm auffiel, dass sich in dem Umschlag noch etwas anderes befand.

Er zog den ebenfalls handgeschriebenen Zettel hervor und las, was darauf geschrieben stand. Kaum hörbar formten seine Lippen die Worte nach.

»Sehr geehrter Herr Bittrich, aufgrund persönlicher Probleme musste ich meine Pläne leider ändern. Anstelle von Dr. Linda Bartholy, die sich durch ihr jüngstes Verhalten leider für diese hohe Aufgabe disqualifiziert hat, scheinen Sie mir der nunmehr am besten Geeignete dafür zu sein, die Botschaft, die ich geschaffen habe, in die Welt zu tragen. Wie dies am besten zu bewerkstelligen ist, werde ich Ihnen nicht erklären müssen. Ich weiß, dass ich mich mit Ihnen für den Richtigen entschieden habe. Leben Sie wohl! Ergebenst, Ihr Anselm Drexler.«

Und noch ein weiterer Zettel lag dem Umschlag bei. Bittrich musste nur das erste Wort lesen.

»*Testament.*«

Anselm hatte dem Journalisten sämtliche Urheberrechte an dem von ihm geschaffenen Werk vermacht, hinsichtlich der Persönlichkeitsrechte der abgebildeten Opfer hatte er auf dessen Erfahrung im Umgang mit derlei presserechtlichen Problemen verwiesen.

»Ich soll diesen kranken Scheiß also für dich verbreiten?«, flüsterte Bittrich, dessen Puls sich zwischenzeitlich beschleunigt hatte. »Das würde sicher einen Haufen Kohle bringen. Was für ein Skandalbuch!«

Noch einen Augenblick lang spielte Bittrich mit dem Gedanken, der Versuchung zu erliegen, bevor er schließlich seine Entscheidung traf: »Weißt du was, Drexler? Du kannst mich mal!«

Mit diesen Worten schlug Bittrich das gruselige Werk zu und warf es gleichgültig in seinen Abfalleimer. Erst dann machte er sich schließlich daran, seine E-Mails durchzugehen.

Es dauerte noch etwa fünfzehn Minuten, bevor er das Buch wieder aus dem Papierkorb herausnahm, es sorgsam in seiner Schreibtischschublade einschloss und mit einem hintersinnigen Schmunzeln zu sich selbst sagte:

»Ach, was soll's. Es ist immer gut, was in der Hinterhand zu haben.«